安生续

红楼梦

安宁 著

知识产权出版社
全国百佳图书出版单位
——北京——

图书在版编目（CIP）数据

安生续红楼梦 / 安宁著 . —北京：知识产权出版社，2024.4
ISBN 978-7-5130-8949-4

Ⅰ . ①安… Ⅱ . ①安… Ⅲ . ①章回小说—中国—当代 Ⅳ . ① I247.4

中国国家版本馆 CIP 数据核字（2023）第 197451 号

内容提要

本书为《红楼梦》续书，作者系统研究了《红楼梦》前八十回的线索、各种谶语、脂评，以及和曹雪芹家族相关的史料，以多年《红楼梦》研究为基础，探佚《红楼梦》八十卷以后情节发展、人物命运等，融入故事情节，力求成为一本更贴近作者原意的《红楼梦》续稿。本书作者虽生于当代，但全书行文皆按原著风格作成，诗词歌赋俱按古风。全书续二十八回，另附录两回大结局，共三十回书。

本书可供《红楼梦》文学爱好者、热切探究《红楼梦》后回内容的红友和《红楼梦》续书研究者阅读。

责任编辑：徐家春　　　　　　责任印制：刘译文
执行编辑：赵蔚然

安生续红楼梦
ANSHENG XU HONGLOUMENG

安 宁 著

出版发行：知识产权出版社 有限责任公司	网　　址：http://www.ipph.cn
电　　话：010-82004826	http://www.laichushu.com
社　　址：北京市海淀区气象路50号院	邮　　编：100081
责编电话：010-82000860转8573	责编邮箱：823236309@qq.com
发行电话：010-82000860转8101	发行传真：010-82000893
印　　刷：天津嘉恒印务有限公司	经　　销：新华书店、各大网上书店及相关专业书店
开　　本：720mm×1000mm　1/16	印　　张：21.5
版　　次：2024年4月第1版	印　　次：2024年4月第1次印刷
字　　数：264千字	定　　价：86.00元

ISBN 978-7-5130-8949-4

出版权专有　　侵权必究
如有印装质量问题，本社负责调换。

序

赵建忠

（中国红楼梦学会副会长、天津师范大学教授）

《红楼梦》是中国古代文学史上难得一见的悲剧作品，然而未能满足弥补现实缺陷、获得精神圆满的读者心理需求。热烈悲壮的结局往往留下心有不甘的悬念，而圆满收场的故事易让读者寻获精神上的寄托。正是在无以释怀的悬念中，勾起了续作者创作动机。中国古代小说的续书现象源远流长，《红楼梦》续书称得上是"续书之最"，无论数量之多、类型之广、时间跨度之长，在所有续书中都具有代表性。据笔者《红楼梦续书考辨》专著统计，《红楼梦》续书各类作品已逾两百种，这还不包括那些网络续红作品。

然而长期以来，学术界对《红楼梦》续书的评价偏低，诟病遍及人物设置、情节安排和性格描写、语言风格等方面。凡称得上小说要素的，几乎都被指责了一遍。续《红楼梦》的作者面临着两难境地：续作与曹雪芹原著相符的，被认为是"机械模仿"；而违背之处就是对曹雪芹原著的歪曲，更是大逆不道。出现这种酷评的原因，还是"经典情结"在作怪。能在文学史上流传下来的经典作品，毕竟只占极少数。阅读数量上，还是非经典作品占有大量比重。倘若没有这类作品，就不能从数量上呈现一个时期文学的繁荣。《红楼梦》续书得益于曹雪芹原著，它们的出现进一步扩大了原著的影响。不少评论者曾担心，续书的平庸会伤害原著，其实这是杞人忧天。续书的大量涌现，本身即说明了《红楼梦》的魅力。《红楼梦》续书的作者们，通过自己的创作，抒发对社会人生的独特感受，正如晚清谴责小说家吴趼人在其《新石头记》中所表达的观点：

> 自曹雪芹撰的《红楼梦》出版以来，后人又撰了多少《续红楼梦》《红楼后梦》《红楼补梦》《绮楼重梦》，种种荒诞不经之言，不胜枚举，看的人没有一个说好的。我这个《新石头记》岂不又犯了这个毛病吗？然而据我想来，一个人提笔作文，总先有一番意思，下笔的时候，他本来不是一定要人家赞赏的，不过自己随意所如，写写自家的怀抱罢了，至于后人的褒贬，本来与我无干。

吴趼人的"写写自家怀抱"，也道出了其他续作者的创作动机。正是这种动机在不同续作者身上的体现，才促使各类《红楼梦》续书的不断产生。《红楼梦》提出的问题太多了，社会的、家庭的、伦理的、婚姻的、道德的、科举的……吸引着人们试图去解答这些问题，很多人正是在续书中糅进了自己对这些问题的独特看法。

毋庸讳言，包括程伟元、高鹗搜求到的后四十回续书在内，从清乾嘉以降至今，所有《红楼梦》续书，都难与原著前八十回相比，这表明了曹雪芹的不可企及。《红楼梦》续书几乎都没有保持住原著的诗意境界，但作为原著的学步之作，作者们续作时多以贴近原著为追求。《红楼梦》所开创的写作路数，也由续作者们延续了下去。

《红楼梦》续书远逊于原著，即使是名家续作，亦同样贻人续貂之讥，原因何在？老一辈红学家俞平伯在《红楼梦辨》中，曾专门讨论过这个话题：

> 凡好的文章，都有个性流露，越是好的，所表现的个性越是活泼

泼地。因为如此，所以文章本难续，好的文章更难续。为什么难续呢？作者有他底个性，续书人也有他底个性，万万不能融洽的。不能融洽的思想、情感和文学的手段，却要勉强去合做一部书，当然是个"四不象"。故就作者论，不但反对任何人来续他底著作；即是他自己，如环境心境改变了，也不能勉强写完未了的文章。这是从事文艺者底应具的诚实。至就续者论，他最好的方法，是抛弃这个妄想；若是不能如此，便将陷于不可解决的困难。文章贵有个性，续他人底文章，却最忌的是有个性。因为如表现了你底个性，便不能算是续作；如一定要续作，当然须要尊重作者底个性，时时去代他立言。但果然如此，阻抑自己底才性所长，而俯仰随人，不特行文时如囚犯一样未免太苦，且即使勉强成文，也只是"尸居馀气"罢了。我们看高鹗续的后四十回，面目虽似，神情全非，真是"可怜无补费精神"的事情！……而且续《红楼梦》，比续别的书，又有特殊的困难，这更容易失败了。第一，《红楼梦》是文学书，不是学术底论文，不能仅以面目符合为满足。第二，《红楼梦》是写实的作品，如续书人没有相似的环境、性情，虽极聪明、极审慎也不能胜任。

俞先生所言，自然有一定道理，但曹雪芹的残缺文本呈现出的开放性，可以调动任何人的参与性阅读。艺术理论中讲的"召唤结构"，不大讲究逻辑甚至是非理性的。当今时代，大众阅读需求广泛多元，《红楼梦》续书也能满足部分读者的需求。《红楼梦》留下了无尽的阐释空间，对文人而言，续曹雪芹原著，是种不可抗拒的诱惑。此前大量的续红之作，也为后来作者提供了正反两方面的续写借鉴。《红楼梦》的阅读史，一直伴随着"续作史"。原著与续作，如同一弯明月与满天星斗，同时出现在夜空交相辉映，成为红学史上的奇观。当然，各种《红楼梦》续书的艺术水平参差不齐，要创作出一部高质量的续书，还需要下番功夫。按照当下红学已积淀的成果，若想将曹雪芹原著续好，至少有几方面是不能绕行的：第一，熟读《红楼梦》原著尤其第五回判词；第二，了解脂本系列的评语；第三，梳理研究清人有关红学的文献，吸收当代探佚成果，对红学有一定的"前理解"；第四，大体达到曹雪芹"原笔"的要求；第五，具备一定的清代典章制度、民俗风情等文化知识。

笔者专门研究《红楼梦》续书，因此一直盼望这方面的上乘之作出现。机缘凑泊，不久前，经知识产权出版社编辑徐家春先生介绍，与粤地红友安宁结识，他送来了即将出版的续《红楼梦》，希望笔者作序。

安宁紧接着《红楼梦》第八十回开始续写，结束在第一百零八回，续书共二十八回。曹雪芹原著计划写多少回？根据目前红学研究的结果，除一百回、一百一十回、一百二十回说外，还有一百零八回说。这种说法系著名红学家周汝昌根据脂砚斋评语推导论证，并有存世的同时代李绿园创作一百零八回《歧路灯》为文本参照。因此，安宁续书取一百零八回说，续出第八十回后的二十八回，有文献和文本依据，并非空穴来风。就续书大的框架而言，可以说，安宁在创作之前，就已胸有成竹。其续作内容，开篇写史湘云和薛宝琴出嫁，贾母传王夫人、王熙凤过问家计，王熙凤献出治家策，贾家回光返照似有些光明。贾母不放心贾宝玉结婚无妥当地方安顿，遂自作主张为他设计婚房。贾宝玉借酒向贾母求自身姻缘。贾母试得其真心，在二月二龙抬头日敲定二玉姻缘。后因贾赦贺小妾嫣红生辰，偷用军炮声震京城，两府大乱，赵姨娘借机唆使人去怡红院行窃，通灵宝玉被窃。赵姨娘还与马道婆商议再施魔法，选在送别探春远嫁他国的码头行事，且诱使宝玉和王熙凤在国礼大仪上，当众欲行男女不才之事，结果二人被绑。因叔嫂二人搅乱国礼婚仪，导致与探春远嫁的爪洼国中断了外交。圣上分外重视与爪洼国的外交，吩咐礼部联同刑部共同严审贾家。被审理过程中，林黛玉不幸夭亡。结案后，贾宝玉和王熙凤被释放，宝玉入潇湘馆对景悼颦儿。四大家族每况愈下，薛宝钗整顿薛家，招赘贾宝玉。薛宝钗、贾宝玉商议，只表面成婚，薛宝钗负责理家，贾宝玉专职攻书。正有起色时，薛蟠结交绿林好汉立寨谋事，但最后被剿灭。薛家受此牵连而一败涂地。从此贾家子孙或死或散，无一人有好结局。贾宝玉精神上和薛宝钗也越拉越远，他终于受不了人世间的重重打击，弃薛宝钗而走。贾宝玉离家流落在智通寺，与乞讨为生的史湘云偶遇，湘云、宝玉分别作为净人和僧人，飞升回仙界修注情榜。

补续《红楼梦》，有个"续写策略"问题，接得上，展得开，收得圆，是比较理想的续书作品。"接得上"，即对曹雪芹原著要衔接自然、前后一贯；"收得圆"，即续书结尾要收束恰当、意足神完；"展得开"，则体现在具体创作中。安宁续写的《红楼梦》，并非牵强扭捏而成，是按前八十回脉络顺流而下的自然流畅小说，故事情节娓娓动人，合理而有很强的可读性。

与已面世的各类续书相比，安宁的创作有自己的特色，可谓另辟蹊径、别开生面。他续的二十八回《红楼梦》，非常尊重经过检验的可靠红学文献，尤其尊重脂评，如第八十三回的回目"林颦卿悲题十独吟"、第九十一回的回目"芸二爷仗义探迢监"、第一百零四回的回目"王熙凤知命强英雄"、第一百零八回的回目"山河相忘悬崖撒手"等，即据脂评拟出。具体情节的设计，又有他自己的合理想象。此外，续书结局构思中的"情榜"，也经得起红学成果检验而非向壁虚构。曹雪芹惯用伏笔，他将古代小说家惯用的"草蛇灰线，伏脉千里"技法，在《红楼梦》中发挥到了极致；程高本未刊前的早期钞本，保存了最接近于曹雪芹手稿的正文和大量较可信的脂评，评语披露了颇多曹雪芹的家世史料和小说八十回后不同于通行本的佚稿线索；若深入研究《红楼梦》，必然涉及曹雪芹及其家世，这是研究任何文学作品的题中应有之义，符合"知人论世"的中华人文传统。"曹学"在红学中的地位很重要，经过历代红学研究者的接力探索，已将曹雪芹的生平连点成线。通观安宁的续红之作，他能将曹雪芹"原著""脂评""曹学"研究成果，这三者提供的点状分布线索，在其续书中，串成了有机的网状结构。对两百多年的红学积淀，看得出，安宁颇下了番吸收消化苦功。

需要指出的是，程本后四十回作者毕竟与曹雪芹是同时代人，除了可能掌握一些佚稿线索外，最重要的是具备相同历史环境下得天独厚的条件；而距离曹雪芹两百年后的当代续红作者，在这一点上先就处于劣势，但安宁的《红楼梦》续书，与原著的语言风格基本保持了统一，契合度很高。曹雪芹的《红楼梦》文备众体，囊括了诗词歌赋。安宁续《红楼梦》的古诗词符合格律，续写的骈文尤其优美、流畅，精美有韵味，同时避免了骈文拘泥于格式而空洞无物的毛病。其续书的语言，既有典雅清丽的书卷气，又有当行本色的随物赋形功夫。

难能可贵的是，安宁的《红楼梦》续书，不仅故事情节上与前回吻合，他对曹雪芹的终极精神价值也进行了艰辛的探索。真正优秀的作家无不关注人类的生存价值与意义，无不充盈着对人类命运的形上追问与思考。安宁将这些形而上的探索，投射在贾宝玉等禀正邪二气的人物身上。贾宝玉重归仙境的路径，就是作者对于精神层面的最终追求。安能潜心红学凡三十年，其续书遵循原文伏线和脂评的指引，尊重曹学和探佚成果，心虔志诚，完成了续《红楼梦》。我衷心希望读者对他呕心沥血汇成的这部续作，予以关注和评论，以使他的这部作品不断臻于完美。

是为序。

癸卯岁末于聚红厅

前　言

大凡管窥《红楼梦》八十回后，总不出"原文""脂评""曹学"三方指引。

《红楼梦》前八十回的原文中，八十回后内容的端倪，何其多也！

曹公惯用伏笔，手法多样。草蛇灰线，伏脉千里，一击两鸣，空谷传音，如此等等，形成了各处的明修栈道、暗度陈仓的奇幻景象。加上诗谶、图谶、语谶等各种预言式的表达，早向我们透露了大量后回的内容。

更有甚者，第五回干脆把所有主要人物的命运，大方地向我们预演了一遍。

脂砚斋担心我们错过以上种种伏笔，贴心地在各紧要处给我们以提点。在第五回的判词曲画之侧，在好了歌的夹缝之中，在元妃点的戏单旁，在各种大关节处，在各曲径通幽处，在各细微暗藏乾坤处，提醒我们不要泛泛看过，并说明其中隐喻着什么。八十回后的内容，一再被提点了。

可惜《红楼梦》八十回后不传，我们无福读到世间最完美的《红楼梦》结局。留给我们的，就只有原文和脂评里的这些伏线和提点了。还有极少量的曹雪芹友人等的诗文，八十回后的内容也有一星半点提及。

星星点点的后回内容的端倪，散漫地分布在各处，我们能窥探到的八十回后的内容实在太有限了，零星的点状分布形不成有机的网状结构。

探佚学者们一再钻研原文和脂评，取得的成果让我们对八十回后的内容，多了一些延展，满足了一些探索的欲望。然而，只能停留在某些片段、个别场景上。

如何把这些伏线和提点,作为不可逾越的红线,作为网状结构的支点,形成八十回后内容的基本架构呢?本人在深入读红的三十多年的时间里,一直在思索,一直在谋划。一边构思,一边积极学习和《红楼梦》相关的一切知识,尽可能多地查阅和《红楼梦》相关的一切资料。

汲各家之所长,融汇为己用。经过多年的思索和酝酿,本人逐渐形成了自己对于《红楼梦》后回故事情节的框架。

后回的内容,当以贾家的事败为分水岭。

事败细节,秦可卿的判中有述:

情天情海幻情身,情既相逢必主淫。
漫言不肖皆荣出,造衅开端实在宁。

此判的内容,确定了贾家事败的导火索事件的性质和人物,与焦大醉骂的内容遥遥呼应。

贾家事败之前,必有贾家当权派对于在野反对派的无情打压,导致了反对派的殊死反抗,明里不敢怎么样,暗里也就算计了。又因通灵宝玉的被误窃,失去了对魔法的屏障,反对派终于一击即中。自此,贾家事败,由内至外,逐步崩塌。

事败之后情节的端倪,结合各人物命运的预言,益发有些踪迹可循。最后贾家落了一片白茫茫大地真干净。黛玉仙去,宝玉先与宝钗成婚,后又舍弃宝钗麝月出家,终成大道,大家重归太虚幻境。

以上经过严格考证探佚和有理有据的逻辑推理形成的大纲,是本人写作续书的基础。

《红楼梦》的伟大,宏大是一方面,精巧是另一方面。《红楼梦》的语言,脱胎于骈文。借用骈文的魂,文字尽量精美有韵味,而又避免了骈文拘泥于格式而空洞无物的毛病,《红楼梦》长篇巨著,载量巨大,毫不影响曹公对长篇叙事诗歌体文字的驾驭。骈文的精魂总在文字里,洋洋洒洒,美不胜收。

要续一版有可读性的《红楼梦》后回,揣摩前回曹公的遣文用字的手法和习惯,便成了绝不能少的必修课。我们后人没有曹公那样的天才和大能,但能接近一分,便是一分。能像一点,便多一点,一点一滴累积起来,坚持用白话文,坚持前八十回的语法,坚持骈文为魂,坚持诗词歌赋皆为古风,便向曹公的文字一步一步地靠近。

故此本人续作的文风,是竭尽所能向《红楼梦》前八十回的文风靠拢的。然而相差两三百年的岁月,且曹公是天才,我只是个爱红的普通人,文字能力差距巨大,我的续作文字不可能像前八十回那么精美,只能是能像几分是几分了。

《红楼梦》究竟要表现什么?其精神实质是怎样的?读了几百遍《红楼梦》之后,本人不自觉开始揣摩曹公的性格、惯性思维方式、知识体系、写作动机和写作习惯等等。把揣摩的结果,和曹学的考证成果相互印证和结合起来,便越来越懂曹公,越来越猜测得到他想说什么、想怎么说,越来越能领会到《红楼梦》的精神实质。也让我越来越有感觉去摸索着《红楼梦》的精魂,模仿着曹公笔墨,续曹公未完故事。本人似乎在揣摩和模仿方面有一点天分。

《红楼梦》续作,最简单也最困难。

说是最简单,是在于曹公早已将主要人物塑造得栩栩如生,根本不需要续作者花太多心思重新塑造人物形象。同时,曹公早已在第一回就布局好了结局,又规划好了各关键情节,故事的推进是按既定的轨道和顺序进行的，续作者对于故事框架的构思，是有很多现成的东西可用的，无需苦苦构思。因此续作《红楼梦》，是有很多省力之处的。

续作《红楼梦》，也是最困难的，是非常需要勇气的。《红楼梦》是中国文学史的最高峰，没有人敢厚脸皮说自己是曹雪芹先生一样的天才，能写出像前八十回一样那般美好的文字，所以续作一旦连上前回，高下立判，再好的续作也难望前八十回的项背，绝大可能被论为狗尾。再者，《红楼梦》已经具有残缺之美，没有八十回后的内容，几乎不太影响我们对于前八十回内容的欣赏和痴迷。它像维纳斯之断臂，怎么接，都不再让人满意。一万个读者的心目中，也许有一万种对于《红楼梦》后回的想象和诉求，任何续作的结局，都不可能得到所有人的认同，因此，续作招骂似乎是必然的。

然而续作的一再涌现，也说明目前还没出现过一种续作，是被大多数人认同的，是被学界公论为相对正确答案的。红迷们痛失八十回后的遗憾，一直没有得到抚慰。这种痛心疾首的遗憾感，依然是续作者们前仆后继的动力。希望将来能有一种被广泛接受的续书，可以取代高续，那么就不会有这么多的人，一再从事这项吃力不讨好的工作。

本人本着为自己一生痴迷的《红楼梦》做一点事的初心，潜心研学三十余年，心血汇成这一部续作。遵循原文伏线，遵循脂评指引，遵循曹学思维，遵循探佚成果，模仿曹公笔墨，揣摩曹公思维，心虔志诚，作此《安生续红楼梦》。希望能给广大爱好《红楼梦》的读者，多一个选择。希望我带给红友们的，是一个相对正确的答案。

目录

第八十一回　荣国府双姝辞荣府　稻香村诸艳咏稻香 / 1

第八十二回　史太君疑语问家繁　王熙凤慧言拾祖荫 / 16

第八十三回　林颦卿悲题十独吟　贾宝玉醉表终身志 / 26

第八十四回　狭寿环荣府生嫌隙　惊天炮雨村起祸端 / 42

第八十五回　乱怡红误窃惊失玉　衰贾府承恩悲和亲 / 50

第八十六回　定终身二玉偿夙愿　藏祸意愚人延凶神 / 60

第八十七回　不才人迷陷不才事　失魄府恼忧失魄林 / 68

第八十八回　贾元春舍命祈天伦　林黛玉游丝洒血泪 / 81

第八十九回　奈何天双王争黛玉　攒佛地冷月葬花魂 / 93

第九十回　骨肉情封君别红尘　金兰契太妃施仗义 / 105

第九十一回　林红玉痴心寻旧主　芸二爷仗义探迎监 / 115

第九十二回　怒天子霹雳抄贾府　糟侍郎痴心恋妙尼 / 124

第九十三回　恤真情天伦得目瞑　全性命烟火留余烬 / 132

第九十四回　度知己情尼沉瓜洲　悲挚爱宝玉谒幻境 / 149

第九十五回　刘姥姥三闯荣国府　宝哥哥泪留潇湘园 / 162

第九十六回　逐宝玉贾门丧祖德　迎东床薛府行忠贞 / 173

第九十七回　薛宝钗守礼难开口　贾宝玉自惭惧为婚 / 185

第九十八回　仁薛府招赘贾宝玉　勇金钗重兴丰年雪 / 195

第九十九回　邢夫人盛气花枝巷　花袭人悲从紫檀君 / 207

第一百回　赏红尘贾宝玉情钗　余吉庆甄宝玉送玉 / 217

第一百零一回　薛姨妈病却黄泉路　甄英莲魂归警幻门 / 226

第一百零二回　聚众结义湘莲奋起　攒怨成仇薛蟠除妻 / 236

第一百零三回　偿凤愿薛家连根起　报恩情荣府烈焰埋 / 244

第一百零四回　柳湘莲舍身成大义　王熙凤知命强英雄 / 255

第一百零五回　奉旧主袭人有始终　箴痴顽高士身慷慨 / 265

第一百零六回　因吉伏凶宫裁玉陨　遇难成祥巧姐归田 / 274

第一百零七回　贾宝玉市逢笑面虎　薛宝钗绝箴无魂郎 / 293

第一百零八回　山河相忘悬崖撒手　雪落人散大地茫茫 / 303

附录一　人间 / 311

附录二　天上 / 319

第八十一回

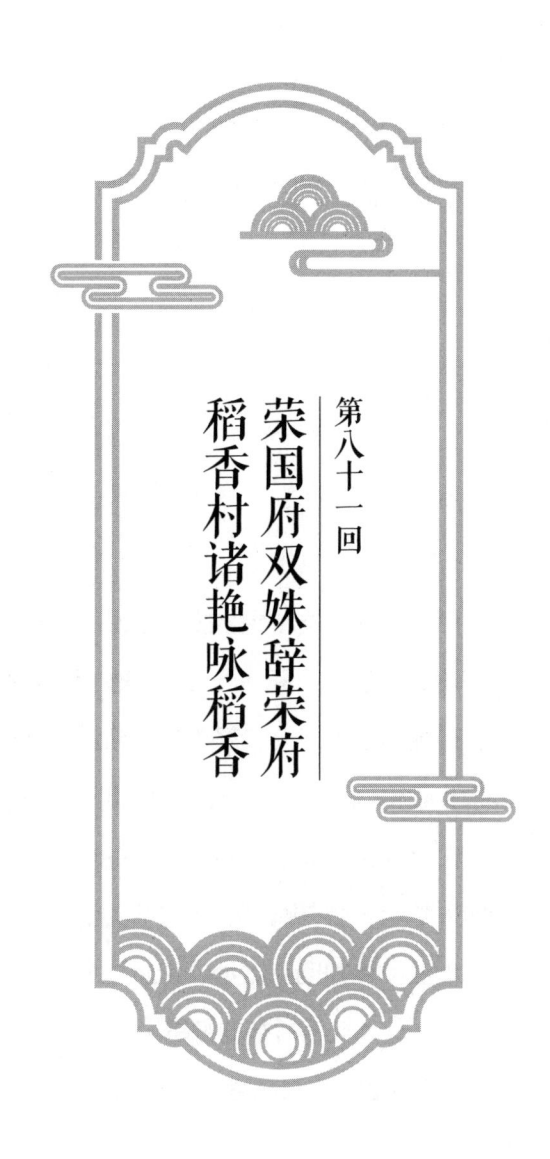

荣国府双姝辞荣府
稻香村诸艳咏稻香

话说迎春委委屈屈、凄凄惶惶，随孙家接她的人回去了。虽邢夫人不往心里去，王夫人和宝玉众姊妹免不得忧心牵挂，家常在王夫人那里坐着，每提到迎春，大家都数次洒泪。只是这夫妻和顺的事，旁人如何帮得替得！哪怕回了贾母，又有何挽回之法？本是父母之命主张，虽如此不妥，面上也无人敢怨他们，只不过默默怜悯这迎春命苦，上苍不公，偏是老实人吃亏。惟有嘱咐陪嫁的丫头婆子小心伺候，有不妥便来报。隔三差五，设法多接她回来散心。除此之外，也只是王夫人每日烧香拜佛之时，又多了一份为迎春祈福的祝祷罢了。

过不多时日，不觉又是腊月初一，正是各处进香的大日子。贾母早两日便当面嘱咐宝玉，此乃过了百日之后的第一个大初一，家庙铁槛寺、水月庵等几处，必得宝玉亲去磕头还神。俗语说得好，佛前脸熟，遇事好求！宝玉听了吩咐，心想这几处更不比那齐天庙，皆是惯熟地方，既得着一日好逛，又可悄悄打探芳官几个的消息，忙满口答应下来。先一晚笑问黛玉，可要带些什么回来？黛玉正忙着和紫鹃做一套春夏秋冬四色小锦囊，也不知道是做来何用，见宝玉来了，只得停手相陪。听宝玉说出门给她带东西，黛玉微笑道：

"我何曾要什么来？倒是恍惚听说，你多早之前便收了探丫头的钱，这半年不大出门，自然不曾替她带玩意儿的，她自然也不好意思催。明日要去好几处，正理留神帮她看看也罢了。"

宝玉听了，以手覆额，大笑道：

"多谢妹妹提醒，我早把这事儿忘去爪洼国了！就把三妹妹的钱昧了这许久！"

又道：

"明日必留心的。也替妹妹留心。妹妹既不要什么，我便自己做主，带些精巧玩意儿回来，咱两个一起玩，可好？"

黛玉歪着头，似笑不笑的，眼睛只往屋顶上望，答也不答，丫头婆子们都笑了。

宝玉又问为何要做这精巧锦囊，送与何人，黛玉笑而不答。宝玉连问几次，黛玉只不说，宝玉伸手就要拿去，黛玉忙拦了。紫鹃等笑说这是送云姑娘的要紧之物，改日再做与宝玉，宝玉方丢开手，又嘀咕了一会子方回怡红院了。

初一日，宝玉吃罢早饭便出门去了，盘桓至黄昏方回府，精神抖擞，踏雪先往贾母处来回命并请安。虽是黄昏，因大雪刚止，庭松映雪，脊兽披银，正是皎洁琉璃世界，加之华灯初上，四角通明，上房亮堂堂如白昼。

宝玉迈大步往里走，前头穿山游廊里有数个婆子捧着各色物件，是往贾母房中去的，见宝玉来，一溜停下来让宝玉过去。宝玉本想问下她们做什么拿这么些东西，一来忙着去见贾母，二来这几个女人原不甚熟悉，也懒得答言，迈步就过去了。刚到门口，丫头已打起帘子来，只觉温香扑面，里面笑语盈盈，热闹非凡。宝玉忙进去看时，不仅姐妹们在这里，连久不见面的薛姨妈宝钗亦在座，大家正吃茶。宝玉大喜，连忙一一见礼。正要问今日如何这等齐全，只听得一把略带奶气的娇声笑问道：

"宝叔叔，别人都见过了，如何不理我一理儿？"

说话间，贾母身后闪出一人来，宝玉定睛一看，小小一个人儿，好个齐整装扮！仔细看去，原来是巧姐儿。

往日她稚子顽童，咿呀流涕，倒也看不出好歹，今日不知做什么从头到脚这等收拾起来，令人讶然一愣，竟又是个有一无二的美人胚子：往常不过就势结两个髻儿的头发，今日梳了飞仙髻，缀了赤金四棱流苏脚，又有金钗银篦拢着头发，虽也还是打着垂帘，因少了蓬发遮挡，面庞细长姣好如明月出云。身上是绿底洒花凤毛灰鼠袄，灰蓝缂丝凤尾流纹裙，银红裙，腰间系着翠玉比目双鱼佩，和凤姐随常的裙袄装束一式一样，风流袅娜却全不似熙凤，倒有七分贾敏当年的态度。

宝玉忙拉了巧姐问好，又细细看了一回。巧姐不耐烦，甩了宝玉的手，笑笑跳跳奔凤姐而去。在座大部分年少之人未见过贾敏，只觉十余岁的巧姐清丽脱俗，不曾有其他感慨。老一辈如贾母王夫人等却又似看到当年贾敏在家时的模样儿，温和秀丽，嬉笑自若，不禁感慨时光流逝，造物弄人。

那黛玉更是早已见了悉心打扮过的巧姐，正有慈母的风度。扬州，母亲，旧日时光，薄纱一般在眼前罩下，她泪眼蒙眬，心已回极远往昔，看不见眼前一切，只觉哀伤感慨，又有些惶悚，低头不敢看巧姐，也不敢开口。贾母早已知觉巧姐触动了黛玉思母之情，也心酸怜爱不已，忙命鸳鸯将黛玉拉在身边榻前挨自己坐了，又叫人与黛玉换热茶，又命鸳鸯取些珠串来与巧姐挑选来戴。见宝玉进来，贾母便问他这一日的行程见闻，晚饭在哪里吃的。宝玉略回了几句，一面看着宝钗等人，一面忙笑问道：

"今日究竟是什么好日子哩？不过是腊月初一，这还没到过年不是？又不是节气，谁下的帖子，请得这等齐全？"

这边李婶娘等众人笑答道：

"问得好么！咱们都是琴姑娘的大红双喜帖请来的。"

王熙凤走到宝琴身边，扬着手绢子比画着，笑道：

"灯花结双蕊，喜鹊上梅梢。郎才女貌牵红绸，敲锣响鼓放鞭炮！这是琴姑娘的喜信发了，宝兄弟快来恭喜妹妹！"

原来梅翰林家已于冬月回京，述职呈表，上悦，命其休养数月，春季再委他职。梅家趁此闲暇，除家庭团聚外，拖而未完的一娶一嫁之事也就此操办起来。这一娶，自然就是娶宝琴进门了。两家商议定了，三月迎娶宝琴。于是薛姨妈宝钗等今日过来回了贾母，接宝琴回去。照理，不便借他人之府邸发嫁自家女儿，故薛姨妈宝钗薛蟠薛蝌等一边在贾家的住处紧着准备，一边赶着收拾邻近贾府的薛家房所，只等过完年，薛蝌宝琴便择日搬去，薛姨妈薛蟠金桂宝钗香菱等暂留贾府这边。待宝琴嫁后，下半年薛蝌便在此房舍迎娶邢岫烟。薛蟠金桂宝蟾等，虽一早吵闹也要搬出独自过活，一则薛姨妈不许，薛蟠也不舍母亲妹妹、酒肉朋友；再则自家的几处房舍，皆不满意，也要慢慢物色齐全的新宅，因此仍在贾府里原来的住处安生，日后以图他法。

王夫人那年已是认了宝琴做干女儿的。虽只是干女儿出嫁，陪嫁自不可少的，四金八银，珠宝首饰，锦缎彩帛，库房上的妇人婆子们正一样样捧进来。大家欢欢喜喜，一一看了。薛家母女极力谦让，又齐谢贾母王夫人。

宝玉原本见齐全热闹，心中欢欢喜喜的，一听为的是宝琴嫁人，马上要搬走，心内大不自在：女儿大凡不是自家的，不管如何好的，只一变故，抬脚就要走的，霎时间便是海角天涯，永世不得一同吟诗畅游了。再好，又能如何？于我无益，于命则有碍。早知如此，今日去了那些庙宇，拣一家就此剃度了，也就不用回来经此离散了！这天下不如意之事原多！他只管自己胡思乱想，怅然如兜头一盆冷水浇下，脸面上也不悦起来，只得向宝琴拱了拱手，默默站在黛玉旁边不语，连原本要告诉黛玉如何命茗烟寻访芳官，虽不曾见着，却也悄悄嘱咐众人不可为难芳官等人之事，也颓丧到不想开言了。黛玉等姐妹先已听说了宝琴归家待嫁之事，虽也有不舍，然此乃人生正经大事，岂有因不舍而不恭贺之礼？自然都有携手衷言之事的，惟宝玉是真伤感的。如今果见宝玉木了半边，众人都知道缘故，此时此刻也不便劝的。这时贾母略放低了声音，又笑对湘云道：

"特特叫带了巧姐儿过来，是让她过来瞧瞧热闹，不过是来见个世面的，她还早呢！便是这热闹她也未必瞧得明白。你不同她，你正是现学现用。太太们也正在备贺礼与你呢，前儿还拿了礼单与我瞧。你看看似这样可还如意？需要添减些什么，你是穿袍戴冠的湘大少，不必羞答答的，趁早和我说罢。"

原来年下史侯也进京述职，家眷也都上京来了。因家中也有两三桩嫁娶大事不可再延误，史侯夫人等内眷议定年后留京数月，将这些婚嫁大事安排妥当，待紧要成礼之时，史侯等择机回京主持大局即可。故也早有书信到贾母处，约定过了腊八就来接湘云回去了。

湘云听贾母打趣她，羞惭惭的，也不好回话，半晌，走去贾母身边，低头捏着贾母的袖子左右摇动，众人捂嘴暗暗一乐。贾母又转过头来对巧姐道：

"但凡咱们家的美人儿,都要让到园子里去住的。这是戏里面唱的,美人配花园,春光美无限。如今我看你出挑得好,你母亲再一调理,也就与琴美人云美人这些美人儿同列了。赶明儿你出息了,就在园里挑一处好地方,也给你住着去可好?"

那巧姐不敢答言,只往凤姐手下钻。凤姐一拍手,笑道:

"这会子在老祖宗面前,她倒是一副知书达理的样子,又不刁又不吵,又不使性子,又不拌嘴儿,你们是不知道她可恶!就是明日起罢,我给她上枷儿,好好调教些时日,略成个人,才有个去园子里的样子。这会子放她去园里住?天都给她跳塌下来,老祖宗太太们不过是看不过惹气,可怜我和平儿,一天好跑园里五十来回的,为的是帮小祖宗描补祸事。她是安逸,可怜我们这些人腿也跑长了,命也跑没了,老祖宗也顾不上了,只不过是为伺候一个小祖宗,这哪里值当!也没这样的道理。"

说得大家都笑了。李纨也走上前来笑道:

"回老祖宗,回姨太太、太太的话,今日得了两位姑娘的喜信,自然人人都沾喜气儿的。只是琴美人云美人一旦家去,经久不得见面,大家天天在一起亲热惯了的,有许多舍不得的意思在这里。所以我斗胆向姨太太借琴姑娘宝姑娘一日,明日邀上所有的姑娘美人们去我那里聚一日,说说体己话儿,大家亲香一日,后日再去各自忙各自的喜事,众位看可好么?"

众姐妹们一听,忙点头齐声附和,贾母薛姨妈李婶等也连忙应允。

宝玉这才知道湘云不日也要回家待嫁,心口只是一疼。往日湘云家去,至多几个月,但凡接去,必接得来的,此番却是不同,一旦去了,再来已是人妇,诸多规矩,哪得再在园里耳鬓厮磨?这些清俊尊贵的女孩儿,都要被臭男人沾染了去了,真乃世间之大不幸也!然众人都在这里,大家都欢欢喜喜，自己虽心如刀割，当如何为之心碎，又可如何无礼发作？也只得低了头，勉强撑着。明日李纨邀大家的话，毕竟不曾听见，李纨直叫到他面前来问这主意可好，他方回神，问了缘故，也知是大家有安慰自己的意思，只得勉强添些喜色，有气无力地附和道：

"还是大嫂子想得到。"

李纨扭头笑嗔道：

"你是真糊涂了，明日初二，是正经社日，我不趁人都在这里，先把人请了，明日去哪里再请去？就是去请，也不得这么齐全。"

宝玉"啊！"的一声，如醍醐灌顶。李纨等也不睬他，又同王熙凤一同回道：

"先我二人已商议过了，外面大厨房安排席面例常吃食，小厨房单安排些细糕茶点，有两样新出的茶点前儿送来试了甚好，明日叫她们细细做来，若果然是好的，就孝敬老太太和太太们。"

巧姐听闻，径直跑到黛玉面前，施个大礼，道：

"你们又要作诗了么？潇湘妃子大美人，明日也教教我作诗可好？"

黛玉尤有些惊怕，慌忙站起来，不敢回话，竟也向巧姐回了一大礼。

众人笑道：

"姐儿，成了，这礼是师傅与你下的定钱！"

巧姐欢喜，蹭过去黛玉身旁站了，又拉黛玉的手。黛玉凉凉的手也握她温暖的小手，一时悲伤，一时又欢喜，两人拉手，再不放开的。这一凉一热之感，如隔了十年几代人伸过来的温情。谁人知黛玉心中千般滋味。

而后大家又说些嫁娶趣闻，笑笑讲讲，至二更方散了。

到了第二天午后，大家相约到了稻香村。只见三张小巧花梨嵌石方桌，配花梨圆凳，品字型摆在正厅中央。除精巧酒菜之外，小厨房又特意

第八十一回　荣国府双姝辞荣府　稻香村诸艳咏稻香

备了新做的四样小巧点心，一样是仁义酥，各色珍稀果仁碾成细粒，焙香，用酥糖细细拉丝，蘸了果仁末缠绕出几种小巧花样出来，甜而不腻，入口即化。一样是葡萄润，秋后老冬瓜不摘，雪地里取新鲜的来，糖渍了，加咸佛手芯做成指顶大小的葡萄粒，正是天干润燥之物。一样是海棠式样小巧碱水角子，里面裹着羊肉冻的酸辣芯子。一样是桂花薏米软芯酥。四样点心之外，新做的米糕、米饼、米茶、炸米花等各色米品摆了满满一桌。边上又有炉子煮茶热酒，旁边的几个小几上也摆了酒水吃食给丫鬟婆子们。

原本是送行，大家都不似往日喧闹，各自推让了一回，坐了。自然是李纨东道，坐了首席，宝玉下首陪席，两位主角湘云宝琴首席左右对坐。余者宝钗黛玉邢岫烟一席，虚留了凤姐的席位，年下凤姐大忙，哪有工夫来闲坐？再者探春惜春李纹李绮一席。李纨笑道：

"大家必说这大嫂子糊涂了，摆上这么些不能上台面的米糕米饼油炸米花儿，莫不是图省钱？非也！今日所有东西全是官中的，原不用俭省。特特摆上这么些不值钱不中吃的东西，不过是因为这些东西都是用稻香村田垄上出产的米做的。众位尝尝味儿，也是叫大家莫忘了园里，常来走动的意思。"

众人一听，虽是伤感，却也新鲜，把那些米饼米花儿看的看，捏的捏，又拈起来一点子尝尝，倒比平常一切吃食有趣。李纨又道：

"还有一层意思在这里。今日虽是送别两位美人，却是成家立业的大题目，正是极好的喜事，何必认真吟别起来？又有俗语说得好，不当家不知柴米贵。眼见得两三位美人都是要当家的，这些柴米家事都要操心起来，咱们也就都关心一下生计大事。因此我想之前总没咏过什么俗物，今日大家就着稻香村的米食，何不就以粮食为题，不限诗词歌赋，不限长短,不限韵,不限时,散席前大家交上来就好。你们要叙旧也罢,谈心也罢,吃酒也罢,猜谜掷骰赶围棋都罢,只在稻香村乐半天的就好。"

众人相视而笑,都赞大嫂子好心思。略用些小点,便都不在席上老实坐着,三三两两离席,看田垄,看残雪菜蔬,看贾兰书房中累累的功课,劲力的书法。

宝玉昨晚一夜伤感,今日见了宝琴湘云二人,犹自心酸,不似往日高兴,又不忍上前与那二人多话,只陪着黛玉默默跟在众人身后出神。黛玉深知宝玉之意,倒比平日里和宝玉多说几句:早日已知湘云嫁期,那日做着的四色锦囊正是送与她的一点心意,赶明儿也要备贺礼与宝琴,都是亲手做的方好。宝钗忙着和宝琴湘云说体己话儿,李纹李绮则细细赏玩李氏房里的蜡油冻佛手。那正是当日贾母寿宴所得之礼,凤姐因它与贾琏龃龉,一赌气送与了李氏,在房内摆着。

素云和众人跟来的丫头设好纸笔,炭炉边上研墨。姑娘们这里一堆,那里几个,说说讲讲笑笑,皆不忙作诗,只玩笑不了。丫头们研了半天墨,也没一个来写的,直等不得了,便笑着去一个个这里那里捉了来,拉到案边叫赋诗。一群人挤在一处,越发笑语盈盈的。半晌,还是湘云见时候不早了,丫头们只催她领头,便也不推辞,提笔就写,众人看去,只见写道是:

酒

踏冰日盼祭鱼早,
金穗躬身冷露盈。
静夜汗荷千担满,
鸡鸣沸釜万星泓。

流星迈步少年意，
重负蹒跚晚暮惊。
济世琼浆伶更醉，
浑忘水火炼熬成。

探春只略看了一眼，便笑对宝钗黛玉道："这果然是办喜事的，枕霞的喜酒先有了！"

李纨笑道："不光云美人琴美人，其实岫丫头大喜之事正在其后。不如琴美人先写，岫美人接上。"

黛玉听罢，捏了宝琴的衣袖，拉她过来案前，宝琴羞红了脸，侧脸胡乱写了几句：

楚

款款堂前士，
浮浮细柳新。
余粮施万户，
卫戍付黎民。

岫烟也被宝钗簇拥过来，写道：

周粟

风和雪静清凉月，
绝顶青松不忍观。

大脉东流商姓改,
惟求渗入首阳峦。

李纹也提笔写道:

秋

花黄雁过青天阔,
重锦闲愁对月抛。
莫怨开篇搔再短,
收秋沥沥最辛劳。

李绮也写出来,道是:

稻香

万味皆难舍,
禾香独潺潺。
神农心上起,
百姓力惟艰。

缭缭炊烟慢,
家家乐业颜。
春花风扫落,
大美在田间。

第八十一回　荣国府双姝辞荣府　稻香村诸艳咏稻香　13

众人刚要说该谁接上，惜春笑道："难得今日这题目容易的，我也出丑一首罢。"众人听了，忙请惜春就案，提笔写的是：

佛缘

四方五色机缘粟，
万手一心夙愿彰。
粒粒轻声诚奉诵，
绵绵善意达慈航。

众人见了，笑赞藕榭善意。探春也写了：

悯

灯黄倦绣不成行，
鸠霸鹊巢怒气昂。
莫怨须眉狂浊酒，
风耕霜作为谁忙。

宝钗也接着写道：

俗缘

旷境蟠桃盛，
瀛洲鹿竹生。
琼林无上宴，

浊世漫天清。
举族忙忙作，
千垧细细耕。
捧簋饕餮众，
梦尽弃仙程。

宝玉笑道："今日我岂可压尾，待我写来。"提笔匆匆就写，湘云笑道："姓怡的，不可有闺阁之词呢。"

宝玉听是湘云，心里一痛，今日之后，还有何人能如此风雅无间？不乐反要落泪，只得低了低头，默默写道：

怡农

百层宝塔千层沙，
茜碧公孙负月华。
尺牍双闲朱墨色，
何妨洗笔赴田家。

李纨笑对黛玉道："我长住农家，只种粮便罢了，日日与粮为伴，何须咏它。潇湘子，剩你未曾交卷，快快写来！"

说着，拉黛玉到案前。黛玉含笑轻轻捏起笔来，写的是：

旅

熏风拥暗绿，
临水照稀红。

婉转澄明处，
轻罗舞碧空。

冬苗翌岁见，
玉胄比青葱。
策马飞残雪，
欣欣向萼丛。

荼蘼花渐落，
旷野尽葱茏。
漫卷伤心碧，
抛书寂寞宫。

孤车声藉藉，
万顷麦浪丰。
何怨天涯路，
霜飔送远鸿。

写毕，众人围在一处，举稿互颂，各有所爱。因咏俗物，也不得太多高雅之篇，警句亦不多，只各自拣喜欢的品评称颂一回，犹不足兴，又评各自的书法，一气看去，到底是探春的小楷最工整，都道今日这等规矩的字迹，何不就去殿试，必得状元！大家叽叽呱呱热闹一番，已是黄昏，上房丫头婆子早一遍遍来请吃饭，便都往前头去了。

不几日，宝琴便搬出去了，湘云也回了史家。暂且不表。

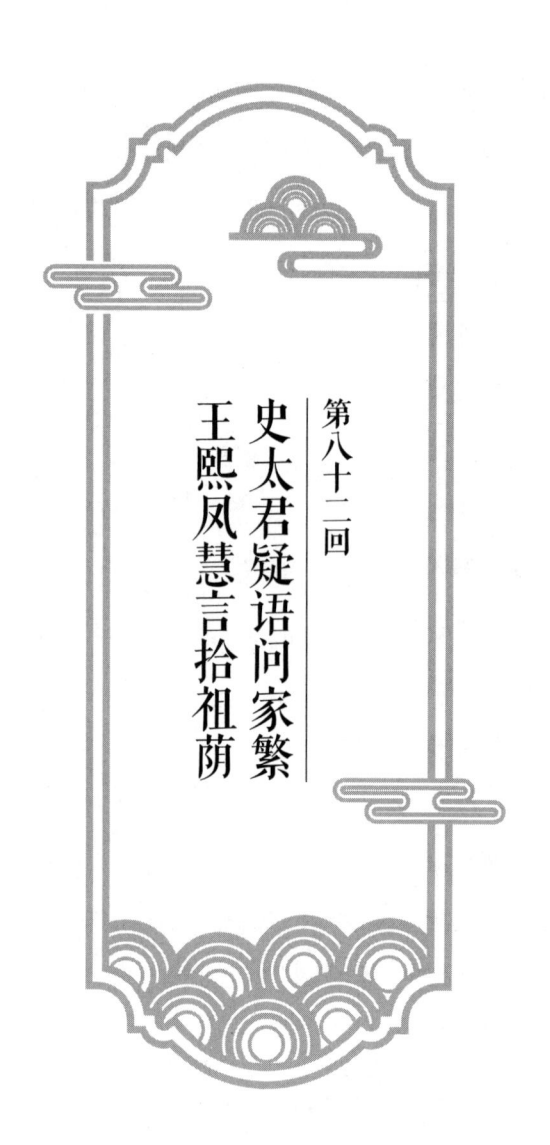

第八十二回
史太君疑语问家繁
王熙凤慧言拾祖荫

且说这日午后歇晌起来,贾琏在外头忙碌未进来,难得闲暇,王熙凤随便歪在新得的海棠红洋绒金线贵妃榻上。有一句没一句地和平儿议计本房的年赏,看些新制的衣裳,正要商议如何在秋桐的年赏上作起文章来,忽老太太那边打发人来请凤姐过去,凤姐忙坐正应了。见时辰不早不晚,老太太郑重其事打发人来请,便知必有要事。凤姐自身体复原后,又大包大揽管家,贾母王夫人亦如前待她,便早又日日呼风唤雨的了。凤姐听贾母唤,忙把近日经手的大事回想了一回,似无甚不妥之处。平儿早唤了丫头们进来服侍,凤姐换了衣裳,主仆几人忙忙往老太太房里去了。

谁知王夫人也早在老太太屋里内间窗边坐着,随身服侍的丫鬟媳妇子们都只在外面伺候,见凤姐来了,众人忙让进去。凤姐谨肃而入,与贾母王夫人作礼。平儿等跟来的人也只在外间候着,里间只贾母王夫人和凤姐三人。鸳鸯琥珀亲自把在门外,不让一个闲人进里面去。

贾母独坐在平日惯常的暖榻上,邀王夫人坐了宽枕大椅,也命熙凤近身坐了,闲话几句,便正色道:

"这不早不晚请你们过来,是趁这个时候我这里清静,却好说话。"

王夫人和凤姐见贾母神情郑重，不敢随便答言，只正襟危坐，默然恭听。贾母转向王夫人说道：

"前两回留珍哥媳妇在我这里吃晚饭，饭竟不够吃的！我心下疑惑，家道竟如此艰难了不成？也是这几个月宝玉身上不自在搅和我，竟一时想不起来细细问你二人，趁今日大家无事，便想起请你二人来商议。如今又是年下，该有多少使钱的地方！果真手头空空了么？到底有多少亏空？往日我不理论，既交了你们的，我乐得享福。只是眼见得都窘到米粮上来了，我实是不可不问。你二人须实言相告，若确是艰难窘迫，怎可毫无心肠坐视而高乐的！我娘儿们几个先细细商议，里头外头，一同拟出万全之策方好。这祖宗基业，不见有来者，倒先就困顿起来，如何了得！"

王夫人忙恭敬答道：

"艰难是年年都有的，俭省也必不可少，却也没到要让老太太忧心的田地。老太太素日的米粮，是最好的御田胭脂米，产地极少，遇到年成歉收，有钱也没处买的。倘若放得太久，陈了又不好吃。我们最多只备一年的余量，见今年的年成不好，就把这等好米限量起来了，等明年新米一出来，也就无虞了。老太太只管放心。家业虽不似早年宽裕，也是量入为出，不能委屈了老太太姑娘们，各房各处算起，也都还是按老规矩行事，从未有短住支使不开的。"

贾母道：

"还说这样的大方话哄我。一年统共年下才能得大宗银子的，你们大凡八月节就短下了，要借当过日子！八月节离年下还有四五个月的光景，算起来你们一年倒有半年是饥荒的，且问你短不短住？"

王夫人便不敢则声。王熙凤忙赔笑几声，接口道：

"老祖宗虑得极是，也是一家之主的本分。只这几年果如太太说的，也都还算好的。咱们府里去年一年的总账目，我听说进项是虽不足二十万，支出也在二十万上下的。这三五年，听得说总账目也大多相若。这是外头账房的首尾，我不便细打听，老太太细问老爷、琏儿他们便知。若论亏空，还就是那年省亲落下来的那一笔大数，现如今虽未能填补上，却也不曾增加。"

贾母想了一想，道：

"嗯，明日自然要叫他们进来细细问问。只是这亏空累年不减，也不是办法！必要想些生息的法子，找些出路弥缝上来才好。我已这么大年纪，还能有几年可活？为的是子孙将来的长远考虑。偌大一个贾门，必要它一路轰轰烈烈的方好。绝不可还没等我闭眼，已经是坐吃山空。"

三人静默片刻，窗外又飘下雪花来，衬得屋内越发又暖又亮，窗边案上供着几枝蜡梅，幽幽清香，越是似有似无，越觉清雅恬淡。贾母端起茶碗抿了一口，脸色稍霁。凤姐知是时候了，清清喉咙，缓缓回道：

"这几年劳老太太和太太疼顾，委我照管里面，大事小情，也确有经历的。这家务犯难，将来之计，我也是看在眼里，急在心中，多方思虑，夜不能眠。外头的大事，那是男人们的事，他们风雨艰难，官场险恶，女人们想也想不到，自然也分不了忧愁。我们娘儿们无非是眼睛往里头看看罢了。近些时日我左思右想，倒是想到个办法，是可以暂解窘境的。虽不算体面，到底也是祖宗的福佑在这里。"

贾母王夫人忙问何法。王熙凤道：

"往常我看库房的账本子，光是礼品簿子就有四五本，有两本陈年簿子，多年来也没有大动过。细细看去，全是积年收下的旧礼，有金银珠宝，有字画古玩及各样珍稀宝贝。那些有出处的东西，像是铸字的各项金银铜铁，题有贺咏吊往的各色屏风、字画、记帘、贺表，固然是不能动的。另有许多没有落款的东西,宝石、象牙、珊瑚、翡翠,一概等等,有大有小,一行行摆在那里落灰。就说那犀牛角吧,单是犀角杯就有五个,这正是世人说的稀世珍宝了!或拿来把玩,或入药救命,都是极珍稀难得的。现在白放在那里,最古早的按说有五十年了!白白收着,还要精心保管,费人费时费地方,却也只是撂着,不过是能白看看,便是连能看看它的人也不多。再有那南洋母珠,金色黑色都有,大的足有鹌鹑蛋大小。我听说珍珠虽好,年月久了,也会变老变黄,不值钱了,何必白收在那里。还有那更值钱的,多年前得的古董、字画、瓷器,尽有值钱的,我们家不稀罕它,也用不上,年月久了,来路都不大记得了,他人更加不会知道这东西在我们家。倘若我们挑出来那些没有题跋之物,通通发卖出去,不知不觉,就换了现钱在这里。只是没人敢拿主意,无人敢动,也是坐在铜山上讨铜子儿了。日常的往来贺吊,有一定的规矩,有各色常用的礼品现备在那里,在另外三两本礼品簿子上日日进进出出,从来也用不上这些积古的东西。我心里盘算过了,若是老祖宗老爷太太拿主意,把这些可以动用的东西都拿出去变现,少说也有十几二十万银钱的。"

王夫人忙道:

"就能值那许多?"

贾母笑道:

"值的。凤丫头继续讲。"

王熙凤点点头,又道:

"再说这长安城。老太太自不曾理会这些市井变迁。现如今,除东市、西市外,城南新开的街市,虽不上十年,热闹繁盛却早盛于东市、西市,铺面成堆,车流客往,人人都叫它南市。这街市是新建的,规制就好,买卖又齐全,来去的客商也更新更多样。且各样的生意都喜欢扎堆,简直把一个大市划分得工工整整，某条街做什么、卖什么东西、做什么手艺，都是有一定的。它地面旺，热闹非凡，正是一等一的富贵地段。我们历年来置的铺面皆在东市，如今租金自然反赶不上南市了。现在这些富贵人家都在南市置地买铺，连宫里常来往的大太监，一趟趟来要银子，也多是去南市置业。我想了这几年，或可将这些积年的东西淘换出去，换来的钱，在南市最当旺的地段，买上一两条街，年年有利息，月月有收益。一月多上千银子的使用，常年下去，不仅着实宽裕了，又可细水长流填省亲的亏空，还可以造福子孙万代，那街市铺面是永久在那里的不是？这事我也盘算了很久，今日老太太问起来，方敢回的。"

贾母听了，望着窗外纷扬飘雪，想了半响，方点头叹道：

"也是愧对祖先，要掏摸祖荫的渣沫度日了。这些物件，我也尽是知道的。白白丢放在那里，也是可惜。只是祖上九死一生，开天辟地，到我们这里，差的也就不是一星半点了！"

说罢，长叹数声，悄悄垂泪。王夫人和凤姐都不敢言。许久贾母方又抬起头来，向王熙凤道：

"你的主意固然有些道理，但你可知道，一旦被外人知晓我们典卖东西，便是衰败之音。这世家场面上的兴衰存亡，风向有大利害关系。大家都是赶旺家，巴结往上，高拜低踩，极是势利的。一旦有卖东西过日子的风声传出去，怕是钱没得着几个，个个都会猜我贾府江河日下，面上才轰轰烈烈的，怎么这么快就不行了？典卖看似事小，却事关枯荣，带累的是一府命相。"

凤姐忙答道：

"老祖宗所虑极是。一来这些贵重东西，不是一般人家消受得起的，需得找到合适的买家，方可得其价值。倘若胡乱心急一卖，不但得不到好价,只怕还要惹出麻烦来。二来正如老祖宗所言,绝不可打鼓摇铃满处叫卖,需得静悄悄进行,若风声不好,带累家声就不值了!各方考虑,我倒是一早想到了一个可以托付之人,便是周瑞的女婿冷子兴。他原本在京开着偌大的古董行,极是懂行的。这些买得起好货的大金主们,他也没有不熟门的。待老祖宗和老爷们商议过了,如若可行,老祖宗老爷太太们大可直接传他进来,当面盼咐他也就是了。老祖宗和太太都知道他一家子的忠诚为人,冷子兴自然不敢多言,也必会小心把握分寸行事,也不得走漏风声。"

贾母王夫人听罢,思忖半晌,各自点了点头。王夫人又细细说起周瑞一家的行止为人,皆是历年所见,信得过的。于是三人又细细罗列新添开支的大项,又商议何法可减,何项可免,长篇大套。殊不知外头等回事的丫头婆子们,黑压压站了一地,却都鸦雀无闻,默默等着。因有夏太监打发人来说话,怠慢不得的,平儿总等不到王熙凤出来,急得热锅上的蚂蚁一般。又有王子腾姨甥媳来请安,这时分不早不晚,不是请安的时辰,匆匆亲自来拜,在王夫人上房一再等着,明是有事,跟王夫人的婆子媳妇也一趟趟来哨探。好容易贾母起身更衣,王夫人和凤姐散一散的当儿,平儿和玉钏儿方得便进去,回了几句话。待贾母归座,又说了一会儿话,才盼咐二人先各自操劳去,晚饭再来。两人方忙忙出来理事。不等到晚饭时,二人又来见贾母,接话商议。不时宝玉和姐妹们都往前头来了,三人这才收了话头,一同伺候贾母晚饭。

至晚,有南京那边管事的女人按例上京过年,进来请贾母安。贾母也不抹骨牌,只等她们进来说话,与她们述些家务人事,听些风土人情趣闻。细说起金陵大户人家,却听闻家家风声鹤唳,战战兢兢,连最张扬的衙内公子哥们都被管束得严谨恭敬。听得传闻是京城威重,家家自危,不知真也不真的。贾母听在耳内,与众人交换了眼色,点头不语。待她们出去,略玩笑一回,也就歇了。

第二日,雪停风息,贾母心里有事,早早起来了。

贾赦贾政贾珍等人,昨晚已得了信,今日要听老祖宗唤的,便都谢了往来贺吊酬答之事。临近年关,官宦大户纷纷借年事之机,互答珍馐祭礼,加紧往来,互相亲近拉拢关系。只今年不比往年,今日这家失势,明日那家被抄,王公贵族都惶惑机警,细心留意,谁家失势,往往不待第二日,权贵便避了个干干净净,再无可往来之亲友。尚可往来之家则互相全力酬答,互抱成团,竟成了一时之风。故贾府今年亦不比往年,外头的酬答更是烦琐频密,只这一日贾家不见客,拜客之众有多少人吃了闭门羹的,皆是过日描补。

贾母用罢早饭,先传了贾珍过来,略问了数语家业事等。贾珍回曰,宁府人口原少,大事又不多,十数年,不过是几桩红白事,无甚大的出项。自己每日谨慎持家,量入为出,除照顾族内子侄外,每年都还略有盈余。贾母听了欢喜,也不传宁府账房头目详细来对,哪里知道宁府也是外头好看里头苦,并没有隔夜粮可存,一日来一日去的,稍有差池必窘态毕露。再者毕竟是分开过活的,贾母不便深究,便只白吩咐了几句,不过是世风严酷,需谨小慎微,勤勉为官,用心教育子孙,要后继有人的话,便命贾珍去了。

于是又传贾赦、贾政、贾琏。贾母便细问起这几年的家务状况。那贾赦木着脸不语,贾琏不敢怠慢,带了账房的节略过来,念与贾母等人听了。果如凤姐所言,这几年的花销大致和进项相平略负,因之前省亲落下的亏空太大,以致时常寅吃卯粮,倘若有其他银两进项,便可安然度日。至于人项不及、田租不收、靡费过盛、下人藏奸四大弊病,也是实有其事。前些日已叫齐各项管事的人，一同商议了，一项项分派下去，落实得力的人去督办，务必整治不良气息，振兴家务，好叫老祖宗放心的。

贾母虽知他们虚实不一，却和凤姐的话对景，料想实际情况应也不差很远，正如自己所料，家计还不至于到无法收拾的田地，便把心放下了一半，面色和悦起来，先说起世风严酷，需小心翼翼的话，再又慢慢说起凤姐提议之事。三人听了，粗略一想，不禁叫妙，都赞果然是殚精竭虑之策。

其实一说旧礼，三人中便有两人心内一沉。贾赦因想这家私迟早是自己的，那旧礼早已挪了十件八件出来，幸而大多只在房里摆着，瞧着情形还回去也就是了。只一两件或赏了人，或换了钱的，就明说拿了，也不值什么的。贾琏在外头手头短住之时，也曾以假乱真，偷换过两三次字画等物。虽是不多，最怕下人们有样学样，浑水摸鱼，趁机盗换起来就了不得了。但事已至此，先易后难，先将有把握的物件拿出来卖，搪塞到最后，数额不大，想必也无人追究了。这都是他二人的私下忖度，面上却是满面春风地称赞好主意。

贾母听他们都赞同，也就心中有数。于是先传了总管和各方执事上的头目上来，黑压压站了一地，贾母先亲口叮嘱了一番，贾赦贾政当着贾母的面，罗列四大弊病，当面申斥了各人，又再次重申了前日所分派的整治事宜。众人向贾母磕头领命。贾母含笑点头，道了受累，众人一一退下了。贾母便又吩咐三人，就按凤姐提的法子，商议冷子兴，越机密越好，叫他办来。有任何疑虑差池，立即来回。

不日就有贾琏来回贾母，已委了冷子兴办理销货事宜。他只一上手，几件紧要的珍品，便卖了上万的现银回来。老爷们见他能干，便又与了他百十样东西，还有大批不好出手却又无用的物件，堆得库房满坑满谷，也命他一批批悄悄拿去外省当了来。他是极靠得住的，一句话也不敢乱说。待事成之后，照例赏他捎客的抽佣，也就是了。

冷子兴又说，这些好东西，集中在一起发卖，就不那么好出手。勉强东家西家问了，也不得好价。此事宜逐步缓行，总有个三两年的时间，则可全部沽罄。

因此南市买铺的事，亦可逐步进行。有一万，买几间，有几千，又买一两间，等淘换完单子上的物品，铺面也就自然连成片了。

贾母听回话，也道有理。见众人都得了主意，各自按分工行事即可，便告知凤姐隔些时日便来回报一次诸事之进展。过不几日，有赖升之子与戴良之子跨府聚众斗殴等事，自是府内管家混乱，因查旧仓，矛盾显露的大事，只贾琏贾珍料理安抚，这等重大端倪，也无人敢回贾母的。故贾母也就从此撂下家计琐碎，又安心度日，不提。

第八十三回

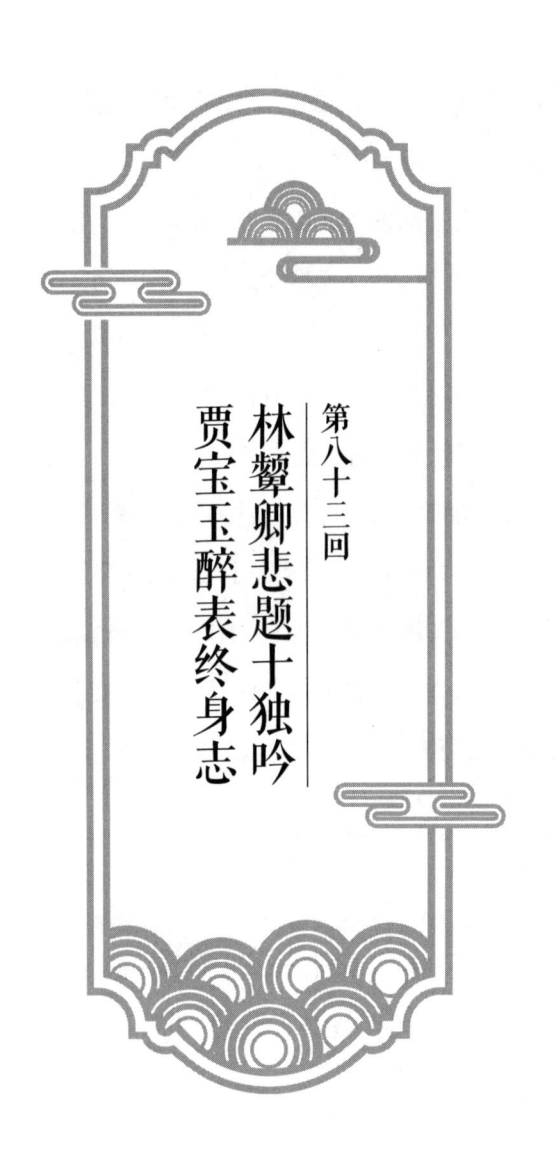

林颦卿悲题十独吟
贾宝玉醉表终身志

又是一日定省，因下雪珠儿，天冷路滑，贾母下午便打发人去园里说与姐妹们并宝玉，晚上一定不要出来了，故此晚饭时，贾母上房只有王夫人凤姐尤氏在。才半日不见，贾母又禁不得牵挂起园里的女孩儿们和宝玉来，随口闲谈，说起湘云宝琴岫烟出嫁，贾母像是对众人，又像是自语道，当年湘云才多点大？懵懵懂懂，冒冒失失，头次来贾府就敢爬假山，为的是花园极美，她要站得高看得远些。展眼之间，这些女孩儿都要嫁人了。喃喃数句，又叹道：

"唉，也真是时日如流水，先是迎春，现在又是她几个女孩儿，一转眼成了大人，都要成亲伺候公婆去了！算起账来，这一二年总是人家要我的人，只出不进，实在蚀本得很。什么时候轮到我们去要人家的人？左想右想，现今儿的，咱们娘儿们手里也就只有宝玉一个，须得叫他快快替咱们挣一个回本来再说。"

凤姐接口笑道：

"要快也是容易的，老祖宗太太金口一开，包管就得一个天仙回来。"

说罢大家一起笑了。停一停，贾母又对王夫人道：

"也是十六七岁的人了，难不成在园子里娶亲？总要有个地方！我的意思不如趁早打算。按说我这里腾出来给他结亲，那是最好的，又大方又气派又省事。奈何老废物还在这里，现如今大倒腾起来让给他，那背后的非议还不翻天？那不是有益他，竟是害他了。他本是个孝顺知礼的，也断不肯。若是叫他远远住到其他僻静地方去，娘儿们见面也难，我瞧一眼也难，我心里也很过不去。若是要四角俱全呢，我倒有个主意。我这里后院地方极宽，后院再往后就是花厅。只需划出小半后院的地方，再拆了架在后院和花厅当中的两道架桥走廊，就势起三间正房，绰绰有余。当日新盖那花厅，我便料着后日可以给宝玉使用的。既起得三间正房，就势向后，左右两边起厢房，连上花厅，花厅就是宝玉的倒厅了。这样又便宜，又省事，又不兴师动众的。他住在那里，向后是自己的院子，向前是我这边的正房，前后连通起来，正房的一切地方，他都可以使用得，就如同我让出来一般，你们横竖日日过来的，以后过来既见了我，又可见得宝玉，大家亲香，岂不是好的？"

王夫人听罢，站起来作礼，道：

"总是老太太为宝玉费心。我也早有这样的想头，宝玉毕竟要搬出园子来，读书成人，才成体统。因事多未曾想起来回老太太，不想老太太已思虑妥帖。"

贾母忙止住，命王夫人坐了，又道：

"也是你我一片私心为宝玉，你不嫌我伸得手长，已是贤良不过的了，又何必多礼。前些日子议计家务，知道你们原不宽裕，拆东墙补西墙的，这会子官中又要拿银子出来与宝玉起房舍，虽所费不多，背后未免有人怨长道短。不如不动官中的银子罢，钱从我这里支，过了年，画了图样，就叫他们拣个好日子，速速破土动工。"

第八十三回　林颦卿悲题十独吟　贾宝玉醉表终身志

王夫人又要站起来行礼，贾母止住了。尤氏笑道：

"这样一行，就是万事俱备，真就只欠老太太和太太们的东风了。"

凤姐忙笑道：

"老祖宗太太看准了，赶着吩咐我去说媒，再不要派别人去。我辣子说的媒，那不就是蜡梅？真是天下第一吉祥如意美美梅梅媒，看有谁能强得过我的？"

听凤姐一口气说了一大串媒来，满屋子人都哄堂一笑。贾母笑道：

"那就派了你吧，自己人，省了我的谢媒银子。"

凤姐故意拍手皱眉道：

"这便是又叫马儿跑，又不叫马吃草的了。嘻，没银子赚，那我就不催东风了！"

王夫人道：

"也不用催的，连娘娘都惦记宝玉的终身大事，不过是宝玉命里不该早娶罢了。好女孩儿也尽有的，还只怕宝玉配不上呢。"

贾母道：

"新郎不急媒人急？不用催我，只催你自己罢。你快些把他的新房起好，我带大家瞧去，若果然好，当场走马拜印封蜡梅。"

凤姐手绢一伸，挺身笑道：

"得——令！"

大家又笑了。

贾母又吩咐王夫人，起房屋的事，由她说与老爷知道，若无不妥，就说与外头，依命办理。王夫人领命，回房去了。

不多时，贾府上下已无人不知贾母后院将起居所与宝玉，为将来大婚所用。至于何时搬出大观园，所娶者何人，则还是未明。

宝玉娶亲，乃是府里的头等大事，早有这样那样的说头，眼见得要水落石出了，众人不禁在背后大肆议论起来，有猜定是这个那个的，有议论该这个陪嫁那个通房的，有心存幻想悄悄笑的，有丫头们互相指对方是新二奶奶的，有暗暗算计的，有不怀好意的，有嫉妒眼红的，一时间开了锅。

黛玉此时也得了消息。迎春出嫁，宝钗宝琴搬走，湘云归家，李纹李绮又早被舅父家接出去过年，偌大一个大观园，只剩了自己和宝玉李纨探春惜春岫烟孤单几人，早有荒凉寂寞之意。何况宝玉已起新房，不久定是要搬出园去，到那时，大观园真的要冷落了。上头已提及宝玉终身大事，又不道明娶何人。倘若宝玉娶了别人，自己在冷清的大观园独自枯萎，是何等的孤苦凄凉。唉，可怜自己并无父母兄弟做主，这刻骨铭心之言，总不知是否如流水春寒，风过便无痕，只落得孑然一人，啼血伤春，悄然殒命。

花月总无情，有情原因人。伊人随露散，花落月归云。

大观园，三里半，景色无边，那人若是别景去呀，水涸枝残，雾霾雷电，再不是人间。

黛玉耳边不知是谁在反复吟唱这些戏文，只觉得时日如剑，穿心刺骨，逃不开潇湘馆，走不出大观园。这一腔幽闷，无可消遣，只对竹无言，暗抛珠泪，真不知身为何物也。

正值伤感，忽巧姐过来拜望黛玉。黛玉只得打点起精神，陪巧姐吃茶。巧姐却非闲聊，竟带了书来，向黛玉请教庄姜之感：

"听师傅教导说，贵姓惟姜、姬，这美人一般的姜氏，嫁与庄王，并非高攀，如何字里行间看去，她竟长年里备受冷落，尚不如婢人侍妾的呢？"

黛玉勉强笑道：

"何以见得受了冷落呢？"

巧姐翻书，点着道：

"前些日子诵《左传》，这几篇长文都述庄姜虽美却无子，庄王暴戾，长年不待见她。我读之悲愤，说与母亲与平姨听，她们只是取笑我，说我替古人担心。"

"若就这几篇文来看，你说的便就是了。那《硕人》之歌，长篇累牍赞美庄姜。谁知惊天动地婚乐之后，竟自此荒凉。"

"这便是女子的命么？家世再好，人再美，也换不来一世安稳？"

黛玉听了，正中心事，心下怆然，一时竟不知如何应答，半晌方勉强劝道：

"庄姜之悲，也属偶然。虽美，虽贵，不得君心，便也只得深宫寂寞了，然不过是其一人之命数使然。于女子，美与贵也都还是其次，首要者或为天公作美，所遇之淑，心意相知。"

"我等女子如何得自主？如何得知所遇为淑？身在闺中，一步也迈不出去，到那日素面相见时，无论其淑人与否，皆为时已晚。女子，终不过是随波逐流罢了！"

"你父母尊长如此疼你，必为你深计，择一良人。你则知书达理，再加之天性豁达，温润谦恭，必然事事如意，断不须忧心至此。"

"我非为我之命忧心，乃为天下女子之命一大哭。吾亦彷徨，其何如哉！"

黛玉无可作答，亦不能在小辈面前又哭，只得轻声念："燕燕于飞，差池其羽……"巧姐转悲为喜，也接上去一同念道："之子于归，远送于野……瞻望弗及，泣涕如雨……先君之思，以勖寡人。"长长三诵方住了，会心一笑。

临行，黛玉抽出一卷王摩诘后期之作，尽是禅意，交予巧姐细读。巧姐忙接了，道谢起身。黛玉亲送出园门，又折回蜂腰桥上。立在拱桥高处，那黛玉望着满园雪景，无限心事，忽然痴魔一般，半日挪不了步。正值黄昏，金色的夕阳在密云中一道道穿下来，一大束正罩着黛玉，雪地琼枝，冰湖玉树，金色在晶莹雪白里浓烈得化不开。真是神仙洞天，仙姿临风。远远的众人都美到震撼，黛玉却在忧郁疑思里浑然不觉，泪落成冰。未已，金色罩住了两个人，另一个自然是宝玉。一对璧人在冷风里相对无言，已胜千言万语。良久，那金色已暗，整个园子堕入黑暗。宝玉方拉着黛玉的手，送她回潇湘馆，又坐了很久，说了许多宽慰的话，方回房去了。

黛玉犹不能眠，激冷大嗽，笼火更呛，真不知如何是好。只得立一阵，坐一阵，翻书定神。待略安稳一点，又提笔写几句定气。忽想起白天巧姐所提之庄姜，推至历朝历代美人才女，皆多凄苦。而今这孤独之意，还未开头，今日自己便品足滋味，慨叹良多。思索片刻，提笔一字字缓慢写来：

《十独吟》
庄姜

硕颂传华夏，
仙姝降帝城。
恩情常跌宕，
独坐听民声。

第八十三回　林颦卿悲题十独吟　贾宝玉醉表终身志

貂蝉

战史卿名著，
锄奸万众钦。
红颜功就后，
静院暮春深。

昭君

蔷本非闺字，
昭仪汉室君。
蛮夷秋更短，
泣血雁离群。

班婕妤

秋扇伤自遣，
香冷未央宫。
青镫何堪守，
随君化长虹。

卓文君

林泉秋未了，
菊落月常昏。
繁冗香尘落，
孤身最断魂。

甄宓
玉衣笼碧华,
陷落帝王家。
邺邑风雷骤,
难追恶使车。

谢道韫
国倾家难守,
掷笔赴从容。
会稽悲听雨,
幽帘梦相逢。

李清照
愁断云中锦,
悲怀故土倾。
晚风南酒冷,
金石寄月明。

唐婉
再遇沈园夜,
更知世力艰。
柔荑擎玉案,
愁思褪红颜。

薛涛

浣溪遗粉黛，

花落水田凉。

前世随君去，

独吟碧鸡坊。

写罢，虽安稳些，却是力倦神疲，连忙躺下。是夜，黛玉半夜发烧，全身乏力，咳嗽不止，痰中有血，轻嗽数次不绝。自己见了，又惊又怕。细细一想，或是天干火旺，咳破了喉咙，也是常有的。已近过年，上面大事连连，正是紧要之时，自己何必又忙里添乱，不如不说的好，只愿这几日自己按足了方子服药，静静调养，或许就得好了。因此黛玉不敢声张，悄悄把帕子藏了。又疑又惧，更不得眠，那身子又弱了一层。

这里宝玉回到怡红院，心里着实不安。袭人麝月等丫头婆子忙捧温汤热水，服侍宝玉又是喝又是敷的，宝玉一概不用，焦躁踱步，又仰头长叹数声。一是担心黛玉忧郁有个好歹，更是担心自己的终身所定。通灵宝玉近来一日比一日觉热，旁人无从知晓，自己却早已感知，心中暗忖，莫不是姻缘消息发了？若论姻缘大事，早已向黛玉起过誓，要她放心的，自己的一颗心也一早在她那里，必要同死同归的。奈何父母祖辈不开言，自己无权私订终身。若他们能体恤到自己的心意，有心成全还好，倘若并不知自己心意，抑或不理会儿女情长，只任由他们自己的权衡，乱点了鸳鸯谱，那便是天大的不妙了。常听说世间婚姻之事，多有因家世宦途成就姻缘，倘若我也这等行起来，不但害了人家的好女儿，也害了我和林妹妹性命。天啊地啊，天高地阔，而我头顶不过是巴掌大一片天，脚下不过是荣国府一片地。谁人为我做主？天啊，太高太远摸不到跳不开的难为天。地啊，山河湖海自在东西无可游历孰为地。

宝玉在屋里乱转，想使人再去瞧黛玉，看看身边的丫鬟们，晴雯芳官四儿等一概皆已不在，心上又是一凛。当日若有她们在，或许还知道我三分，纵使不得全知，焉不知我记挂妹妹？即便不自主去探望黛玉，亦断不会只背书讲理的。奈何死的死，走的走，知自己私心的一个也保不得。若再守礼而待，只怕黛玉也……宝玉心内剧烈搅动，无头苍蝇一般乱转，忽见集锦格子上的西洋葡萄酒，即命丫鬟取了倒出来，也不用菜肴下酒，也不管它酸涩苦淡，咕咚咕咚便吃了一大杯，随手便命秋纹碧痕去瞧林姑娘去。袭人见宝玉神色不对，举止大变，也不能直问他因由，只能慢慢劝道：

"二爷慢些吃罢。这是高兴呢还是别的缘故？今日老太太开言，特特与你起新房，还连着老太太正房，真是祖宗恩典，天大的好事不是？二爷自然没有不高兴的了！二爷既高兴，没有一个人吃酒的。改日请大家一起吃才有趣呢！若果真就这会子要吃酒，也要略等片时，安排酒菜点心与二爷下酒。慢慢少吃些儿可好？"

说罢，叫了麝月小燕等一同摆酒果碟子，又传小菜。宝玉也不理论，一杯接一杯地吃，酒菜未齐，已是大半瓶子吃下去，脸色通红，高声大嗓起来，一边还叫再来一瓶子好酒，一边哈哈笑着举杯敬众丫鬟们。袭人慌忙劝解少吃，扶着宝玉起来睡去，宝玉哪里肯依，大琉璃杯余酒一口干了，面前的果菜一推打翻了四五碟，拉着袭人笑道：

"袭人，好姐姐，你哪里知道我的心里苦！"

正值酒涌上来，秋纹碧痕回来了，宝玉忙问黛玉如何，二人答道：

"林姑娘好着呢，正在写诗呢！"

宝玉心奇，脱口而问：

"写的什么？"

秋纹碧痕等都笑道：

"诗认得我们，我们不认得它。"

宝玉听了，正没好气，碧痕笑道：

"爷，不用急，我倒是趁黑抽了两张纸来，你瞧了，过日悄悄还回去吧。"

说毕，递过来给宝玉。宝玉忙接起来看时，一首姜庄，一首唐婉，孤独冷清，恰是锥心之语。读完，越发急痛起来，不觉竟哭出了声。众人知他不悦，又喝了整瓶的酒，却不想宝玉忽然大哭，忙来解劝。那宝玉全然没有平日的和善，弓背猫儿一般，众人不敢靠近。宝玉左想右想，忽把项圈连同通灵宝玉一同摘下，往空中一抛，众人慌忙去接，宝玉又哭又笑，又大叫：

"不要，我不要这劳什子了，大家干净！不要了！"

"酒！酒！酒！快些再倒上来！"

袭人等一边劝，一边吓：

"宝玉，不要闹，仔细惊动太太老太太！你越大越不听劝，越发闹得狠了！再闹就回老太太了！三更半夜要请老太太来么？"

宝玉听说，雷轰电掣一般，心里忽地一亮，又陡然作勇，把心一横，把脸一老❶，仰头打着一串大哈哈，站起来便出门去。众人又忙跟上来，只拉不住，宝玉一径出园，往老太太房里来了。这里多少人灯笼火把跟上来，到了门口，宝玉仍嘻嘻哈哈乱笑，拍开大门，已有人进去通报了贾母。

---

❶ 老，厚也，意为不顾羞耻。

贾母先是吃了一惊，略定神一想，约莫猜得宝玉几分来意，虽是意外，却也是意料之中，心下赞叹到底自己眼力不错，这个孙儿是个有人情的好子孙，不枉我素日疼你。心里一边暗暗好笑，一边披衣起来，命鸳鸯等退到远处伺候着，只留个极小不晓事的丫头在一旁伺候。

众仆妇在大门口拦着宝玉不许进门，劝他回去："已经快三更了，老太太早已睡下，哥儿从来是孝顺守礼的，何苦要惊扰老太太睡眠，老太太常睡不好，难得今日开心，一早睡了，这时候闹她老人家起来，于心何忍？再有甚要紧事，且明日说不迟。"

这里贾母已经起来了，生怕冻着宝玉，忙悄命人让宝玉进去。贾母坐在床上假装未起，丫鬟婆子也不上前。贾母故意沉着脸，问宝玉何事深夜吵闹？那宝玉满身酒气，也不坐，也不答话，绕着贾母房里踱步，四处张望，忽然打了几个空哈哈，对贾母道：

"老祖宗，这屋梁是……是金丝楠木？还是香楠木的？啊，难不成是紫檀的？"

贾母深知缘故，暗暗好笑，也不答他。过一会儿，宝玉又打几个空哈哈，问：

"老祖宗这里点的什么香？蜡梅香不到这样田地，只怕是屋子暖，春兰提前芬芳？老祖宗真是久居兰室了！"

贾母啼笑皆非，忍不住问：

"小祖宗，你这是喝了多少？大半夜的，闯到我房里来问屋梁！无事宁可回去，跟你的人呢？"

宝玉又不答。隔一会儿，忽道：

"老祖宗，这雕梁画栋，幽香兰室，自然是世间之美事。其主若有心爱之人相伴，那真是常人说的华厦美眷、一生无憾了。就怕不得称心如意之伴，被胡乱指派了陌路人，终生相觑无缘，纵是楠木为梁，紫檀为窗，四季贡果，月月焚香，于主人也是无益。楠木梁不过是千年不坏的棺材盖，焚的定是那熏蚊子的断头香。所以屋子倒是其次，人才是第一要紧。老祖宗……唔呃，黄金万两等闲得，知己一个也难求啊！"

贾母见他言语迟慢，口齿拖泥带水，不觉好笑，斥道：

"我道是为个什么喝成这样，竟是为今日商议与你治房舍的事？这也奇了，如此费心耗力，色色周到，你还似有不足？喝这么醉，和那些下流种子有什么两样？快收拾睡去，仔细明日你老子问你。"

宝玉正色答道：

"老祖宗以为我喝多了？不，我才没喝多呢。美酒千杯少，一醉解万愁。"

"实也好笑，眼见得什么都有了，也不知你愁些什么？"

宝玉贴近贾母床前，单膝跪下来，拉着贾母的衣袖道：

"我就是愁啊，老祖宗！老祖宗是最疼宝玉的，要为宝玉做主啊，老祖宗会看不出来吗？眼里千万人，咱心里只有那一个人！任你广厦三千，三房六院，只不是那一个人，我心里就进不去，白在世间走一遭，一世无趣味啊，呜呜呜！老祖宗既疼我，与我房舍，更要把那个心上之人也与了我，方是救宝玉的命！宝玉的命在老祖宗手里，全凭老祖宗搭救啊老祖宗！"

贾母故意厉声道：

"宝玉，婚姻大事，自有规矩在那里！我们这样的人家，更是不能存私心的！你若是这等私自存意，还成个什么人了？"

宝玉仰天笑道：

"我这不守规矩不成人，也不是一天两天了！还幸得老祖宗不逐我出去,还疼我。老祖宗啊,再疼我一遭儿吧,呜呜呜,从此我生性改过,好好做人。只求老祖宗为我做主!"

宝玉呜呜咽咽,一叠声求。贾母禁不得也湿润了眼眶,站起身来,正色道:

"宝玉,你好比是那花丛中的蜂蝶。据我看来,你是这个也喜欢,那个也爱;这个也想要,那个也想得着才好。女孩子们都在背后说你囫囵吞枣,贪多必嚼不烂!这会子你说只要一个知己,说来谁肯信。还使这么多花言巧语,大半夜来闹我。趁早歇息去吧。钱我这里有,好的女儿也多,我倒是准备着你找我多要几个的!"

"老祖宗此言差矣!万花丛中过,咱一瓣不沾身!人生在世,只一知己足矣,何须画蛇添足?女儿好,我实不过是欣赏之意。老太太不也最疼模样性格好的女儿吗,宝玉和老祖宗同是这个意思啊!虽则欣赏,岂能每个都要,那不成了色鬼淫魔了?我就只要心中这一个,一早为她喜,为她悲,为她病,为她狂,老祖宗明镜一样看在眼里,岂会不知?其他好女儿,我虽真心羡慕,必是发乎情止乎礼,可羡慕,可钦佩,可称扬,可观赏,陪伴护花,都是相互尊重守礼,绝无非分之想。老祖宗,我赌得起誓,若非真心,就让我孤老一生也罢!"

贾母忙拉宝玉,喝道:

"休胡说!"

那宝玉跪倒在地,涕泪交流。贾母忙搂他在怀里,拉他起来,悄声劝道:

"好宝贝,你既这么心诚,那是最好不过的了!不仅是你有福,她也是个有福的!大家也都有福!你放心起来吧,我虽老了,还没老糊涂。哪一件事瞒得了我去?必当如你的意的。规矩呢,那都是人定的!规矩是死的，人是活的！不外乎'人情'二字！我岂会让你去娶个不三不四的外路人，放在我屋后天天碍眼？必定挑一个在你心尖也在我心坎上的，才是皆大欢喜不是？放心吧，好宝玉，只管安心大胆倒头睡觉去，有我呢！"

贾母一叠声有我呢有我呢，宝玉听在耳内，喜在心头，却也真是半醉了，犹是呜咽不止。贾母一面哄劝，一面唤了远远回避的丫头婆子过来，帮宝玉收拾了，搀了犹在抽噎的宝玉回怡红院去了。

此一夜，几处无眠。

第八十四回

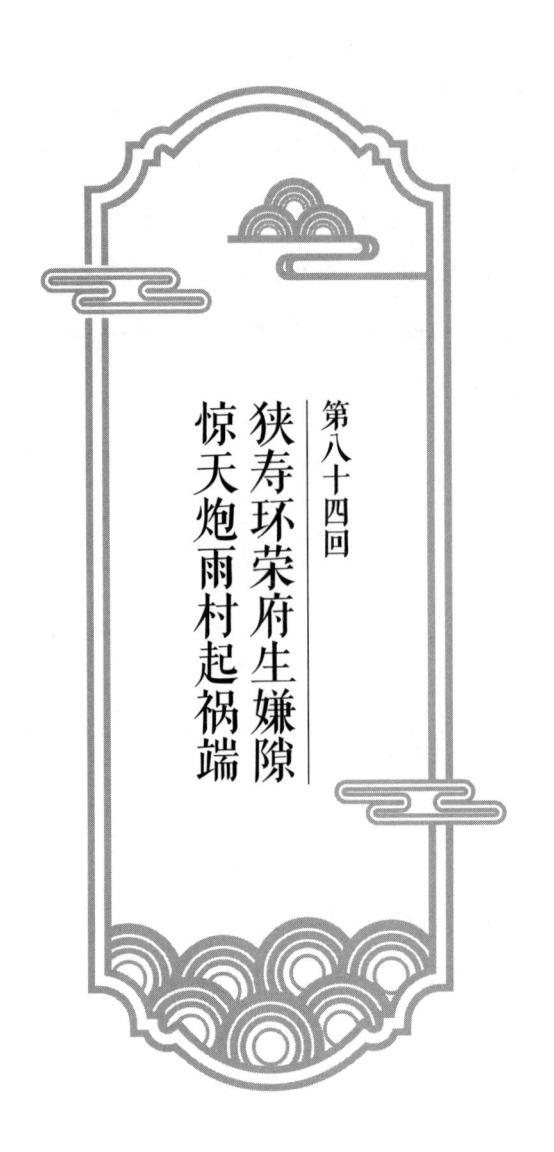

狭寿环荣府生嫌隙
惊天炮雨村起祸端

第二日已是腊月十五。

晚饭前,众人照例在贾母房中齐聚,王熙凤已将过年的物事准备得八九停了,无甚大忙,便也早早过来贾母这边斗牌说笑。因外头库房清理古画,挑了几幅极好的盛唐仕女牡丹图来与贾母过目是否留用,众人便展了古画,围着细细看了一会子,因贾母喜欢,便将那一幅好的长卷挂起来,过两天再收。凤姐便凑趣笑道:

"到底还是唐人气度与众不同,打扮也最用心。你们瞧那些画上的美人,圆脸蚕蛾眉,哪个不是十足十的装扮!身上头上,处处用心。别的还则罢了,我只爱她们那些披帛飘逸得好。听说那是上等的绣罗裁成的,又细又长,迎风飘舞,岂不美哉?现如今那罗虽然失传了,其他各样纱罗却有的是。待来春暖和,我便去裁它百十来条的,我最喜欢大红、粉红、鹅黄、浅紫、水绿、宝蓝、天青,就一起儿披上,去园子里走,啧啧啧,谁见了不爱?"

一边说,一边仰首挺身,一副披帛而行目空一切之势,众人皆摇首而笑。

贾母笑道：

"猴儿，你一口气披那么多，不怕沉甸甸的压手？好看是不见得，倒像个货郎摊子！"

众人哄堂一笑，凤姐自己也笑了，道：

"老祖宗提醒我了！我早相准了一块地方，呐，就是这上房后院大樟树下，正是块风水宝地，恰好能摆个货郎摊子，不如明日就开张，巧姐摇鼓，平儿推车，我自披我的五彩帛吆喝。不过我也得想想，既开张，得赚钱不是？老祖宗大主顾百样都有，我得卖些什么精巧东西，才能赚得到老祖宗大财主的钱呢？"

见尤氏笑得前仰后合，凤姐走上前去恨道：

"卖什么赚钱？我不过是卖个破绽，你就笑得这样！"

众人益发笑起来了。探春道：

"若论纱罗，六月间得的那批水红纱是最难得的，轻薄绵密，看似一大件，团在手里比雪还轻，两手能合起来。抖直了，难得它密不透风，夏日里家常纳凉，最是难得的。"

凤姐忙笑道："我知道了，你必是说的今年新得的机织府绸底透染纱，那是洋货，我看了果然好，因货少抢手，费了我不少工夫才人人有份的呢！"

"难为琏二嫂子。那个比历年得的纱都好，真是人人喜欢。别人不说，二姐姐平日不大经心这些衣裙琐碎事的，六七月里正是准备嫁妆的当儿，她开了金口，指名要了三套水红纱陪嫁，可见这纱是有多好。"

因提起迎春，想到她遇人不淑，在夫家受罪，探春忙住了。

惜春接道：

"不但二姐姐喜欢，我也爱它。你们是爱它轻薄绵密，我单是喜欢颜色单纯得好。若是我自己的意思，水红还不好，要是纯白色，才是最好呢。"

惜春说完话，忽觉自己说错了，已经多被说闲话，这会子又凭白要穿孝，又是不好。桑麻原本焦黄色，托喜洁白显自身，正是假脱俗的真骂名，惜春也忙止住了。幸而众人也听不真，不理论。

正在说笑，摆晚饭，邢夫人来了。众人忙寒暄让座。贾母招呼了邢夫人一两句，便转头问鸳鸯，请了林姑娘来吃饭了么？身上不耐烦么？明儿进园里瞧瞧她去。这边邢夫人边上坐了，转过身子向贾母道：

"老太太，再过几日就是二十三，过小年，恰是老爷新得的嫣红姑娘的生日，老爷本想请一出小戏来唱唱，小小热闹一下也就是了。细细问去，谁知环哥儿竟然也是这一天生日。老爷原喜欢他气派不凡，诗才脱俗，见他们两个遇得巧，又都是老爷极喜欢之人，因此想着大家一起热闹一回方好。可巧平凉第一皮影班子杨家班奉旨进京朝贺，这样的名班，路途也远，平日里多少钱也请不来的，这次奉旨上京，只预备在宫里初五和元宵演两场，余者王公诰命这家请，那家邀，哪里请得到手！老爷烦了多少人情，方请得二十三这一晚，就在我们那边演全本的哪吒闹海，老爷特命我过来请老太太的，若老太太肯赏脸，便是那杨家班有福，我们子孙也都是有福的。"

贾母淡淡笑道：

"皮影戏？哪里想来的！你们老爷真当我是老小孩了。"

王夫人凤姐李纨尤氏等皆不敢说话，只探春姐妹们吃吃笑了。

贾母又向王夫人尤氏等道：

"我们南边的规矩，二十四才是小年！说是这日老鼠嫁女，举家闹不得。"

尤氏李纨都答道：

"是呢老祖宗，儿时大人们都有交代的，你敢闹它这一天，它便闹你这一年！吓得平日里喜欢吵嚷的姐妹丫头子们，这一天都不敢高声。"

"正是呢，儿时听粗使的妈妈们说，二十五莫买豆腐！二十四老鼠嫁女，不能有响动，推不得磨，豆腐也做不成。二十五去买豆腐，一准要扑个空！"

众人都呵呵笑起来。贾母止了笑，又吩咐道：

"鸳鸯来。你吃完晚饭各处吩咐一下，大老爷那边年二十三晚上有极好的皮影戏，想去看的都尽可去的。我虽天晚不出门，大家不必拘礼，只按规矩各处招呼了，吩咐上夜的便罢。"

鸳鸯答应了。晚饭已备，大家伺候，邢夫人略坐片时，起身告辞去了。

晚上临睡，贾母忽又对鸳鸯道：

"请完我，又抬头看我脸色，是指望我生气发作呢，还是指望我没心没肺乐呵呵呢？且都是抬举的什么好种子！"

鸳鸯知道贾母还在为大老爷请看皮影戏的事生气，也不能劝，停了针线默默相陪。贾母又问了问天气，说了几句明天进园里看黛玉的话，有今日新得的冰糖橙极好，明日取些给她，让丫头子们在火炉上烤热再尝，更有风味。絮叨了一回，也就歇息了。

大老爷为贾环贺生辰！这等新鲜热辣的消息，早已在贾府炸开了锅。赵姨娘只觉喜从天降，如得了封诰一般，那走路的头都格外仰起来了！也是贾府的风俗，那些底下人都是些趋炎附势、高拜低踩之流，竟渐渐有各处婆子们成群结党上门来贺赵姨娘，又公然送这样那样的东西。赵姨娘哪里经过这样的荣耀，竟不知要怎样才好。王夫人那里也不去应卯了，每

第八十四回　狭寿环荣府生嫌隙　惊天炮雨村起祸端　47

日只在自己房里和三五个婆子说东道西，颐指气使，公然又是个小朝廷一般。又唆使贾环提前放了年学，叫他常和探春来往走动，盼咐道：

"有你的好处！"

那贾环哪里理她，一味四处玩耍不了。

这日又有几个婆子来赵姨娘处坐，其中有张妈，原是二门上当班的，因司棋入画的事受了牵连，责她屡屡私相传递，打了一百板子，撵出去终生不用了的。那张妈在里面当差之时便和赵姨娘好，听得贾环得志，定是要来贺赵姨娘的，便悄悄混在几个女人里面进来。门上的那些人也都熟知张妈，又是亲戚人情，便由她进去。张妈出去时被打得半死，生计艰难，只得在后门上远远贩卖些小东西。今日卖的柿饼，便也提来送与赵姨娘为贺礼。众人都散了，她还坐在门槛上，也无甚话可说，只垂头望地面。赵姨娘见她着实可怜，想了半日，把心一横，叫张妈进来说话。张妈不解其意，赵姨娘拉她进里间，压低声气道：

"教你个活路的法子，只不要说是我说的。"

张妈忙点头。赵姨娘咬了咬牙，又悄声道：

"二十三的晚上唱戏，烟花火炮，会有大响动！你那天早些进来，藏在怡红院近处。一开戏你就等信，一有响动，那怡红院是最没规矩的，必定大的小的都会跑出去看究竟，屋里哪有人？你悄悄看准了摸进去，把要紧东西拿些出来，日久了拿出来换钱，还怕没吃的？"

张妈唬得张大了嘴，又连忙点头，两人又议计半日，张妈方出去了。

到了二十三晚，贾赦那边果然灯火通明，人来人往的。因贾母王夫人姑娘小姐们都没去，就把皮影放在外厅正厅上演，女眷们俱在正房楼上，牵纱将楼上遮挡起来，楼下便是回头也看不到楼上，楼上则清楚看得到戏台。楼下的首席，是贾赦陪了贾雨村坐，及军机处几众官长。下则是各部常走动的官宦及宫中一二内官，余者则是孙绍祖薛蟠一帮世家子聚坐，贾珍贾琏带了贾环坐了左起的贾家席位之首。那贾环几时有过正经座次？这一坐上去，得意非凡，好一副小人得志的态度。席面从戏台一直开到厅上，没有席面的仆从又是若干，吵吵嚷嚷的。楼上邢夫人带嫣红等坐了楼上首席，赵姨娘也有席位在边上。

锣鼓声一阵阵紧，开戏了。

大观园各房里只有极小的丫头来了，和一群小厮们在人群里钻。那杨家班果然是名班子，锣鼓奏乐，一丝不乱。唱得极细致，皮影画得又极精美，场景又极多极幻，演到紧要处，天门大开，天兵天将下界来，需要放烟火大爆竹。此时戏台反而停了下来，众人一静，厢房侧边的红围挡布忽地被扯开了，赫然是军中的信号大炮，系着红绸，仰空而立。

此信号炮唤作震天雷，京城中百姓不知其厉害，塞外却是赫赫有名的。一旦战起，放起此炮来，虽无退敌之能，却声震百里，旷野里如同焦雷一般，百姓闻之丧胆，都知又是战祸再起，无不奔命而逃。百姓惊惧之下，称之为夺魂鬼响。

戏台上先燃放了一些焰火，点了鞭炮，作出开天门的形状。正当鞭炮噼噼啪啪嘣嘣作响，大家掩耳侧身之际，大炮里轰的一团火光冲上云霄，然后是一声巨响，撼山震岳，满城地动山摇，整个贾府震得跳动起来，厢房边上临时搭的茶水台子应声而倒。接着又轰轰轰接连数发，楼上的女人们全都吓得躲到了桌子底下，楼下的席面也都惊散躲避，戏台垮了大半。

贾母正坐在床上暖着，轰地一声巨响，贾母险些被吓得滚下床去，接连又是八九声，震得什么也听不到了，桌上的碗碟瓶壶轻巧之物皆跳了数跳，一个花瓶哐啷一下跌个粉碎，歇马棚塌了一半，丫头们忙跑过来护着贾母。贾母手指着窗外，一脸惊疑。琥珀拉了个小丫头子就往外跑，还未

第八十四回　狭寿环荣府生嫌隙　惊天炮雨村起祸端

跑出去垂花门,已有人跑进来回话,是那边大老爷唱戏,原本只是想热闹些,不想这响炮这么烈,应该已经止住了不再放。

贾母大怒。

这里王夫人、凤姐、姐妹们也都被震吓到了,陆续走过来贾母处探问消息。贾母脸色通红,眼冒怒火,一言不发。片时,贾赦等过来谢罪:原不过是玩意儿,不想惊动了老太太和众人,特来请罪的。贾母哪里肯见,丫头们见贾母眼神凌厉,均不敢去开门,见贾母怒色不退,又盼咐外面的婆子请门外的人回去,不可吵嚷到老太太安睡。扰攘半晌,直待院外的人散尽,贾母方闭上眼睛,深深叹气。鸳鸯忙把茶端在嘴边,贾母勉强喝了一口,正要叫众人也散了,袭人等慌忙来报:

"宝玉的玉丢了!"

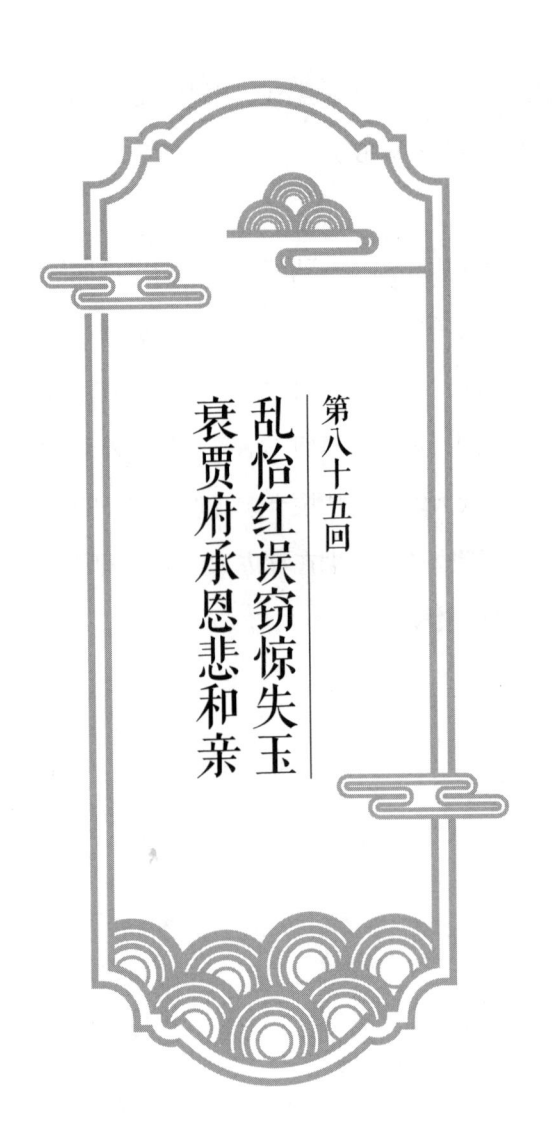

第八十五回
乱怡红误窃惊失玉
衰贾府承恩悲和亲

腊月二十三擦黑，张妈悄悄摸进了怡红院后院，远远藏在山石缝里。入夜不久，渐渐有鼓乐唱笑之声，连绵不绝从大老爷院那边飘来，渐渐地，怡红院丫鬟婆子连同宝玉都各自进房去了。张妈便悄悄摸上来后院，蹲在篱笆下的花丛里。一个时辰过去，也没见怎的。张妈正自不安，暗暗忧心可有下手的机会，只听得轰隆一声巨响，怡红院应声一晃，接连又是几响，摇山振岳，耳朵一时嗡嗡不知所以，吓得怡红院一众忙跑到前院张望，见空中有火球发亮，又赶紧开门，慌慌张张四下里打探。张妈见机会来了，趁黑一溜烟儿摸进怡红院，房里果一个人没有，炕桌上正堆着一大堆散起来的珠花、八宝珠串、金银首饰，想是要重新穿搭花样的意思。那通灵宝玉因越来越烫，宝玉不耐烦戴，也正巧摘了顺手放在炕桌上，张妈哪里细看，顺手抓起椅子上的一块包袱，一把将炕桌上所有花花绿绿的东西一股脑儿包起来，拿起便走。趁着黑，熟门熟路溜到园门口，自己有钥匙开了这边的偏门，那边有守门的亲戚应约留了那边的门，张妈摸出园门，悄悄往赵姨娘房里走去。

渐渐各处灯火亮起来，大家都被巨声惊吓了，三三两两往贾母房里来问安。王夫人也叫起人来，打起灯笼火把往贾母那边去。张妈一拐角，差点撞到王夫人一众人，吓得往耳房黑屋里一钻，心想无论如何背一包袱是出不去了，随手将包袱打开，抓了两把放在内袋里。摸着附近似有几口箱子，也不拘哪一个，摸着虽棕绳捆着，竟有一个似未上锁，便不管好歹，死活拽开一条缝来，将包袱硬塞了进去，便左拐右钻出了偏门，逃回家去了。

怡红院一众人在前院扰攘了一阵，回房一看，炕桌上的东西都不见了，吃一大惊，又忙问是谁收起来了，连包袱都不见了，定是包好了放哪里了。互相一问，都面面相觑起来，慌忙乱找一气。哪里有影子？宝玉道：

"也没有什么要紧的东西，等天亮再找去也罢了。"

说罢，要衣裳往潇湘馆宽慰黛玉，再往前头去的。袭人忙取衣裳服侍宝玉换，见项圈上璎珞通灵玉都没挂着，顺口道：

"玉没戴上呢，取来戴起来，老太太看到要问的。"

见宝玉不理论，自己去枕头边上一摸，没有，笑道：

"是了，还早，我也并没有摘来掖着。"

因问宝玉，玉搁在哪里，戴上好上去的。宝玉顺手一指：

"才我放在炕桌上，我坐的那里。"

这才反应过来，炕桌上空空如也，玉已连珠花首饰等物一同消失无踪了！

众人吃惊不小，怡红院里翻了一遍，不但通灵宝玉，连一星珠花首饰的影子都没有，地上也一个花儿都没有掉！乱了半天，兹事体大，无奈只得回禀贾母。

贾母王夫人凤姐等顾不得天晚，慌忙入园，宝玉犹自对贾母王夫人笑道：

"我就随手放在炕桌上的，许是哪个丫头错当是珠花儿，一起收起来了。明儿天亮了再找不迟。若找不到，我不戴它也罢了。"

贾母等急得冒火，急命凤姐分派下去，谨慎看守园里一切门户，不得一个闲人出入，所有出入之人一律盘查随身之物方可放行。一面把怡红院翻了个底朝天，越发一点影子也没有。大家都吓傻了，一夜无眠。

第二日一早，贾政便上来贾母处说话。昨日乃是贾雨村擅用军中信号炮来助兴的，却不想动静如此大，半个京城都震动了，皇宫不远，天子自然也听到了。民情舆论轰动，说荣国府不过是庶子贺寿，便敢偷用辎重，这贾府也忒胆大妄为了。贾政知情形严重，来请贾母商议，是否立即让贾赦进请罪奏折。不多时，贾赦也灰溜溜过来请安。贾母控着脸，一言不发，由得贾政和他商议进请罪折。正欲出书房命相公们一同拟折，元妃打发来的太监就进来了，乃是夏太监的贴身小太监金镏子，带上元妃一张字条，寥寥数语：昨晚惊驾之事，已求圣上从轻发落。擅挪辎重，性命交关，以后千万谨言慎行，贾家方得太平昌盛！二十六日烦老太太和太太入宫，有要事相商。

贾母听贾政念了纸条之语，复命贾政再念一遍，方才略略放心。贾赦又请问那太监该何司问罪，可要上请罪奏折。金镏子在宫多年，极懂里面的规矩，笑道：

"这事若是轻放，必是礼部办理。老大人，私动军火，罪名已在，总要有所责罚。若上了请罪折，则可不连累他人，依洒家愚见甚好。"

说罢，也不吃茶，忙忙回宫去了。

这里贾赦也就出去，商议相公们拟请罪奏折呈上不提。

贾母待贾赦出去了，方才开言，申斥贾政道：

"什么下流种子，贺的什么寿！这些下流东西们，不轨心思年深月久，每日只想着造反翻身！我都是知道的。往日也不理论，今日是真造反了！天地无娘儿啊！作的什么孽！擅动军火，满城风雨！非要闹到丢官舍命？看这些下流种子，有了祸事，哪一个是担得起的！恼了我，一顿拐棍扫出去，干脆放虎归山，由他们别处占山为王，造他们的反，享他们的福去！"

贾政忙谢罪。贾母又恨道：

"什么克命的孽障东西们，这回如了他们的意啦？昨晚宝玉的玉丢了！不都是这起反贼们害的？你自去顾你的反贼去吧，这孙儿我还要的！"

贾政不敢就走，因王夫人王熙凤管家娘子们在后厅后院一直候着，贾母便吩咐她们上前来，林之孝家的领头，进园搜查。贾政见贾母忙着寻玉，说了料理外头的话，方出去了。

大家进园查了一回，玉自然是找不到的。又查到张妈当晚蹲守的两处地方的印记，大观园里真的进了贼了！本是固若金汤的防备，居然平白就进贼起盗，这还了得！

众人推断，此贼做得如此容易又如此干净，定是内鬼无疑。那玉一定还在园里，定走不远！

凤姐忙吩咐换防，各处围墙门户仔细察看，林之孝家的戴罪停饷，把郑好时家的也安排进来园里日夜蹲守，一并教管仆妇。又拉网地毯式查找大观园，掘地三尺一般，玉越发不见。

贾母更加烦恼，坐在怡红院哭了起来。众人怕贾母忧出个好歹来，忙劝回房去。回到上房，犹不肯丢手，又叫人出去打卦问卜。

当日下午刮大北风，阴云滚滚，风雪交加。

第八十五回　乱怡红误窃惊失玉　衰贾府承恩悲和亲

贾政在上房里问贾环功课，得知他日日逃学，功课荒疏，游荡不才，打了好一顿板子。

贾环伤疼不过，在家伏在床上养伤，又羞又恼，欲哭号又不能声张，只得将脸闷在枕头上嘤嘤啜泣。赵姨娘又是心疼，又是急恼，又是恨。不一时贾政过来，犹满脸风雷，呵斥贾环丫鬟人等，赵姨娘老大不服，虽不敢明顶撞，却嘟嘴怒眉，左冲右撞，作脸作态，口中长吁细念，全不待见贾政。贾政大怒，也是要做出来大家看的，破例罚赵姨娘自省，房门外跪两个时辰。赵姨娘赌气就跪，外面雨雪交织，冷风刺骨，茶汤不给，赵姨娘何曾经历过这样的苦楚，几近昏厥。足过了两个时辰，大家都吃毕晚饭，贾政方许她起来。丫头婆子们搀到床上，赵姨娘苦楚难当，抖作一团，咬牙暗哭，又羞又恨，又因受了冷风辛苦，自此一病不起。

腊月二十六，贾母王夫人大妆，冒雪进宫探望元妃。按制留宫午宴，回到贾府，贾母王夫人皆有怆然之色。因已临近过年，也不提进宫所商议之事。

丢了玉，宝玉虽似无恙，大家都知此事蹊跷，又素知那玉是宝玉的命根子，这么随意便不见了，不是好兆头！那打卦回来的话，更是凶险邪谬，虽作不得准，谁不心惊？大家嘴上都不说，却人人惶惑。

贾府这个年，便过得有些灰蒙蒙的了，大家都只是依规矩行事。上头的人不乐，底下的人如何乐得起来。便借口大雪连绵，也都静悄悄起来。默默过了年，初四日，贾母王夫人便独叫了探春到上房商议大事。

探春不知何事如此郑重，只贾母王夫人和她三人在座！但也猜到许是和上次老太太、太太进宫有关，莫非是家务烦难？自己可能帮上什么？心里七上八下的，屏息恭听。

贾母还没开口，便拉着探春的手，"我的儿"一声哭出声来。探春心上一凛,这是和自己相关!王夫人便说原委。

原来腊月二十三当晚,正值天子接待入都贺年的爪洼国王一行。因我中华大国欲与西洋诸国贸易,正需借爪洼国海路及海港,中华累年欲与之结盟为契,两国相商多年未果,今年终有所进展,却因有他国亦争爪洼之港,所议之事变得微妙起来。天子惟恐有失,加倍重视,尽礼数招待爪洼国一行。其内眷亦由皇后领众妃宴请。贾府之信号炮虽响,于宫乐之声中并不明显,皇上虽遣人问话,却也不在意。宴后,有人报响动的缘故与皇上知道,皇上不悦,后宫诸人未散,元妃即跪谢罪。正谈讲间,礼部译官急奏,爪洼国王临上车曰,中华人物甚美,其内眷曰贾妃吴妃尤甚,正合其国之规度。若有其妹类妃,则求联姻,如此两国情谊又进一步。

皇上听说,呵笑一声,开金口,吐玉言,随口道:"那就烦贾妃想来,今晚她母家正闯了祸,要将功补过才好。"

贾妃听命,想了一想,含泪跪禀:

"臣妾有亲妹探春,人品端方,容貌秀丽,德才兼备,正是一国之母的好材料。愿荐之于爪洼,成就两国之好,她亦自有一番事业。虽有远嫁他方之苦,为国为家,也是免不得了。"

皇上笑曰:

"如此甚好!"

贾妃便命人取出当日《省亲颂》等文来,内又有探春的诗,文皆探春所录,书法娟秀工整。付译官带去与爪洼国王。

是夜元妃侍寝,爪洼国王连夜打发人来禀皇上,书法甚美,即求探春。皇上甚喜,当着贾妃的面,即命太监传话,贾家私放信号炮之事,着礼部过问,从轻处置。年初七是外朝贺岁之日,宣贾探春内殿贺元妃,爪洼国可趁朝贺安排女眷内殿一见。

此局已定。

探春听罢，如五雷轰顶。从未曾想自己的婚姻如此速决，从未想自己不但远嫁他方，更是远隔重洋，风俗不晓，言语不通。这便是现实里的王昭君，舍命救国救家。

从小她就知道，她出身不够好，惟有自强，惟有自重，方可得一片天地。尽力了一十六年，到头来不过是一蒱粉，随风飘零。命？她一个迈不出门的女子，如何抗争这命？她之将来，必被那未知的黑暗笼罩，孑然孤苦，直叫人不寒而栗。

探春努力保持坐直了身子，脸却涨红了，眼中之泪如断线之珠连绵不绝。王夫人禁不得搂住探春，大哭起来，贾母也走过来拉住哭。探春知事已如此，将来要哭的日子原多，便一边自己流泪，一边反替贾母王夫人拭泪。三人抱头痛哭一场。

末了，贾母王夫人问她：若十分委屈，便设法回绝也罢。未曾想家族沦落，需要女孩儿们来救。

探春抽噎不住，好有一盏茶时间，方平静一些，艰难答道："知道了！"

起身欲回房，却已是全身酸软，哪里站得起来。丫头婆子们忙进来，搀扶不起，直用藤轿，方抬回了秋爽斋。

漫说探春内心煎熬，只到初七日，探春却镇定入宫朝贺元妃新春，爪洼内眷在一侧公然见了探春。探春逗留片时，依规矩回府。

回到贾府的探春三缄其口，其他人虽奇怪她单独一人进宫朝贺，却无人想得到，探春已不久于家了！

过了元宵，礼部结案，贾赦私自挪用军锚，降俸禄为三等将军，不袭。军中三个私情挪用辎重的军官或撤职或降等。此案原可诉谋反，或诉大不敬，至此轻轻结案，探春之故，贾府其他人哪里知道。

那信号炮原是雨村巴结贾府，私自挪用来的，他早叫那三个军官顶缸，自己轻轻无事，待日后再重用顶缸之人不迟。

而爪洼国的聘礼，却是红绸唢呐，浩浩荡荡，游街而至，正月十二日正午花簇簇抬到了荣国府贾政王夫人上房。男方是国礼所制，贾家不敢怠慢，自有礼部各官吏陪同，以制相迎。收了定聘，以两个月为期，爪洼王将水路亲迎探春回国。

又是惊天动地的大事，全城轰动，贾府里出了一中一外两个皇妃，这势力可了不得，难怪越礼张狂。舆论也有笑生女更比生儿强的，也有嫉妒帮扶一拖一窝的，不可类举。

贾府上下自然也都知晓了探春远嫁为王妃之事。探春内心悲苦，又不愿逢人就解释，自进宫回府后，便闭了秋爽斋的门，终日不出，也不见人。这日听得说聘礼到了，命运已定，她停下了手中的针线，头一直抬不起来，只呆坐在房间黑暗角落里，心如刀绞，痛到呆滞，无泪亦无言。已是摆在砧板上的鱼肉，只除任由宰割摆布，还能如何？

立刻，秋爽斋门口便有赵姨娘滚在地上大哭：

"不公平的命啊！心肝肉啊！他们这是叫你去充军辞路啊！这么多的人，不拘哪个，谁去不得？偏偏要你去！戏里都有收了义女代嫁的，能值多少钱呢？非要我的女儿去顶缸，我的天啊，我的命啊，我去哪个庙里请菩萨啊？不要坏人抢走我的女儿啊！她走到外国乡去，我一条命靠哪个去啊？"

门口围了一大群婆子丫鬟，也有瞧热闹的，也有一起哭的，也有劝的。探春一概无知无闻，不开门，不出去。赵姨娘本未大愈，一遍遍哭喊，早已晕死过去。探春在房内如针戳火烤，但也知不能开门，否则不仅

第八十五回　乱怡红误窃惊失玉　衰贾府承恩悲和亲

失体统，于大事无益，更是不能收场。大家忙回了出去，王夫人命人把赵姨娘抬了回去。

当晚，赵姨娘便上吊，人来人往的，早被丫鬟看到，救了下来。

探春总不出门，听到消息，益发苦恼。还是贾母、王夫人、凤姐、宝玉、黛玉一行亲来看探春，这才开了门。大家一拥安慰探春，探春挣扎着无事一般，反不提远嫁之事。鸳鸯平儿领头，把爪洼国聘礼一色色捧了进来，探春淡淡看了，按规矩留下女儿自主部分，其他便交了上去。

过两日，探春拿出聘礼中的金银各四锭，四个玉环，八匹彩缎，并平素自己珍藏的两股金簪，几件珠花首饰，数个金玉戒指，一并叫丫鬟捧了去见赵姨娘。

母女相见，那赵姨娘有千言万语要说：为何偏偏选你去？能不能拼死不去？去了话都不通，你如何生活？探春却只是正颜相告，已是皇命在身，只剩两个月时日在家了，特挑选一些聘礼，来答谢姨娘生养之恩。因是国制，姨娘不可参与婚礼之仪，希望以后姨娘保重身体，既不需为我之事操心，亦要以大家为重。家族兴旺发达了，自然有姨娘的好日子过。

这一席话如兜头冷水，浇得赵姨娘瑟瑟发抖。我已为你拼上了性命，你几只镯子便打发了我！这母女之情，凉薄如此！罢了，便没有这女儿了！赵姨娘转过头去，脸埋在枕头上号哭。探春略坐了片刻，见赵姨娘不回头，便也不进去瞧养伤的贾环，直起身走了。赵姨娘也不起身，待探春走了，搂着探春所送之物，肝肠寸断。

第八十六回

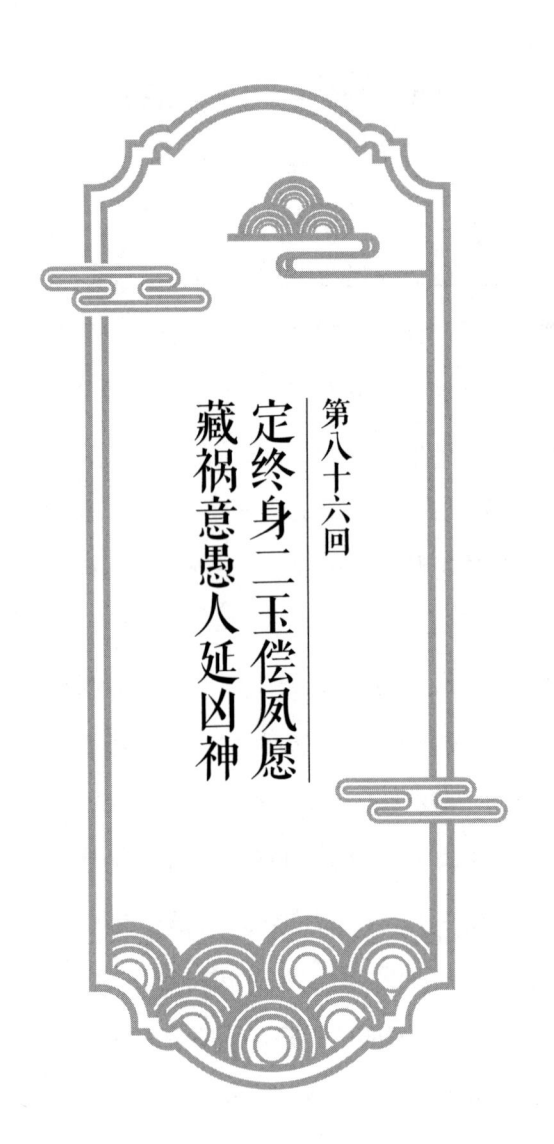

定终身二玉偿夙愿

藏祸意愚人延凶神

倏忽已是二月初二日，龙抬头，天气和暖。一大早，邢王二夫人、李婶、尤氏、李纨、凤姐、蓉妻许氏、宝玉、黛玉、探春、惜春、李纹、李绮、巧姐等都来贾母房里请安。贾母一人送了一把雕龙檀木香梳，又笑命人唤了兰哥来，命巧姐兰哥结伴，各房各处，只管用长竹竿去敲龙脊兽，又打发人去接薛姨妈母女、迎春等，元春又命人送了龙涎香等物出来。众人午后开席，晚间又聚，饮酒宴乐，不提。

晚宴后闲话，探春已是即将离家的准王妃，安静异常，只低眉顺眼依家礼行事而已。那迎春更是瘦脱了形，脸色枯黄。这婚姻之事，真是天高地重，一定终身。众人原有些感慨，陆续又说到相夫教子的事上来。贾母忽苦笑几声，叹道：

"说起相夫教子，我来贾家，满打满算五十七年，做重孙媳妇算起，那不是一辈子小心谨慎，万人一个'敬'字，万事一个'和'字？相夫教子赔小心，一辈子就快过去了。只不过想想这一二年来，家运有些不济，竟有这许多不如意事！外头的那些大事且不说它，说起来哪根头发不白？只单说这些女孩儿，一个一个都被人家要走了！她们是成家立业，相夫教子,那是正理,只是单算我的账,实在亏得很了。"

贾母看看迎春,又看看探春,又看看薛姨妈,笑道:

"姨太太比我略强些,宝琴虽送出门,到底还说着了大太太的侄女儿。"

薛姨妈笑着点点头称谢。

贾母悠悠道:

"这亏本买卖做得多了,非得有笔赚的,这心里才过得去。家运霉了这许久,也该到头了。须得作兴一件大喜事,把这家门点亮起来,带旺起来,方才是好!"

众人一听,老太太似有大事要说,便都住了声音,上房霎时间一片安静。

只听贾母高声唤道:

"宝玉啊!"

宝玉金冠绣带,神色飞扬,忙走上前来,贾母看了宝玉片时,又环视众人,神色郑重坚定,半晌方朗声道:

"前些日你的玉不见了。我想这胎里带来的宝贝,竟蹊跷丢了,如何处置才好?想来想去,不如就把这真真的宝贝玉儿与了你,不比那哑巴玉还强些?咱们家久没娶亲,大家也都望长了脖子了!我的主意,待外国王妃出了阁,赶着荷花出水之前,咱们安安心心办婚酒,一个宝玉、一个黛玉,两个玉儿,双玉合一,喜结连理。大家痛痛快快大大热闹起来,从此家运兴旺,子孙发达,你看可好么?"

宝玉忙跪下磕头,口内一叠声道:

"定如老祖宗意,子孙发达,家运兴旺!子孙发达,家运兴旺!"

大家都鼓掌大笑起来,连薛姨妈和宝钗也拍着手相视而笑。林黛玉万

第八十六回　定终身二玉偿夙愿　藏祸意愚人延凶神

想不到婚姻之事如此起头，羞红了脸，低着头，立起身就走，贾母赶着笑道：

"颦姑娘，你慢些儿，那接你的船在怡红院架子上搁着的不是？依我的主意，就在园里出阁，绝不山长水远家去，你着急赶那船作甚么？"

众人放声大笑，那宝玉笑得打跌，连王夫人也笑了。黛玉越发害羞，几不曾跌了一跤，丫头忙扶着，三步并两步走了。

回到潇湘馆，众人喜之不胜，都来贺黛玉。那黛玉心里突突的，根本不敢相信，藏在帘子里面站了很久。紫鹃过来悄悄握她的手，她在黑暗中站久了，一丁点光亮也看到了紫鹃眼里的泪光。两人的手紧紧握着。

不多时，宝玉在潇湘馆门口跳跳舞舞地敲门，要进房来看黛玉。众丫头婆子忙拦住了。已是有婚姻之约，两人婚前再不可单独见面的。那宝玉又是笑又是跺脚，早知道不说这成亲的话，这多早晚才能见着妹妹？众人劝，二爷，这规矩还是要守的，至多迟几个月，让你一辈子天天见的，还不好？那宝玉呵呵傻笑，就是不肯走。黛玉和紫鹃在里面听到，紫鹃呵呵笑了起来，黛玉也悄悄一笑。两人商议拿什么打发宝玉回去方好，紫娟笑道：

"待我出去，箱笼上剪一截子棕绳给他！"

黛玉捂着嘴笑了，悄悄道：

"你只管送去罢，就说是你自己送的。"

紫鹃忙打她一下。又说了几样东西，到底不妥。还是黛玉命取琴来，端坐焚香，先长长弹了一曲《潇湘水云》，待了片刻，一切安静，黛玉凝神定气，郑重细弹《凤凰于飞》，又轻诵其句。宝玉听了，又站了半日，方回去了。

二玉婚事终于落定了，也原非意外。虽说当日贾府上下就宝玉婚配之事有各样的假设之言，万千窸窸窣窣全不抵一言九鼎，老太太一开言，万籁齐散，众观热闹者自是一哄而散。故此贾府上下众人虽无人不说此事，却也不多有非议之音，面子上各按规矩行事，却真有无数人因两桩婚事加倍忙碌起来，尤其是探春之事，不到两个月的国体大婚，实是匆忙。因探春水路出嫁，需在外港码头行礼，礼部官员早已进驻贾家，拨了一个外厅杂院专供礼部驻扎，一同准备。这边宝玉黛玉的正房厢房也在大花厅前面正式动工，众人，尤其是凤姐，分外忙碌起来。王夫人虽对宝玉的婚事有所保留，却也是无可奈何的事，表面上却不露出来，只将多年喝的俊眉红茶里面加了一味苦丁。又时常进园，探望李纨，用心在兰哥儿身上。李纨虽有些受宠若惊，却也有防备之意，不令兰哥日日在园里，常着他上学或去宁府里习武。

贾母果委了王熙凤作二玉的媒人，又命批了八字回来。却批二人八字大冲，宝玉黛玉二人皆命犯孤鸾，实属罕有。贾母不悦，因探春的好日子临近，合庚之事也暂且放一边去。

十二日乃黛玉生日，因府里诸事忙碌，黛玉又即将为贾府孙媳，诸多回避的事，故此也未大肆热闹，只叫了一台小戏，自家娘们姐妹们在贾母处宴饮玩笑。因马道婆乃宝玉之寄名干娘，未来儿媳生日，忙凑趣进来请安。贾母见马道婆来了，正好请问她，批的八字不合如何化解？马道婆大笑回道：

"老神仙，哪有什么八字不合的道理？你再换一个人来批，一准就合了！再不成，我明日荐我五台山的祖师与老神仙来分忧，作法祈天命，不仅叫他八字合了，还要他夫妻恩爱，多子多福，长命富贵，洪福齐天呢老神仙！"

哄得贾母开心起来，送了东西与她。马道婆又要各处转转，一时到了

第八十六回　定终身二玉偿夙愿　藏祸意愚人延凶神

赵姨娘房里。那赵姨娘病怏怏的,见马道婆一众人进来,益发哼哼唧唧,装腔作态。马道婆忙画符煎水,忙了一阵。赵姨娘见状,遣退众人,只留马道婆说话。马道婆心想,莫非是因上次法术未成,今时受苦,找我泄愤,要与我相打么？她病得这样,我也不怕打不过,我还没催她要银子呢！正防备着,赵姨娘从床上爬起来,翻身跪下道：

"神仙大菩萨,你那法术若果然是灵验的,快救救我母子吧！若再迟一会儿,命也没有了！"

马道婆见不打反求,又是上门的买卖,便放下心来,心下暗乐,小心扶她起来。那赵姨娘哭道：

"你还有什么不知道的？环儿无故被打,一条腿到现在还动不得,眼见得是废了,现在连前头都不让他去了！那探丫头,白白被嫁去千里万里,莫说要得她的好处,还指望她照看赵家？今后想要见一面也难如上天！你是不知道她,薄情寡义,辞别亲娘,只板着脸说大道理,哪里有一丝情分？这应当她是娘,我才是女儿！都说我为他府里生了一儿一女,好福气,如今倒是好,两个都废了,我有什么福气！这府里,哪有我们母子的活路呢？赔上我一条老命,也无人多看一眼！"

说罢,又呜咽起来。

马道婆道：

"我都知道,何曾不帮你呢。你也见识了,我那法术极灵验的。谁曾想你家有那克法术的法宝！行走这许多年,还是第一次被破了法,我还没来问你。知你没得手,也不宽裕,也没日日追着你讨那五百两银子,也是对得住你了姨奶奶。"

那赵姨娘咬牙切齿道：

"无论如何,须劳动你再施法！不来个鱼死网破,我也不是个人养的。

你放心，我现在就有谢你的！"

说罢，把探春送的玉环取了一对出来，递与马道婆道：

"这是海上货，一百两一只也没处买去，你先收起来。等法术成了，弄死那两个冤魂烈鬼，整个贾府都是环儿的，你要什么不得？一来就送一千两银子给你，叫你拿也拿不动，请人给你抬回去！"

那马道婆且不接镯子，板着脸道：

"再施法，还是有他那玉在这里破法，也成不了事的。"

赵姨娘也愣了一下，哦了一声，忽又笑开了花，拉着马道婆道：

"菩萨开眼！你猜怎么着？过年的时候，那块玉丢了！简直就是翻江倒海，满府里抄了个鸡飞狗跳，白折腾，还不是没找到！"

马道婆忙问缘故。赵姨娘心花怒放，说了个原原本本。忽想起张妈，莫不是……赵姨娘口风一转，又向马道婆道：

"这玉里的蹊跷，我再详细打听清楚。你且回去，我设法问准了它。三五日后你再来，我们细细商议。"

马道婆听说，便自去了。

赵姨娘忽然来了精神，第二天告假出来赵家，便命家里人找了张妈来说话。那张妈还在后门贩卖呢，来赵家见了赵姨娘，略有些悚惧，悄悄近前问好。赵姨娘便问她当晚的情形，张妈细细说来，又道：

"实是不知里头有玉没玉，火急火燎包了一包，就是那炕桌上的东西，哪有工夫细看？本想照之前说的，去姨奶奶房里放东西的，迎头见到太太来，胆都吓破了，随手一塞就跑出来了。上上下下谁不知道玉是这府里的宝贝？不单是换不到钱，略漏出点风声，死无葬身之所了！我绝没拿到。若果是在那包袱里面，必是在太太僻静耳房的哪个箱子里吧，我只拿了两三个散的珠花儿，连包袱皮都在箱子里面。"

又赌咒发誓。

赵姨娘笑笑说了相信的话，又互相叮嘱万死不能说出去此事，张妈便回去了。赵姨娘静悄悄回府，静待马道婆来后，说与她听：玉虽失落了，却还在贾府里。马道婆淡淡笑道：

"那有何难，就找他们不在府里的机会施法，不就结了！"

两人便思索如何得法，赵姨娘忽道：

"有了！送嫁探丫头之日，可不正好！"

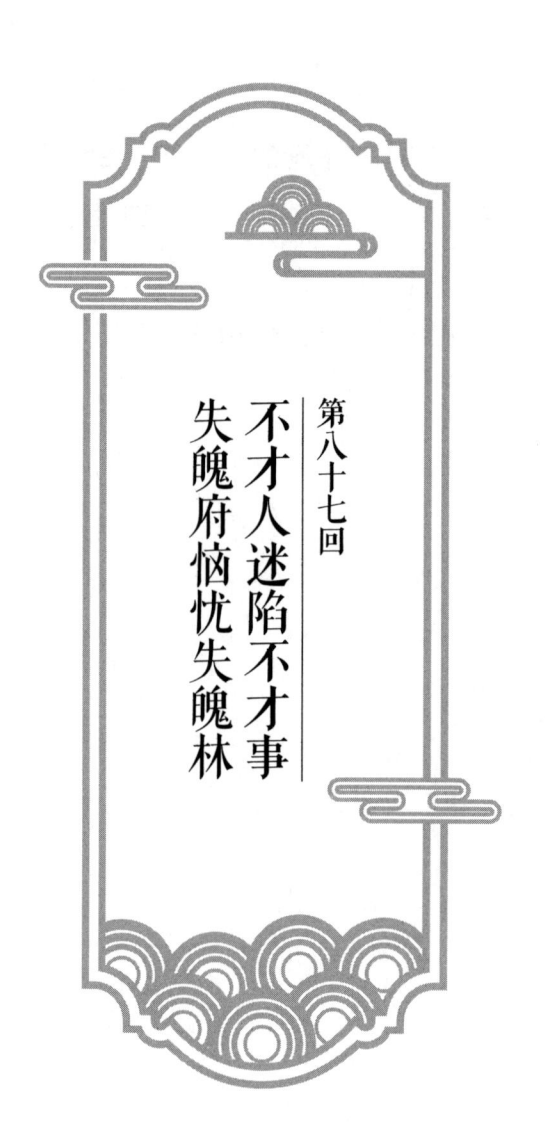

第八十七回
不才人迷陷不才事
失魄府恼忧失魄林

展眼已是清明时节。那爪洼国本非中华国土，并不避忌中国节气，依两个月之约，船队已于清明前两日来到港口，休整一二日，正好清明之日迎探春回国。

迎前一晚，贾府上下一夜无眠，卯时便有爪洼国多少官员仆从来迎探春，为首的正使乃爪洼国王之亲男，自有近日常驻贾府的礼部佐承领众官员接待，又有女吏喜娘宫娥侍女众人入正房外厅，按制站了方位，候探春厅内上轿。

辰时，王夫人正房内鼓乐喧天，人声喧嚷，探春国制大妆，已在正房内室披了盖头，有宫中女吏充当喜娘，引导探春出来王夫人正房正厅行家礼。才一拜下去，贾母王夫人已放声大哭，薛姨妈邢夫人凤姐尤氏许氏黛玉惜春巧姐也呜咽不住，厅外侍立的一众姨娘侍妾等也悲声起来，赵姨娘自然又是一顿乱嚎，却也淹没在鼎沸人声之中。陪哭的丫鬟婆子黑压压围在正厅周围，外人无从入内。良久，还是凤姐先止住悲声，平儿上来搀着凤姐，四下劝慰，只余王夫人按例哭声叮咛，一唱十叹，先诉离情，后嘱持家，探春一一领命，复拜，众人行礼，家礼毕。喜娘引探春转出外厅，拜谢各王公官宦派来的送行女眷。礼毕，鼓乐止，爪洼国女吏们接上前来，有中华女官引宝玉上前，宝玉在探春身前缓缓蹲身，侍书翠墨扶稳探春，宝玉小心翼翼背起探春，众人稳扶二人，跨出正房门槛。略行数步，至内厅外仪门停放的花轿轿门，众人扶稳宝玉和探春，背对花轿门站立，侍书高高挑起大红绣金花轿帘子，众人接的接，扶的扶，引导探春的脚先在花轿里落下。探春松开宝玉，略一低身，人便进入了花轿里面。侍书放下帘子，陪嫁的四个女孩侍书翠墨等和爪洼国女官在花轿两旁左右围随。礼乐开道，花轿一直抬到荣国府正门，稍停，鼓乐大起，中华仪仗举起执事，众仪仗护卫队伍开道两里远，一直向前，四对宫扇花轿前引导，迎亲正使骑马在前，花轿踩鼓乐之点，出了大门，一直去了。花轿之后，一帮至亲女眷如贾母、邢夫人、王夫人、尤氏、凤姐、许氏等坐了车轿，按制送行至码头，其他亲友女眷送至内仪门便不可跟随了。女眷车轿之后，贾赦、贾政、贾珍、贾琏、贾蓉、贾宝玉、贾环、贾琮、贾兰一众直系男亲领头，随从的贾瑞、贾珖、贾琼、贾芸、贾芹、贾萍、贾蔷、贾芬、贾芳、贾菱、贾菖、贾芷等本家及管家仆从，跟在送亲的队伍后面。来吃喜酒送行的达官贵人亲朋等皆只送到大门口。单是贾府送亲之人便黑压压占满半条街，直往码头而去。

外港码头另辟了一隅，停着硕大簇新的疍船。码头内外，围观之人数以万计。两国多少仪仗皆在疍船门口久候。疍船之后，十数艘远洋大船威武雄壮，在一射之地外一字排开，惟主舰靠疍船而泊。那主舰高如宝塔，旌旗林立，数匹金红二色长绸结着大花，从舰顶交错垂地，舰身各色彩带飞舞，纱遮罗盖。窗悬一串串缀宝红灯，地陈一排排奇花异卉。

午时，探春的花轿到了，停在疍船门口，礼部早已屏退闲杂人等，五城兵马司军士们拉起两层大红围幕，男外女内。一时内眷车轿到齐，众人

第八十七回　不才人迷陷不才事　失魄府恼忧失魄林

下轿，按辈分排开，皆由各人贴身仆妇扶持，一并立于花轿后方内层大红的纱围内。男亲们也按制在外围幕内排定。少时一片安静，司仪官唱礼，按制奏乐。探春下轿，肃立，三拜圣旨，九叩中华，又拜父母亲朋，所有男女亲人一并拜圣旨并跪辞。探春起，转身，待身上多少叮当环佩之物静止，正使在前引导，一对孔雀扇开道，原本尾随孔雀扇的十二对明瓦宫灯退在两旁侍立，探春随孔雀扇款步向前，双方多少典仪女官持仪仗执事殿后，出趸船，一级级踏上铺红围金的大登船梯，往主舰上行去。

爪洼王着本国礼服，头上宝光四射，通身金彩辉煌，在第一层的宽大甲板上站定，多少亲贵及仪仗侍卫陪侍，静待探春踏过长长悬梯，上来行礼。

亲友跪辞探春时，因拥挤略有些混乱，贾环趁机绊了宝玉，又暗暗一推，宝玉便直翻了一个筋斗，在人群里爬不起来。只待他挣扎起来，先是呆怔片刻，站直了身子，又自顾自冷笑一阵，忽冷不防大吼一声：

"林妹妹！我的林妹妹！"

本是肃静行礼中的码头，这一句喊声惊天动地，响彻云霄。霎时间宝玉已两眼通红，止不住地高唱狂叫起来：

"妹妹啊妹妹，我朝思暮想的林妹妹！我要你，我要你啊！同进鸳鸯帐，共赴温柔乡啊！灭红烛，甩罗衫，揽软腰，轻声唤，来呀，一起春宵快活呀！"

宝玉使着最大的力气喊着，跳起来，直往内围幕里奔去。如此严肃紧要的时刻，宝玉是怎么了！众人唬得痴傻，竟没人反应过来扯住他。他一把扯开内幕，在女人群里穿行，一面将身上的衣服直往下扯！

女眷内帷里王熙凤也在跪着的人群里一挺身站了起来，哈哈哈哈哈，仰天大笑，身体不停转圈，把那衣袖舞得像戏台上的水袖，嘴里也高唱道：

"三千五千，十万八万，银两白花花，你问我赚钱多不多？我告诉你十万百万不算多！张嘴一句话，得三千，伸手一封书，又得五千，利搭利，利滚利。谁是北方的刘万财，谁是南方的沈金山。偏是我仗势爱财的王凤姐，金成堆，银成堆，死了都不知道给谁。"

一面扯着嗓子大唱，一面也卸裙脱袄。

那宝玉一霎时已扯下了大半衣裳，只剩个中衣来不及扯下来，人已到凤姐跟前，一把下死手就搂住凤姐。凤姐也不躲，也不怕，任由宝玉搂住，衣衫飞散。两人转着圈儿，嘴里止不住地淫声浪言，惊世骇俗！

众人赶紧去拉，拾起衣服去为他们遮羞。不想两人力大无比，哪里扯得动分毫。贾政等上前大声呵斥，又是扇巴掌，又是脚踢，二人越发抱得紧了。一片混乱中，还是尤氏急中生智，也顾不得了，请了几个守在外幕边上的军士，生拖死拽，几不成折了胳膊，到底军士孔武有力，方把两人分开，随手拾起已扯得稀破的帷幕，将二人裹了。两人仍双眼血红，又唱又叫，污言秽语，令人面红耳赤。

探春正登主舰，听到了身后的吵嚷声，是宝玉的声气！她的血一霎时凝固了，她很想回头，三下五除二甩掉这一身金玉制成的枷锁，她舍不得她的亲人，她的一切原本都在这里。她真想还像以前那样，在大观园里自在过活，有人疼，有人爱，也有人恨，她活在真实的家园里，她希望家园里的每一个家人平安，她要救宝玉，她要救熙凤，她万不情愿这样一步步踏入未知的黑暗里。但是她不能回头，那绝不只是自己姻缘的问题，那是一个家的命运，那是一个国的攸关。只要她一回头，便是万劫不复。她只能保持端庄安稳，一步一款，缓缓在烙铁和针尖上前行。

爪洼王原本注视探春上舰，吵闹声使他不得不抬眼看码头，正看到宝玉赤身纠缠，凤姐荡笑，当即脸色一凛。探春已到甲板，乐止，按爪洼国

第八十七回　不才人迷陷不才事　失魄府恼忧失魄林

风俗，探春拜了王，王揭了探春盖头看了看，自是惊为天人，满心喜悦，微笑着放下盖头，小心翼翼与探春戴了戒指，领她拜了图腾，领入舱房内间。

入舱仪式已毕。王复出接受祝贺，此时本应两国之众跪拜，贾家众人拜别，便可起航。怎知送行的贾家队伍被宝玉熙凤二人搅成了一锅粥，礼也行不成了。王大怒，贴身大臣忙找主礼的礼部侍郎交涉：中华大国，礼仪之邦，如何如此轻慢，便不肯舍我王妃，何必弄这些张致！吾国虽小，尔等行若畜类，便也不须多让了！王也不待多言，挥手命国人通通上船，也不述礼，亲自挥手狠狠斩断缆绳。船队调风掌舵，不一时启动起来，主舰领头，开发去了！

礼部侍郎大惊失色。事关国体，岂可轻慢。一旦有损两国交往，龙颜势必大怒，谁人担待得起！

拜送爪洼舰队后，他便立即命人捆起贾宝玉王熙凤二人。二人已喊得声嘶力竭，头筋暴涨，滚得面目全非，涕泪满面。宝玉的手指被掰折了几根，满身是伤，熙凤也破了几处，血流不止。两人红目上翻，浑身发颤，犹不住口。

因事关国体，乃是重罪，事又蹊跷，尚不好定性，礼部一时也不知如何处理，便只将二人押送礼部惯例地点囚禁。又请了贾赦贾政贾珍等主事男子过来，知会道：

"这祸有天大，圣上必当亲自过问。只愿爪洼国王看在新妃份上，不生事端，顺利成约，否则此祸必牵连甚广。我等当一面安抚爪洼留京使臣，一面速速禀报圣上。因圣上一众人正去春猎路上，我等快马加鞭，不出三日即可呈达天听。一旦圣命裁定，我等即当转达尔等。诸位暂且回府，谨言慎行，三五日内暂谢绝亲友，不要与外界交道，静候圣命为好。"

贾家一众也知事态严峻，惹的祸事可大可小，生死未定。只得听从礼部所嘱，吩咐众人，只待围观人散，开得道出来，便谨肃回府。

因连日辛苦，又早起操劳，礼仪繁复，贾母年高，早已支撑不住了。亲睹最得意之人巨变，国礼家法所制，命悬一线，贾母抓心挠肺一般，早是急痛攻心。又见宝玉凤姐五花大绑押上车去，伸手欲叫，哪里叫得出口，只吐一口长气，便直挺挺倒下，晕厥过去。众人上来急救，哪里叫得醒来。

人群嘈杂，无法可处，大家只得围坐在贾母身边，有礼部预备不测的太医上来施针用药，全无反应。约莫一两盏茶时间，围观的人散了大半，贾府的人才收拾残局，抬起贾母，灰头土脸回府而去。

礼部驻在贾府的官吏们原本礼成即可散去的，却依然一同回了贾府，只不过不再是协助礼仪，而是监视之意。回程中，亲友众人都不敢多言。一进城，无关之人都各自归家去了。只有原本在贾府之人，方一同回府。

好容易回到府上，已是日落归西。守在府里的李纨黛玉惜春岫烟李婶李纹李绮及丫头婆子们在二门内等得如热锅上蚂蚁一般，见众人回来，一拥上前，却见贾母人事不知，抬进床上放好，邢王二夫人侍候，一边命人打扇灌水，一边命人在门口专候太医来瞧。

在家之人都吓得了不得，也不知何事。黛玉也是关心则乱，上前颤巍巍问道：

"老太太这是怎么了？发生什么事了？宝玉如何不见？凤姐姐呢？"

王夫人正气急败坏、火星乱迸之际，见黛玉一叠声来问，正是嫌恶已极，便狠狠扭头，牙缝里挤出几个字来，向黛玉怒道：

"你还来问？你问怎的！"

黛玉何曾见过这样的阵势，从来也没有长辈如此悍颜厉色呵斥过自

第八十七回　不才人迷陷不才事　失魄府恼忧失魄林　75

己，不禁吓了个倒退。邢夫人也站起来，厉声道：

"老太太欠安，尔等在此无益，都速速退出去！"

说完，一脸威严，怒目看定众人。

众人一见不好，丫头婆子们赶紧上前，将各自的主子扶出房。虽被轰了出来，哪里放得下心来，众人围在廊前，一边议论，一边拉着跟去送亲的人打听消息。平儿见众人喧哗，两位太太必又要说话，只得挺身道：

"众位奶奶太太姑娘们稍安，各自回房要紧，等太医瞧过老太太，太太们准了，我必当每处通告今日之事。太太们不许在此吵嚷，都速速回去吧。"

众人只得又往内厅去，又拉着其他跟去的丫头婆子们乱问，因没有主子发话，谁也不敢多说。怡红院的人如袭人等不见宝玉，更加不得主意，因平素也是有特权惯了的，还只管拉着跟去的人不放。

黛玉见回来的人惊吓仓皇之色，贾母不好，宝玉熙凤不见，大觉不妙，早已急忧起来，急切一问，便被舅母厉声呵斥。黛玉竟顾不得羞恼，只管猜测有何祸事，心下惊吓忧郁，身子只管发软，是第一个要倒的人。紫鹃等丫鬟见王夫人急怒攻心，呵斥黛玉，大非往日可比，若黛玉一再在那里逗留，或是还说一句半句，定是要吃亏的，再看黛玉身子摇摇欲坠，只知黛玉素日最弱，药不离口，却不知黛玉已咳血两月，盗汗着烧，因喜事忙事，不敢透露，身子已亏虚若空心杨柳，大风一刮，必应声而倒的。紫鹃雪雁等一拥上前，小心翼翼，连搀带扶，将黛玉往园里搀扶。勉强进了潇湘馆门口，丫头们一松劲，黛玉哪里能像平日走得呢，早在石子甬路上直直摔了下去。众人大惊，见黛玉仰天一跤，头也磕在石子路上，惨叫一声，急忙来扶，力气大些的几个婆子忙上前来，七手八脚抬进去床上。所幸黛玉还睁眼清醒，紫鹃忙兑温水，扶黛玉勉强喝一两口，将夹纱被搭上来，查看各处是否有摔伤，轻轻揉揉。将息了片刻，刚安稳了一些，小丫头子跑得上气不接下气，进来就说：

"了不得了，宝玉回不来了！被抓走了！"

黛玉正在忧思疑虑中，身体心内无不疼的，猛一听说，只觉得头一嗡，颤颤"啊！"地一声，向后一仰。紫鹃忙扶住，向小丫头喝道：

"你胡说些什么，快出去！"

那丫头答道：

"如何胡说了，是琥珀姐姐悄悄哭着对袭人姐姐说的，宝二爷和二奶奶忽然神智昏乱，犯了罪被官府绑走了。我在旁边偷听到，赶紧来回姑娘。"

黛玉口不能言，只略指了一下那丫头，丫头便又把自己听到的细细说了一遍。黛玉眼前一黑，倒头便晕厥过去。

此时天上乌云压顶，雷声滚滚，风雨飘摇，那萧飒之气已排山倒海而来。

良久，黛玉才在丫头婆子忧心惊怕的哭声中悠悠转醒，脸白如纸，气若游丝，遍身冰凉，四肢百骸皆不得动，嗓子有鲜血糊着。

紫鹃等正慌忙找着救急的丸药，研开，兑水，听黛玉有动静，忙来看视，见黛玉已醒，慌忙放下药碗，见黛玉惨无人色，又急又痛，一摸手脚冰冷，又赶紧把救命丹和匀，喂黛玉喝。黛玉哪里张得了口，只除微弱呼吸，已是个瓷器玻璃人儿。众人便忙着搓手心脚心，轻揉心口，汤婆子渥进被子里，设法灌温水进去。黛玉略睁双眼，泪水长流。紫鹃等忙宽慰道，到底是道听途说，并不真的，姑娘宽心，贵人自有天助，贾家是皇亲国戚，能有什么事呢！黛玉只是流泪，不添一点点生气。

熬到亥时，黛玉仍是僵硬冰冷，泪流不止，虽喂了一些药进去，也全不见起色。众丫头婆子正束手无策,已临近半夜,平儿忽然来了。

受两位太太之命,平儿将今日所发生之事,一字不瞒详细告诉了黛玉。王夫人尤吩咐平儿道:

"她既要问,你且问她!那些淫词浪语,是哪里学来的!"

平儿虽不敢照问,太太们打发来的不止她一人,她也不敢轻描淡写,能说不能说的话,只得都向黛玉如实说了。

这真实的变故,万想不到会如此惨烈,比自己担心的更惨!此时老太太命危,宝玉凤姐违国体有那不才之事,已入牢笼,支撑自己的不周山已轰然倒塌。难怪太太如此见弃,宝玉全程污言秽语,都在喊林妹妹!

宝玉啊宝玉!

宝玉啊宝玉!

林黛玉是罪魁啊!

伯仁因我而死啊!

要命啊!

黛玉听不到平儿还在说些什么,她听不见了,全世界她都听不见了,她的世界在此刻坍塌了。还有什么比宝玉回不来更坏的呢?宝玉啊宝玉,我就在这里,你是入了魔怔了吗?为何要着忙如此!为我迷失了心?为何不自惜?我二人原本一体,你不惜则我之无可惜,则无可存身之地也。这人世是怎么了?孤苦伶仃,煎熬困顿,好不容易有个知心人,好不容易疼爱自己的老太太做主,好不容易要有个真正的自己的家,顷刻一切化为乌有。疼爱自己的人昏了,知心的人违背国法不可挽回,被绑走了,这荣华富贵之族,顷刻倒了半边,风雨飘摇。罢了,这世间总不容她草木之人有丝毫安稳,她这狂风中一枯叶,只能在彼岸永生中方得安稳罢?她低哑着喉咙,撕心裂肺,肝肠寸断大哭了出来,那眼泪汩汩滔滔,如泄洪之闸,一时呛住了，大呕大嗽，立即咳出几口鲜血，再度晕厥过去。

　　春雨汤汤，秋风茫茫，人世风霜，酷如刀枪！
　　奇蕊金蕾，神妃仙嫦，不类世常，弃之大荒。
　　冰凌雪狂，电闪雷刨，惊惧彷徨，恹恹其伤。
　　天玄地黄，尘世浩荡，愿多贤良，佑我潇湘！

　　渺茫中，黛玉的意识一寸一寸消失，在黑暗混沌里一直往下坠，往下坠，沉不到底，周围只有远古初始之虚空。渺茫中的自我，是空虚中一缕淡灰，随时便可湮灭于虚无里。只有那个人，只有一个声音，唤她，轻轻唤她，妹妹，林妹妹，妹妹我来了，她定能听到，她会努力醒转，她会在黑暗里挣脱桎梏，她会嘴角带笑，她会收起悲伤之泪，她会回应，她会呼唤自己一生最珍贵之名，宝玉！而那人，回不来了。这人世，这黑暗天地，宇宙洪荒，都不用再苟留了！

　　黛玉晕厥中逐渐没了反应，只除眼角之泪，任怎么拭亦是不干。

　　平儿内心悲苦，却也知道太太们迁怒黛玉，心存残忍，大半夜逼她故意来向黛玉说个明白，自己已是没有主子的丧家犬，还不知道要被怎样处置，哪敢违抗，也只得狠心实说。果然黛玉急恼伤身，晕了过去，如了两位太太的意了！平儿老大不忍，也只能安慰紫鹃，姑娘应是一时悲痛，不妨事的。你们小心服侍，若有不好，即回前头去。说罢也只得回太太们去了。

　　潇湘馆的丫头婆子忙碌了一夜，掐人中，拍脸，烧纸送祟，喂安神保命丹，试了无数土方，只欲唤醒黛玉，却如何唤得醒来？百法无验。那黛玉如狂风中的一盏孤灯，昏暗摇曳，任凭众人如何挡风，如何呵护，只一

第八十七回　不才人迷陷不才事　失魄府恼忧失魄林

点点晦暗下去，眼见得点完仅存的最后一点灯油，必将熄灭。紫鹃雪雁等人急得干哭，只得熬到天明再回上去。

清晨，便有元春又打发了太监金镏子来说话，却是口信：

"虽生变故，却仍乃礼部之干系，亲长们无须过分担忧。皇上刚出发春猎两日，今日又呼唤伴驾，本宫正整装起程。一旦面圣，必当苦求为众人开脱。爪洼国那边有探春在，必当无虞。大家务必谨守礼部约束，不出门，不找门路，不移动财物。一旦圣命宽恕，则一切保全，过些时日再设法救宝玉熙凤二人。"

金镏子说完，不似上次那般匆忙，却留下来吃茶吃饭。因元妃已出发伴驾，要四十天方得回转。他并不急于回宫听差。贾赦贾政贾珍贾琏忙向他打听宫内消息。金镏子又道：

"春猎之行，原本只吴贵妃和尹嫔伴驾。行了这一两日，皇上身边的内相戴总管，府上也熟知的，昨晚打发贴身太监小邓子小安子传旨凤藻宫，接主子去伴驾，可见圣眷甚隆。想来只要咱主子娘娘相求，圣上必是网开一面的。只是府上这事，听着蹊跷，如何有人大庭广众之下敢违国礼，府上不可不查。这先还虑不到这里，紧要的是爪洼国之事，原本有圣上的心结在这里，万不可因小小违礼一闹坏了事，那便有些不妙！"

众人又忙请教圣上如何在港口之事上这等着紧。金镏子笑道：

"不过起于一句戏言。当日先皇文韬武略，功绩盖世，只这海路一事，吃亏不小。这西洋贸易，原是极有利息的，无奈航路不宁，折损货物船只人口不少。先皇也曾费心留意，多年来并无进展。后吾皇初即位，皇家家宴，亲王们饮醉，打趣圣上：其他也罢了，先皇功绩盖世，原非我等可比。只这海路还未平，你若真是个好的，那便打通西去海路，这是先皇亦不曾有的大功劳，我们就都服气你。虽是玩笑，万岁爷却从此存心，即位这些年，心心念念要拿下海路港口不可。那爪洼等国山高路远，原非我国疆土，地既荒蛮，人又狡猾，胃口又大，又不似我国之民，都是守君子之礼的，常出尔反尔，久议不决。故今次府上嫁了王妃与他，和约成数大增。偏这时候有这样的蹊跷事发生，但愿无事方好。"

贾家一众听罢，惟祈爪洼国守信方好，又希望探春有些作用。那金镏子用罢酒饭，拿了封赏，又和礼部驻守贾府的外司郎中照了个面，便回宫去了。

送走金镏子，贾府人等战战兢兢，一面请医疗治贾母，一面设法向礼部打听宝玉和王熙凤下落。因分管不同，礼部之人一时也探听不到两人关押之地，已命下级官员前去关照，又拿银两过去疏通，务必不叫二人受苦，并请医疗治二人。除此之外，也无他法，只能候元妃进一步的消息。

第八十八回

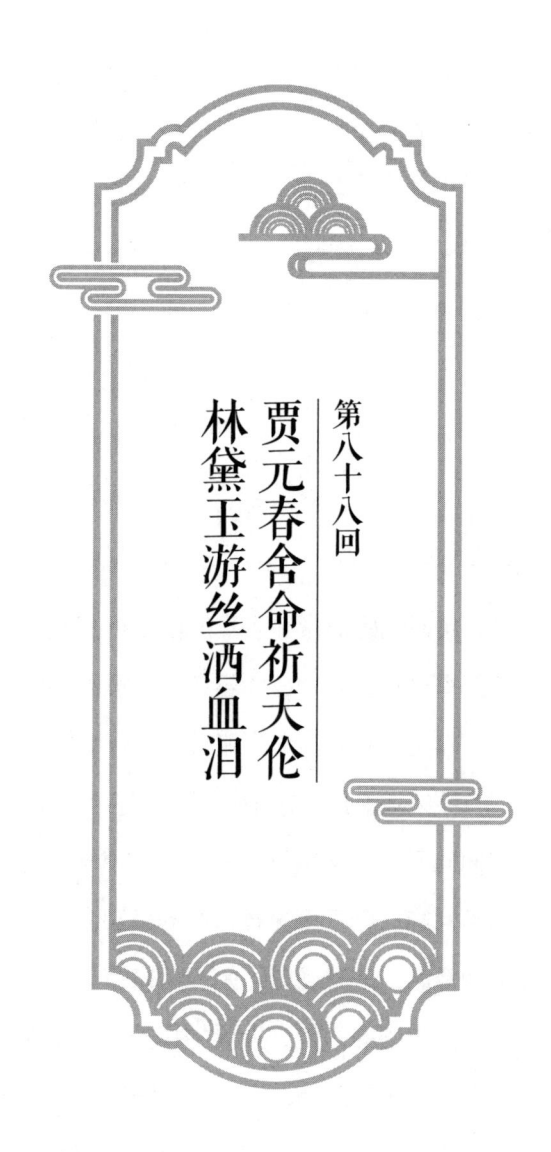

贾元春舍命祈天伦
林黛玉游丝洒血泪

且说元妃依命往圣驾所驻之行宫赶，需两日工夫。礼部尚书杨昆广及侍郎李显却已先一日面君，报上爪洼国婚礼上的差错。上大惊，忙问爪洼国可因此做文章？李侍郎又呈上一纸文书。

原来垂涎爪洼国港口航路的，也不止中华一国。爪洼国早在一两个月前便同另一国达成了交易。因探春未迎，故与中华这边佯装仍在商议中，拖不回绝。今已接探春，便提早知会了原在京的所有使臣人等，小舟另地悄悄登船，一同回国。因有贾家违礼之事，正是天赐良机，爪洼国便借题发挥，修国书一封，大斥中华无礼，断绝一切交往，船队拂袖回国。礼部来驿馆安抚使臣等，已是人去楼空，空留一封国书在案。

圣上见爪洼国断交书，龙颜暴怒，将那爪洼国书撕得粉碎，掷之于地，又连踏数脚。众人从未见龙颜有如此溢于言表之举，虽在行宫有所宽松，未至小儿形状，想是气极了的，皆惶恐不安而侍。圣上平息片刻，又想起上次贾家违制偷燃军中信号炮的事端，怒斥这贾家历来行为不端，什么违礼之事都敢为，实非可恕。又问了越礼的几句实情，越发火冒三丈，拍案厉声着礼部杨尚书李侍郎亲理此案，除严审肇事奸犯外，更要严查贾

第八十八回　贾元春舍命祈天伦　林黛玉游丝洒血泪

府上下各项不端，一总处置。钦点刑部郎中刘万寿调动刑部人手，按刑部办案之规协理，严格审查贾家上下，不漏一人。又一再告知众人，此案由两部直接上奏，不许其他人插手。又传戴权吩咐下去，元妃痴爱其家人，若听消息，又会四下求情，纷扰圣意，乃至寻情结党，影响办案公正，故告知太监宫女，暂不可让元妃知情。

杨尚书李侍郎领了圣旨，星夜回京，火速办案，不提。

至晚，元妃一路兼程而至。圣上猜她许是听到风声，私自追出宫来求宠求情，她也太瞧得起自己了！闯驾欺君，搅乱国家要务，她都不当事，为了不长进的贾家，仅凭素日予她的些许善待宽厚，说闯来就闯来？圣上先不发作怒意，也是有必要先问个明白的，便不动声色，只问元妃何以到此？元妃含笑跪启道：

"前日蒙皇命召唤伴驾，恐路途有阻，日夜兼程而至。"

圣上声气便有些重了，只道：

"这是哪里说起？朕何曾宣过你来？"

元妃吃了一惊，又含笑低头启道：

"三日前的晚上，小邓子小安子二人来凤藻宫传皇上口谕，命臣妾速启程伴驾。臣妾见其为皇上身边近侍，原有多次传口谕之事，二人还手持出宫金牌予臣妾。臣妾得了金牌，禀明皇后，依其二人口传的圣命火速起程，恰巧刚才方到行宫。"

"小邓子小安子？"皇上问。

元妃忙答是。

皇上恐不好看，命元妃起身，即命传戴权。戴权乃皇上贴身总管，时刻伴驾的，此刻正在帐外听命，一传即至。皇上便问他，可有安排小邓子小安子夜传圣命，令元妃伴驾。

戴权忙回道：

"因伴驾人数有限，老奴并未点他二人随驾春猎，一早分派他二人留守太和殿听差的。既不曾跟来，怎能得圣命而传？难道两个小毛虫竟敢假传圣旨？老奴必细细查访，若有差池，他二人九族人头下地。"

回完，依命退下了。

元妃大惊，心知不好，或是遭了暗算，只得低头道：

"他两人来传旨，凤藻宫皆见了。臣妾岂敢欺君。"

又呈上出宫金牌，道：

"这金牌臣妾不曾有的，若非皇上赏赐，臣妾再不能得的。"

皇上接过金牌一看，竟是吴贵妃所有。这后宫出宫无阻金牌，只有皇后一面，皇太妃一面，余者两位贵妃有，底座有纹饰为标记，旁人并不知晓。便忙传吴贵妃，问她之出宫金牌何在？

吴贵妃早已知晓元妃到达行宫，一切正如自己所料。听皇上传她，忙进来，彼此见礼。见皇上劈头就问金牌之事，便佯装惊讶，笑回曰皇上如何问起这个来？原本伴驾春猎，本不想带着，恐有失还是带在行装中了。说罢，命人即刻取了来呈上，笑道幸亏带上了，否则皇上问起来，来回取便为不美了。

皇上便拿了另一个金牌与吴贵妃看。吴贵妃见了大惊，这这这，如何又有一面金牌，还和本宫的相同？敢是有人假冒臣妾金牌？又假意翻来覆去地看，片刻，忽失声道：

"这金牌是假！臣妾金牌底座吴刚伐桂图，特意在玉兔耳后明亮处阴錾的大半个虎头，本是皇上与臣妾的戏谑，偏在玉兔旁生一虎来吃它，事出意外，旁人如何想得到，这暗虎便是防伪的暗记。果然，这伪造之物虽各处皆似，只这细如芝麻的虎头，它怎么会有！无须多言，一眼便知！皇上请看！"

皇上接过来一看，果然如此。这主意原是圣意，造不得假的。

吴贵妃辨完金牌，依命退下了。

皇上转过身来，怒目而向贾妃。贾妃忙跪下道：

"金牌确是小邓子交予臣妾的！凤藻宫上下皆是见证。"

侍立一旁的抱琴也忙跪下，禀道：

"启禀皇上，邓公公和安公公进凤藻宫，全宫上下皆见了。传旨时虽屏退众人，有夏公公和奴才在侧，可以作得证的。"

皇上即传凤藻宫总领太监夏守忠。

夏守忠随元妃而来，也正在帐外侍候。听传，低头负罪一般进来，也不看元妃，只在元妃身后跪下。皇上便问他可见小邓子小安子传旨，授予金牌？夏守忠叩头回道：

"奴才不曾见有人传旨。奴才往内务府一趟回来，元妃娘娘便吩咐出宫伴驾。"

元妃大惊，几不曾哭出声来，如此紧要时刻，如此黑白分明之事，万想不到多年来风雨与共的贴身总管，竟忽然撒此弥天大谎，逆意欺君，陷害自己！她不禁大惊大惧大恨，回头看夏守忠，那夏守忠一脸灰败，不敢看元妃。抱琴急怒失仪，冲口大叫一声：

"夏爷爷！你如何忽然反了？分明你在场听宣，这么明白的小事，如何颠倒是非？娘娘待你不薄，如何在要命关头陷害娘娘？"

话犹未完，皇上已起身走到抱琴跟前，飞起一脚，抱琴被踢滚几步，左右的人立即押起抱琴。皇上手一挥，示意拖出去。抱琴忍痛，一路亡命大叫冤枉！

夏守忠也依命退下。

元妃大惧，忙思对策，汗泪齐流。

皇上又传，日日与宫里通信之快马，皇后可有提及元妃伴驾之事？快马等亦回，皇后提及元妃出宫伴驾之事，因不见皇上手谕，贾妃又手持吴贵妃金牌，当为皇上借赐的，后宫不知底里，只由贾妃出宫，回明圣驾便了。

元妃一听，更是不好。私自出宫，私闯圣驾，仿造金牌，俱已落了欺君之实罪。只得跪禀：

"臣妾一心伴驾，见有人来宣，只认人物，不能辨得真假，臣妾失察。"

"你若是一心伴驾，恃娇争宠，尚可恕得。只怕你另有他图，想见朕是假，冒死闯驾，金牌都敢做个假的，只为你那不长进的母家求情是真！"

元妃一听，花容惨变，全身一缩。已被陷害，又遇贾家闯大祸，碰巧赶在一起，百口难辩，已置身绝境。惟有凭往日贤良温厚，赌上一命，据理哀求，圣上或念及往日情分，轻恕一切。

殊不知皇上一日下来，全身已被愤怒点得火燃，盛怒之时，又见事事相关的元妃伪造金牌，闯圣驾，亡命护短母家，正是样样对景，样样不堪，欺君不敬，死不足惜，还哪里记得她往日的好处。何况现如今她跪于案前，一定又有种种絮叨狡辩告饶之词，乃圣上第一不喜之举，更逆圣意。圣上心想，今日她知趣收声，只滚去见不到之处，等候明日后日细细审问，听从发落还好。若非要逆龙鳞，百般狡辩，絮絮叨叨求情，今日绝不饶她！圣上打定主意，厉声痛数：

"爪洼国之事朕已谋划多年，被你那不争气的兄嫂，毫无廉耻一举破坏，我为一国之君，国之大义当放首位。你们日日享不该得之荣华富贵，尚不知足，非要坏朕国家大事，这样的祸害，留着于国于家有何益处！前次私放军炮，就已是端倪，你舍脸来求，又闹什么举荐亲妹和亲。早知那时便重治了，何有今日之变！一家子都视王法于无物，你领头便来私闯行宫，连金牌都敢私造，是何时觊觎金牌的？何时偷到样式的？如何这等有心机一早仿造在此，等待谋反之用？贾家祸害，你便是这祸之根源！不死何用！那周妃之死，那几个新来妃嫔之死，你虽然洗了个干净，朕如何不知你难逃干系！今日便来算个总账！你还不伏法？"

圣上一字一句，咬牙切齿，越说越气，一面怒斥，一面将那案上无数东西扫在地上，又将书籍杂物一股脑甩向元妃。侍奉的太监宫女唬得都往外躲。

元妃呜呜咽咽，也不躲闪，任由杂物扔在自己身上头上。她伴驾多年，岂不知圣上最恨狡辩求情之语？但她此时若不说，自己被陷害私自出宫，私仿金牌，乃大不敬，加之母家犯事，龙颜已怒，若治罪下来，她便此生再难见圣面，连求情的机会也没了。呜呼哀哉，命啊！元妃不容多想，只得一面叩头，一面辩道：

"送亲不规矩的事，极是蹊跷，略有一点心智之辈亦不能够如此，何况那二犯原是最知情懂礼之人，哪怕是畏惧王权，一时错乱，也不至于两个好好的人同时癫狂失智，何致犯如此不合理之罪，须得重查妖魔之术！那爪洼国历来出尔反尔最多，并非今次才有。应是哄赚了我妹去，借题发挥而走的吧！贾家为国家为皇上肝脑涂地，从无夸言，臣妾衷心侍候皇上，绝不敢戕害妃嫔。臣妾素日谨肃端正，断不敢不敬国法，这几件事千头万绪，虽都关联臣妾，却都大有蹊跷，望皇上念多年侍奉的情分，恕我和家人无意的不检点之事。"

皇上正盛怒之上，见她果然撞上网来，不禁越发大怒！她不是不知道自己平素最厌烦求情求辩之语！为了一己私利，便要朕置国法于不顾。若她不求，扇一巴掌拉出去也罢了！她真有胆求！振振有词而辩！

不敢？她有什么不敢？

皇上怒吼道：

"大胆！那夏守忠十一岁进宫便在朕身边当差，忠厚老成，割爱赏你宫里掌事，他忠君之心岂能因你而改？只问他一句，便知你一派胡言，敢当面欺君作乱，你是真不知道王法？"

那元妃跪在地上，梨花带雨，犹絮絮叨叨告饶：

"那金牌，确是小邓子小安子送来的，夏公公犯昏陷害臣妾，实是万想不到的！我连金牌什么样都没见过，如何有能耐伪造得来。皇上，元妃愚钝，心实口笨，百口莫辩，冤枉啊皇上！恕罪啊皇上！臣妾和贾家的一片忠心，皇天可鉴！皇上明察，还臣妾一个公道啊！"

皇上听她一叠声哭诉，絮絮叨叨，反反复复，只不住口，越觉逆意。不仅厌烦，简直不可忍！皇上怒不可遏，又无可泄愤，早打定主意重责她的，见她如此不识相，实在不愿再见到她，左右无人来劝，一时浊气奔涌，动了杀机。见元妃哭求匍匐在地，满头满身的金钗珠宝，如乞怜之狗一般，心上一阵阵嫌恶，忽见左旁案上尹嫔之琴，皇上一把捞起琴，不管不顾，高高举起，三两步过去，往元妃头上狠命一拍。

元妃已听到了皇上疾步声，她没有躲，这是她的命数，她知道自己无逃脱之路。她只希望自己安心赴死，可以让皇上迟早有慈念之意，可以放过自己的家人，也希望贾家之人识相，自己以命相救，他们可在违纪作乱之路上退步抽身。她闭着眼睛，满面泪水，心里念着父母、祖母、宝玉，嘴里说着最后一句话：

"明察啊皇上！"

第八十八回　贾元春舍命祈天伦　林黛玉游丝洒血泪　89

嘣地一声，头上一紧，元妃只觉山崩地裂一般剧痛，一击之下便失去了知觉。

皇上仍不解气，喝命太监进来，夏守忠领头，接起那琴上之弦，当面勒死了头上冒血、已没有知觉的元妃。又命将所有跟元妃的宫女丫鬟大小太监，除夏守忠外一个不留，跟来的都在当地立即处死，与元妃一起就地掩埋。留在凤藻宫的也下旨一律处死。

大家知皇上暴怒，前所未有，谁敢大意。只有吴贵妃进得去皇上寝殿，服侍皇上安歇了，第二日继续上路。

这一路上，喜坏了吴贵妃和尹嫔。

后宫中，除了皇后，也就是吴贵妃最得势，却屡屡被元妃平分秋色，吴贵妃便视元妃为眼中钉，屡屡借宫中妃嫔争斗陷害元妃不得。近日为了自我壮大，又物色了族中极美之姨表姐妹入宫，其深得圣心，已为尹嫔。两人在宫中炙手可热，谁人不知，那些见惯皇上脸色的大太监，早已辨知了风向寒温。吴贵妃又在宫外发力，使了数万银两，将戴李吴三大太监一一买通，收之麾下，暗暗商议如何除去元妃。

不多时，戴权略使手段，便摸了凤藻宫总领夏守忠的几处私邸，将他几个心爱之人一一掳了。夏守忠失了魂魄，立时归顺。

因元妃荐爪洼国王妃，吴贵妃恐其增力，急欲除之，几人便商议了万全之策。春猎伴驾，几番工夫，便用尹嫔挤掉了元妃伴驾之位。出发之日，戴权故意领头，带一众太监在队伍前头，造成贴身太监小邓子小安子必在队随猎的假象。实则命二人躲藏起来，两天后悄悄现身，口谕宣元妃伴猎，并将吴贵妃自己早就伪造好的假出宫金牌给了元妃，又悄悄藏匿起来。元妃一旦赶上春猎队伍，便是自投罗网，私闯圣驾，罪名不小。更想不到如此巧合，正遇和亲爪洼国贾家坏了事，两者一相撞，皇上竟如此痛快，亲手解决了元妃。这两人哪有不乐！

且不说皇上继续春猎。那杨尚书李侍郎领了圣旨，便会同刑部郎中刘万寿，领兵将宁荣二府围得铁桶一般，许进不许出。将荣国府正堂收拾了，将贾府上下所有名册收集齐备，从下至上，一一审问。

此策一出，无人敢再入贾府，连替贾母看病的太医也无法进入。各路权贵亲友等等之人更是躲得不见踪影。连日常采买亦不能出入，生活不继。三日后，杨尚书因贾家众人来求，心想这贾家根基深厚，兴衰难料，案子不是一日两日可以了结的，还是要留点活路，便按往常办案规则，准许府内支银，外头采买日用所需之物，经偏门入府。

两府一旦被禁，皆大乱起来。各房主子犹如被抽走了真魂，惶惑不可终日，日夜哭泣，饮食少进，叩头拜神，求门告路，东钻西想，只是封蜡一般无点水可以出得去的。奴才仆妇们私下流言四起，一片怨声恨言，皆偷安懈怠，四处躲闪，无人肯做活。待不够吃食，便到处掏摸东西吃。不到三日，荣宁两府一片脏乱，人声难闻，死默默一潭黑水一般。待三日后物资得以采买进来，主子还能支银子，仆人们便不那么明反了，开始依往日规矩做些活。礼部又严格规范府内各人，各按规矩，不可随意走动，宁荣两府里便又开始有了些往日规矩。

贾母犹是昏睡，虽然已将最好的食物送来上房，何曾吃过一口？鸳鸯琥珀日日灌米汤，灌药，灌参汤，贾母亦无意识。荣府内各房能通往来的，仍日日晨昏定省来望贾母，并聚在一起，互通消息，商议对策，但也只能小声议论一番，其实除了痛哭一场外，大家并无头绪。

潇湘馆里的黛玉也昏沉沉几日了，一时身上滚烫，一时又冰凉，房里的丫头婆子遍试各法也不能唤她醒来。贾府上下，并无半个人来看她。紫鹃雪雁春纤等惟有围着悄悄哭而已。也曾一再回过王夫人等，王夫人一脸冷漠，只说多事之秋，各需安分，过日太医来瞧贾母之时，安排太医来看黛玉。到太医来时，又故意忘了吩咐去瞧。不两日，贾府被围，众人自身尚不得主意，更无人理会黛玉。紫鹃等也只得日日熬米汤，与黛玉续命。

因各处不听管束，邢王二夫人便命几个管事的女人每日进大观园巡查。众人领命，周瑞家的、林之孝家的、吴新登家的与郑好时家的，带领一众婆子们进园来各处巡查，因走到潇湘馆门口，顶头一个小丫头端了一盆水扬手一泼，刚巧泼了周瑞家的一身一脸。那周瑞家的正为潇湘馆而来，正撞在心上，也不去擦拭，挥手就是一巴掌，将那小丫头打倒在地，借机高声叫道：

"小奴才！造反了么！太太在上房才吩咐的，各房各处，园里园外，需要安分守己，严守平日规矩，偏这里就有造反的！谁给你的胆？哪个王母娘娘撑的你的腰？眼睛里没有人，心里倒是有人？"

又有别的婆子帮着抽打那丫头，周瑞家的越发骂开了：

"害人精！你是个女的！女的知道不？不知道要守女人规矩？咱们这样人家，哪个女人不是三从四德，谨守妇道的！还偏有你这么个臭不要脸的，也不知道是哪里来的下流种子，百事不会，眼睛里人都没有，偏会狐媚浪言，勾引汉子？哪里学来的这些骚言浪语？提篮子的卖街婆也出不了口，鱼听鱼翻肚，雁听雁断翅！今天打你，是替你爹娘教你规矩，是积德行善，看你还敢坏规矩，妖精似的迷惑人不？"

周瑞家的站在潇湘馆院内，翻来覆去，各样污言秽语，狂骂了足有半个时辰，旁边的婆子也有劝的，也有一唱一和帮腔骂的，扰攘不休。紫鹃知现在是没有王法的时候，纵使出去也无法制止吵嚷，何况外面的大娘哪个权威也压死自己，只得将帐帘放下来，点香，又拿些活计在黛玉床边做，故意又剪又扯弄声响，又不停和这个那个说话，好干扰外面的声音。

良久，那些人又打又骂，扰攘够了，才一起悻悻然走了。紫鹃这才放下活计，收起帐帘，细看黛玉，似无变化，紫鹃松了一口气。

未几，黛玉昏迷中忽然长长呼出一句："宝玉！"眼角流下红色的东西来。紫鹃忙上来看时，竟是血泪，先只是一颗，逐渐便连绵落下，一滴一滴，一颗一颗，落在脸上，枕头上，头发上。这血泪源源不断，一日日下去，血色越来越浓，落在哪里，哪里便是极圆润的一个血团。紫鹃等人大惊，忙去回上去，求速医治。其实求也无用，连贾母尚且不得医，何况黛玉？亦是无人理睬。紫鹃凄凉苦楚难当，却又不能自己先倒下，只得依旧回到潇湘馆，熬米汤喂黛玉，却已经灌不下分毫！黛玉命在旦夕。

第八十九回

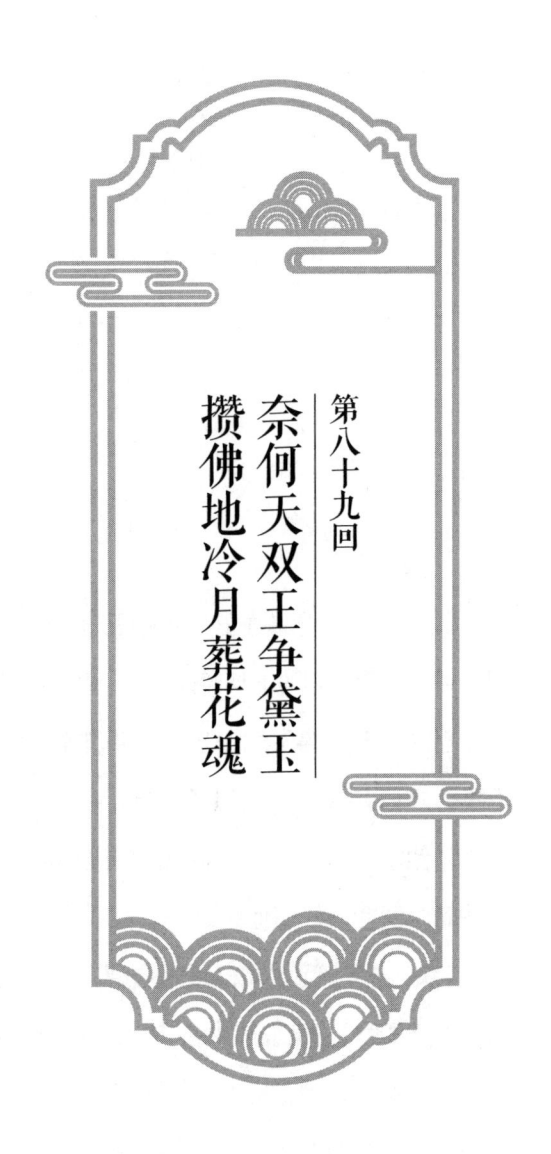

奈何天双玉争黛玉
攒佛地冷月葬花魂

皇上春猎，委北静王、忠顺王守国。皇上一出行，便发生贾府违礼乱国之事。因有礼部联同刑部办案，皇上亲自过问，两王原本不理会。只是多日守国亦无大事发生，忠顺王偶尔想起此案，虽非大事，却是趣闻，便想找个知情者来问问。想了一想，那军机处的贾雨村，与自己王府走得极近的，他本姓贾，又听得说和贾府原是一支，或者他知道些内情？也是无聊破闷，便命人找了他来闲聊。

谁知王爷一问此事，雨村便禀得头头是道、巨细分明。忠顺王听书一样，如痴如醉，说到淫秽处，在座的几人都怪声坏笑不止。

那忠顺王兴致被完全勾起来了，细问有这等蹊跷事？两个男女莫不是中邪了？雨村自然也是顺着猜测些鬼神乱力之说讨好王爷，又说些有的没的奇闻怪谈。忠顺王满足了猎奇之意，越发来了兴致。忽又想到一层，忙问：

"那贾宝玉嘴里一直叫什么妹妹？叫的是何人？莫非是个狐狸精？迷得他失了性行？"

这一问不打紧，雨村赶忙凑上来献宝：

第八十九回　奈何天双王争黛玉　攒佛地冷月葬花魂

"禀王爷，若问起这女子，倒真是个仙女哩！"

王爷忙问其详。

"当年下官在扬州闲游，曾教授此女学生，俊容仙姿，自不必说，小小年纪就已与众不同。其母便是贾家千金。那年她母亡故，贾家接上京来养活，下官正是与她一同上京的。十二三岁上其父亡故，她葬父后回京，又正赶上下官与她一同上京，遥遥观之，越发是瑶池仙品了！下官见过的女子，无一个能及她一半的！王爷细想，那贾府原是出美人的地方，远的贾妃，近的爪洼国王妃，那贾公子见的美人不少，却如此挂念此女，乃至昏了神智，无须多言，此女自当绝色。非下官夸口，简直是天下少有、世间难寻。倾国与倾城，佳人难复得呀！"

说罢，雨村便与门客长史官等凑趣嘿嘿笑。王爷却微微一笑，摇头晃颈，略活动几下筋骨。众人皆不作声，等王爷开言。

王爷收了笑，直看着雨村道：

"你说的果真么？绝色？"

雨村摸着头笑道：

"启禀王爷，虽是取笑消乏，下官岂敢诓驾。有下官项上人头在这里，哪怕是下官不想要它了，下官家里的女的岂会不要，没了下官，她们拿什么度日了？"

那日字雨村加得重重，拖得长长的，长史官和门客们眼睛看着王爷，手指着雨村笑。

王爷也不理会雨村调笑，直道：

"既是如此美人，岂可没个着落？那贾家已吃了官司，一时哪照管得到她？她那下流货夫婿，还不知何年何月才出得了牢门。不如请司马大人说与那府里，将那美人接来我府里过活吧，管叫她尊荣富贵，一世无忧。"

便是那贾家，本王爱屋及乌，也就替她照看了。若美人替得本王开枝散叶，那便是我王府第二号的王妃，尊荣无比。不比在那府里耽搁着，被个傻犯惦记强些？"

雨村万想不到不过是玩笑，竟然勾出了王爷觊觎黛玉之意，暗自后悔。却又想，若可作成此事，一来自己巴结了王爷，二来贾家或可就此投奔王爷之力，或能解燃眉之急？只是牺牲黛玉入王府，她本人不情愿，就是白填了一条命了。唉，何必过虑，好歹说与贾家听，愿意与否则由他们。他们若尚且愿意，与我这不相干的人，又有何妇人之仁哉。

想毕，忙笑着答应，明日必去贾府，转达致意。这王爷的媒人都上门了，他们这些困顿之流，还不喜得屁滚尿流的？

王爷道：

"司马大人，就请你明日走一趟吧。"

又命长史官，明日一早，会了贾司马一同上贾府提亲接人。众人答应了，出去打点妥当，回禀王爷，雨村便告辞出来。

回到家里，雨村想起昔日林如海及贾府等人的好处来，一点良心未泯，心想若将黛玉送与忠顺王为妾，那王爷已年近六旬，平素放诞无常，黛玉一生际遇可知。还是先悄悄商议贾家，找个对策为好。想毕，悄悄起身，往贾府而来。

已是黄昏时分，守贾府的官员散了大半，只有李侍郎案下的赵郎中原是常驻贾府的。可巧雨村和他有过交接，却算相熟。雨村忙向赵郎中寻方便，欲悄来略会一会贾政等。赵郎中知贾府还有王妃在宫，亲友得势者众多，虽是皇命难违，却也不可逼他家到墙角，日后反对自己及侍郎不利。他便私情安排雨村到外厅之内的厢房坐了，只命人叫了贾赦贾政贾琏三人来见。

第八十九回　奈何天双王争黛玉　攒佛地冷月葬花魂　97

雨村长话短说，汝家之案，已是复杂。尔等被封锁消息，不知底里。爪洼国毁约，龙颜大怒，方封了两府。圣上亲自过问的案，任谁也左右不了的，只寄希望元妃求准皇上，从轻发落。春猎要行四十来日，听得元妃奉旨伴驾，应在春猎回来之后，案子便有转机。

雨村说这些消息，贾府悄悄使钱也探听得八九分，今雨村好意来告，也只得谢了。谁知雨村话锋一转，说忠顺王要黛玉之事。三人吃一大惊。

贾琏先道不妥。林姑娘已许与宝玉为妻，虽宝玉犯事，却也还未定罪，再说不过是迷失疯癫所致有辱风化之罪，出丑而已，并未有何大害，事情可大可小，却如何将他之妻，趁危就送与人为妾？何况听里面说，自宝玉出事之后，黛玉忧郁成疾，不进饮食，如何送得出去？忠顺王年近六旬，姬妾成群，区区一个病怏怏的黛玉去了，三五下便会被治死，于贾府又有何益？

贾赦贾政也知不妥，但此乃生死存亡之时，不得不惧忠顺王之势，或可借忠顺王之力渡过此难？一片焦急下，贾赦忽转向雨村道：

"时飞我贤侄，你独自来访，自不是来提亲，定是来提醒愚叔伯的！今两府遭难，我等束手，还望贤侄能指点迷津，有何良策说与大家商议。"

贾雨村沉吟半晌，缓缓开口道：

"如今皇上离京，二王守国。"

贾琏忽失声道：

"可是了，只有北静王可抗忠顺王。"

雨村点点头。贾政道：

"若论北王，往日对我府颇有照顾，平日里也极看顾宝玉的。若求他保全宝玉之妻，或也可伸援手。只是同为王位，为这等小事，令二王伤和气，则大不通。"

雨村道：

"自然不可硬来。只悄悄请北静王明日早上也派人来要佳人，两王无意间都来提亲，迎头相撞，又不好争，只得都暂且不要了。我等可借口小姐未愈，拖到皇上春猎回归，有了定案，忠顺王也不能自专，一切自然了结。"

三人一听此计甚好，连忙应允，又重托雨村拜求北静王。雨村笑道："现如今，也只有我走得动了。"

说完，也不叙闲言，赶去北静王府商议。

那北静王也早知贾府之事，因皇上亲理，也不便插手。雨村星夜前来细说缘故，北静王倒有些好笑，也是要赶赶热闹的意思，便爽快答应了，明日一早便派长史官等人上贾府要黛玉，就道是接来做个侧妃。当然不是真要，只是两王一抢，都不能成的意思。再说，即便假戏真做，北静王自然乐意保全那贾宝玉之妻。北静王也有些好奇，能让贾宝玉如此心仪的女子，是怎样一流人物？若真是风流仙姿，那贾宝玉吃官司不能娶了，就真让她做个侧妃，金屋贮之，细细呵护，也对得起她的人品了。

到了第二日，贾雨村会同了忠顺王府长史官等多人，仪仗执事，抬着各样礼盒，浩浩荡荡来至贾府门首，却见门口摆着执事，前厅人头攒动，众人上前，李侍郎等忙迎。大家互相一问，都大笑起来，真是大水冲了龙王庙，竟有这等巧事，两王同时同地来求一女。刑部忙带贾赦贾政等一干贾家男丁出来见客。那贾家人见两处来求，惟匍匐在地而已，绝不敢说许哪家不许哪家。只说黛玉生命垂危，漫说成亲，就是站也站不起来。因两府准入不准出，太医若进来就出不去了，故病了这几天，也无人敢进府瞧病。

两家长史官也是见惯场面的，当然不会当众争执要接黛玉的话，一听

第八十九回　奈何天双王争黛玉　攒佛地冷月葬花魂　99

无人敢进去瞧病，心内起火，趁机发作。也不归座，也不吃茶，大抖威风，敲着桌子大斥礼部官员道：

"尔等奉旨查坏人罢了，这贾府上上下下，几百号人，全都是坏的？人人饭不让吃，病不瞧医？你们也太公正道义了！只这等势利，待他日这府里拨云见日，怕有你们的果子吃！那太医进去一个，瞧完出来一个，你们跟进跟出，登记在册即可！这等欺人，这等懒政无为！你们可好好烧香，叫菩萨保佑自己不要犯事，一旦有什么瓜上豆上的，就叫你们自己也尝尝这等滋味罢了！"

说得礼部官员都来碰头，口说不敢，有来瞧姑娘等人的太医，一定陪同出入。两家长史官一脸不悦，哼哼连声，正眼也不瞧他们。又相视商议道：

"既然姑娘贵体欠安，自然要调养生息好，我等暂且回去复命，静候姑娘大愈佳音，再做主张不是？"

对众说了："得罪！"两家都作辞回府。

这里礼部和贾家都忙行动起来，请太医进府瞧黛玉及贾母。

贾府被困，荣宁二府门前冷落，没被困的亲友仆妇都生怕被抓进去，谁敢露面。有些胆子大的、干系不大的人，不时远远在街边张望。前些日采买，里面开了单子，礼部刑部有低等军士仆役，三五合众，半买半赚的，便按单子采买来了，倒也不用使唤府外贾家之人。今请医乃王命，里面又指定找王济仁之族的太医，礼部官吏便吩咐把门的人，见到门口张望的人，不拘哪个叫过来吩咐，里面叫人听差，转达点到名的人过来伺候。

贾芹、贾蔷、贾菖、贾菱、贾玠、贾珩、贾璎、贾芬、贾芳等人，这些日子不在贾府听差，虽略有忧心，更觉自家命好，侥幸脱逃在外。几人哪里敢去门首，仍是你家我处，日日聚在一起吃喝调笑，忽听得有人呼唤，细细一听，是两王到府，风声有变，里面传人差使。那贾芹贾蔷等滑头，不肯担风险，也怕差使不好办，便都不去应卯，只怂恿贾菖、贾菱上去答言。贾菖、贾菱原本年纪小一两岁，平日也是顺从惯了的，不敢不去，只得来门口听唤。却不过只是请王家之太医，小小一桩事，便即请来。

因在府内之人听说虽王济仁已去军前效力，又有神通请得小王太医进府，忙上心打探。一听竟是黛玉之力，暗暗吃惊。这黛玉或能扭转乾坤？前些日如此冷淡她，竟是不好。便都暗自后悔，回转脸来，一起走来看视黛玉。

紫鹃也早知道缘故，人情冷暖，刻骨铭心。只是黛玉已不进饮食，血泪涟涟，不仅两王无法垂涎，连宝玉恐怕也是等不到的了！

王太医进府，望闻问切，又施了银针，贾母那边似有效应，两眼欲睁开之意，睁眼却见白茫茫一片，耳不能听，口不能言，依旧倒下去。

诊治黛玉，却是连连摇头，心智已亏，魂魄已散。开了独参汤等方，去了。

王夫人命人取了药方所需的五十两银子，交贾菖、贾菱抓药。

那贾菖、贾菱拿此五十两白银，只觉沉甸甸的，心想，这贾府怕是不好。若是大厦即倒，这五十两银子，还会有下次没有？正犯嘀咕，贾蔷贾芹等已过来打听消息，看了药方，笑道，不过是人参贵，有什么难的？讨了药方，贾母那七副方共一两银子，照方抓了。那黛玉之方，一剂便要十几两，便叫药铺其他按数抓了，人参自己配，便也只使了三两银子。之后随便寻了一点模样似是人参的东西往药方里放了，送进去。那剩余的钱，大家抢了一回，分了。

黛玉已数日不进饮食，这两三日连米汤也不进，只能偶尔进点水，气息已微。紫鹃等得了药，赶忙煎上，千方万计灌了一点子进去。到黄昏，黛玉吐血，脸色煞白。众人大惊，忙去回王夫人等。众人都围上来看黛玉，又急传王太医来看，王太医闻了闻药，摇头叹息，说是无能为力，也出去了。众人也都无法，逐渐散去。

那日天有异相，漫天鱼鳞般一排排的云彩，经久不散。待到黄昏，便陆续有僧道从四面八方而来，个个缺手少臂，或瘸或瞎，或丑陋怪异，或痴或傻，或衣衫褴褛，或拖泥带水。一众人围在贾府后墙一带，口内念念有词。先是三个五个，后越集越多，竟有百千畸零之众，口内念着同样的经文，围在后墙边或隐或现，人不能驱。

夜晚，月光如昼，似霜如雾，将这污浊世界染得洁白。潇湘馆冷风悠悠，水雾蒙蒙，静如初旦，恍惚如无尘之境。看视黛玉的人都已散去，又只剩紫鹃雪雁等人在黛玉身边偷偷哭着。月上中梢，月光越发浓得化不开。紫鹃等几个丫头婆子忽然闻得音乐之声，飘忽在耳，在房顶，在竹梢，在后院的草丛里，在门边，仙乐匝繁，连绵不断。细细听去，却似没有，一不留神，却又往复在帐幔上、窗槛上、书桌上盘桓。众人忙添香换水，又跪在月下焚香叩拜，祈祷黛玉病好。忽听得隐约似有黛玉的声音，在潇湘馆回荡：

> 混沌初觉兮，钦广陵以为栖；
> 寸草春晖兮，哀椿萱寂以永生；
> 旅寄天京兮，虽蓬羽胡不孤？
> 只影彷徨兮，举双目潸然莫视；
> 同气连枝兮，感天然以为亲！
> 朝夕为伴兮，至极近而同息止；
> 细致入微兮，倾其有为彼安；

伤春悲秋兮，惟同情与同痴；
流年往复兮，幸彼金石之谊；
细心体贴兮，尽晓尔之思者；
芸芸万众兮，忽感戴互为知己！
心意相知兮，叹试探何其久多？
生死契阔兮，不言自守永诺；
浊世寄生兮，星曜与彼同辉；
莺燕芬芳兮，莫不以流水花落；
白驹过隙兮，愿静观云生云涌云灭。
时不我待兮，功名显耀之惨白；
君之所及兮，方为终生所向！
霜娥薄命兮，熠凄苦以赤诚；
清愁重露兮，拨云雾曜之以妍；
不坠箕裘兮，终不改赤子心意；
齐傅楚咻兮，谈笑挥洒湮灭。
氛霭尽散兮，浩荡天恩之惠；
心释重负兮，置愁怨九重云霄；
飘零薄命兮，岂知亦可如意；
维歌维泣兮，渺渺尘世无求；
炎暑酷寒兮，携手御之等闲。
命之多舛兮，飘零岂得停驻！
流津飞渡兮，哀英娥之出塞；
惊天动地兮，惧知己之癫狂！
魍魉之技兮，惊知己之蛊惑！

第八十九回　奈何天双王争黛玉　攒佛地冷月葬花魂

家礼国法兮，叹知己之不毡！

身陷囹圄兮，绳鞭何其疾也；

死生不明兮，渺然孤雁长空；

天崩地陷兮，烈风高扬黄尘；

不周消弭兮，血亲雷殛之颓堕。

胡不归兮胡不归！

君之祖风息水冷；

君之父束手困顿；

君之母雍容失像；

君之妹忧思远航；

君之亲惊惧彷徨；

君之府剑影刀光！

君之知己兮，

君之知己兮，骇而跋前疐后；

张皇失措兮，问而僭言拙率；

攒眉蹙额兮，怯而失魂潇湘；

霹雳怒闪兮，惧而万物鬼魅。

泪落成行兮，厌而不知其可；

闻君之实兮，愕而何以为真？

哀君之失兮，粉身全不自惜；

叹君之困兮，余生之途塞涩。

君之渺然兮，沉痼岂可久待？

泪以继血兮，晨昏日以继夜；

魂飞九天兮，落九州以告慰。

苍茫尘世兮，花魂之娇难容；

不如归去兮，流落高天物外。

青天流云兮，浮沉皆以缥缈；

馥郁氤氲兮，游江海以溯东西；

感君之宁兮，吾将泱于天际；

朝锦晚霞兮，吾为其流光溢彩；

一闪即过兮，心意仍为君向！

宇宙洪荒兮，幽魂重回混沌；

不枉此行兮，泪明此生之志。

泪洒潇湘兮，斑渍此生之迹；

泪为君抛兮，甘苦此生不悔！

泪尽落地兮，潇湘此生永殇……

紫鹃等听得分明，如幻似真，却又字句在耳，不禁毛骨悚然，心里七上八下，慌忙回房去看，黛玉仍卧在那里，嘴角似有微笑，脸色如月光一般。

墙外的僧道躁动起来，或挥舞手臂，或低头呼喊，或劝，或哄，或慰，或托。那念诵的声音嗡嗡嗡，越来越巨大，蓦地，忽然齐声高呼一声，手伸向潇湘馆的方向，皆伏于地。

这时，冷月耀出了最明亮的银白，扫在田野，山丘，湖泊，大观园，甬路，竹林，窗前，床上，黛玉身子若浮在月光之上。蓦然，一道细长尖锐的白光疾速划过长空，白光中有女声锐声长啸一声，凄厉诡谲，摇山振岳，直冲云霄。啸声一过，月光霎时入云，全天黑暗，灯火摇曳，冷风飕飕。众人再看黛玉，从月光中落下来，人已经离去了。

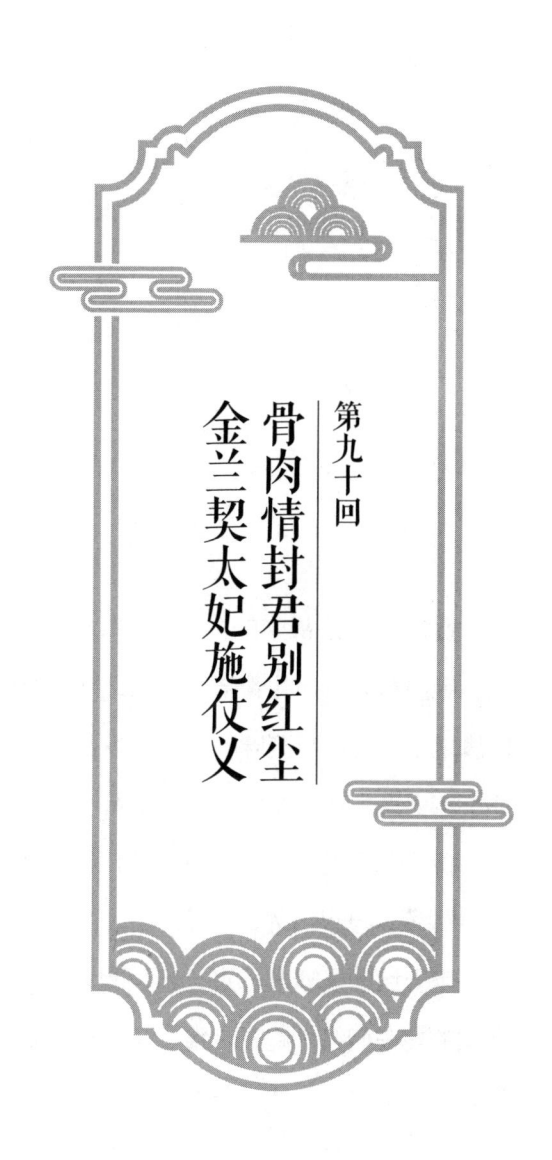

第九十回
骨肉情封君别红尘
金兰契太妃施仗义

贾母被那云霄中的尖啸惊醒，她猛地睁开眼睛，灯火摇曳，夜静虫鸣。她攒着力气挣扎着呻吟出来，断断续续几声。鸳鸯就躺在老太太身边踏脚之上，恍惚听到呻吟声，忽地翻身起来，见贾母睁开眼睛，高兴得大叫，老太太！老太太！老太太你醒了？天王菩萨，太好太好！

贾母努力挤了一点笑意，鸳鸯大颗的眼泪滴在老太太身上，大声呼唤："来人，老太太醒了！"

满上房的人吵嚷起来，到处跑去报信。往园里的人跑进去，正遇见潇湘馆的婆子们往外跑，一报生讯，一传丧音。一样的灯笼火把，两样的生死人情。荣国府又是一个不眠之夜。

贾母尚不能走动，只背靠枕头坐起来。略进些汤水饮食，便命王夫人等细回那日之后发生之事。王夫人等一一说了，却先不说黛玉死讯。贾母听了，气息微弱，却挣扎着吩咐，第一紧要是要找有来往的太监打听元妃求情之况，宝玉凤哥容易探听的。众人皆惭愧，因不得出入，竟不晓得这第一要务便是往宫里打探消息，即回清晨便设法探听消息。贾母左右不见黛玉，又问，只得答夜深未来。贾母也就作罢，一众仆妇围伴，半睡半醒到天亮。

第二天一早，小王太医便来看脉。一摸便知贾母心脉已乱，油尽灯枯，能醒转过来已是神佛之力，如今虽似无大碍，却也不过是几日的光景。

小王太医略一露出哀惋之色，贾母就已猜到大半，心上一凛！又想，八十多了，如此局面，也是够了。只可惜了我的玉儿凤儿，自己不能亲救了。大限已到，惟有最后挣扎一番！她不露声色，命太医去看黛玉。小王太医又叹了一声，答应着出去了。贾母一见，忙叫鸳鸯去请黛玉。鸳鸯含泪答道：

"因宝玉获罪，林姑娘忧病了，起不来。老太太略等几日再见吧。"

贾母声气虽微弱，威势还在，说道：

"鸳鸯，你从不撒谎，我也知道她不好，已经是这样的田地，有什么直接回吧！"

鸳鸯只得跪下来，哽咽回了黛玉昨晚夭亡之信。贾母仰头望天，久不低头，纵使仰面，那老泪已是满面纵横，贾母无语大恸起来。众人忙劝贾母节哀要紧。贾母只恨自己起不来床，瞧不得黛玉遗容。众人忙回了停灵之事，贾母益发大哭起来。众人都大恸落泪不止。

又有人回打听元妃之信，不仅连平常熟络的太监一个也不见，连平日认得的宫女、眼熟的人也无法找到一个。探得凤藻宫大门紧闭，里面空无一人。因皇上春猎队伍已去远，快马往返只和皇后通消息，故除皇后身边之人，无人知前头发生何事，只能慢慢打听。

听得说那爪洼国连使臣都全部离开了我中华大国，两国已然反目，探春无归国之可能了，若果真如此，倘若怪罪到贾家头上来，则宝玉熙凤二人之罪不小，此乃皇上亲理的大事，任何人也帮不上忙。若要拯救宝凤二人乃至贾家，也只能待元春的消息。

贾母等众人听了，自是雪上加霜，愈发担忧，伤怀欲绝。

还是贾母咬牙止悲，又问薛姨妈何在。众人答，所幸当日出事时，她家已将人口撤去自家房舍，围府之时只余些粗重家伙老仆在府。薛姨妈在外日日遣人来打探消息，还送吃食等物进来。贾母点头，道了声万幸，又沉吟半晌，命设法请赖嬷嬷进来。众人也不敢问缘由，忙答应了，自去设法。这里贾母悄悄吩咐鸳鸯，在某处最秘密的箱笼中，取出一个小小锦盒，内有一方帕子，已发黄陈旧。帕内包一绺头发，上还绑一珠花。贾母自拿了锦盒，又吩咐将自己当年新嫁贾府时的头面首饰取来包好，过几日自有用处。

半日，赖嬷嬷以贾母多年贴身女医之名，颤巍巍进来。两人风烛残年，经此大难相见，其凄楚自不必说了。贾母也不多言，扎挣着亲手将锦盒递与赖嬷嬷。那赖嬷嬷原本担心贾母吩咐赖家舍命救主，她家惟有赖尚荣为官，贾家陡然出事，赖尚荣已极力回避，战战兢兢的，又只是捐的一个小官，何曾有救主之力？若见了贾母，不知如何推脱，正七上八下的。待见了贾母，贾母却不吩咐什么，先伸手递过锦盒，赖嬷嬷怔了片刻，又想一想，便颤巍巍去接那锦盒，哭道：

"老太太，如此危急了么？"

"我自知不过是再熬十天半月的光景。总要走之前再搏上一搏！"

赖嬷嬷低头闭眼，哭了一阵，勉强咬牙忍住，思索片刻道：

"老太太，主家有难，我们仆家就是那皮上的毛，皮要是损了毛哪里存得住，用得着的地方必当全力而行的。只是我身份低微，未必能进得了门。"

"这还需你亲去求薛姨妈，劳动宝钗姑娘与你同去，她和太妃有一面之缘，若以紫薇舍人之后身份求见，应可以见得到太妃。一旦见面，你便知如何说话。"

"老太太有话只管吩咐，老奴才必妥当转达太妃。"

"本应待圣驾回京，家劫完毕方来走动的，奈何命不久待，他人无此力量能帮我解得燃眉之急，只能劳动太妃。所求绝非越礼过分之请，太妃若鼎力施救，定当可成，吾等虽即赴九泉，亦感恩戴德，来世结草衔环相报。所求者其一，吾命不久，须结果自身。所居房中之财物，原系我自身陪嫁，非其贾家之财物，绝是干净无涉的。请仅以房内之财办理我身后事，这里日日有人把守，无挪动之可能，府里账目清楚，无法浑水摸鱼。其二，外孙女夭亡，吾等告罪守国二王，她命薄无福，辜负青眼了。请委孙贾琏送去其苏州祖茔安葬，所费则从吾后事所余之资中支取。其三，所托来人之宝钗，太妃亦极爱的。若宝玉终得昭雪，则当求配此女。望太妃可寻方便，派人来将吾之头面取去太妃手上保存，若二人可成婚姻，再向太妃取回头面，就是老婆子最后的心意了。"

贴身的几人听了，又是凄凉，又是叹服。这里赖嬷嬷忙袖了锦盒出去，求了薛姨妈，与薛宝钗一同坐车，去求见南安太妃。

南安太妃见此二人来见，甚觉意外。赖嬷嬷呈上锦盒，太妃大惊，忙拉赖嬷嬷进里间，问出什么天大的事了？老太太有何吩咐？

原来早年未嫁之时，太妃和贾母便是闺中密友。当年太妃家中有生死存亡之事，全赖贾家共担风雨，方得渡过劫难。太妃为感谢贾母舍命相助，当面剪发一缕，承诺日后贾母若有危难，使人拿了它来见，便是天塌地陷，当还命相助。剪发之时，赖嬷嬷便在场，故贾母托她来见太妃。

赖嬷嬷见太妃细问，便原原本本将最近所有之事讲了一遍。又说了贾母所托。

太妃亦恍惚听说过贾家之事，本觉无稽，又有皇命亲审，旁人无可帮之处，只能静听消息，便也不理论。今知贾母生命垂危，不得相见，便急得流泪。忙答应赖嬷嬷，所求之事，一定设法完成。又出来拉宝钗的手，嘱其安身立命，命运自好。

宝钗知贾家正值生死存亡关口，虽无力逆天，毕竟是血肉相连，现有用得着自己的地方，便赶忙同赖嬷嬷拜望太妃。自己虽有多少话要说，毕竟都是长辈的事，自己是未出阁的女孩儿，什么也说不得，自己能做的只是用主子的身份带赖嬷嬷进门。太妃和赖嬷嬷出来外面，她便克己守礼，极力周旋太妃。因事态紧急，两人不能久坐，告辞去了。

南安太妃心急如焚，心下忖度，此时圣上春猎，二王守国。只要二王共同发话，便要立即放了贾家也是不难，何况此等丧葬费用小事，所涉财物，也是贾母五六十年前的陪嫁之资，毕竟有限。若自己开口求二王放贾家，那自然是自不量力，若说求贾母之请，却是人之常情，圣上哪里理得到这样的微尘之事。哪怕知道了，丧葬仪费之小事，也不至于责怪二王。罢了，舍了老脸，二王两家各求一遭。

想毕，便赶去忠顺王府。因何先去这里？只因自家庶出之女，正是忠顺王之侧妃。此女虽非太妃亲生，却极乖巧伶俐的，向来尊重亲近太妃如生母一般，太妃也待她极好的。侧妃在忠顺王府也尚算得意，太妃忖度，忠顺王如看在侧妃面上，或会容易求些的。

那忠顺王正为贾家之事气恼。求此区区民女，如何竟遇北静王同求？可是又有甚藏掖？自己原是叔父辈的，同求一女岂非自己矮了一辈？正欲改由第四庶子求其为正妻，定可越那北静王之请，赢此一役。谁知还未吩咐下去，倒有人报上来说，此女夭亡。忠顺王顿觉没意思起来，恨恨打发人去求证消息是否属实。正在气恼中，南安太妃来了。

第九十回　骨肉情封君别红尘　金兰契太妃施仗义

　　想不到年高有德的太妃竟也为贾家而来。忠顺王在太妃口中得知黛玉确已夭亡，原本就是一时兴起，便觉兴致索然，意欲丢开手不提，也无心细听贾家之事。怎奈太妃放下身段苦求，这太妃原本是长辈，又从不求人的，不过是受金兰所托，忠顺王哪里拂得开情面，其实也不费个什么，便依太妃所求，修书一封与杨尚书，罗列贾母所托。又言礼部原该崇尚孝礼，重病之八旬老母自结其身，自是孝仁之举，若情属实，礼部自当推崇等语。太妃谢了忠顺王，又马不停蹄去北静王府。北府向来和贾家极好，北静王妃也极尊南安太妃的，因此也即请北静王进内，商议片刻，北静王亦欣然比照忠顺王所书，拟书一封予礼部。南安太妃手持二王书信，方有些喜意，命人星速将两封书信送与杨尚书。

　　杨尚书见守国二王之书，形同圣旨，又由南安王府内臣亲自送来，三王共保一事，任有天大的事也是不怕的，更何况是区区仁孝小事，便连忙分派下去，照贾母之请行事。

　　至第二日，贾府便得了消息，贾母之请允矣。这便是风向转换，贾家不是轻易得倒的！礼部刑部都放松了约束，审讯之事也有意无意拖慢进行。

　　贾母已胸闷气急，强撑到消息来了，便将房内的财物命鸳鸯等拿了清单出来，让守贾母院落的刑礼二部官众核实了，便叫了贾赦贾政贾珍贾琏等来，大致作了分派。次便叫齐全家大小，断断续续吩咐道：

　　"汝等子孙，老太太不能陪了。吾家经此大难，绝不可再当没事的，须作最坏打算。无论何种情形，记得保命第一要紧。若失了祖宗扶佑，凡事艰难，记得从低处向上，厚积克难，重振家业。这贾家门楣，须世世代代，风光荣耀，诸位皆是贾家子孙，有责任遍尝苦楚，为人所不能，光耀兴旺贾家门庭。谁能撑起贾门一族，谁便是老太太的好子孙！

"宝玉凤儿原知情守礼，今有此变故，定是遭人陷害。若问何人屡次加害其二人？你只去看看那些因其二人被害，大有得益之人便有数。今家之不存，利益何在？损人不利己，惹此大祸，生生世世不配为人。宝玉凤哥必当昭雪回家，任何人不得为难二人，须查明二人受蛊惑真相，令其安乐太平。

"宝玉的通灵宝玉丢了，许给他的玉儿竟先我而去了，如今只求宝钗看顾宝玉，借她金锁镇住邪气，宝玉也就一生无忧了。琏儿不可误会凤儿，须终生善待她。我房中之财是史家带来的，和贾家无关，方可动得。我已分派停当，王法在此，不能有富余的可以挪得出去的。尔等须谨守元妃娘娘懿旨，谨慎为人，不可再生事端。一旦皇恩赦免我家，今后当谨慎勤勉为官，教育子孙文武出身，世代昌盛。"

众人跪下。贾母喘定，过了半日，进了参汤，似略安稳。上房流水的人来人往，因礼部通融，连宁国府的贾珍尤氏等也得以过来探望贾母。

第二日清晨，孙家忽然来报，迎春病亡！如此年轻活跳之人，嫁去刚一年，如何便就去世了？贾赦院里一片吵嚷，却是生前不看顾，死后徒争气。

贾母昏昏沉沉，半睡半醒一夜，清晨听有声响，拿眼睛看鸳鸯。鸳鸯便出去问缘故。一听又是回不得的消息，十分为难，急得在门口转圈儿，正不敢进去，守着贾母的丫头出来催，鸳鸯只得进来，横心照实回吧！鸳鸯回到房中，见贾母阖目而坐，便跪在床前回话：孙家来报，二小姐病故。跟回来报信的绣橘说，并非病死，原是二小姐和姑爷因家事争执，二小姐略说了几句，姑爷竟操起棋盘往小姐头上砸，下手没个轻重，不想竟失手将小姐打死了……说了半日，不见动静，想是贾母睡着了？鸳鸯起身，欲整理被子与贾母盖上，忽觉贾母面色发红，眼角长串泪水，人已颓然，忙去探贾母的口鼻，已没了气息。鸳鸯跪下，大哭起来。

贾府举丧。

因两府被禁，亲友俱不能来吊，只能在荣国府内简单行事。幸而贾母所留之资可动，被围之人皆劳尽心力，侧门有各样物资进来。因是罪家，不能久停，七日必须发丧。

说不得悲哀与忙碌，三四日后，诸事齐备。这几日丧事的调停，全部是鸳鸯按老太太素日的主意行事，没有不听她调摆的。谁知诸事齐备，那鸳鸯也没哭，也没闹，也没与任何人交代过只言片语，悄悄在半夜里上吊自尽了。想必是舍不得主子，看不得贾门衰败，望不到自身之后路的缘故吧！众人大为纳罕，都道是忠义之仆，天下难得！便跟在贾母身后，又备了棺椁一同出殡。

到第七日，礼部监视开了大门，里面的人将棺椁等物抬出正堂厅外退下，外面的贾蔷贾芹贾芸领头，带领人抬起棺椁，高高举丈八铭旌引导。贾家在外边的亲友百余众来送葬。刚出了大门，每隔百十步，却各有人举帐张伞，原来是平素来往的各王公侯伯男等诸家听得消息，虽没有贾府之人来报丧，然老封君地位显赫，为人可敬，哪怕此乃与贾府的最后一交，不便亲自来祭，这最后一程是要送的！这些显贵之家便都安排了一二仆从举帐张伞来送。贾蔷等人哪里想到，又惊又喜，又是悲哀，赶忙上前来挨家跪谢。

因怕冷清，贾芸三四日前就满城告诉，老封君出殡，已在城外铁槛寺蒸了上万的冷糕。送葬之人，只送到铁槛寺的一律来领糕。消息一传十，十传百，都在传说有不花钱的冷糕吃。

待到出殡那日，也有真心惋惜贾家的，也有敬重封君义仆的，也有帮闲无事起哄玩耍的，也有实是化缘乞讨的，也有天生爱赶热闹的，也有想吃个便宜点心的。这百十众贾家队伍后，竟然跟了成千上万的素不相识之人，浩浩荡荡，吹吹打打，哭哭啼啼，一路往铁槛寺而去。

到了铁槛寺，跟来送葬之人果每人俱得了雪白可口的米糕，脸上皆有喜色，不仅自吃了，剩余的又散与众人带回去，众人心满意足散了。停灵安葬的首尾，则由贾芹会同家庙之人协理。其余亲友，也都回城去了。

里面听得贾芸只几百两银子的米糕，即换得万人风光送葬，又是哭，又是赞叹。从此视贾芸方是有才得力的，便将外头之事，多委以他办。

贾母出殡后，按贾母遗命，外面的人买舟雇人，准备妥帖后，贾琏在礼部挂了案，领头出发，送黛玉灵柩回苏州。

这边礼部已将贾府仆妇管家审问了一遍，将至各房主子，也不在话下。却因为两王关照贾家，贾母出殡还如此多人送行，礼部刑部料贾家不至一败涂地，便愈加放松了，虽是审问，既无动刑，也不呵斥。

且说贾赦得了迎春死讯，心下大为不甘，非得出口气才好。贾母出殡之日，刚出殡，趁人多杂乱不防，他早遣人买通了守他这边侧门的军士，说是吊丧，只出去两个时辰。待出得门来，带领一帮早候在后门的仆从，往孙家而来。

孙家正草草办理迎春的丧事，贾赦一伙人冲进来，也不看迎春遗容，便来吵闹。孙绍祖也知理亏，迎上来见贾赦。贾赦大吵大嚷，揪衣服，扯胡子，孙家仆从忙来劝解拉开，孙绍祖也正解释。谁知贾赦志不在此，吵闹之际，一个眼色，有个最有气力的仆从悄悄抽出袖内的铜锤，一个冷不防，狠命往孙绍祖大腿上一锤，只听得一声闷响，有骨头裂开之声，孙绍祖哎哟一声，倒在地上。众人忙去扶他，又有人想扯住贾赦等。贾赦一个眼色，众人飞奔出门，一溜烟回府。

回到府内，贾赦无事人一般。众人也不知此事。

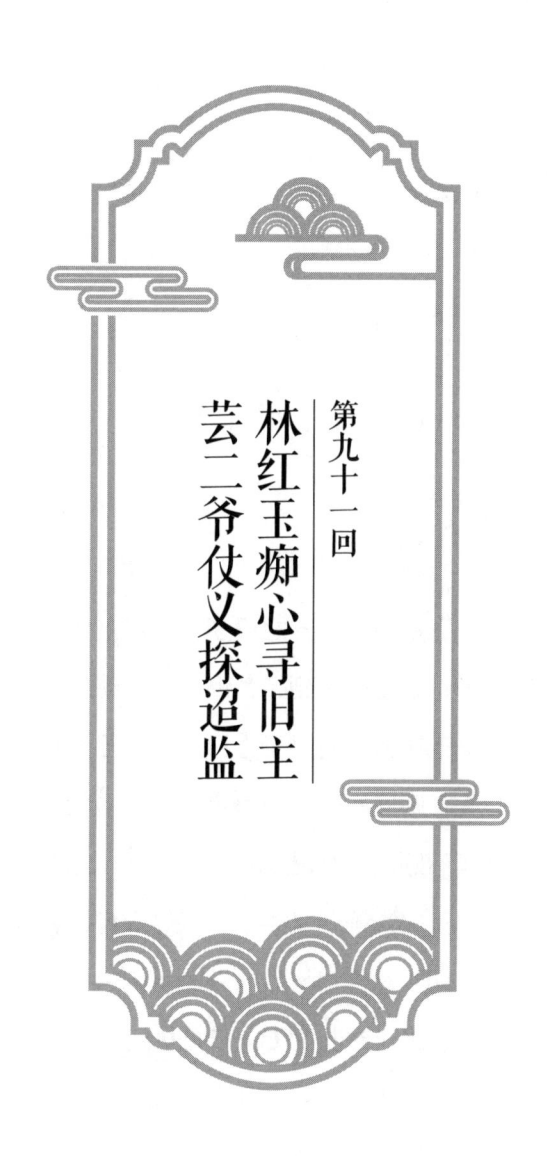

第九十一回
林红玉痴心寻旧主
芸二爷仗义探诏监

已是皇上回銮之日了，贾家主仆上下正一日日煎熬着，掰着手指头算日子，眼见得是到了，仍不见有动静，便一再催贾芸等人去探听消息，依然一无所得。后过了十日八日，已探明皇上早已回京，但元妃仍一丝消息也无，跟元妃的人也一个不见，一丝靠得住的消息也没有！贾家的人猜测怕是不好，把心提到了嗓子眼上，惴惴不安，眼泪又多了起来。

　　王夫人等早又委了贾芸等人打探宝玉凤姐消息。不想一个意外，却探得真切！

　　现如今贾芸之妻，乃是林红玉。

　　原来当日林红玉跟了凤姐一两年后，正遇到里面遣发年纪大的丫鬟，红玉已经十八九岁了，正是在遣之列。那红玉原本就是个极有心计的，在凤姐这里观摩了一两年，益发干练了。她在园内之时，已和贾芸互相有意，巧妙互传了罗帕，定了情义。待跟了凤姐，她便在差使各事上多次暗助贾芸，两人虽非一处，却情同一心。这红玉自以为早已和贾芸是一家，哪里能由上面遣发出去配个小厮？她便暗寻机会，单刀直入，和贾芸私下商议终身之事。那贾芸虽是贾家嫡派亲支，奈何人单力薄，家境贫寒，

第九十一回　林红玉痴心寻旧主　芸二爷仗义探诅监　117

正需要能干历练的女人帮衬，那红玉原本就是自己的红颜知己，颇有姿色，心地善良，人又干练，又是管家之女，如何不可？便豪言壮语，应诺下来。找了机会，同母亲一道来求凤姐，要红玉为妻。凤姐见这等区区小事，又可笼络贾芸忠心为自己办事，又有林家的人情脸面在这里，便一口答应下来。之后又问红玉本人的意思，那丫头不仅不害羞回避，还跪求凤姐成全，绝不他去。三方齐全的好事，凤姐自然乐得做人情，便亲自来问林之孝家的，亲口保媒，速成此事。

　　林红玉嫁与贾芸之后，仍在他家廊下一带的房舍居住。那红玉侍奉贾芸之母五嫂极好，又善操持，家务蒸蒸日上，自己开了花木贸易行，红玉又与那些花儿匠们的内人相处极好，那些行家内人都肯教她，便又逐渐买地雇人，操弄起自家的花圃苗场，这也不在话下。

　　贾家出事，自己的两个旧主被抓，那红玉自是悬心，日日叨念。那日和邻居倪二的娘子拉家常，不免又说起此事，自己的旧主遭难，连在哪里受罪都摸不到门，眼见得贾家无人可以出首，自己连帮忙出力的门路都没有，良心上哪里过得去！一想起来就难受。这倪二的娘子带着女儿过活，倪二常不着家，不免冷清，红玉最和人的，日渐与她娘俩热络，两家人互相照应，如同亲友。那倪二的娘子听红玉又说起宝玉凤姐下落不明的事，也随口附和了几句，忽想起一事来，笑对红玉道："你这一说，我又想起来一件事。前些日，你们两口子托我家当家的道上打听宝二爷琏二奶奶的下落，不得结果，或者是他们到底不是官家，门路不灵光，所以不得消息？我前两日想起来，若是官家，我家大伯就在扬州做牢头，他们同行各处，公私往来，或许能互相通些消息。不如就托他去打听打听，有没有用也不打紧，不费个什么。"

　　红玉谢了，也不放在心上。雇了车，带了个小丫头子，来看哥嫂等人。

林家原本在府外一带下人的房子里住，占着数间房舍，也是颇大的排场。贾府被围那日，众人刚伺候完早饭，各自当差，丝毫不知大难将至。林之孝夫妇正在府内忙碌，第一个就被困在府里出不来了，红玉之妹乃老太太房里的二等丫头，二哥是贾赦书房上的小厮，也被困在里面。大哥林红金，是在荣国府正门上听差的，大早上的见一排排军士凶神恶煞而来，不识相的那几个老门官，何曾怕过人？迎头就挡，喝问来者何干？领头军官也不答话，手一挥，便将他几个拿下。红金等几个见势头不妙，有跑去里面找人的，有溜出去外面的，那些军士一顿呼喝，又被唤回来几个，其他都跑掉了。林红金跑在最前头，想一想，又往后门侧门溜去，不论哪个，叫出来溜开。幸而天色早，他女人还未进里面浆洗，最幼的弟弟和自己的一儿一女在后门玩耍，见阵势不好，众人四散，也都吓了回来。府外的，林家就剩了这几个人。

　　刚围府那几日，风声极紧，府内的人出不来，府外的人也不敢靠近贾府，怕被拖进去一同被困。三日后有采买之事与府外相连，贾菖贾菱贾芸等一干在外听差的人又被里面呼唤当差，府外的仆妇便略减了恐惧，有胆大的被呼唤来继续听差，也有胆小的再不露面的。每日早晚，一堆人在两府前后门口聚集，远远张望，胆大些的探头探脑的，不见个所以然，也只能望望罢了。

　　风声松动时，守侧门的守卫得了好处，常让外面的人与里面的人相约了，隔门遥遥说几句要紧话。红金红玉也使了钱，曾在侧门与林之孝等说些家务。林之孝命林红金带着外面的人搬去林之孝早年置下的另一处小小房舍里住，算是和贾府里面脱了干系。房舍离贾府不远。左邻右舍，不过也是贾府家下的那些人，众人住在一处，只不过是逃开贾府是非之地，等风声一过，自然再回府里当差的。

第九十一回　　林红玉痴心寻旧主　　芸二爷仗义探诏监

今林红玉坐车，便是往林家新住处而来。

因林之孝是管家，大家便认为林红金门路广些，常有人来林家打探贾府消息。红玉今日一来，早又见三五成群的贾家旧仆在家坐着，议论谈讲纷纷，红玉不便搭话，只略请安问好，便往里面来。又有几个女人及一个女尼在里间房里坐着。红玉进去看时，是茗烟的嫂子、柳嫂子的小妹、彩霞、茜雪和出家的藕官。

宝玉出事后，跟宝玉的茗烟等小厮没了差事，也无人顾得上呼唤他们，便一日日在书房点个卯就溜的，围府之日自然也幸免困在府内。虽力薄人微，因着实忧心宝玉，茗烟等四处钻着打听宝玉下落，乃至悄去宝玉日常来往的贵公子的书童跟班面前一一去问。本以为平日相熟，现在不过讨一句话儿，总不会撞墙，哪知那些书童跟班早已受了指令，不得和贾家往来，故茗烟见到的都是冷眼，抢白乃至拳脚皆是有的，有用的消息却一点也不得到手。茗烟的嫂子原本和红金的女人要好，时常来坐。外面关心宝玉的人，也常摸去茗烟家寻消息，今日这几个，也是来问消息的，茗烟嫂子无甚话说，便领了探消息的人来林家吃茶，看看林家是否有什么新消息。

红玉和大家见了，呆坐在一起，都默默流泪。红玉将贾芸打探的宫内重要消息说与众人知道，大家都愈加忧郁起来。那彩霞嫁了旺儿家为媳，日子不甚得意，却常想起在府内的光景，情谊上还是心向贾府的。藕官不必说了，是和芳官蕊官一起出家的。虽是出家，在各自的地方做粗使丫头一般，常被打骂折磨，更是心心念念挂着贾府。贾府出事之后，三人轮流，隔几天就进城来听消息。那茜雪，原是跟宝玉的丫头，因一杯枫露茶被宝玉迁怒，撵了出来。茜雪在家盘桓了一两年，嫁与鸳鸯之堂弟金文翊为妻。因金家的差使是京城南京两边走动的，金文翊一半时间不在家，茜雪便在家乐得闲着，无事仍往娘家走。这几人虽各有各的情由，关切贾府和宝玉却是一样。大家在林家说了半日话，也只得散了。

不想过了十余日，倪二和他娘子大黑晚上的，一同来找贾芸红玉。原来宝玉凤姐，正是被关押在扬州倪大那里！真是无巧不巧。

历年规矩，凡重案钦犯需严加审讯者，皆交换地区秘密关押并审理，一来以示公允，二来也是保守机密。那宝玉凤姐，因是风月案件，又事关国体，相当微妙的案件，礼部按例远远押解到扬州地方看管，并交代地方上细细审案。扬州知州深知此事可大可小，可轻可重。若轻，这犯人大有来头的，绝为难不得；若重，圣命一下，从重处理便罢。因此将此案高高搁置，不处理，也无太多审问，只将男女二人，分别关押在牢门外狱神庙的预审监中，严加看管。贾家因在案中，无人来查此二人下落，更也无人来探访，此二人便被众人撂在一边无人过问。

这里倪大早知道此案，因不关己，也不理论。那两犯无人探望，也无甚油水，上头也关照过，不要为难，也不要轻放，这大案牵扯甚广，不是他们这样的小小地方能承受得起的，只依命看守便罢。那倪大也是办事牢靠的老牢头，如何不晓得，便在预审监中安排两个单独的牢房，困住二人便了。

那宝玉凤姐二人，当日昏了一个对时，之前发生的事如一场梦一般，对自己那一日的所行所言一无所知。待觉醒过来，已是重囚！二人如五雷轰顶一般，求生不得，求死不能。辗转被押到扬州，两人虽被关押在一处，因分男女，也只可闻声，不得见面。虽一再遥遥喊话，不过是互问灾祸因何起，苦难何时灭？待审问之人形容他二人丑陋之行，二人互相喊话也羞于开口了。他们日日吃粗粮牢饭，穿囚衣，卧草茎，蓬头垢面，听狼虎之声，与鼠虫为伴。他二人也是审问中方细细得知当日情景，不仅诧异，羞惭，冤屈，更是惊惧彷徨！万不知如何是好！不被审问之时，除他犯悲号哭泣之声，则无其他人声，二人只得想些过去现在未来相关之人之事，抓耳挠心，哭喊翻滚，几不曾裂了心肺，其形凄苦以极。

倪二托人来问倪大，倪大吃了一惊，忙告诉来人，此二人正关押在此，问他怎的？倪二听信，便连夜来找贾芸红玉说话。

贾芸夫妻听了，吃一大惊，又是伤怀，又是感慨。知二人不曾丧命，也尚算平安，又放下一点心来。便谢了倪二夫妇，待回了府里的主子们，再来商议。

第二日贾芸便去回了贾政等人。里面得了信，王夫人等哭个不休。那扬州遥隔千里，谁人可以去探望二人？不知是怎样地吃苦，谁可去打点一二？满府皆困，钱财也支不出去，连盘费也没有，想派人探望自是奢望。贾琏正在扶灵林黛玉途中，也无法知会得到。王夫人经历了这些伤痛之事，在此终于爆发，哭晕在床上，自此病倒。

那府内众人虽是感叹一番，却也无一个能做主的。半日也不得一个主意，贾芸在外面等了半天，没个准信，只得怏怏而回。实是国法家规，无法之事，又如何解救？可怜了那二人，莫名其妙背了漫天的罪名，金娇玉贵之身，从来没吃过亏的，如今猪狗一般被囚，又不知会是怎样的生不如死。

红玉陪着贾芸在家落了一回泪，夫妻二人实在放心不下，又去找倪二商议。那倪二不耐烦道：

"那倪大是我亲兄弟，还能有甚藏掖？已关照了的，两人必不受苦，你二人如何这等不痛快？只管不放心？"

二人道：

"不瞒大哥大嫂的话，实也不是放心不放心的事呢！二位主子遭此大难，悲凉凄惨，探望的亲人也不曾有一个。天可怜见的，竟然蒙大哥大嫂恩德探准了他们的消息。既已知下落，还无人探望，那正是惨上加惨了！我等不赶紧去安抚二人，内煎外熬的，二主如何撑得下去？还不等劫满释放，怕已不得性命了！我二人日夜惦念此事，其他人也不能得去，还是我夫妻二人行动自由。若我二人不探望一路，心里不安。"

倪二娘子道：

"哎哟千里路遥，路上也不太平，哪里说去就去了？"

倪二道：

"若要去扬州，只有水路走得。"

贾芸道：

"盘费我们还可以筹措得起来，这路上的事，却实不知底细。往日府里派远差，都是官船来往，自然太平。如今自家走路，深浅不知，又带家眷人口，却甚不得主意。"

红玉也拉着倪二娘子的手，滴泪絮叨不了。

倪二见二人踌躇焦虑，看不过，便嚷道：

"这么萎萎炱炱的真叫人厌烦。说与你们听罢，既然怕路途不安，索性我同你们走一遭！有我在，道上的朋友哪个还敢来动你们？倪大也是多年不见，趁机会探望一番，也是喝酒吃肉的痛快事。"

倪二娘子也拉起红玉的手，笑道：

"好好好，大伯一家子数年没见，按理也该拜望拜望了。一并我也望望娘家，祖宗牌位面前烧烧香去。索性一起走罢！我们姐妹们在路上多少话说不得？芸大娘，咱们就走他娘的一遭儿！"

贾芸夫妻听了大喜，道了受累，细细商议妥当了，便忙去回贾府里面去。府内的人都感服不已。因无法有所资助，又感伤哭泣起来，王夫人也特特挣扎起来，捎些话与二人。

红玉又回娘家说与红金等人知道，将五嫂托付他们照顾，便准备启程。未曾想茜雪听说此事，自己走上门来找红玉，要一同探监，说道："我家男人在南边，我一个人脱甩得很，芸大娘放心，我自有私己在这里作盘费。若不让我探望宝玉一眼，我哪里能安心稳睡。虽帮不上什么，便只当面说一句话儿安慰他，我便也安心了。"

红玉见她如此恳切，便说与贾芸及倪二。他们无甚话说，也就答应下来。三日后，倪二夫妇连同女儿、贾芸夫妇、茜雪六人买舟南下。

第九十二回

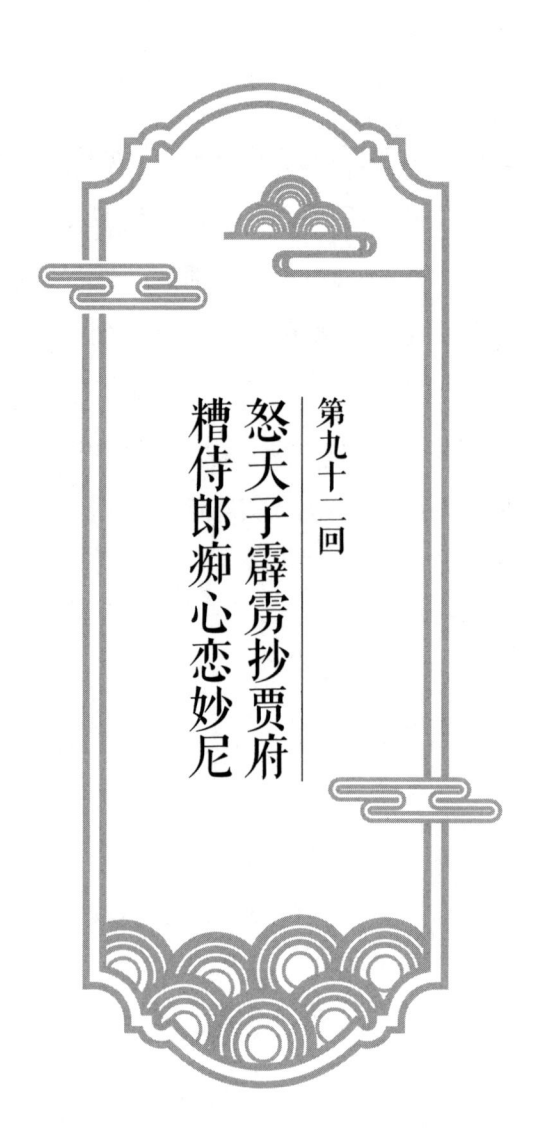

怒天子霹雳抄贾府
糟侍郎痴心恋妙尼

探监的六人刚走，贾府便被抄家了。

原来孙绍祖被贾赦打断了一条腿，如何受得？他深知贾家已在薄冰之上，轻轻一推即可报仇，便上了一本，哀婉陈情：已不能为国效力，全因丈人贾赦逼凶，如此等等。又使钱将奏折直达御案。这等小事，皇上原本不理，连贾家之案也不太记得了，见到这个本子，不久前的愤怒之情又被勾起。这贾家可真是了不得，正查他家越礼违法之事，他反倒顶风伤朝廷命官！即宣礼部刑部专案之人来，命他们抄了贾家，查封其所有财物，用以略赔补些爪洼国反目之损失。贾赦目无法纪，立即发配远疆苦寒之地。将贾府所有人一律收监，所有奴仆一律发卖。加速审理，三个月内需将他家所有人审理完结奏明。

圣命雷霆，谁敢耽搁！两部联合，立即将贾府查抄，所有主仆，一律收监审问。所有财物上账，所有围在府内的和在花名册里的奴仆，一律官卖。

贾府的人苦等元妃消息，却等来这样的结果，犹如晴空霹雳，霎时万境皆空。秋雨如泪，日日不息，黑压压一堆人，冒凄风苦雨，被绑了绳索，一溜丢，一串串，被呼喝，被推搡，被打，被羞辱，一股脑儿拉去，收监的收监，卖的卖掉，发配充军的发配，这乱麻一般的人与事，都是在重兵之下，有谁说话之处？当中的悲苦凄凉，冷雨血泪，罄竹难书。也只有贾家之主，低头受苦，叫天不应，呼喊无声，失魂无命，方知个中之罪孽。

不出三日，贾府内已是空空荡荡！只有栊翠庵里的方外之人，不算贾家主子，又不在奴仆册子上，连庵内仆妇亦不在贾府之册，礼部办案之人便判她们自行离开。宣令的官员去到庵前，不仅无人迎接，连山门也不让进。里面的婆子丫鬟只说主持交代了，任何人不得进庵，所宣之命，会转达进去，就再不让进门了。

这官员虽小，却在贾府骄横了两三个月，无人不仰其鼻息的。今小小一个家庙，大施恩惠与她们放行，竟如此无礼！今日偏要进去！谁知那些婆子丫鬟亡命阻拦，竟几次也进不去！小官碰了几回钉子，十分恼火，便禀告李侍郎。

李侍郎主理查抄贾府事宜，前几日忙得头冒青烟，好容易人口收拾完毕，只剩仔细清点财物等事。因财物可以慢慢清点，他本人也不贪财，也拘禁手下的人不可营私舞弊，一旦出事，这是通天案，无人救得的。手下人跟随侍郎多年，也知道规矩，当取则取，故侍郎这一二日略清静些。此时正在前头歇午，从官来报花园内家庙之事，他也懒得理，挥手叫他们自己处理。第二日那官又来报，李侍郎便不耐烦，斥道：

"这点子事还办不来？"

那官员原是李侍郎的孙辈亲从，撅着嘴不服道：

"天下就有这样没情理的东西，豆腐掉在灰里，拍打不得。我们是无能的，您老人家自己去看看能进得了门不？"

第九十二回　怒天子霹雳抄贾府　糟侍郎痴心恋妙尼

李侍郎原本觉得无稽，又呵斥几句。底下的几个人越发说得神乎其神的，李侍郎便不耐烦道：

"无用之才！叫你们施恩也施不出去，反倒被赶出来。这府里都是你们的地头，还有到不了的地方？"

"正有呢老爷！"一边怂恿老爷亲自去收拾她们。

李侍郎冒火，便道：

"什么有来头的大菩萨！也罢，我亲自去会一会她。"

婆子丫鬟见一队队军牢快手持械进来，吓得往里面躲。李侍郎来到禅堂，指挥军士在外，自己和几个随从进来。那妙玉犹在里间不肯见人，只遣人回话曰：贾府结案后，我等自会离开。李侍郎道：

"吾等登门而拜，传此佳音，住持当以礼相待。"

妙玉一概无知无闻。李侍郎又朗声道：

"吾等亦非酸腐老秀才，皇命未明细节之处，吾等自是宽宏为怀的，故酌情开发所有向佛之善众。今主持在此，若不亲自听宣，则辜负吾等一片好心。"

众人等了半晌，那妙玉方缓缓走出来，帽垂青纱，向李侍郎缓缓合十施一礼，又自进去了。侍从们忍不住骂道：

"什么了不得的歪秃玩意儿？还真当自己是白莲花了？大人一挥手，管叫你粉身碎骨！这是遮的你娘的什么？"

"会吃了你吗？看看会掉块肉吗贼婆？"

"仙女下凡吗？两条腿的粉头子，春红院、锦香院，东南西北院里成千上万，不少你一个！"

妙玉已在里间响起木鱼，念起除邪祟的经文。李侍郎自觉众人欺负一个女尼不妥，便止住众人，交代不得再扰此处，由她们结案之时离去，便下去了。

侍从们哪有那样的修养，到底不服气，便去找了贾芹等一帮被礼部收服了的二流子们打听这主持的来历。一打听不要紧，竟然是这样美貌富贵的奇人，怪道这等傲慢。便又来回侍郎，添油加醋的，说得貌比观音，奇珍异宝无数，且会呼风唤雨。侍郎不可错过，须得再看一看，若是喜欢，就叫她还俗，娶回去不好？就瞧不上，赏了众人也罢。侍郎斥道：

"胡闹！"

侍从们笑道：

"老爷既不肯去看，待我们弟兄小鸡一样拎过来您瞧！"

李侍郎是进士出身，家中极富贵的，却只一样，生性惜花，家中美艳姬妾无数，六七十岁了还极有兴头。侍从知他不贪财，除了美人一概不动心，便故意起哄。

李侍郎皱眉道：

"孩儿们，什么样的美人咱们没见过？就拿他们贾家来说，也不过是名声在外罢了！收监时那上上下下的女子不都见过了？出色的虽不少，也不见有什么极品天仙、绝世美人。传言都是虚多实少的，一个二十多岁的尼姑，到得了哪里？"

"眼见为实，耳听则虚，待我们抓了来！"

"打住，岂能如此仗势欺压一女子！"

"老爷，不如现在就过去，一个冷不防，那贼尼来不及准备，咱们瞧瞧解闷。不是说越是烈货，降服起来越有趣味吗？"

说罢，也不等侍郎开言，便唤人准备，撺掇侍郎起身。侍郎一阵风被他们簇拥进去，正值妙玉盘坐在佛像前，闭目默诵。微风吹动她雪白的发带衣襟，玉手合十，眉目安详，像是随时会飘走的。那众人早被妙玉的稀

第九十二回　怒天子霹雳抄贾府　糟侍郎痴心恋妙尼

世俊美震慑住了，动弹不得。半晌，一卷经完，妙玉微启秋泓，见一众男人在此，怒目冷对。

李侍郎与妙玉对视了一眼，像被抽走了真魂。此眉，此眼，此嘴角，此脸，何处见过？哪里都没见过，却是自己终生所盼所寻，脑海梦中见过。当日年少时，穷尽一切追寻这脸，这风姿，这不染红尘。如今千帆过尽，自身已老，她却就在此处了！李侍郎忽然泪光盈眸，呆若木鸡，如阳光下一粒尘埃颓堕在地。

侍从们逐渐回神，上来扶李侍郎。

妙玉无限烦恼，也不起身，又闭目默诵。他们不走，三天三夜便也这么默诵下去。

李侍郎回不来神，四肢酸软，满心哀怨。众人只得设法将他架下去。

李侍郎病了。

从官们都知道侍郎得了相思病，魂被那二十多岁的尼姑勾去了。上得山多终遇虎嘛！众人暗暗好笑。待侍郎好些，一个个都来解劝。那女尼原本就捏在咱手里，略使点手段，还不是手到擒来的事？大人何必伤感？

有懂得李侍郎的，对那几个说：

"这男女之事，讲究的是两情相悦，大人必是要她心甘情愿才有趣。若强拉了来，或是寻死了，岂非大没意思。"

李侍郎原本伤悲自身年华不再，无法匹配梦中伊人。听此一言，更加悲伤起来。

另有一人笑道：

"其实也不难。女人嘛，都有弱点。我们多些打听，她是要钱的，给钱；要势的，给官；要名分的，给名分；要名的，让她出名。她耽搁这么多年不还俗，现如今身体又无虞，自然是在等个两全的机会罢了。大人尽管放心，都在我们身上！"

李侍郎长叹一声，也不言语。

众人见此光景，忍笑而退，自去打探妙玉底细，思索妙玉入彀之策，不提。

且说倪二一家及贾芸红玉茜雪一众，经十数日水路，到达扬州。倪大早在极繁华的扬州码头瓜洲渡接了众人。叫他们用了酒饭，休整一日方去探监。红玉茜雪哪里等得，倪大拗不过她们，只得直奔监狱而去。

进得候审监房，角落单独一间牢房，顶头见宝玉在牢房昏暗处陈旧稻草上独坐，着腌臜囚衣，头发纠结，光脚乌黑，形容枯槁，神色呆滞，眼光涣散。几人见了，眼泪夺眶而出，奔过去，大叫大哭起来。那宝玉不知所以，吓得直躲到角落里去，抱着头死也不松手。众人益发可怜他起来，搂着痛哭不止。哭了半日，宝玉方逐渐知道来人不是打他的，放下手来，众人拉着手，犹自流泪。那宝玉抬头细细看他们几人，面熟，似又不太认得。大家拿出吃食来给宝玉吃喝，他似多久没有吃饱过了，脏着手便去抓取，塞了满口，又喝一口酒，呛着了，呕了一地，还是狼吞虎咽。三人看在眼里，辛酸不已，又去看王熙凤。王熙凤虽是囚衣加身，身体枯瘦，脸色焦黄，一副枯败憔悴之色，精神却不很倒，全不似宝玉的呆钝，而是清醒机警，满脸防备之色，见三人进来，吃了一惊，未免也大哭一场。

有倪大在此，一切都是容易的，大家帮两人更衣，又请医疗治。红玉服侍凤姐，茜雪服侍宝玉，都十分尽心。那宝玉经过众人一再引导，逐渐记得一些事，遗憾当初只耍主子威风，并没有好好对待贾芸红玉二人，还迁怒赶走茜雪。如今落难，能见到的亲人竟是此三人，如何不叫人痛心疾首！茜雪忙安慰宝玉，自己从未怨恨他，还亏他发放了出去，嫁了好人家，日子安稳，也竟有机会探望旧主，谢天谢地！宝玉不甚懂，茜雪温言

第九十二回　怒天子霹雳抄贾府　糟侍郎痴心恋妙尼　131

软语，哄幼儿一般，宝玉方又收了眼泪。凤姐威风却还不很倒，恢复神色，便问事发之后各样情况。贾芸一一回明了，红玉又一遍遍劝说凤姐，必当逢凶化吉、遇难成祥的话。凤姐也不答，只日夜盘算，可有重见天日之时。又时常叫贾芸等人来商议如何脱身，教贾芸如何找门路，如何盼咐平儿帮她收钱等事。贾芸只得一一答应。

众人在扬州监盘桓了十余日。宝玉凤姐已和刚来时大不同了，不仅身体干净，衣衫齐整，又经过医治，病也好了很多，那凤姐日日下红的毛病也暂时止住了。只宝玉呆怔不减，只对黛玉的记忆尚是清楚，众人只向他告诉了贾母死讯。每每问及黛玉，众人只说林姑娘在大观园里还好，在等他回去。他思想里模模糊糊，也较好哄，每次这样答他，便也不追问，只说妹妹禀赋最弱，必哭得狠了，需众人加倍安慰，好好调养。几人听在耳内，悲在心头。

将他们的起居在牢房里安顿妥当，便要起身回京了。大家分析情形安慰他二人，不出三个月，必当脱难回家的，到时大家一同来接二人。凤姐又特特交代了贾芸去拜望王子腾的话，众人便起身回京。却不知道，京里已经大变，贾家已经被抄家了。纵然回去，也是捉摸不着，贾家已不再姓贾，红玉茜雪的父母兄弟都要被官卖了。

第九十三回

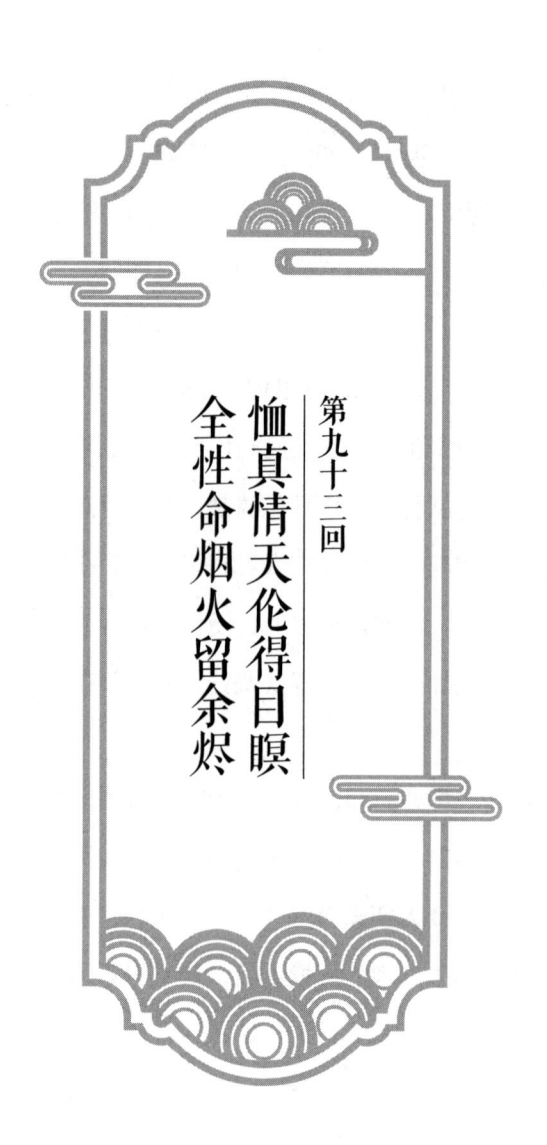

恤真情天伦得目瞑
全性命烟火留余烬

李侍郎的亲信们分析良久，又问投靠礼部的贾家子孙如贾芹等知情的人，猜测妙玉舍不得离开贾府，应该是为贾家人的安危担忧。和她交往的人不多，老太太已亡，姊妹们已散，估计她多半是不放心贾宝玉。至于如何不放心，为何不放心的，各自猜测去吧。

　　李侍郎听了随从们的种种禀报，沉吟良久，益发觉得此女子真是尘世间之奇葩，乃高山之蕊，雪地之精，对她的爱慕越发多了几分，对获取芳心，忽然也有了眉目。

　　他又来到陇翠庵，焚异香，烹香茗，弹古琴，吟知音。侍郎原非草莽之辈，亦是富贵风雅之人，只可惜白发在风里乱飞，搅了这幽室雅集。妙玉手里偷握着利器，脸上一丝表情也无，静静向佛，默诵经文。

　　从官们不免向妙玉说些侍郎爱慕的话，说侍郎原是仕宦大族之族长，德高望重，为人风流倜傥，清雅脱俗。当年金殿对策高中二甲进士，为官清廉，秉公执法，因性格高洁不求高升，做到侍郎就不肯再谋高位。因缘际会，原本主理爪洼国与我国的邦交礼仪，谁曾想变成了处理刑事要案？这正是与姑娘有缘。

侍郎又抚琴，反复吟曰：

"我生君未生，君生我已老。不恨君生迟，惟叹我生早。"

那妙玉更加厌烦。

又有个伶俐的从官阴阴说道：

"放姑娘走，姑娘百般舍不得走。这贾府又没你生身父母养生恩人，有什么舍不得的呢？莫非是为了那贾二爷？便是，也好说呀！只要你跟了我老爷，放那贾宝玉，就是一抬手的事！"

大家也都附和：侍郎原本主理此案，一挥手就成。

妙玉越发无语。

众人扰攘两个时辰，不见妙玉抬头说一个字，也就是无法了。只能起身下山去，那侍郎瘦小干瘪的身躯，益发佝偻起来，众人扶着他正下台阶，只听得妙玉冷冷说道：

"小小一个四品官，有多少能耐？就夸海口放人？"

妙玉终于开了金口！一众如奉纶音，忙回转身来，一叠声道：

"容易的，容易的！只要姑娘青目我主，救谁都是易如反掌。"

那李侍郎也亲自过来鞠躬道：

"李某一生从不诳语。姑娘之友，即吾之友也。姑娘容我设法，十日内必有妥当之策。便用我毕生之所学所知，刀山火海，身家性命，也必救那贾宝玉出水火。"

那妙玉也不答，起身进里间去了。

这里李侍郎一众大喜而回，果然中了那美女之心。愁的则是那贾宝玉，乃朝廷钦犯，除却皇命，谁可放他？本是夸了海口的，回来却左右无策。那李侍郎复又转喜为愁，急得须发尽白。

谁知那贾家之案，正在此时有了重大转机。

第九十三回　恤真情天伦得目瞑　全性命烟火留余烬

原来通航港口，除爪洼国外，还有占城、俱兰等国，亦有优良港口和海峡通衢，堪合中华使用。因爪洼国最大最强，又不似那几国与中华有积年战事和贸易纷争的世仇，中华才一再欲与之交好。这俱兰国，便是爪洼国的兄弟邻国，两国王朝互通婚姻，极是交好的。这爪洼国得了另一求港口之国的各种好处，开放了航道港口，已是称心如意，再不考虑他国之盟了。只不过中华毕竟是块肥肉，自己不能吃，荐于兄弟吃，岂不是好？于是爪洼国极力怂恿俱兰国与中华交往。俱兰国与中华因海战交恶已近百年，原不过是老掉牙的龃龉，大可不必放在心上，更不要成为后世子孙互通有无之障碍。中华欲得其港口航道，必有无数好处给俱兰国，俱兰国受用不尽。爪洼、俱兰两国，互不妨碍，各自安享了财宝好处，岂不两全其美，快活快哉？

俱兰国听从劝告，撇下世代恩怨，立即主动进京来拜请中华天子。

我中华天子见了俱兰国来使，又详细询问了贸易交通之司，众人都答俱兰国之港口航道，不亚于爪洼国。倘若两国放下陈年恩怨，诚心交好，则更甚爪洼国。天子听了，不禁大喜！原本复杂棘手的大难题，本想死心了，不料竟可如此轻易解决，这原本失掉了的颜面，竟然又加倍争了回来，连史官那里都有一大笔可书了。皇上心花怒放，忙命有司速行。

不久，港口航道均顺利启用了。

举国贸易业渔业都感恩戴德。

中华俱兰两国关系火速升温，互有答谢。

这日，又有俱兰国使臣进贡海上异宝，皇上一一看过，别的倒也罢了，那颗夜明珠越到暗处，越是幽幽光明，真乃世间罕有。皇上甚喜，一路把玩，又拿进后宫去与众妃嫔一同欣赏奇珍。目睹夜明珠大放异彩，又见自己这几位珍爱的妃嫔堪比明珠，人与珠互相辉映，美不胜收，真乃人间之大快事也！

欢悦之余，皇上眼见这一群心爱明珠，脑中忽念及元妃原本也是一颗心上的温婉之珠，无端就少了她，心内一动，竟有些伤感起来，真乃乐极生悲。

晚间尹妃侍寝，见皇上手握明珠默默不语，便温言款语来与皇上疏解。皇上见尹妃年纪不过二十，红颜美艳，便忽然开口道：

"当年贾妃初封妃，也不过你这样年岁。"

尹妃最聪明不过的，一闻弦歌，便知雅意，便猜着皇上终于念及元妃了！当日怒杀元妃之时，尹妃还是尹嫔，早已预料到一旦国事有转机，皇上必会后悔错杀元妃。她原本知晓吴贵妃陷害元妃之内情，今自己进宫不到两年，便填了元妃空缺，破例封妃，上位太快，已被吴贵妃嫉恨，两表姐妹内心不睦起来。今见皇上提及元妃，便知皇上后悔之日已到。尹妃这等聪明乖觉之人，当把握机会，为元妃进言讨好皇上，又为将来之角力设埋伏。

尹妃忙乖巧答道：

"臣妾自然比不上贾妃姐姐温厚亲和，端庄大方。"

"你自有你的好处，你是小火椒儿。"

尹妃娇笑起来。皇上又叹道：

"当日若有俱兰国在此，贾妃就还在宫里了。"

"是啊。当日臣妾还想过，两个贾妃，一个我国的，一个外国的，倒是有趣。这俱兰国原本仇视我中华多年的，如今忽而主动来朝，也不知有没有外国贾妃的功劳呢。这两个贾妃，原都是好的。"

"你说得好，里头或许真有外国贾妃的功劳，不然俱兰国哪里想得到主动来朝？你倒提醒朕了。果然这贾门之女不错的。只说朕的贾妃，跟朕多年，实是温顺可疼的。临了没个好结果，人人在朕面前连提也不敢提她。也罢，为她正个名罢，也该正式装殓起来，封号安葬了。"

"圣上最是仁义宽厚的。想那日贾妃如此苦求圣上，断不是图她自己得脸，只不过是求圣上看她面上，宽恕她的家人罢了。"

"爱妃说得是。那时她家人搅黄爪洼国的事，确实令人愤怒。而今看来，也是一时意气，不过如此。既是元妃如此苦求，朕便随她的心意，从轻发落她一家子，也好让她九泉心安。"

尹妃忙跪下，口内道：

"臣妾替故贾妃姐姐谢过圣上！"

尹妃又故意欲言又止，皇上便许她说。尹妃故意害怕起来，吞吞吐吐道：

"圣上容臣妾胡说，臣妾方敢讲。"

皇上便搂她近身，尹妃慢声细语道：

"贾妃姐姐入宫多年，为人向来谨小慎微，哪敢私自去找皇上求情？她岂不知火上浇油的坏处？之前跟元妃姐姐的太监夏守忠，无人收留，不是跟了臣妾？我偶尔和他说起元妃当日之事，他亦说金牌造假的事，元妃姐姐那等惊讶，恐怕不是装得出来的！我猜她是中了人家的计了！可以无阻出宫的金牌，一共只三五面，如此贵重、大有干系之物，其主想必都是细藏秘敛的。就拿臣妾来说，至今金牌什么式样也不曾细细见过！当日元妃姐姐能去哪里得了别人的金牌，还能从容不迫仿造一个？她本事也忒大了些吧？这当中必有缘故。只是物是人非，无凭无据，已经无法追究了。皇上今后可要防着些后宫里有金牌的厉害人物。臣妾更不比贾妃姐姐，家世为人都不如她，日后若有人存心如整治贾妃一般整治臣妾，还不知道会如何凄惨了。望皇上多多护佑，否则臣妾生无所依了！"

皇上听了，一面安慰尹妃，一面暗暗思想个中玄机。

第二日，皇上便特意召见负责审理贾家事件的礼部尚书、侍郎，刑部郎中一众人。众人不知何意，慌忙面圣。皇上先问贾家案情之进展，众人不敢细奏，圣意难测，若圣意严厉，则要奏那详尽重大之语，若圣意放宽，则何须多言，蜻蜓点水，奏几样躲不过的事也就罢了。礼部先奏了一些枝节，圣上听了片刻，见众臣惶惑，自身也不想再在此事中过多费神，便干脆金口玉言道：

"贾妃忽于行宫病故，不日将由礼部主理封号发丧等丧仪大事，哀告天下。朕因爱屋及乌，念及贾妃生前爱顾家人之仁孝大义，故此案之事，特准众卿，一律从轻发落。"

众人一听，圣意转变，都暗自庆幸方才并未多言，这圣意岂是可以随便琢磨得到的？一个不出意便变了风向。

也只有片刻愕然，众人便都心领神会起来，也都猜到此案将速速了结。心内一阵轻松，便都活泛起来。

杨尚书最领圣意，率先奏道：

"有实据者，不过是前威烈将军贾赦，私放信号军炮，封禁待查期间殴伤朝廷命官。世袭的贾珍，是贾家族长，放浪恣意，与儿媳通奸致其死亡，其一人已充军发配，另一人在押，世袭爵位在此二人身上。"

"这原也不配，世袭也就到此打住吧。已发放的就不更改，没发放的削为庶人，做他的族长去，看守祠堂罢了。"

"贾政为人尚可，乃贾妃生父。原是工部员外郎，查无越礼之实。"

"经此一祸，他年岁也有了，哪里受得住，让他歇了吧。著令降俸一等，也不需挂虚职，终生领取俸禄，颐养天年去吧。令他带了家人自住，拨两家仆人给他。其他无关人等，若无罪状，一律放了。"

第九十三回　恤真情天伦得目瞑　全性命烟火留余烬　139

"贾家京城和金陵之宅，我等皆已奉旨查封，所有家产全部查抄入册。所有的奴仆官卖，因是贾家之仆，暂无人敢买。"

"既已查抄，无烦更改。贾家已无爵位，据尔等所奏，那官造之府，收了它也是正理，就留在那里吧，朕已有主意，择日另赏给社稷有功之臣。那些家财，据尔等报，原也虚多实少的，又有高利盘剥之据，又有无数当票子在那里，都是不成器的无能无奈之举。也罢了，两下里相抵，朕不追究他放利，也不发放家财与他，全部充公，以补军饷之需。那奴仆既无人敢买，则全部发还原来当差之处，仍由尔等派人看管。待朕赏了新主人，再由新主人挑选使用，正好是现成的人。"

"有闹国礼的贾宝玉王熙凤二人，现关押在扬州大牢。审问多次当日发生之事，两人并无半点记忆，之后百事不知，关押大半年，也尽有悔恨痛哭的。"

皇上微微一笑，道：

"尽是没王法的胡闹东西，给贾妃丢丑了。也不知是他家内斗故意搞出丑事来泄愤呢，也不知是真私情呢，也不知是撞鬼撞神的。朕哪里理他这些烂糟事，看贾妃面上，也放他们出来，命他们在原来自家的府邸里扫三个月园子，若无怨怼之言，也就放行。"

"有寡妇名李纨的，乃贾政之儿媳、贾妃之兄嫂，青春守节，不入污流，教子守礼，值得旌节。"

"却好，礼部尽可书榜颂扬。何不将节妇所有之物尽赏了她，以嘉其节。"

贾府之案，自此尘埃落定。

别人犹可，只当场喜欢坏了个李侍郎，心想美人啊美人，天意如此帮忙，你再走不出我手心。

因有几日结案事宜，李侍郎抓紧让人找妙玉，说大人已经打定了玉石俱焚的主意，冒死而行，联络好了地方官放行贾宝玉，再悄悄安排差不多年纪身形的下人牢中顶替贾宝玉、王熙凤。侍郎已上书圣上，罗列贾家之好，力求免其家之罪。今早听得圣上已缓和此案，宽恕指日可待。不需多久，贾宝玉即可洗清罪名，堂堂正正重新过活。大人这一切都是为了姑娘，也猜想姑娘必要亲眼所见，方会相信大人的话。就请姑娘今日上船，大人和姑娘亲去扬州放行贾宝玉等。

一番哄骗，把妙玉赚上船，往扬州而去。

不日，朝廷昭告天下，贾妃因疾仙逝，追封贤孝贵妃，葬入妃陵。世人都赞皇上孝礼仁义治天下，正是太平盛世，乾朗明君。

礼部和刑部应声而动，拟了结案公文，逐批释放贾家在押之人。

在册的奴仆，皆是一房一窝一拖的贾家老奴，或是陪房、家生子之类，或是死契之奴，都是非死不得脱的，在原来的两府里面各有执事。两部办案人员首先便将这些人带回贾府，登记造册了各人的执事，定了各自的点卯时辰，不得走失逃亡，便由他们各自回原来住处，日日来原处当差，着人监视便罢。

不在册的奴仆，也聚来一起听宣。男女老幼之仆，皆宣了市价，所有人均可自赎，若有把握交得起银两的，当场画押。若交不起银两的，就此留下来官卖。绝大部分奴仆都有外财在原住处，若不自赎，住处也难回，财物也取不到的。自赎乃是天大的好机会，倾家也要自赎的！故此大部分不在册的奴仆都画押自赎，设法将银子缴上，自此成为自由身，远走高飞，再不受主人家约束了。有个别实在无力自赎的，则零星官卖了，也不在话下。还有些在册的奴仆见有赎身的机会，竟也各样使钱，也要趁乱赎身出去的。太显眼的自然无法成事，不起眼的却也可浑水摸鱼几个，于是

第九十三回　恤真情天伦得目瞑　全性命烟火留余烬

竟也乱了数日。礼部之众难得有这样的肥缺，徇私舞弊，各施各法，倒也发了些小财。

两日时光，贾府之仆散了十之三四，剩余之人则回归贾府原处，继续领命听唤。

清客相公、幕僚帮闲、借居亲友、偶然被困之无关人士，也一起起放出来。一旦得释，听得贾家已倾覆，便都走了个干干净净，或自谋生路，或去别家沾光骗人去了。

最后，礼部将贾府所有的主子半主子贴身仆从聚在一处，宣了朝廷恩旨，所有主子当庭释放。削两府世袭之职，两府京城和金陵之官邸一律没收，府内财物全部充公，节妇李纨之财除外。贾政降等领俸，拨两家仆人使用。案犯贾宝玉王熙凤押回贾政看管，服役三个月即可释放。

那贾家主子们原是娇尊惯养之人，一旦如笼中之鸟、瓮中之鳖，其凄苦难耐又更甚世人一倍，加之贪生怕死，又想顾身段面皮，看在官差眼里，更是不堪。正是怕疼的偏挨打，讲脸的偏听喝，被呼喝奚落，拳打脚踢，都是寻常。众人日日被内外折磨，日日觉着活不过明日，待明日又是往复，正水深火热之中，忽听恩宣，如走出鬼门关一般，已死了大半截，竟又活转来了！真是又惊又喜又忧又怕，当庭高呼谢恩的，大哭的，相拥啼笑的，竟是人间大喜大悲之众生相。一个个解了枷锁，蓬头垢面，步履蹒跚，你搀我，我扶你，慢慢挪出牢笼。

这日正是八月十六日，中秋佳节刚过了。团圆须得人聚齐，三两挥泪共婵娟。若是富贵兴旺，家和宅安，自然是人月两团圆，歌舞升平，繁弦急管的。若是各有淹留，或人口不利，乃至如同贾府一般困顿潦倒，却过的什么节？团的什么圆？幸而团圆之夜已过，今日烈日高照，昨夜的繁华热闹皆已散场，荒凉破败依然陈列在烈日之下，倒也是无可如何的坦白。

贾府之人，迎烈日青天，凄惶惶跨出牢门，一时间不知投奔。幸而早有一人来，领人在牢门口迎接。你道是谁？却是贾琏。

原来贾母故去后，贾琏即遵贾母遗命扶黛玉灵柩回乡。逶迤近一个月方到达苏州。贾琏原经历过林如海之丧事，便联络苏州林家之远族，将黛玉葬于父母之旁便了。谁知林家已倒，祖茔之地乃世代灵秀的风水宝地，正被新贵觊觎，仅余的林家人正舍生忘死，与抢夺祖坟之霸斗得难解难分，见贾琏送了黛玉灵柩来，又是孤女，祖训不能葬入祖茔正地的，便拿腔作派，告知贾琏此时此地竟不便安葬黛玉。贾琏大怒，又因自家正在困境中，不能十分发作。正在为难，林家几个被打得伤残的老叟来劝贾琏，此时祖茔未必能保，黛玉葬入，或也一同被毁，不如转葬如海当日所立的扬州坟地，林家亲人乃至贾家陪来的人，不便送去苏州的，都葬在那里。黛玉葬在奶娘身边，周围都是亲众，未必是孤单的。那坟地在山中，无人来侵的。

贾琏耽搁了数日，见争斗不停，林家之余脉已被逼得日夜赤身围坐祖茔，舍命抗争，实难安葬黛玉的，只得请林家族人带领，水路转去扬州，将黛玉安葬在昔日林如海所置坟地，长眠在王嬷嬷身边。

安葬好黛玉，贾琏便赶回京城去。才下船，就有贾芸上来接住了贾琏。那贾芸日日在码头守着，只待贾琏一露面，立即上前，阻他不可回府，一旦回去，即被收监的！贾琏吃惊不小，忙悄悄先去贾芸家里，思索对策。贾府之外，何处可以安生？左思右想，忽想起小花枝巷的那一所房舍，当日置与尤家母女居住的。尤家母女早已亡故，那里只有老仆看守，原本是当日贾琏偷置的房舍，房契还撇在那房舍内不曾理会。不如先去那里安生，再作打算。想毕，与贾芸悄悄坐车去花枝巷，所幸一路无人发觉。到得里面，看守的老头儿还在，听得外面风声不好，再想不到贾琏

第九十三回　恤真情天伦得目暝　全性命烟火留余烬

会来，因无人来发放支应，几乎断炊。贾琏还有些银两在身上，予了他些钱，由得他颤巍巍伺候贾琏。

非常时日，不但脸皮不好使，连自由亦堪虞，贾琏只得隐了踪迹，设法打探牢中及宫中消息。身边得用的也不过是贾芸一两人而已，便是悄悄来拜望贾琏的旧仆，既不敢服侍贾琏，也帮不上忙，只是鬼鬼祟祟摸进摸出而已。

忽一日官文贴出贾妃病故，追封贵妃的消息。虽是哀音，却是哀荣，似是贾府之案悄悄浮起的救命稻草。众人看了，都奔走来告贾琏。贾琏也知或有转机，忙命贾芸在贾府门口打听办案的消息，只见官兵大半撤离，使钱一问，已有了结案文书，不日所有人将得以释放。贾琏满心欢喜，打听准了，预备了人和车，光明正大在牢门口接众人出狱。

陆续出来的是贾政、邢王二夫人、贾珍、尤氏、贾惜春、贾环、贾琮，李纨、李婶、李纹、李绮，贾蓉、许氏、贾兰、赵姨娘、周姨娘，贾赦的四个小姨娘，贾珍的四个姨娘，平儿、秋桐、袭人及周瑞林之孝两房，一帮丫头婆子，黑压压站了一地。

一众人大哭大笑，在监牢出口相见了。互相商议，这贾府家园已失，这第一步要去哪里？

李婶及李纹、李绮家中原有房舍在京，又有李守中家可去的，只不过老太太好意留客，方在贾家住着，却意外吃了一场官司，困顿数月，百口难辩，正怨天叫地的。这忽然得了命出来，李婶大声痛骂，见贾家之人如鬼魅一般，领着李纹、李绮丫头婆子等人，怒冲冲拂袖而去了！

李纨母子因有恩旨，早已被另外叫住了。有专门的官差引导，辞了众人，在众人无比羡妒的眼光底下重回贾府，取回自身财物。母子俩收拾了三日，将稻香村内所有的细软财物能拿得走的一并带出。因母子俩侥幸得以保全，往日在贾家之受冷落，今日贾家之灰飞烟灭，母子二人眼里心里之感俱同，何须多言，都只愿远离是非，自立门户。思忖商议，因无其他地方可去，便也不言一人，默默脱离了贾家，贴身的只有素云碧月二仆，另有三两个粗使的陪嫁之仆，一并带了，雇车装起大包小包，投奔李守中过活儿去了。

又有惜春越众，向邢王二夫人拜了四拜，又向众人行了出家人之礼，只身一人，转身就要走。众人忙拉住劝她，惜春哪里肯依，若不由她出家去，便要当即寻死。众人无法，刚一松手，那惜春疾步便走，展眼工夫，已不知所终。

众人心下栖栖惶惶，顾不来各样悲伤。幸而还有贾琏在外有所准备，邀众人去小花枝巷房舍内暂住，待日后再作区处。贾珍想了一想，这么多人，如何安生？他自觉原本就是被荣国府带累的，真是天子变花子，这心中的烦恼气愤委屈，如何咽得下去！虽才刚出来，不能怎么样，使性子却是容易的！他便冷着脸，再四不肯去贾琏之处。何况他自诩极有能耐的，离了这些冤鬼害人精，只有更好！末了瓮声瓮气地说他毕竟还是族长，祠堂还是他做主，就去祠堂安生罢！今后生死由他去，各自保平安！贾琏等极力劝阻不听，也只得罢了。

其余众人只得随了贾琏，暂时在花枝巷挤了下来，十余间房，主仆满坑满谷只是住不下，厢房走廊夜晚都开了地铺。

先贾琏自住的大房，已腾出来给贾政王夫人，自己住西边套间，平儿秋桐服侍。

邢夫人想，贾琏是自家一支，这房舍是贾琏的，不就是自己的？现老太太已去，贾家便是自己最大，她也不客气，一来便占了一间套房。刚开始还带着贾赦的几个小姨娘挤着，禁不得邢德全日夜来吵闹，也不避人，大骂邢夫人卷了他们邢家的家私，如今填进火坑里去了，必要照旧例领取家用，还有三妹妹的嫁妆，也要一并拿回去！邢夫人被作践搓揉得不行，只得答应给钱。也无他法，只得卖掉贾赦的姨娘们。这四个姨娘，皆年轻美貌，要打发极是容易。其中的三个，青春少妇，见贾家一败至此，贾赦充军，自身衣食无着，哪里守得，一拍即合，便转手卖出去了，多数钱填给了邢德全。只有最小的姨娘嫣红来得最迟，貌既最美，年岁又小，邢夫人早欲拿她掏摸大项银子的。谁知嫣红志气最高，高低不从，只说一女不嫁二夫，决不肯跟第二家人家，乃至肯做粗活儿。邢夫人气得跳脚，每每生事，闹起来便要使嫣红去充军之地寻老爷。邢德全听说，站在邢夫人房门口恣意叫道：

"待我办了她！既跟得我取乐，陪其他男人又有何难？"

嫣红折磨不过，一日悄悄走了，不知所终。邢夫人心疼八百两银子一钱不剩，日日叨念诅咒，数月不息，无人愿听。邢夫人却不管他人是否厌烦，一味耍威风，好吃好喝的占先，有便宜也第一个伸手。又每每吆喝支使下人，管头管脸，众人也只得忍耐。

王夫人经受了这么多离散折磨，身体孱弱，一直卧病。一家子的用度，皆指着贾政五品俸禄，能到哪里？贾政只得放了周姨娘自便，叫赵姨娘上灶粗使。

贾琏因不见巧姐出狱，公文中也不见巧姐姓名，当场便问平儿，因太过纷乱，平儿说回去细说。待回到家，平儿娓娓而道：围府之日，二爷二奶奶皆不在家。正巧那日二奶奶之兄王仁，死活要接姐儿出去，说是奶奶出事了，王家有金陵亲眷来京，要看看姐儿，当面问问近日之事。因奶奶不在家，爷刚出门，我说做不得主，不许她出去，王仁便在二门外骂。大太太听到消息，嫌舅老爷聒噪，便做主让他接姐儿去了。谁知走了不到一个时辰，府里就被封了，姐儿想必是在舅老爷那里的！贾琏听了，也不放在心上，心想明日一早去王府接巧姐儿回来便罢。

谁知第二日去王府，大门紧闭，门庭冷落无人，只侧门内有一花白老仆洒扫。忙去问他，原来王家数日前已举家迁回金陵原籍去了！京城之宅，除看门守宅的几个老弱病残，已一个不剩！贾琏甚觉蹊跷，哪里肯信，非要进去一探究竟。那老仆大略认得贾琏的，也就由他进去看，果然一个要紧之人也无。贾琏只得问仆人，王仁何在，巧姐何在？仆人只说不知巧姐在王家，亦不曾见。王仁等男丁和内眷是分路出发的，因急如迅雷，也没留下话来，门房老仆一无所知，爷只可向金陵打听了。

贾琏见问不出所以然，只得一边托人往金陵老宅里问信，一边打探王家之事。不探还好，一探方知王家官声甚险，事关地方叛乱平定不利，所有王家男丁均带着家丁人口助阵去了！

不久，所托金陵旧仆散众有回信来，道是金陵王家亦是门庭冷落，王仁等正经主子皆不在金陵。多次上门求问，更无人知道巧姐下落！连王子腾的夫人都出来答话，近日从未见过巧姐，巧姐亦不曾在王家逗留过！

贾琏这才知道不好，仰天叫苦，巧姐竟是凭空不见了！

贾琏一面使钱请旧仆去找王子腾，托他向王仁问巧姐下落，一面日夜搜寻，四处托人。脸面自然不如当日那般好用了，无论富贵之家，还是当日之交，见他惟恐避之不及，自然也不与他办事。有时恼怒起来，贾琏堵住人来问，贾蔷等人吓得屁滚尿流，完整的话也说不出来，贾琏也只得罢了。怎知王子腾那边石沉大海，连派去探消息的人也不见回转，贾琏无法，只得慢慢再作打算。

再说结案文书里赏了贾政两家奴仆，贾政等便要了林之孝和周瑞两家。林之孝一家是因贾芸林红玉得力之因，出来之后，林家全家得以团圆

第九十三回　恤真情天伦得目暝　全性命烟火留余烬　147

在外，实是侥幸，几个得力的林家人便来贾家伺候。要周瑞出来，却是因为出事前已交了冷子兴各样古董玩器发卖，少说有三两万银两之数，只将这笔银子要来，贾家便可重新兴起来。谁知出狱之后，周瑞一家抵死不认拿了贾家珍宝在手，周瑞夫妇日日滚地哭诉，那古董珍宝都是早被掉包了的假货，第一批货物出去，便都被退了回来，女婿赔了上万的银子，气恼加躲债，连岳父岳母都不要了，哪有什么第二批货在手里？那冷子兴更是连照面也不打，京城也不待了，生意也不做了，走了个干干净净，只留周瑞夫妇及小子在贾家假意服役，那周瑞之子无人能管，不仅不做活，反倒寻是生非。贾家见人性凉薄如此，失望以极，又无处可告，只能气恨恨打了他们一顿，赶了出去。

这贾家剩余主子人口，在贾府之后的花枝巷栖身，不出半月，谁人不知？只不见有来问的人！平素来往的公侯伯子男等富贵之家，见贾家一败涂地，恐有求告，或恐其晦气沾染，或怕藕丝牵连，更惧错站了队群，皆避之不及，谁还来往！他贾家世袭爵位已失，无权无势，穷困潦倒，也没有身份和他们来往，贾家若还知趣，不来攀，各走各路，存些体面，大家好看！便非要上门，只叫他吃不完的闭门羹。往日之亲友相公仆从，向来谁不是依附贾家讨生活？见贾家狼狈，不仅没有好处可捞，只怕自己还要搭上去，也都各自营生，竟无一个肯上门来的。那贾家亦知此时不过是要全性命，越是鸦雀无闻越好，也怕见那些抖威风的嘴脸，只日日紧闭大门不出，规劝所有家人，尽可能不要和外界来往，只避世韬光，以泪洗面度日。

还是史湘云一两个月后寻上门来，又接连来探望两三次，却因夫家不许其与贾家往来过密，拗不过的，也只能时常悄命婆子送些东西与王夫人等。除此常来常往的就只有薛姨妈家了。因薛家被夏金桂搅得稀烂，薛姨妈又摔断了腿，薛宝钗又有贾母遗命与贾宝玉的婚约，需要避忌的，也不能来。薛家只常派些仆妇过来问安，帮补些银钱东西。

那赵姨娘深知，这一切祸事，本因自己而起。原本只想得家私，得爵位，不想马道婆和她师兄弟们用力过猛，祸闯得过分大了，鸡飞蛋打，自己得不着，别人的也毁了！自己蹲了监牢差点出不来不说，偌大一个贾家，竟然成了平民穷光蛋！她日日追悔莫及，也咬牙切齿自我安慰，仇家们死的死，关的关，到底还是出了一口恶气。

这日，她又在厨房摔碗碰盆，边骂边煮饭菜，却不曾想，自己的死敌宝玉凤姐又平安回京，已到了花枝巷门口。

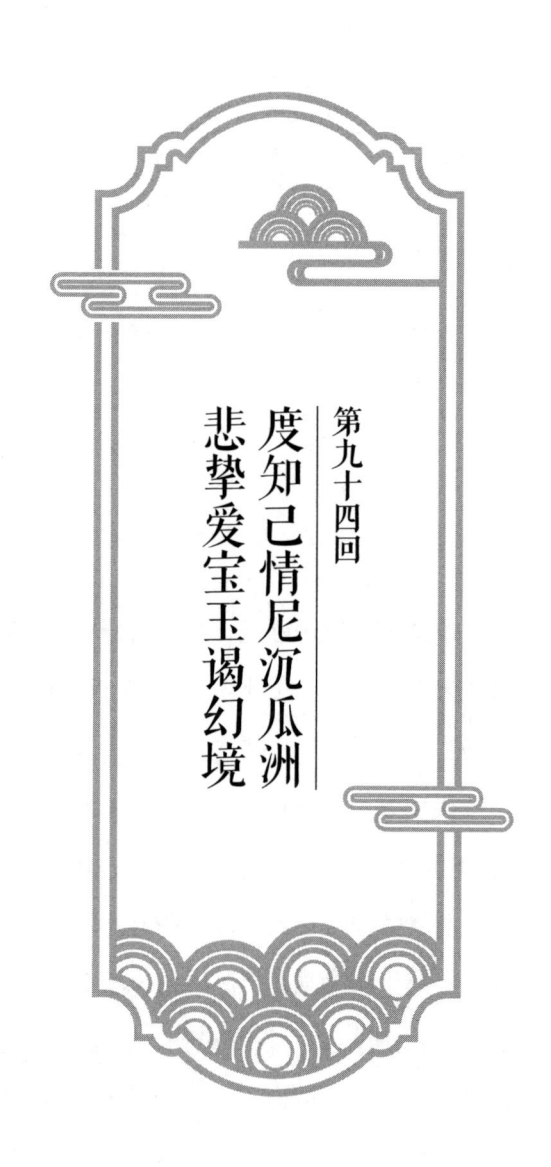

第九十四回
度知己情尼沉瓜洲
悲挚爱宝玉谒幻境

李侍郎为哄赚妙玉，赶在贾妃哀诏发布之前，将栊翠庵所有的人一并请上了官船，同去扬州释放贾宝玉，誓让妙玉亲见贾宝玉并王熙凤一同释放！

　　栊翠庵里原来跟妙玉的婆子丫鬟尼姑道姑，统统请上船，沿途服侍陪伴妙玉，待完结妙玉之心愿，则一同回京。李家亦有家庙，清幽宽阔，回京后想继续修行之人，侍郎许诺皆可将之安顿在家庙之中。

　　一路上，随从们严阵以待，不令妙玉等人见到公文告示，封锁一切贾家之案进展消息。乘舟而行，地方狭小，正是侍郎接近妙玉的好机会。那李侍郎对妙玉百般殷勤，指天许诺，回京之后便陪妙玉另选清雅脱俗、依山临水之所居住，除年节礼仪必到之日外，再不归府，只两人双宿双飞。又日日与妙玉谈讲老庄佛道之理，又将自己珍藏多年的白璧玉壶取出，郑重转交妙玉。见妙玉看也不看，侍郎竟亲将这稀世珍宝盛水，插上三五枝极清极香的南方生长的白姜花，随意放在妙玉桌上。那妙玉虽也厌烦，对方到底未曾行粗蠢强行之举，也暂可忍耐。她冷着脸，从不开口，只在船内背光处独坐。偶尔出来船坞高处，迎风对月，心内慨叹这冥冥中的劫数，世间种种生死无常，总不过是飞蛾扑火。今日所行，正是舍弃小我之度化，躯体任由它为齑粉，只一念夙愿得偿，可矣。

临到扬州，从官们吹吹打打，奏乐簪花，起哄要妙玉更装圆房，否则第二日他们将联合起来，不放宝玉。一番吵嚷之下，把妙玉和侍郎逼在了同一个船舱内。妙玉冷着脸，心知如要救人，此劫难免。她也不勉强夺门出去，泥塑木胎一般，不抗拒，不配合，只坐在一角。待夜深人散，也只得由侍郎摆布。那侍郎见妙玉凛然不可欺，虽也得偿所愿，到底不敢过于轻薄。

第二日清早，船到扬州，泊船繁华忙碌之瓜洲渡口。正值秋阳温婉，气候宜人，那各样船只往来如织，果是与别处不同。

时辰将到时，妙玉被请到官船高处后舱里坐。这里两边窗上挂着精巧细密的竹帘，外面再看不进来，而里面凑近帘子，清楚看得见外面。

妙玉仍是昨日的红妆，一脸冷漠。哪里看得出她昨晚已被玷辱，也丝毫不露夙愿得偿之悦。她只如清澈沉郁之开阔水面，一丝风也无，任花开叶落，云行雀飞，不见一丝涟漪。

满船男子见她换装后，越发美得人间少有，只看一眼便吃惊不小。也羡慕李侍郎风流老鬼，终得所愿。因各有执事，也不敢上前多言一句。

码头上早有官差久候，将侍郎等人接去扬州地方府衙。因侍郎火急回京复命，只招待了一顿午宴，便将犯人带出，一同送行至码头。

为使妙玉亲见贾宝玉和王熙凤被释放，李侍郎亲自将二人带到官船边。这边厢，贾芸、林红玉、茜雪等人得信领人，也早尾随而至，在码头久候了。见侍郎带了已是自由身的宝玉熙凤二人，众人眼红泪流，欢欢喜喜，跳跳舞舞，迎上去，扶他二人上了自己这边的船。

妙玉在帘内看得真切。那红尘中惟一的牵挂，那灵魂知己，那深受折磨的贾宝玉，终于重见天日了。原本以为今生再见不到，谁知他之命竟由己救回。她闭上眼睛，一直在心里奔流的辛酸委屈，终于化作两行热泪，扑簌簌滚将下来。

宝玉凤姐的船从大官船边擦身而过，回京去了。李侍郎与地方官员互相答谢致意，略盘桓片刻，也就安排起身开船。

妙玉也不上岸，着实打扮了一番，越发美艳动人，眉目间一丝冷意，更增添了她脱俗之美。她满头金玉，红妆彩裹，后舱里顿时金光闪耀。

挨到下午，终于开船了，船到江心，妙玉悄悄上了顶楼。

此时风停雨住，水气微荡。两岸杂树刚有黄意，田野里收割之事火热。船行在一江浊水里，江涛滚滚，船身摇曳。李侍郎在船下一叠声在找她，满船呼唤："妙卿，妙卿……"

妙玉闭上眼睛，她这一生，有那么多的不得已，不得已离家，不得已出家，不得已用孤傲冷漠武装自己，不得已偏僻乖张，不得已躲在贾家，不得已不与任何人亲近。为度宝玉，最后竟不得已毁了自己的清白！这命，原本就是劫数。以自身之劫，虽不曾度了千万人，却度了有缘人，值了！这苦难折磨，就在此时此地结束吧！

一旦投江不成，她知道被捞起来，会被打，被蹂躏，被卖，被杀。与这肮脏混乱浊世，她已经两清了，再无一丝留恋。她把沉重的青铜香炉绑在了身上，双手环抱它，决意一死！

她闭上眼睛，再不欲多看这尘世一眼，一纵身，从楼上一跃而下，空中划出一道红色的弧，一闪，就坠入水面，沉下去，沉下去，消失在滚滚昏黄的江流里。

第九十四回　度知己情尼沉瓜洲　悲挚爱宝玉谒幻境

正是：

谁惜畸零命，
仙葩未逢春。
花妍皆别景，
此生对青灯。

何怨世难明，
孤傲自遣身。
本为金玉质，
还为孤洁人。

修为度众生，
更度意缘人。
雪魂归仙岛，
凌波涤红尘。

船上有人瞥见妙玉跳船，忙叫喊停船。待船停下，已去甚远，江流滚滚，妙玉早已不见踪影。有人跳下去打捞，哪里有丝毫踪迹？急得李侍郎也跳江自尽，却被打捞起来。乱到天黑，正是无可奈何的事，众仆从迁怒跟妙玉的婆子道姑，一股脑儿将她们赶下船去。作好作歹，劝起侍郎快快回京而去。侍郎鸡飞蛋打，枉费了多少精神力气，自此只能梦中才能再见那绝世美人了，不提。

且说贾芸宝玉一众人昼夜兼程，不多日却已到京，往小花枝巷房舍来见家人。一报进门去，无人不大哭迎出来。王夫人已数日不能起床，见宝玉进来，翻身就爬起来，放声痛哭。一家子拉着手，抱着头，颤抖着身子，哭声震天，久久不能停下。王夫人一边号哭，一边颤手抚摸宝玉，一再道：

"儿啊，我只当再不能见面了！"

正值悲伤，贾政从外面回来，见了二人，顺手拿起一根荆条，就向两人抽去。宝玉凤姐二人一面大哭，一面跪下。王夫人满脸泪痕，挡在宝玉身上，红玉平儿也来护凤姐。贾政抽了几下都打在王夫人身上，也就住了手，喝道：

"你不肖二人，祖宗百年基业尽毁，都是尔等之过！还回来作甚？家业尽毁，脸面丢尽，还回来作甚！但凡有一丝面皮，便以死谢罪罢了！有何脸面存于世上！"

凤姐呜咽哭道：

"当日之事，全无一点知觉，今日下死里去想，也无一丝印象。还是旁人告诉才能得知。我与宝玉，树大招风，也不是头一遭被害！次次九死一生，今日悲惨如此，绝非我二人所愿！我等历来知情守礼，百事检点，也从来没有个错处，如何会在那事关国体的大事上如此糊涂？我们也是冤枉冤哉！皇天啊，大地啊，神仙菩萨啊，何时昭雪见青天，还我二人清白？"

那宝玉愚钝，虽不能多言，也向贾政等叩头。边上贾芸等也劝说：

"事有蹊跷，一时难明，皇上都赦免他们了，老爷也开恩吧！"

贾环赵姨娘等也假意来劝。

贾政见众人都来劝解，也只叹气而已，丢了手中荆条。众人忙将二人搀扶进去，贾芸却阻止了，因二人需在原来的贾府服役三个月。几众男丁携了公文，领二人恭恭敬敬向守府之士点卯。

点完卯，已是黄昏，冷风飕飕，路阔人稀。众人匆忙赶回小花枝巷，在家之人早已摆上饭候着了。今日略丰富些，也不过是赵姨娘做的小户家常菜，和当日已不可比了。碗里盛的饭，也只宝玉熙凤二人是白米饭，其他人皆是掺着各色杂粮。众人见宝玉凤姐两人面黄肌瘦，神色呆滞哀伤，更是心酸肉疼。

寂寂一顿饭毕，沏茶叙谈，大家互道离后各自的经历。一旦提头，所有人都围在一起，没有不哭出声的。短短数月，元春、贾母、贾赦、迎春、探春、惜春、李纨、巧姐，家下仆从，死的死，散的散，哭不完的话题，流不干的泪，原来这世间一旦变天，翻转的就是人世！而今，世袭爵位丢失，家园不保，衣食无着，充军的，丢命的，不一而足。真正是什么都没有了，只落了这十余人性命还在，枉然苟活在世上，说不得了。男女老幼，上上下下，大号小悲，脸挂泪珠，心怀凄楚，直哭到深夜。

宝玉早失了通灵宝玉，又经此打击，精神已然崩溃，神采涣散，聪明磨灭，一味呆滞懵懂，不多言笑。他只隐约记得他心里有一个人，他们都说她还在园里。他待众人安静的时候，嗫嚅问道：

"都出来了，林妹妹还在园里，不来相见？便是生我的气，这么久了，也该下气了。"

无人敢答言。

宝玉以为自己说错了话，见无人理，只得低头垂泪。邢夫人心想，这么多变故，也不少这一个了，便开口道：

"宝玉，今后不用再想那林姑娘了。她已归西方极乐，你琏二哥送回了扬州。"

宝玉不懂，又问：

"她回南了？也是逃难？如何不等我？"

又拉贾琏问：

"为何送她回去？我回来就要和她成亲的，怎么大家都在这里，她反倒走了？"

"如今我回来了，劳烦你再接她回来吧！"

贾琏张嘴结舌，不知如何作答。凤姐因犯案时与宝玉的丑祸不堪，以后要远着宝玉了，也无法帮着解释。袭人是贾政等人以宝玉姨娘的身份要出来的，这种事情，也只得由她来劝解宝玉了。袭人拖着宝玉的手，把他拉到一个角落，细细和他说黛玉去世的事。宝玉眼睛死盯着袭人的嘴，半响，一把推开袭人，大喊：

"别哄我！林妹妹在园子里！"

大家忙来劝解，宝玉哪里听得进去，在地上打起滚来，口里叫道：

"我要林妹妹！"

"明明就在园里等我！"

"还我，都还我，妹妹还我，都还给我！"

王夫人等都劝：

"不是我们藏起来了，是她命薄夭亡，我们不想阻挡你的姻缘的！"

宝玉听了，越发无望，如困兽一般高声号哭。贾政见他哭号得久了，滚得满身泥灰，便和贾琏等几个强拉他起来，刚拖拽起身，宝玉口里鲜血喷出老远，人已晕厥。

宝玉荡悠悠，似回到当年梦中游历过的所在。红楼万丈，仙雾缥缈，瑞光千条，彩霞万道。他站在太虚幻境的牌坊门口，正不得进去，警幻仙姑又在门口出现，见了宝玉，十分惊愕，问他作什么来？宝玉也不知如何作答，痴痴只说了一句：

"我找妹妹。"

警幻听了，看看宝玉命似不保，皱眉想了一想，叹口气，携了宝玉的手，忽地一声，离地三千丈高，箭一般直飞出去。转眼已到一个高天所在，有山有水，有石有栏。警幻放下宝玉，幻化成千千万万个警幻，呼道：

"绛珠！"

天地间回荡着警幻的声音。

绛珠一身素衣，缓缓走来。宝玉看去，正是黛玉。那黛玉似喜非喜，似悲不悲，千言万语说不得，看着宝玉，眼角泪滴晶莹。宝玉大叫着妹妹，狂奔过去欲拉手，似隔了一层什么，无论如何迈不过去。宝玉急得大哭大叫，妹妹！林妹妹！好妹妹！歇斯底里呼喊着，伸着手死命去够黛玉。绛珠见宝玉哭喊泣血良久，老大不忍，便把手伸过来，抚摸宝玉的脸，含泪说道：

"痴子，三劫满时，我在此等你！尘缘未了，你回去吧！"

你回去吧……你回去吧……你回去吧……一遍一遍在宝玉耳边身上眼周头顶萦绕回旋。宝玉脸紧贴着那手，不肯放开，终究她抽回了手，眼前的景物开始变淡，后退，后退……宝玉大叫：

"妹妹！"

宝玉只觉四肢在前，身体向后，人往后堕入无尽空虚，耳边有警幻轰雷一般默念的声音：玉散无忆，玉归灵聚，玉散无忆，玉归灵聚，玉散无忆，玉归灵聚……宝玉不怕，不躲，只伸手要抓住那手，刚一握住，眼睛睁开，那手却是袭人的。

家里人都在身边，郎中正在扎针。宝玉心中犹在喊，林妹妹！开口却声音沙哑，喊不出来。

猛然惊醒，宝玉左右四顾，竟不知道身为何物，如何在此？众人为何围绕？如何自己拉袭人的手？他似不记得自己所泣为何，追寻何人，也不记得自己为何吐血昏厥。只觉身子似有千斤重，似翻越千重山岭不眠不休，眼角泪滴涟涟，眼皮沉重只抬不得。

众人问郎中，已是不妨了。见宝玉力倦神危，也不好挪动，便就地在王夫人床边搭了一张床，扶他睡下。王夫人袭人麝月等一众围着照拂，只见宝玉已昏睡过去，犹在流泪抽噎。众人默默感伤一回，又痛洒无数泪水，才慢慢散了。

平儿扶了凤姐，往侧厢房里去。刚到房内，贾琏也不问凤姐数月来的磨难，也不问她劳顿委屈，也不述说担心忧郁，只铁着脸问：

"你那王家都是些什么乌七八糟的人？什么趁火打劫的弟兄？府里遭乱，不说施以援手，反把巧姐拐走了！千祸万灾，我第一只向你要女儿！"

凤姐早在路上听得巧姐蹊跷失踪之事，心碎之伤又加一层，今一回房贾琏便如此凶狠，日后之事可知！凤姐不禁又大哭起来，只叫：

"我苦命的儿啊！翻了天的世界，坏了的人心！"

贾琏犹在一旁不住地高声数落：

"哭有何用，还有脸来哭？当日码头上行那些丑事，就该知道今日的后果！"

平儿忙劝道：

"今日奶奶刚回来，大家千幸万幸，又得自由团圆，一切可从长计议。又何必一时吵嚷得大家不安？"

凤姐恨道：

"也不过是一条命罢了，要与不要都罢！"

第九十四回　度知己尼沉瓜洲　悲挚爱宝玉谒幻境

贾琏冷笑道：

"我要是你，这命拿去王家门口去拼！如今没那些人口家财由你撺掇了！"

正吵嚷着，邢夫人打发秋桐过来瞧。凤姐见了，心中怒火腾起。心想今日先不吃这眼前亏，便由着平儿搀扶着往里间去睡。平儿便在里间服侍。贾琏也不跟过来，独自在外间睡。那秋桐心活眼尖，见贾家倒霉，便不勉强巴结贾琏，也不留下来陪贾琏歇息，只由邢夫人叫去她房中伺候。她心中早已盘算定了，走邢夫人的门路，仍算大房的人，日后也便像大老爷的姨娘们一样被放出去，依然是富贵人家，穿金戴银，风流快活！

凤姐在房内辗转难眠，一时想自己失势，贾琏靠不住，一时忧巧姐被拐，凶多吉少，一时痛财宝尽失，毕竟要想办法弄钱，串起各样关系，再好施为的。幸而平儿贴身侍候，慢慢捶打，勉强睡了两个时辰。

第二日一早，贾政也不管二人身体状况如何，便强拉宝玉凤姐起来，着人送去服役。二人心如死灰，身如草木，拖着半条命的身子，只得分头跟了洒扫的队伍去了。

那小厮打扫的头儿，便是张材之子张维祖，当日在园里打扫，常见宝玉，领头打千的。那宝玉只对他面善，究竟也未曾说过话，不想今日要在他手下干营生了。那军士唤了张维祖来，将宝玉交付与他，说了来意便走开了。一旁的小厮们也有惊讶到吐舌的，也有戚戚窃笑的，也有暗自冷笑要出口气的。那张维祖听罢盼咐，见势不妙，便忙向宝玉行礼，又正色朗声道：

"爷！委屈您了。虽是皇命在此，岂能让您做粗重活计？放心，我们一大队人，哪日不是轻松完事。爷只需跟着我们，我们去哪，您拿件什么跟着就成。这三个月，若让您做一丝我们的活计，都是我的罪过，要遭雷劈的！"

说罢，又厉色一个个看向其他小厮。那些小厮也都收了笑，低头无语。那宝玉呆钝麻木，虽生不如死，却无可奈何，一个时辰一个时辰地要苟活下去。见张维祖如此维护他，到底还晓得些人情，忙拱手道谢。

自此，宝玉每日跟随张维祖在二门外，他们打扫，宝玉就在一边呆坐，低头皱眉，似有所思。经过的丫头婆子见了，甚是稀奇，忙悄悄围过来看，当日之活凤凰宝玉，竟卑微如斯！憔悴如斯！魂不守舍如斯！失去了贾家之势、老太太之恩，当日金冠绣服，满头满身的金玉珠宝，如今穿得竟然和一般仆从一样贫寒，也是世态炎凉啊！大家虽是看着，想他旧主身份，又是背负官司之身，身上又有无数古怪之事，也无人敢来搭言。便有一两个来逗问他鱼眼睛和宝珠之论的，宝玉不似往日伶俐多识，一味呆钝，话也说不完整，便也觉无趣。不远处就有守卫的人，也不敢多戏笑。后来看惯他在那里，也都不理论了。

又有促狭的仆妇见宝玉呆钝，使了傻大姐过来趣宝玉。傻大姐呆呆看宝玉，傻言傻语搭话，宝玉对她笑笑，两人无话，草地坐着，笑翻了一干人。张维祖看到，忙撵走了傻大姐。

说也奇怪，只要进来服役，僻静处静坐，宝玉就时不时想起黛玉来，潇湘馆，怡红院，二人耳鬓厮磨，言合意顺。那嫣然会意，诗唱词和；那青天月落，冷雨悲歌；那生盟死誓，婚约喜乐。伊人云散，须沫独活。宝玉自己在一旁笑一阵，哭一阵，或大半时候呆怔无语。因各有执事，也无人来理会他。他回去便完全想不起黛玉，只在府内偶尔心思可遇，虽不明就里，也乐于日日进去里面服役。

凤姐也被指派跟一队上房洒扫的婆子们服役。这些婆子们简直笑掉了牙齿，以前位高权重的管家奶奶，居然穿得连自己也不如，还得和咱们一

同扫地,你也有今天!趁愿的,暗乐的,呼报应不爽的,冷眼看戏的,不一而足,竟无一人有同情之心。凤姐见状,厉声向众人道:

"我知道你们在想什么!竟想着要看琏二奶奶的笑话儿。但凡想我落水凤凰不如鸡,你们是打错主意了。我只在这里奉旨体验几日,你们却是生生世世离不了这里的!有甚你们可笑之处?之后你们是不是还要在我麾下讨生活,却是难说!知趣的,趁早闭嘴,守你们的本分,好多着呢!"

那些婆子听了,翻白眼吐舌头,也不理论。领头的婆子将她分派在贾母原来的上房,和三四个婆子打扫这一带。地方不大,以前凤姐一日也不知道走多少趟的地方,今日落得自己在府内打扫,虽是凄酸,为求活命,只能暂且忍耐了。

毕竟还是凤姐,婆子们只分了一小块穿堂一带给她打扫,一日一个时辰也就完事了,只是不能到处走动。她日日拿着扫帚,一点一点挥着,像在细数自己的人生。

她也曾偷偷溜去当日自己的住所,屋舍一切如旧,只是里面空空如也!她后悔当日并没在地里或是屋墙内藏些紧要东西,银票?珠宝?此刻独她自己知道,便可偷取出来使用。只想那贾府是铁打的江山,万年的基业,何曾防备有落难的一日?望着自己空荡荡的房舍,她的心也被挖空了,费尽心力积攒的财物,够自己一家子过几辈子的了!她也不是没想过贾家有意外的一天,便有那一日,她可以靠自己!她积攒的钱完全可以再维持一个偌大的场面,自立门户,不用仰老爷太太们的鼻息。只是何曾想过,祸由自身起,一切都付之东流。如今身微运蹇,丈夫冷淡,婆婆见弃,女儿丢失,衣食难保,如何不灰心,如何不痛?凤姐当着人还是沉默无语,一背人,不免暗自迎风流泪,哀叹伤感不了。这也不在话下。

第九十五回

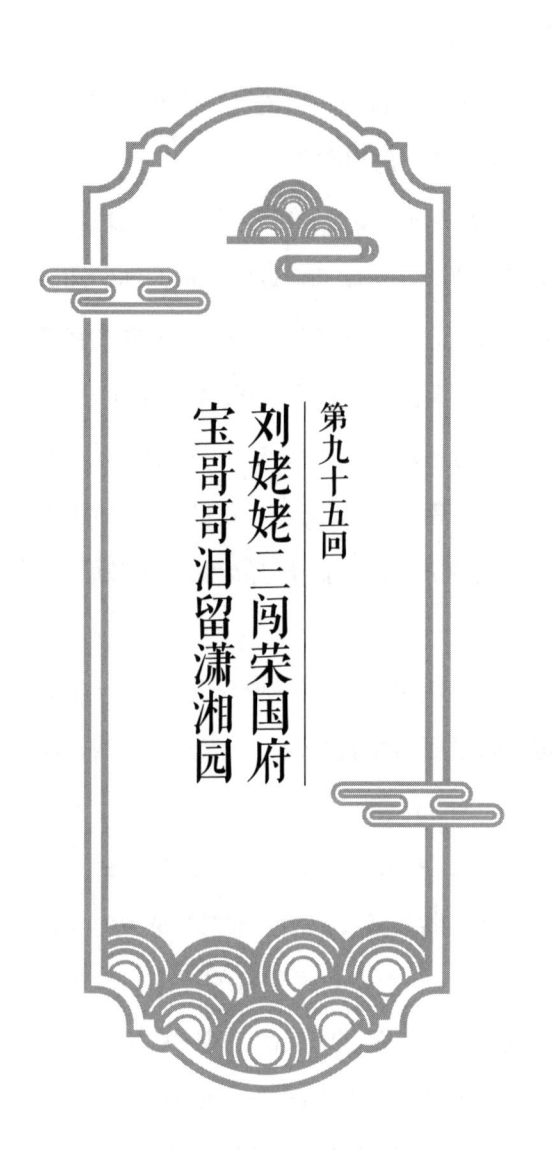

刘姥姥三闯荣国府
宝哥哥泪留潇湘园

一日，凤姐打扫完，坐在穿堂，静看秋叶转黄，天高云淡，想着过去这里原是自己如鱼得水的豪门内院，现在竟是困住自己的牢笼。以前横行挥洒的生杀夺予，而今如此困顿无助！自己的兄长带走了女儿，京城寻不见，金陵也见寻不着！这么大的一个独生女儿，竟然凭空不见了，自己困在这里，不得去寻，如何不叫人黯然神伤！正又流着泪出神，有个人悄悄溜进来，叫：

"二奶奶！"

王熙凤抬头看去，却是刘姥姥！刘姥姥满脸惊疑，满脸的不敢相信。她过来颤着手拉王熙凤的手，唤凤姐：

"二奶奶！"

止不住老泪纵横。

王熙凤正在神魂黯然之时，乍一见刘姥姥，不管她如何来的，先禁不住泪如雨下。两人拉着手哭了一阵，石阶上坐了。刘姥姥略止了悲伤，哭道：

"我们窝在死旮旯窝里，啥风声都吹不到的！还是村里一户人家的亲戚在城里住着，听了些消息，在我们村里谈讲，我才知道出事了，却再想不到这么天大的事啊！我的皇天菩萨！"

"难为你老来。怎得进来的？"

"我一个老妈妈儿，能害着他们什么？才在后门上央了无数人，又使了钱。她们都说里面没有贾家的人了，进去也找不到谁的。半日有一个说二奶奶还在里面，我就豁命进来了。"

"难为你有心！如今我家正在难中，劳你记挂！"

"如何就搞成这样了？"

王熙凤简约说了一遍这半年的事，刘姥姥直跌足长叹，简直不知道哭谁好，悲伤良久，又着重问巧姐如何丢了的事。凤姐当时在扬州关押中，巧姐的事也是听说，便转述了一遍，因叹自己还不能出去行走，无法访寻。忽想起刘姥姥当年给巧姐起名儿的事，刘姥姥还是她寄名干娘呢，便重求刘姥姥，帮忙设法访寻巧姐。刘姥姥虽知自己势小力微，却也义不容辞，满口答应，又道：

"俺们乡下人，嘴笨心里实。既答应奶奶去找，就散了这把老骨头，也必是要找到的！"

凤姐跪谢了。刘姥姥忙拉起凤姐，又说了一会儿话，又按凤姐所说，略望了望宝玉，又去小花枝巷探望王夫人等。

晚间凤姐回来，众人说起刘姥姥上门来看望众人，还留了十两银子在这里。大家又是一番感叹，贾门如今卑微低贱，不如当日一贫婆！凤姐对贾琏说起自己托了刘姥姥找巧姐的事。那贾琏正日日设法寻巧姐，听得托了刘姥姥，一个乡下老妪，有何能耐找巧姐？也不放在心上。

又有茗烟等两三个小厮相约一同上门来，道是宝玉归家，他们欲再来伺候。贾家哪有能力再养得起伺候的人？一一退了他们的好意。这宝玉当

第九十五回　刘姥姥三闯荣国府　宝哥哥泪留潇湘园

日的亲信们，见贾家窘迫，回归无望，只得效仿其他仆从，一般地四散谋生去了。

一日，半夜忽有人来敲门。林红金开门看时，慌慌张张一个人，却是面生。那人悄悄上前，示意红金不要慌张，说是找政老爷，宫里的重要事。林红金先关了门，掌灯去找贾政。贾政已经歇了，想了一想，还是起来，掌灯请进来。一见面，竟是平民装束的金镏子。贾政大惊，那金镏子忙道：

"政老爷悄声！"

贾政定了定神。金镏子遣退林红金，只二人灯下相对。金镏子道：

"元妃娘娘身边的人一个不留都陪葬了。我那日刚巧来府里传话，偷安在外面游荡了几日才回宫。一进宫就发现势头不对，忙收了行踪，悄悄去凤藻宫，发现宫门已封，一个人不剩。我便悄悄去找宫里最交好的挚友，乃是幼时相知的同乡。一打听，知道自己一旦出现，命将不保，便由挚友悄送出宫来逃命了。我不是那水牌上的人，不过是个小人物，宫里追查不紧。我东躲西藏，打听得老爷在这里安生，便寻了过来。"

贾政自是吃惊，忙问当日元春之事。金镏子便一一说起，当日元妃如何被吴贵妃赚去行宫，去了如何求得皇上，皇上如何处死了元妃，随身的丫头太监如抱琴、自己的师傅周太监等，一个不留。之后如何发放贾家，都说了一遍。又恨道：

"最恨那吴妃，若非她有意加害，娘娘就不会送上行宫去，但凡不要火上浇油，娘娘焉得丧命？若有机会，必将此贱人碎尸万段，方解你我之恨！"

"唉，我等已是如此，万幸得命，如何还有报仇之力？我已万念俱灰，守此残年，无所图也。你一心向着我那苦命元春孩儿，自是感激不尽，也无力谢你。也劝尊驾隐姓埋名,寻个安生之所吧。"

那金镏子正色道:

"老大人此言差矣!尔等是金窝里的金凤凰,无端端被害得燕雀一般屋檐下讨生活,如何还能自得安稳,庆幸风雨不上身呢?俗语说得好,三十年河东三十年河西。又道是君子报仇,十年不晚。我今生为太监,已不成人,将来性命所关,不过是要那贱婢之命,方雪我心中之恨!"

贾政忙劝,那金镏子也不在意,再说了一会儿,也不等其他人来见,金镏子便悄悄告辞而去了。

展眼宝玉凤姐已服役一月有余,已是深秋。这日,宝玉这队人忽然被调进大观园里打扫。原来贾府原有的府邸财产人口,均已赏给了军功赫赫的隋大将军。一帮仆从忙忙各处收拾打扫,好待隋家之人前来接收。张维祖这一队人,今日抽去园内某处帮忙。

这是贾宝玉第一次重回大观园。起先有些懵懂,跟着队伍走进去,却发现来到了园里,一楼一阁,一山一石,一草一木,都是熟悉之处。虽颓败寂寞,样式不改。宝玉当场堕泪,软着身子不能挪步。张维祖见宝玉不好,劝道:

"二爷若是不爽快,就在这门边坐着等我们罢。"

宝玉摇头。张维祖扶着宝玉,叫其他人先去,自己搀着宝玉走。那宝玉虽然脚下如棉,却不是漫漫向前,只不自觉一直往潇湘馆走去。正是深秋时节,那潇湘馆悄无人声,冷气掠窗棂,秋风过竹梢,寒烟漠漠,落叶潇潇,好一派凄凉景象。宝玉立在风里,轻声呼唤:

"妹妹,妹妹,林妹妹,你在这里吗?"

他双泪长流,徘徊往复,问向每一棵竹,故人何在?千竿翠竹在风里哗哗摇曳不答;他问向甬路上的每一颗石子,伊人芳踪?石子在苍苔的环

第九十五回　刘姥姥三闻荣国府　宝哥哥泪留潇湘园

抱下板着脸；他问向窗上的银红软烟罗，软烟罗已泛旧毛边，被风轻佻戏弄。推门进去，床椅书架仍在，都罩着纱，屋内无一丝人气，冷风中似乎随时要扑出个什么来。那宝玉眼里满是泪水，一寸一寸地方抚摸寻找，这熟悉的地方，已人迹消散，寂寞冰凉。他天旋地转，软着身子坐下来，捶地狂号，呕心抽肠，哭得天昏地暗，心中似海的悲痛，不知如何可以奔涌出来！大痛之下支持不住，不一时哭晕过去。那张维祖赶忙急救，拍醒宝玉。宝玉哀哀醒转，人事不知。半晌方回魂归魄，努力站起身来，环顾四周，他咬牙忍悲，决意祭祷一番。他竭力收泪守神，仰头望天，凝神定气，默然祷告半晌，合十坐定，口内缓缓念道：

呜呼哀哉，吾久不能文也。今蝼蚁戴罪之躯，重临潇湘梦萦之地，虽命殒不及心痛，惟清泪一掬，寒风万端，愁怨种种，思魔翩跹，秉妃竹以为纸，血泪为墨，上付苍穹，下拜地阙，心挥神送，只影彷徨，默捻心香，悲号不知身为何物也。

呜呼，惟叹世间之难也。初，余虽于太平盛世之景，富贵风流之地，红颜温柔之乡，身于锦绣罗丛，心之愚顽偏僻，只因孤寂无朋，岁月空度，极热闹处之冷清，世人难明，皆误谓吾之痴狂者也。惟仙姝初见了，风流婉转，冰心玲珑，一面之下，便是往世知音之今生重逢者也。细究则深以为然，渺渺尘世，竟确有吾思即其思者。朝夕而对，言合意顺，巨细同历，悲喜同生，欣悦同在，清愁同领。任春秋更迭，物换星移，繁花聚散，皆是清风流云。正如坐车观景，与君同车而行，便是乐土，人流往复，皆为过客，虽层峦叠嶂，眼波流连，然身为车主，秣马驾辕，岂得自弃其车而亡哉？千顿万悟，心志弥坚，吾之知己者惟伊，庶几不令彼心安兮？尽诉心肺，其仙姿蕙质，心竟如我同，岂不得人生大快哉？纵藩篱重重，冷眼森森，无畏而往矣。

　　华厦初竣，誓约始成，一生之愿，佳期渐近。然天意莫测，鬼神欺身，昏聩不文，大祸降临。国令家法，一朝尽失，不才不端，祸及庙堂，致令叔嫂束手，身陷囹圄，与匪盗为伍，蛇鼠为邻，亲朋不会，友声无闻。只鞭绳相交，哭喊阵阵，人神俱溃，惟有思汝念汝忧汝感汝之心尚存，乃深潭之上一线光于水底，使求世之心不曾全然泯灭也。

　　然今身在潇湘，仙迹渺然，尘世已无存身之由者也。遥望潇湘水寒，袅袅伊人溯水云而去，仙歌缥缈，羽衣婆娑，天白风疾，紫霭祥和，舒尘世之蹙眉，迎无极之永乐。吾则重回孑然之境，穷天地之悲怆，负永生之牵念。何须仰首，天曾见并肩同行，今浊物一名，何得重见天日，天亦不欲见也；怎得低头，地母承同幅之履，纳旧孕新，脸面黄土白骨之广茫苍野，有隙则往，无隙则抢地而唤者也。

　　啸三阙，吟五音，天阶长亭，峰谷万仞。泣血者宝玉顿首，感天地之悲悯，容深情之永生。血泪尽洒，不泄悲惋半分，浊墨万行，难书心内彷徨。此生已矣，愿心思化祥云，伴逝玉同赴和平。

宝玉搜尽剩余的一点聪明，努力念出这一篇祭文，内心空洞，在潇湘馆台阶呆坐着不肯离去。正在痛不欲生、椎心泣血之时，后院走进来一个人，宝玉抬眼一看，竟是紫鹃。

那紫鹃随一众丫头婆子仆人从狱中出来后，仍被分派和两三个丫头婆子在潇湘馆守着。紫鹃日日悲哭黛玉，亦不知将来如何，心里总在想，不如随姑娘去了，无牵无挂的干净，却又似还有什么未完的一般，不曾去死。这日正在后院里做活,听到前面有人,唧唧哝哝不知道说些什么,到底忍不住过来看看,一见是宝玉在秋风里痛哭,那眼泪便止不住地淌了下来。

那宝玉见了紫鹃,忙奔过来拉手。紫鹃见宝玉面容枯瘦,憔悴脱形,已非当年二爷,不禁大哭。

宝玉便细问当日黛玉之况。紫鹃也哭着说了黛玉如何受惊,如何担忧宝玉,如何昏迷,如何血泪不干,如何仙乐接走的话。宝玉听了,更加难过。正说着,张维祖过来道:

"时辰已到,二爷快跟我出去,迟了就有人来查。"

宝玉哪里肯舍,紫鹃也哭着不忍别去。宝玉被拖着走了几步,紫鹃又叫:

"等着吧。"

回身取了当年黛玉题诗的两块旧手帕,交付宝玉,自己用手帕捂着脸大哭着去了。

宝玉回来,精神恍惚,支持不住,大病起来。正值王夫人也一并病着,两人都要看病煎药,做些汤水饮食,无钱支应。贾琏想了一想,吩咐贾芸去找李纨借钱。贾芸去了三日,只见不到李纨,她们母子住在李守中家一处偏僻屋子里,虽也有门通外面,却日日紧闭。还是在李家门上通报了几日,贾兰才出来了,一身破旧衣衫,满面的不耐烦。见了贾芸,也不客气答话。贾芸向他说起王夫人病重,宝玉也病倒了,借银两求医。那贾兰道:

"前些日子环三叔来,我已经给过二十两银子了。我们出来也带不出什么来,母子在外公这里讨生活,艰难不亚于你们。以后不要来找了!"

自此李纨母子不再见贾家之人。

贾芸只得回来，禀告贾政贾琏等。大家又是一阵沉痛。末了，还是贾芸自己拿了银子请医疗治王夫人宝玉等。

因三个月时间不满，宝玉略好些，还要去点卯。那隋将军家先派了管家带人来收拾房屋，又大致分派原来贾府所余的下人。之前礼部守押的贾家财物，除金银现钱等交了国库的，其他财物家伙也大部分发放到隋家使用。

一日，刑部另一拨官差来隋府调取五口箱子。原来那几口箱子是当日甄家偷寄存在贾家的，最近甄家的事也结了案，别无他事，只赔补亏空。因亏空巨大，甄家将所有财物交上，所欠仍多。结案时已言明，交足银两则可免罪，甄家左思右想，当日事败之前，曾各处转移财物。其他家不好说，这存在贾家的五口箱子，却是敢开口的。如今贾家被查抄了，旧主已去，新主未到，干脆具公文讨要回来，直接上缴，私盐也得变公盐！故此，也不怕朝廷追究当日转移家产的罪名，直接请奏要回。这边发还给隋家使用的箱笼东西堆山设海，隋家哪里在意，便任刑部调走了箱笼，交甄家认领。

又过了半个月，那隋家便迁进来，占了宁荣二府，因早命人打通了两府，女眷都在原荣国府安顿，众随将家宰则均在原宁国府，现只准以内外两院称之。因是武家，宁国府天香楼原有的射圃之地，便成了隋家人的最爱。偏偏管家指派了张维祖这一队仆人，除之前的差事之外，若老爷们竞射，他们便要过来射圃帮忙洒扫等事。

这日已是第三遭过来打扫。前两次不过是隋家自家的几位老爷公子家将习射，今日听说有众多宾客来射，一大早便叫了这两队人马打扫收拾。那宝玉手里握着个耙儿，躲在一丛树荫后面，若不绕过去细细看，再看不见他，他却看得到外面。那日客人分外来得早，刚收拾完箭台箭道，顶头

第九十五回　刘姥姥三闯荣国府　宝哥哥泪留潇湘园　171

隋将军及子侄从将等来了十余众，打扫的人忙退至一边，收拾周边的草地。紧赶慢赶收拾完，客人已经进来了，多数都是这里的熟客，走在头里的便是冯紫英，后面王孙公子也多，最后面的是陈也俊和卫若兰。宝玉躲在树荫后，见那些故交一个个锦衣轻裘，华冠玉带，神采奕奕，高谈阔论，都是新贵的座上宾。而自己是旧主人，寒衣蔽巾，身为仆从，今生如何再得上前与他们答言？还好原本已无心在身，若还有心，在此非再黯然心死一次不可。

宝玉一边想，一边忍不住仍偷偷张望，看那卫若兰走在最后，高大魁伟，华冠秀服，满脸英气，神色淡漠清高，比成亲前又更成熟稳重，一副大丈夫的做派。宝玉不禁又喝彩起来，替湘云开心，如此仙郎夫婿，堪配湘云。人世众生虽有这么多苦难，毕竟还是有幸运之人如湘云的！又见那卫若兰胸前戴着一个金麒麟，正是当年自己打醮所得，转赠与湘云的。想必湘云又转赠与夫婿，他则日夜不离身戴着，这夫妻的和合也是可想而知的。宝玉这是数月来第一次觉得世间有开心之事，也就是这一刻，他不用想着用刀剡自己任何地方，不用想着揪起自己的头发来痛抽百十余下，不用想着躺下来就此去了万事皆休。这人世间，虽没了自己所思所想之人，竟然还有<u>丝丝缕缕悲</u>，亦不止有悲，还有丝丝值得的欢喜在身上缠绕，还有人与事与己相关，废身如己亦不必成为草木土灰，这人生，还是要走下去。

正在胡想，宝玉所立之处乃是箭靶不远处。一支射偏了的箭不偏不倚，嗖嗖作声向宝玉飞来，噗嗤正扎在宝玉腿上，那宝玉啊的一声，栽倒在地。那张维祖等人一听不好，赶紧跑过去。见宝玉中箭，忙七手八脚来帮手，找杠子等物把宝玉抬出去医治，一阵混乱。这边射箭的卫若兰听说自己失手之箭竟然射中了一个仆人，有些过意不去，忙找将军道歉。将军淡淡说道：

"一个奴才罢了！自己往箭靶上送，实是送死，不足为惜。也是我刚接手这里，还不能教导好这些下人，让诸位见笑了。"

一边说，一边挥手，叫随从打发那帮人赶紧滚出去，一边招呼大家继续射箭。这里仆从远远抬了宝玉，从旁边一溜烟儿退出去了。射箭取乐的众人远远见一个仆人打扮的人在杠子上仰卧，一支箭插在大腿上，知不伤命，看着又好笑，便相视大笑起来。有促狭的说，幸好没再上一点，若射中了他的那个，就废了呀！卫兄手下留情了。那卫若兰虽也笑，却是不安，叫了贴身小厮打探情况，送了百两银子过去予中箭之人医治。

那箭虽无毒，却也很深，虽未伤骨，深入皮肉，血流不止。找医划开口子，取出箭头，敷上药。那宝玉疼得昏过去，被抬回家，大家不免更觉凄楚。连王夫人这样不声不响的性子，也实是受不得了，拖着半条命，如普通妇人一般日夜长哭短泣，先只是心疼宝玉而哭，后则成了惯常，日日哀号，不是哭命，便是细数这变故后的种种苦难，更是每日长篇大套哭骂周瑞一家。众人听之如深峡哀猿，皆是丧败之音，更觉惆怅无望起来。

第二日，隋将军找管事的来问，方知宝玉服役被伤，大觉麻烦，叫他不用再来，皇上那边自到期回命就好。这里又撤了张维祖的头目，又退了一些无用的仆从。

不几日，大雪纷飞，头场雪下了两夜一日，马上冷将起来。仆妇们大清早就奉命打扫。凤姐也在其中，在穿堂里慢悠悠先铲开雪，再一点点扫开落雪，扫到尽头，忽见一绿色之物在雪中，被扫去老远，那凤姐忙跟过去，拾起一看，却是一块翡翠玉珏，手心大小，掂起来颇有分量，且是极精致的满翠水种极品翡翠。凤姐识货之人，知其价值不菲，见四下无人，忙揣起来，若无其事打扫。

再过得三五日，凤姐也满了三个月，回家去了。

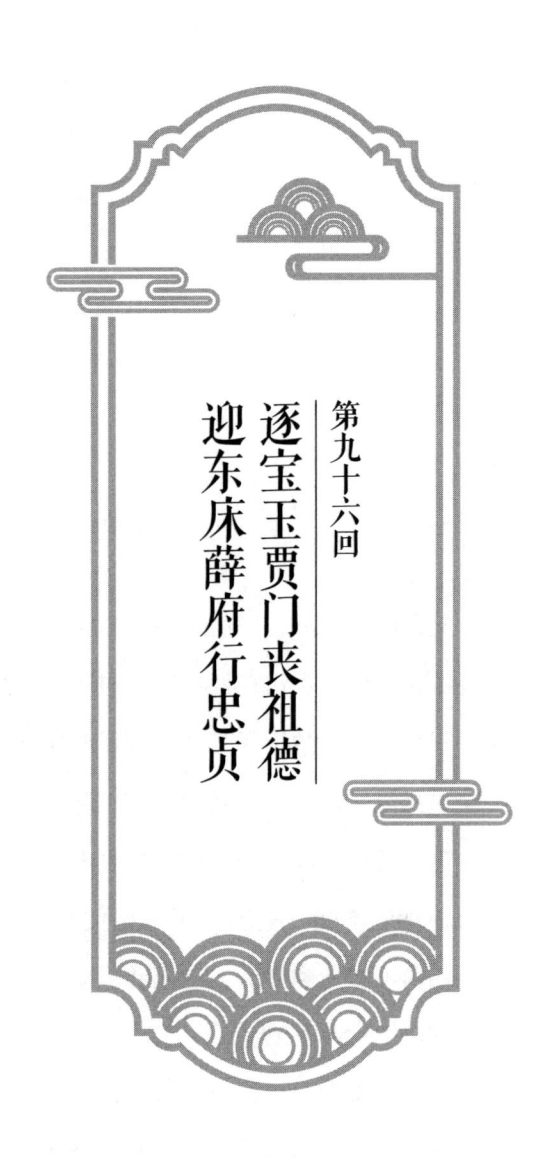

第九十六回
逐宝玉贾门丧祖德
迎东床薛府行忠贞

又是腊月初一，正值年关。贾家各人穷困潦倒，哪里办得起年事！那些庄头也按例进贡送东西上来，进的却是隋府。贾珍在祠堂里安生，这几个月已经吃了无数冷眼苦楚，眼见着庄头们送东西的无数车马，不禁怒火中烧，又气又恨。他想起原本的世袭生活，那等尊贵精美，现如今潦倒落魄，这一切都是那两个不才男女闹的！我虽已不能把他们如何，毕竟还是族长，别的不能，把那宝玉逐出贾门，还是容易的！他只顾自己出口恶气，却再不想骨肉之情，便叫贾蓉串通其他人一同来行事。安排妥当，便拟了腊月初一大家来议。

宝玉回家歇了十来日，依旧是骨瘦如柴，面无人色。因贾珍特特叫人吩咐他必来，也只得扎挣着，两三个人一同搀扶了来。贾门嫡派旁支大多都来了。忽又见薛蟠抱着个包袱，也站在贾政一旁，贾珍道：

"薛兄，今日是我族之会。得罪您了，他日您再请来。"

那薛蟠撇着嘴，半笑不笑道：

"啊，不许外人来听听？今日是外人，明日就是内人也说不得的。今日我就是来旁观热闹的。学得好了，明日我也在薛家照方抓药，岂不是好？"

第九十六回　逐宝玉贾门丧祖德　迎东床薛府行忠贞　175

贾珍忙着招呼人，也不理论了。

众人一进祠堂，赫然便见祠堂内空空如也，不仅青铜大鼎大香炉各样礼器已不见了踪影，凡是所有搬抬得动的家伙物件亦已是一件无存，连桌案之物都挪去三间厢房内占用了。大家站在空空如也的祠堂正殿内，对着祖宗神主牌位，不知该作何凄凉落魄之叹啊！

见人到齐，招呼大家安静。贾珍先问候大家，又笑问年货备得如何，又笑道：

"我也知晓大家都比不得往年。今年庄头们的东西都只送到将军府里，我既没得着，自然也没东西分派给诸位了。"

说完，环视大家，又狠狠盯宝玉几眼，收起笑容说道：

"我们百年望族，祖宗九死一生打下来的基业，到了我们这一代，世袭职位没了，官职丢了，府第丢了，财产也都没了，什么都没了！什么都丢尽了！都没了！大家各自飘零，衣食无靠，都是凄凉境况。这种种祸事，都起于一人罢了！"

说罢，眼光凌厉又看向贾宝玉。人群里面，贾蓉贾蔷贾芹贾琮等便在下面小声议论：

"可不是吗，就那一个祸害！"

"嗯，一粒老鼠屎，害了一仓谷！"

"对啊，就是宝玉啊！"

"全都是他惹的祸啊！"

"亲嫂子都调戏，还有什么王法？"

"赤身露体的，丢丑丢到全天下了，还活着干什么？"

"害了这么多人，难道就这么算了？"

"害死了这么多人，抵命都抵不过来！"

……

贾珍由他们议论片刻，便向贾政说道：

"二老爷如何看呢？"

贾政想了想，道：

"不肖子宝玉，违了国法家礼，委实有罪。但事由蹊跷，绝非常理之事，需要细细查访，方得水落石出。事已至此，追究无益，我等须同心同德，收拾旧日之心，放下过去之事，寻谋重振家业之法。当年祖宗可以兴家，如今众人皆在，大可奋力报效朝廷，再建出身，福荫子孙，方是正道。"

贾珍冷笑道：

"什么蹊跷，鬼拉的他的手吗？大家都在现场亲睹，岂可抵赖！如此大的不肖之事，莫非轻描淡写、三两句话就轻轻放过不成！依大家的意思，这样的人，不配在我贾门！"

薛蟠忽然插嘴道：

"那依你怎么着啊？"

贾珍恨道：

"将贾宝玉逐出贾门，族谱除名！"

十余人一同附和。

"滚出贾门！"

"办了他，再办那淫妇！"

"滚！滚！滚！"

……

贾政斥道：

"逐他，于尔等有何益处？他已残喘如此，今日又叫他一人落单，莫

第九十六回　逐宝玉贾门丧祖德　迎东床薛府行忠贞　177

不致死？"

"干那些伤天害理的事的时候，如何不想着有今日？原是罪有应得！"

贾蔷等也在一旁帮腔。贾政不知道要回应谁。那宝玉低着头，满眼泪水，轻轻摇头。贾珍正要取家法，只听薛蟠笑道：

"珍大爷，欺人太甚了啊！"

贾珍哪里理他，回道：

"贾家之事，外人休要多言！"

薛蟠笑道：

"听我把话说完！"

又对大家说道：

"你们不要贾宝玉，无非是穷罢？若不是现在穷得没饭吃，会找他麻烦？得了，你们不要他，我家要了！我只请问你们一句，难道不记得老太太遗言了？"

说完抖开包袱，就是老太太的头面，遗命留给薛宝钗嫁贾宝玉的礼物。薛蟠道：

"你们老太太亲口遗言，头面存在南安太妃那里，赠予薛宝钗，将来嫁贾宝玉所用。近日我薛家领了回来，是要履约的！"

众人听了，都惊呼一声，那贾宝玉更是张大了嘴，抬起头来。

薛蟠又道：

"你们这帮逆子衰孙，光记得对自己有利的事。老祖宗走的时候，亲口说不许任何人为难宝玉熙凤二人，这转眼就忘了么？谁许你们大张旗鼓，公然赶宝玉出贾门？是宝玉出贾门呢，还是那些连老祖宗的遗命都不听的人滚出贾门呢？"

薛蟠高擎老祖宗的珍珠头面，凶着脸，一个个人问："你说呢？嗯？"

贾政忙向那头面跪下了。贾珍等人也只得跪下，不敢再言。薛蟠走向宝玉，轻言道：

"来，妹夫。今日就离了这帮穷鬼，跟我家去。不是他们有脸赶你，是你瞧不上他们，不要与这些没出息的东西们来往！来人！"

几个薛家的仆人从门口进来，扶起宝玉，把宝玉搀上轿。薛蟠又说了一套奚落的话，翻身上马，手里犹擎着老祖宗的头面，一路引导宝玉回薛家去了！

贾珍等人愕然，不禁面面相觑，想不到竟然是这样的结果！那贾政内心喜悦，也不说什么，叹气道：

"逆子衰孙，说得好啊！我等皆愧对老太太英灵！"

拂袖道：

"逆子衰孙，散场去吧！树倒猢狲散了！"

低头叹息，背着手，慢步走了。众人无可奈何，也悄悄散了。

却说贾政贾琏二人回到小花枝巷，正和邢夫人王夫人等谈讲今日之事，薛蟠又上门来了，手里仍托着头面，向贾政道：

"姨老爷，我们早料到有今日之事，请了老太太的头面，方才镇得住那些逆子衰孙。宝兄弟实是瘦弱得可怜，得罪说一句，这里地方太窄，饮食有限，宝兄弟在这里，于病无益。亲戚的情分，暂时接到我们那里去住，将养些时日。至于婚姻之事，不至这等草率。先把老太太的头面还回来，咱们从长计议。"

说罢放下头面，互相客气了一回，薛蟠自回家不提。

王夫人见如此，倒是着实开心了许久。因薛蟠的为人，大家都是知道的，既没有这么细密的想头，也不会有这么大方展眼的做派，背后必定是薛姨妈宝钗所使，方有今日搭救宝玉之事。如此看来，薛姨妈宝钗的心思

第九十六回　逐宝玉贾门丧祖德　迎东床薛府行忠贞

还在宝玉身上，这婚姻或者还可以做得成的。若果真如此行，宝玉则不至于落魄。有了薛宝钗帮衬宝玉，又有薛家之富贵在这里，再图东山可也！

贾政也似乎看到一丝希望，此好比层层黑云里透出来的一条金边儿，小花枝巷里有了一些欢娱。

惟有袭人，刚开始听到喜欢，后又忧愁起来。宝玉已是被薛家接去，自己在这里，又没有名分，又没有出路，在这里不明不白等着，如何了局？薛家不少服侍的人，也没开言叫我和麝月过去，自然并不在意我二人。这等如何是好？袭人日日不安起来！

且不说贾政王夫人袭人等。宝玉被抬进了薛家，安顿了房舍，服侍他沐浴更衣，换上全套齐整冬衣，细茶细点伺候，又请医把脉调养身体。薛姨妈又遣人出来说，今日才来，劳乏辛苦，哥儿就此歇息，明日再拜见众人不迟。如此体贴，宝玉实觉有愧，含泪受了。他受了这么多个月的苦楚，今日方有个安稳地方、舒适床榻，本说是不困，想想如何明日见薛姨妈宝钗等。一个人在房里，到底支持不住，也顾不得丫鬟们还没吹灯，便死沉沉睡了。

宝钗听说，悄悄在窗口看宝玉，形容枯槁，神态畏惧，知他已经吃了无数苦楚，着实可怜。心里暗暗立志，须全力相助，寻回之前的宝玉，重整两家之业。

第二日，宝玉红日三竿方醒，丫头婆子服侍梳洗了，先来见薛姨妈。薛姨妈自上次搬家时跌断了腿，便大不如前了。此时薛姨妈虽可以拄着拐杖走动，已是头发花白，行动迟缓，见了宝玉，颤巍巍搂在怀里，一顿痛哭不了。

宝钗在后面，早听见薛姨妈大哭不休。薛姨妈暮年久病之人，如何经得这样悲伤，忙走上前来言语劝解止住。这里宝玉便忙向宝钗作揖问好。

宝钗还了礼，忙叫人扶他们坐下，看茶。宝玉见宝钗美丽端庄，气质典雅，绝世姿容不减反增，再看自己，形容枯败，举止畏缩，便坐在一处，自己已不再是当年那意气风发、高谈阔论之人，便自惭形秽几死。薛姨妈忙问他这数月来的经历，宝玉一一说起在监牢、服役等事，大家又讲起这么多人走的走，亡的亡，不免又伤心起来。正哭着，薛蟠金桂也都进来请安，大家都见过了。薛蟠忙道：

"宝兄弟，昨日我去见了姨老爷和姨母等人，说定了你是亲戚情分在我家休养。你自管放心在我家住着，好好将养。不去想那些乌七八糟的事。"

宝玉忙答应了，那金桂也含糊附和了一句。薛姨妈又道：

"往常你有星宿不利，大病大灾，老太太都叫你过了百日方得出门。今次更不比往日了，也至少过了百日，将养好了，再图将来不迟。这百日，你只管在你自己房内，吃药调养，闷则各房及花园里走走。不管怎的，只将养身子复原为是。惟有这般，老太太在天上看着，也就放心了。"

宝玉只得答应。宝钗又道：

"将养好了，想看书，说与我知道，送来与你解闷。"

宝玉便说自己心下糊涂，有时字也不太认得，话也说不太清，眼睛模糊，行动迟缓。宝钗微笑慰道：

"大夫昨日来瞧过，我等已皆知。你不过是心力亏虚，体力不济，精神倦怠而已。无须过多时日，必将好了。到时约了琴儿来，一同看她得的好诗画。"

宝玉见大家如此好意，深深作揖谢了。过后秋菱、宝蟾、同喜、同贵、莺儿、文杏、臻儿及其他丫头婆子仆从等也都见过了，又有薛蝌邢岫烟新婚夫妇来探望，也都互相见过，问了别后之情。

第九十六回　逐宝玉贾门丧祖德　迎东床薛府行忠贞

　　从此宝玉便在薛家东厢房安顿下来将养。到底是年轻的人，虽经受那么多的磨难，到底没伤到根本，那身体就逐渐康健起来。只是精神折磨许久，生出这么多变故，失去那么多至亲之人，弄得人还是懵懂畏惧，不见当年的聪明俊秀。

　　金桂本来不睦这些人的，如今平白添了宝玉在这里，不仅白吃白住，还当祖宗一样供着，心中已大不忿。又想之前奈何不了宝钗，这倒是个由头，便生事起来。先是在房内和丫头们取笑，大讲大笑的。娘家来人，无论哪个，拉着便是长篇大套，悄悄说自己的小姑子不检点，还没拜堂，先把男人窝藏在家里。讲一阵，闷声笑一阵，大有秽亵之意。正值薛蟠最近又常三五日不在家，许是又有新交。偶尔回来，金桂便拉住问：

　　"呃，我且问你，你们薛家是哪里来的规矩，还没拜堂的妹夫，做什么接来家里供养起来？说出去难听不说，连我们也不用出去见人了！"

　　薛蟠一听不好，说：

　　"我世交表兄弟，暂且落难，我等帮助一下，实是亲戚情分，哪有什么不好听的。别人再不会说，倒是你，背后到处嚼说吧？"

　　金桂正愁没茬儿吵嚷，一见薛蟠如此说，忙提高了声音喊道：

　　"我嚼说什么了？我和谁说什么来？糊鬼是不是？亲戚情分？没那婚约你再和我说什么亲戚情分，当老娘我是傻的？"

　　薛蟠忙去捂她的嘴，又喝道：

　　"你悄声！"

　　那金桂故意更嚷起来：

　　"好的吧，做的都是那见不得人的事，又要堵着人的嘴不叫说！做了什么，那世间人的悠悠之口，是堵不上的！不叫老娘说，好呀！你有的是银子，拿几千两来堵老娘的口呀！"

薛蟠斥道：

"闭你的嘴！你配值几千两银子？"

金桂骂道：

"作死的狗男人！日日在外面吃喝嫖赌，拈花惹草，嫁你就是嫁个牌位！前世作了什么孽了！这都是怎样的一户人家儿？男盗女娼，还说是什么大户人家，有什么规矩！哎哟我好好的一朵白莲花儿，落到这臭沟渠里。我的命苦哇！"

一边向着屋外大喊，一边拍桌摔凳。那薛蟠也是见惯的，冷笑道：

"白莲花儿！哈哈哈我的娘，笑死一城的汉子。黑老母鸡一窝罢！"

说罢，抽身就走。那金桂忙过来拽衣服，扯汗巾子。薛蟠索性解了汗巾子，由她猛一抽扑了一空，自己便走出来。

薛蟠正要出门，门口同喜拦住，薛姨妈请他进去。薛蟠虽不乐，也只得进去了。薛姨妈见了薛蟠，说道：

"你又不着家了！这一天一天，都和什么人在一起胡闹？"

"哪有胡闹？我们商议正经大事，不是胡闹。"

"又是什么人？商议什么事？"

"没有什么，左右不过是那些人。"

薛姨妈叹息一声，又缓缓道：

"你知道我这病，大略是不能好的。偌大的一个家业，你就是个没笼头的马，再不肯用心。姨爹家倒了，舅爹放外任风声凶险，听说史侯也被囚了，我们再不打起精神来，只怕这样消耗下去，也是不好！"

薛蟠道：

"母亲言重了，您身康体健，哪里就不能好了？哪个大夫也不曾这样说。生意上的事，各铺有各人看管，也不用我去伸手，日夜费心多去赚那几两银子。"

"我自己的身子，自己知道，没有多久了！你不留心生意上的事，你妹妹看了这几个月的账，竟是日渐消耗，都是亏蚀买卖！好好的一盘生意，怎会不赚反亏？莫不是还要我们往外掏钱去养着生意？大不通情理！不过是下面的人见我们母子三人都不管，哄的哄，骗的骗，早都存心不良起来了！"

"等我去打他们一顿，着实教训教训，就不敢了！"

"无凭无据，喊打喊杀，哪里能成事！如今姨爹家败了，连宝玉也照看不到。舅舅家岌岌可危，音信不通，我家也这样消耗下去，我是活不长了，你们如何安生？"

说罢，呜呜哭起来。

薛蟠见母亲哭了，忙劝，又道：

"母亲是知道我的，性子散漫，原本自在惯了，生意上这些事，我不耐烦理它。只可惜我家只母子三人，人口有限。若妹妹是个男子，那倒是好的，学问又好，人又周全，又细致，又仁义，若是能把这家业交予她去打理，那真是千妥万妥的！只可惜她是个女子，不得抛头露面。"

"我也是这样说呢！不过近日里我左思右想，她虽不得抛头露面，只不露面也使得。那抛头露面的事，由你和薛蝌出面即可，她只在家里商议，出主意，想办法，却是极妥当的。只是她是未出阁的闺女，自家爷们都要避讳，诸多不便，出面管生意实在勉强。"

薛蟠想了一想，心里忽然灵机一动，猛然有了主意，笑对薛姨妈道：

"妈这么一说，我倒有个好主意。薛家正是两难之时，妹妹断不可离家。若只是没出阁不能管家，那是极容易的！只叫她招个倒插门的女婿，长长久久留在家里，又顾了家，又顾了母亲，又得了终身依靠，岂不两全其美？"

说着，笑指指宝玉住所道：

"子丑寅卯，万宗归一，到底还是金锁只待有玉的配，方是注定的金玉良缘！这几次三番的凑巧，眼见得都是往这金玉姻缘上凑，我们顺应天意，正是大好的事呀！"

连笑了几声，薛蟠又道：

"再说了，妹妹管家，本就是父亲当年的意思，留了两方印在这里，重大事务，我和她双印准了方可行的。"

薛姨妈听了，略想一想，不禁满面浮起笑容来，笑对薛蟠道：

"你这主意倒是不错，一辈子只这几句话还像个人。这么多提亲想说你妹妹的人家，我一个也不合意。一方面是我的私心，横竖拖着，舍不得她嫁人。另外也是家业考虑，把她嫁与这些侯门大户，嫁哪家就姓哪家的姓，哪怕她八字再好，飞黄腾达，那钱也是夫家的，拿不来薛家。即便她开枝散叶子孙满堂，子孙也不能姓薛呀！到底是别人家的，于薛家的门楣则无大益。若果如你所说，倒插门，孩子是薛家的姓，你也生几个她也生几个，这薛家就真正兴旺起来了。现如今，一切都是现成的，就是这样行。又振兴了家业，又可夫妻和睦，也可堵住人家的嘴，免了人家在背后嚼说你妹妹。只不知道她本人的意思如何。"

"母亲何不问准了妹妹，过几日，娘儿们再细细商议罢，我先去了。"

薛姨妈点点头。那薛蟠也不等薛姨妈开口，急急忙忙又出去了。

第九十七回

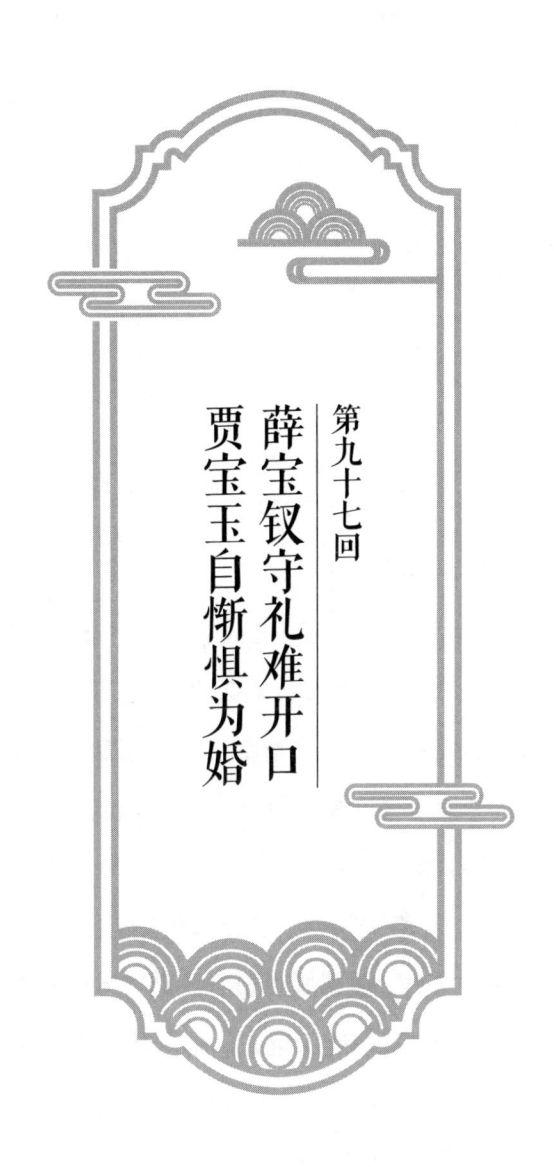

薛宝钗守礼难开口
贾宝玉自惭惧为婚

薛姨妈将养了半日，下午便与宝钗商议家务。

薛宝钗自那年大观园内抄检，自己要避嫌的，便搬离了大观园。在家所见家计萧条，新嫂不贤，便把女儿的骄娇之心逐渐放下来，远离大观园，舍弃了过去的种种人情、爱恨、诗词、玩乐，一心以家业为重，侍奉母亲，帮衬家务。不想自己不惹是非，那是非却一再上门。

当日军炮轰隆，薛宝钗就知恐是贾府的衰音，与母亲兄弟商议，需防患于未然，速速搬离贾府。借宝琴出嫁的由头，收拾自家在京的两处房舍，一处离贾府不远，小小十几二十间屋，将薛蝌宝琴兄妹安顿在那里，一应出嫁的准备都在那里进行，也因宝琴毕竟是叔伯女儿，避免她在薛家正房正堂出嫁，方是正礼。另还有一所出色的房舍，离贾家四五里地，只有两家仆人看守，前厅后院俱全，后院正房之外又有左右两个院落，当中环抱一个精致的小花园子，有小小一座假山，小小一个水亭子。薛蟠薛蝌雇了工匠们日夜赶工，细细收拾，待收拾停当，找个由头便回明贾母搬出去的。怎知还未收拾完工，贾母当众开言，将黛玉许了宝玉。宝钗是闺中最按节守礼的女儿，面上哪里会改色，忙不迭恭贺贾母王夫人宝玉黛玉

第九十七回　薛宝钗守礼难开口　贾宝玉自惭惧为婚　187

等，心内失落之感，却静悄悄在心里一个小偏僻角落潜滋暗长。如同三人共作一篇长赋，妙语警句不断，正在喝彩处，忽地自己被夺了笔去，他二人共拟传世之赋，自己出局在外，只能在角落默默诵读。这宝黛之婚，自身之退，原本是意料之中的事，大方随时如自己，竟然也会酸楚难当，却也是意外。正欲黯然神伤，却自我斥责道，贞静女子，心如止水，男女大防，岂可存私心。如此左思右想，更加不愿再去大观园，连探春远嫁，也只去慰藉了一两次，余者所有事务躲得远远的，一面催人抓紧收拾好屋子，探春一嫁，端阳节之前便要搬去。谁想探春嫁礼上竟出重大纰漏，众人回来，礼部就有戒严之意。薛宝钗听闻，大觉不妙，宁可无事也要作有事的准备，忙与薛姨妈商议，匆匆探望了老太太，因贾府大乱，无人管事，也顾不得细说与王夫人管家娘子等人知道，一干女眷收拾了随身细软，也不管房屋尚未完工，事事不妥帖不得便宜，先就坐了轿子往自家房子里奔去。那薛蟠还埋怨薛姨妈宝钗小题大做，一边忙着打听消息。忽听得风声紧急，也觉不好，便把人口值钱之物等通通搬了出去。正搬，军士忽封了贾府，薛家之人亦不得出入，幸而早有防备，薛家大部分人都提前走脱了。一众人蜷缩在自家房舍里，紧守门户，打探消息，却半点忙也帮不到。搬家事务紧急繁忙，薛姨妈在家非要自己倒弄箱笼，高高摔在地上，断了腿。

　　之后贾家凶信不断，先听得黛玉夭亡，不久贾母也亡故了，遗命宝钗嫁宝玉。宝钗听到消息，满心不是滋味。一方面感念黛玉，昔日朝夕相处，惺惺相惜，只一个月不见，便阴阳相隔了！这人生无常，变幻如此！惜这黛玉妹妹身如仙姬，命如纸薄，竟然魂消异乡。宝钗仰头看天，一个人泪流如雨。

　　心内虽亦痛别贾母，然贾母之遗命，宝钗却不在心上。这世间之事难料如此，世人不过是随波逐流而已，老太太遗言乃长辈一方之约，不接受，不抵抗，就让它在那里罢。宝玉连生死存亡尚属大大的未知，遑论其他。命运之数，往往出乎意料，你越拿主意，它往往越不遂愿！宝钗极力不去想它，不理，不看，不期待。

直到众人放出来，薛家方有了尽心机会。薛姨妈因摔断腿，不能亲到小花枝巷去的。薛宝钗未嫁之女，又有遗命婚约在此，身份尴尬，自然也不能常去照看。她只去过两次，见过王夫人等，惊惶凄凉，贫病交际，已非当日之贵妇形象，落难二字，已在身上。宝钗看在眼里，疼在心上，忙打点了无数东西与王夫人及邢夫人平儿袭人等。王夫人等知长贫难顾，也不叫宝钗多来。

宝玉出狱，又在原来贾府服役。宝钗听在耳内，内心既没有伤感，也没有失望，只是无穷无尽的怜悯和不服。使薛蟠救宝玉，留宝玉，皆是不服二字上来。他原本是天之骄子，天资聪颖，脱尘绝世，世间不可多得之好男儿，如何一旦跌入沟渠，便如浊塘野草一般？薛宝钗心下暗忖，绝不可轻言认命，需联合众人之力，还他个本来面目。只要宝玉立业，则众人皆得救了。至于贾母之遗命，倒并不在心上。

这日午后薛姨妈郑重其事，请宝钗房内坐了，说起家务繁难，那二三十处在京的生意，加上金陵及各省的铺面，每月报账都是亏蚀。如今舅爹放外任，风声凶险，史侯入狱，姨爹家也倒了。薛家独善其身，原本不易。为官做宰，薛蟠庸莽散漫，薛宝钗女儿身，皆是不能的，这仕途眼见得无望了。皇商之家，只得把握好经济之脉，以图将来重振家业，偌大的家产，哪能由它日益消蚀！这不过是无人管治，下人不忠心所致。薛蟠无心向此，原也不是经商的料，这家境究竟靠谁撑起来呢？惟有你宝钗一人，自小冰雪聪明，顾全大局，济危扶困，最是薛家的指望，虽是女孩儿，也可仿花木兰代父从军，整顿家业，不仅为了薛家，甚至贾家也要一并帮扶的。

说起婚姻，当年和尚便说，有玉的可成金玉姻缘，虽黛玉许过宝玉的，到底还是黛玉命薄，不能成事。老太太遗命在此，仍是要成就金玉姻缘。趁此紧要关头，就顺势将宝玉招进薛家入赘，二人成婚。宝玉暂时休养身体；这兴家的责任，便交付于宝钗。我日益心慌气短，胸口疼痛，若得如此，也可安心闭眼。

宝钗听妈妈一席话，不觉泪水长流。弃雅从商，理家兴业，羞怯辛苦，她都愿意去克服。不是她，合家还能有谁可担此重任？她愿意为薛家，为亲戚，为自己去担上重担！哪怕非己所求，商不入流，也只得因陋就简了。只是这婚姻的担子，她还完全没有承担之准备，实是想也不曾想过。母亲忽这么一说，甚是突兀，宝钗心内一片茫然，无从答言。若依自己的意思，决计不能如此草率轻易，需自身心内平和喜悦，毫无疑虑，方可作此终身之计。只是自己原是个女儿家，世代的规矩，自己有什么开口的权利？她急得流泪，又不能说什么。

薛姨妈道：

"我知道你最是那懂礼的孩子，自己的婚姻大事，一定不肯开口。只是我家人口萧条，你父亲不在了，同心者不过是我们母女二人而已！我的儿，你不要怕羞，有不愿意，但说无妨。当我只是你的长姐，或是奶妈子，不就有了！"

纵有千万个不愿，宝钗不敢说，不能说，不可说，只得如木胎泥塑一般，低头不语。

薛姨妈和她呆坐了一个时辰有余，那宝钗始终泪汪汪的，不言不语。薛姨妈只得叹道：

"若不是变故，也断不至此。我的儿，只能委屈你了。我商议你哥哥，向贾家的人说去。将来你们儿女成群，拿出来一儿一女姓贾，也就是了。当日老太太常埋怨没有要到别人家的人，这回命根子一般的孙子也要被别人家说去了。只是形势所迫，若老人家在世，她也必是赞同的。"

宝钗还是不答言。坐了一会儿，薛姨妈要吃药，宝钗立起来，唤同喜进来，服侍薛姨妈吃了药，漱了口，扶着她躺下来，宝钗又静坐了片刻，见母亲蒙胧睡去，方回房去了。

回到房间，宝钗连连长叹，纵有天大的能耐，一个女孩儿，她的一生不过如此！任人摆布，不得自主，命如弱水，全凭所容。她出生以来，从来不曾这等烦闷，只觉身上不快，站立不稳。莺儿见宝钗气色不好，忙扶她卧下，忙乱一番，又要出去请医疗治。宝钗止住莺儿，命她寻出冷香丸来，服侍自己服下。宝钗自我调息良久，方渐渐安稳。

待薛蟠回来，薛姨妈便叫了他兄妹二人，商议家务大事。薛蟠自是疼妹妹的，这婚礼一切事务，都在他身上。婚后，宝钗全面管家，打理家族生意。薛蟠负责外面宝钗不到之处，并请薛蝌来做帮手。

商议定了，又叫了金桂来说话。那金桂听宝钗理家，大不乐意，不管不顾道：

"嫁与你们薛家，没享过几天福，家倒搬了几次，惊吓倒得了一大堆。丈夫不像丈夫，丫头不像丫头。今日倒好，女儿骑在长子头上来了！先你们拐人进来，祖宗一样供着，我也不说什么，原不是我的勾当。今日家务大事，你们还要这样倒过来行，我必是不依的！管家，理生意，我夏金桂在娘家也经过见过，你们管得，我也管得！"

薛蟠斥道：

"这是说与你听，不是听你的主意来！你想管我家？只是晚来了十年。当年父亲把家印裁了两份，我和妹妹各一份。这家里的重大事务，我和妹妹说行，方可行得，连妈妈也要听我们的，何况于你。可惜你没早来十年，父亲也留个印与你，才作得数。管家？管管你自己吧，天天专管生事，哪里还有一点子大家闺秀的样子！"

那金桂幽怨盯牢薛蟠，红了眼圈，挤出几滴眼泪来，先是恨道：

"糊涂男人！我与你方是真正一家，如何这等蠢不可救？"

又哭腔大嚷道：

"绿头王八，不是你天天吃喝嫖赌，烂泥一滩，会被女人骑在头上？她们管家，还带了外姓的来，以后这家还有我们的事？你个烂头猪，嫁个猪狗也强似嫁你！我的命怎么这么苦，这今后的日子，可怎么过啊！"

又伸头向窗外喝骂道：

"宝蟾你个死娼妇，丫头瓢子，还不赶紧给老娘收拾行李，这里没我的事，咱们回去种桂花！罢了！离了这坑人谷，化尸场，由她们去发她们的财，享她们千年不死的王八福！都给老娘滚出来，收拾东西！"

一面骂，一面便走出去，赶着小丫头子们打，又叫收拾东西回娘家。薛姨妈见她这等没规矩，气得倒仰。薛蟠宝钗忙上来劝慰。薛姨妈只觉得胸口闷疼，忙直直躺下来，丫头一顿搓揉，灌水打扇，半晌才安静些。薛蟠便要去打金桂，又要写休书与她回去，因也闹过无数次，并不见效，薛姨妈宝钗忙劝住了。那金桂冲进冲出的，收拾一顿，风一样回娘家去了。约莫过了半个月，见无人来接，又自己回来，仍是日日焦骨头下酒，吃完酒便生事，大家也都不理她。

过了几日，薛蟠便去小花枝巷找贾家人商议宝玉宝钗的婚事。贾家一众人衣食不周，早讲不起礼数了，入赘虽然面上不好听，以现在这样的光景，贾家有何力量为宝玉娶亲？便是有钱，新落魄的家庭，也没有好人家的女儿愿意嫁吧？何况是美若天仙、大富大贵的薛宝钗？薛家不反悔已经是天恩了，还计较什么入赘不入赘的？因此贾家之人都喜笑颜开，忙不迭答应下来。凤姐原本想冲出来大声道，媒人还是蜡梅做罢！碍于与宝玉那风化之事，又病得七死八活的，也就强忍了下去，躲在内房不起来。薛蟠又说小夫妻，生养好，第二个儿子和第二个女儿，将来都是姓贾的，着力培养，光复你贾家门楣，贾家人更是喜出望外。薛蟠又道：

"这里地方窄，就让宝兄弟在我家迎娶舍妹吧。我等自会将舍妹提前几日安排到薛蝌那里去住，好日子的时候吹打迎回来，到时定要接了众位长辈过去受礼！"

商议定了，薛蟠又道，一切婚礼琐碎之务，全不用贾家操心，自己会按礼节行事的。众人听了，益发谢之不尽。

薛蟠又说与宝玉听。宝玉听了，双手乱摇，一叠声叫：

"不可不可！我是罪家之子，粗蠢愚钝，不过是个废人。宝姐姐绝代姿容，神仙一样的人品，这天下原本没有好男子可以配得起她的，何况我这样的废物，不仅玷辱了她，还要拖累她困顿煎熬，这实不忍的！"

薛蟠说了几次，宝玉越说越急，便要回去。又说倘若自己拖累宝姐姐，不如自己死了，宝姐姐还可得脱。薛蟠自是惊讶，也知道宝玉心性如此，自己劝不动的，便说与薛姨妈宝钗知道。大家听罢，又是感慨，又是心酸。宝钗想了想，这世间之事多有反转，自己这等委屈，为全大局，顺应长辈之意，反要去说服宝玉。那宝玉不劝断不肯，或真寻死了，众人心思都废了。也只有自己还劝得了他。

正是暮春时分，小花园墙角对称的两树桐花，开得极为古朴典雅。一树纯白，一树微红，风过处，花枝摇曳，压倒了园里一切奇花异草。薛宝钗端坐自己的窗前，手握闲卷，看桐花正好，遥看远思，在悲喜莫辨中，

第九十七回　薛宝钗守礼难开口　贾宝玉自惭惧为婚

似有一些认命的平静。文杏在旁边扇风烹水，香茗待沸。风起雨微，窗纱轻飘，那边莺儿正带了宝玉过来，窗外设的一几一椅，莺儿请宝玉椅子上坐了，将大月洞窗的所有遮拦之物挪开。宝钗和宝玉便隔窗相对，只一个在窗外，一个在窗内罢了。

这是变故之后，两人第一次单独相对。暮春里，大难后，万千感慨，竟不知从何开始说起。

还是宝玉先期期艾艾开口道：

"宝……宝姐姐，我……我一向敬重姐姐，如九天之仙，雪顶之莲，从不曾有亵渎之想。今我更不比从前，乃是个废物。要拖累姐姐坐于涂炭，深陷污泥，宝玉虽废，却不改崇敬之初。若如此，宝玉不愿为人。"

宝钗长叹一声，轻声道：

"再莫说那九天玄女的话，谁人可免俗？少一餐便饥，少一件便冻。你亦知今日不同往常，你家已生变故，那么多要紧的人物，元妃姐姐、老太太、黛玉妹妹等俱已亡故，实是刺骨锥心之事。然你我这些在世之人，莫不要继续生存下去。吾等活于世间，绝不只为己而活。大者为国为家为民，为父为母为亲，小则为名为利为脸皮为争气，为来为去，究竟有多少纯粹为自己？你我那些一己私心，免不得时常要放下来。"

"宝玉愚钝，姐姐如此体贴之教诲，如今我竟不能全懂。经此大劫，宝玉已一丝聪明全无，很多眼前嘴边之事，只是想不起来。"

"不过是一时之灾，若因此而为之困顿终生，如何能算得一生？大不值了！不但自己不值，那些因护你而殚精竭虑，乃至赔上性命之亲人，则更不值。"

宝玉慢慢低下了头。

"而今我家生意萧条，家计日益衰败，需得我三两个为儿为女之辈，力挽狂澜，重新整顿，不被这世俗洪流冲散方好。尔之家，衰败如此，若无你我婚姻相连，立业兴家，薛家如何名正言顺多加照看？尔又能拿得出什么来照看汝之老父病母？既暂时拿不出，如何不力争前程，免其饥寒？贾家不可永久沉沦，何日能重振祖宗荣光？何日能再入当日府邸？宝玉，不可妄自菲薄，靠你，靠贾家子孙奋发图强，避免那百年望族流散之灾，这方是大事业，亦是你贾宝玉一生之命。"

"我实非成器之料，不可玷辱了姐姐。"

"是与不是，总要尽力一试，方下定论。我今生全力助你，你将养好身子后，须尽力方好。只要你不辜负你自己，不辜负这些人，我本一介女流，襄助于你，成就这一番事业，也就是我之大幸。"

"只怕我不是那有出息的，耽误了姐姐。"

"这原本也无妨。你既心有疑虑，我亦未曾准备好，婚姻大事，岂可潦草。我们只成婚成礼，大家守礼相待。三年为期。三年内若你我互相成就，则可互托终身。若三年过去，仍是如此不堪不睦，不生不死，不尽不忠，那只好你行你的阳关大道，我闭门自守，干净一生，自然也是好的。"

"姐姐，何必为我陪赌上你自己。"

"形势如此，必当如是我也才能存心立命。你也休要多言，身子调养得也差不多了。我们下个月初二开始，还是原来起社的老时间，每日谈讲一个时辰。再过一阵子，我俗务渐忙，你就惟有自己多读书了。"

宝玉满眼含泪，一半是感激，一半是自愧，低头端起茶杯，泪水滴到杯子里，溅起一小圈水花。薛宝钗满心的眼泪，脸上却淡淡笑着，轻抿一口茶。苦得很，一股苦意流到心里去，她看向那满树的桐花，心里叹道，再好，又如何呢？

第九十八回

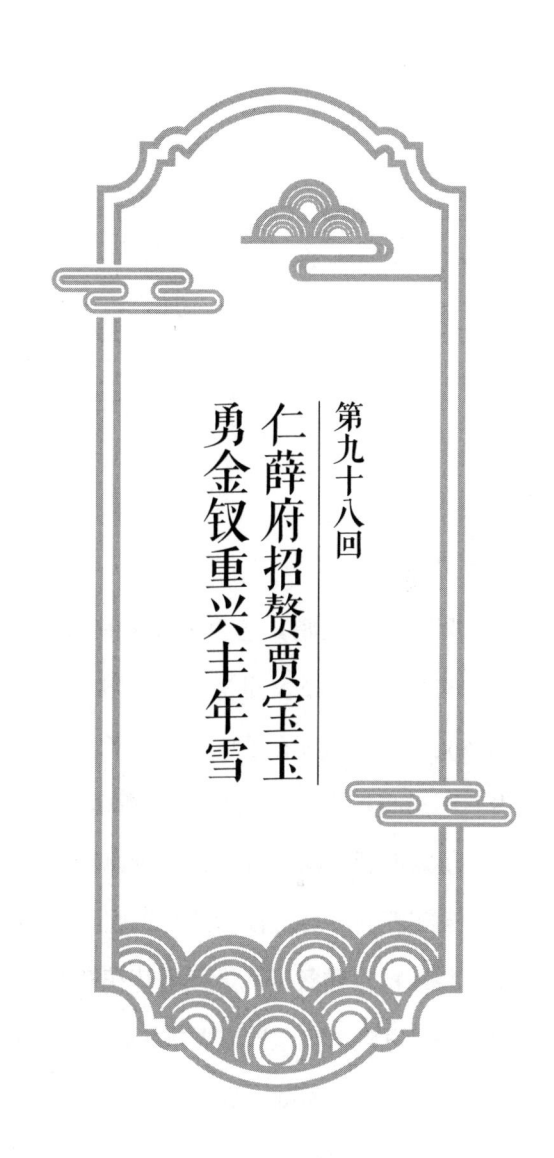

仁薛府招赘贾宝玉
勇金钗重兴丰年雪

薛家招赘女婿！这等风流又有些怪诞的喜事，又发生在"丰年好大雪"的薛家，招的又是怪事连连败了家的贾家公子，自然成了京中趣闻，想必又有一场热闹看了！有好事者连摆酒的日子都打听到了，薛家到底富贵，不过是招赘，还大摆三日酒宴：第一日贺郎，男家摆酒。第二日拜堂，女家摆酒。第三日礼成，公请两家亲众。

　　到了五月，薛宝钗提前几天住到了薛蝌岫烟处，除一切礼仪光彩之物外，薛蟠特特准备了九十九乘花花杠轿，上盛世上所有陪嫁之物，红红绿绿摆满了庭院。虽是自家财物抬过来又抬过去，排场到底惊人。

　　五月初十日贺郎，薛家治酒请贾家宾客，到席者寥寥。

　　小花枝巷住的人自然早就到了，贾政等原本想低调行事，落魄如此，还不悄悄地么？奈何薛家一片真心，郑重其事，也是免得将来宝玉抬不起头的意思，只得依从薛家之意，大张旗鼓办起喜事来。王夫人久卧在床，也挣扎起来。只有王熙凤因服役回家后，去王家寻女未果，家常贾琏不仅冷淡她，简直怒目而向，邢夫人也对她冷言冷语，行动不待见，母子二人背后说起凤姐，直接以"酸辣子"代称之。其他人虽不怎样，毕竟做不了

第九十八回　仁薛府招赘贾宝玉　勇金钗重兴丰年雪

主。凤姐原本要强，霸道惯了的，哪里受得这样的鄙夷，又想不出反击之策，急火乱蹿，下红之症又急又猛，便卧病不起了。宝玉大婚，他们原本有丑祸之嫌隙，这样的场合，何必出现？她自己也不欲在此场合与众人相见，便留了她和平儿两个不曾参加婚礼。贾珍父子因有逐宝玉之旧怨，也不好意思来，只叫尤氏婆媳道贺。也曾打发人去请过李氏贾兰，早借口身上不好没来，礼都没随一份子。

之前来往贺吊的那些王孙贵族，因贾史王薛一脉大家都落了衰势，有倒的，有抄家治罪的，有遇不能了之事的，竟无一个能独善其身，旧权新贵自然都要与他们撇清干系，陆续断绝了往来。如今贾家宝玉不过一介平民，自然是置若罔闻了。

贾家的本家，乃至远亲近邻，因见是招赘，且贾家落魄如此，没有什么油水，也都兴趣不大，爱来不来的，便来，也只是打发个孩子老婆子凑数。贾家原来差使的下人，现正为将军府里使用，本都不被重视，晾在一边做粗活，将军使用的都是自己原来熟悉的仆人，贾府旧仆个个战战兢兢，拼命巴结新主子，巴结不上的，哪怕是隋家管家管事的有脸面的奴才巴结上也好，只生怕被赶了出来。一众奴才忙不迭要和原来的贾家划界，又怎会凑热闹来吃婚酒。那些散了的奴仆，大多也不存良意，形同路人，来贺宝玉的也只有寥寥几人。

特特请的，除了小花枝巷的长辈外，宝玉特意交代请了贾芸红玉夫妇、金文翔茜雪夫妇坐了一席，待为上宾，多加礼遇。那张材之子张维祖，在宝玉服役期间多有照顾的，也特特请了他来坐席，与出了府自行过活的茗烟扫红几个一处坐。

这世间的人情冷暖，只这婚宴下来，便清楚明白。贺郎之日，若是当日的贾府，则流水席从贾府里面起，直开到十里外也摆不完的。而今却是冷冷清清六七桌席面，便交代了。

宝玉依着主婚人等的引导，一路行礼，招呼长辈亲朋。行完礼，坐在王夫人身边，细看王夫人，忽然崩溃大哭起来。众人不知就里，也不懂他为何大哭，只来劝解。却不知宝玉是看自己的母亲，往日衣着华贵，半新不旧，头上身上，珠宝珍稀又不显眼，正是贾府正房夫人身份。而今珠宝衣物尽失，儿子婚礼上，穿的是薛姨妈的不怎么合身的绸缎衣裳，戴的是三两件急就章的钗环，越发寒薄勉强。宝玉看在眼里，痛在心上，不由得大哭起来，无人劝得住。众人见兆头不好，便搀扶他去后面房歇息，酒席也就含糊而过了。

第二日一早，宝玉换了吉服迎宝钗。因已将养这许久，外面看上去，恢复了七八分神采。大红缀珠镶宝金翅帽，大红绛丝团花缀锦袍，大红金玉束带，大红朝靴，胸口束大红绸花，骑高头大马，面容俊俏，气宇非凡，引得众人喝彩。贾芸林金红牵马导引，连同薛家亲友及众多生意上的人，大队的人敲锣打鼓，沿途鞭炮轰鸣，喜迎宝钗。街两边看热闹的人众多，一路围随到薛蟠门首，闹了许多规矩，方让宝玉等人进门。媒婆喜娘众人引宝玉进内房，宝钗大红吉服，戴贾母遗留的头面，已披了红盖头在那里，莺儿在一旁伺候，一色大红嫁衣，金装绣裹。媒婆喜娘又在一边说了无数吉庆话儿，宝玉请了又请，宝钗方得起身。薛蟠背了宝钗上花轿，宝玉便头一个上马，接亲的队伍在前，送亲的队伍围随花轿在后，再后面就是那九十九乘杠轿，装载世上所有陪嫁之物，大红绸结层层叠叠的大红花，杠轿两边缠绕，一路花簇簇往薛家而来。接亲的音乐执事和送亲的锣鼓鞭炮沿街齐响，一时热闹非凡。

到达薛府，两队鼓乐大吹大擂，喧哗震天。宝玉先在中堂等候，宝钗在千万人簇拥下进门，到达正厅中堂，拜天地，拜父母，夫妻对拜，宝玉

第九十八回　仁薛府招赘贾宝玉　勇金钗重兴丰年雪　199

宝钗入了洞房。又是无数琐碎仪式，宝钗方坐在大红装饰的床榻之上。除贴身丫头外，其他人不得进婚房来了。宝玉则在外迎候亲友。虽也都是薛家的亲戚为主，并没来几个像样的达官贵人，到底热闹不同。

宝钗正在婚房内静坐，忽然来了一人，悄悄握她的手。宝钗一惊，细细一看，那是湘云！宝钗不可揭去头盖，只得仍低着头，伸手去握湘云的手。

原来湘云嫁与卫家为新妇后，贾家事败，卫家人知湘云与贾家亲厚，公婆及叔伯等长辈之内人都来嘱咐她，须远离贾家，这不是冷眼狠心之小节，而是兴衰风向绝不可大意。湘云刚嫁入卫家时，原本是心直口快的性格，又不太会看眉头眼尾，在这复杂藏掖的卫家一众女人中间，大显异类。进门不久，处处碰壁，处处被掣肘，大不如意，只得转而小心谨慎，强忍着不多言多行。幸卫若兰爱湘云如珍宝，处处维护，时时提点，湘云方觉旁人如何都可作浮云观。应对所有外人后，只待二人同处之时，饮酒谈诗，抚琴邀月，浅唱慢和，确是神仙眷侣。湘云的针线原本是极好的，既嫁卫家，终究不用再做史家活计了，只用心思在夫君身上，便可精描细刺，件件精品。卫若兰的衣饰点缀之物，自此件件出众，精美了得！卫家女眷们见了，也顾不上孤立她，都找她来学，湘云原本大度，自然不分上下彼此，人人都得指点的。湘云在卫家内眷中的人际关系，终于找到了一个缓坡，逐日缓和下来了。便是叮嘱她不可与贾家来往，也开始多少有几分真心实意了。

今日宝玉宝钗大喜，湘云原本早几日就要来帮忙，卫家长辈不许，湘云反挨了一顿说。今日来贺，湘云不管不顾要来，幸而卫若兰肯陪她来，便无甚大碍了。

湘云拉着宝钗的手，先是大声恭贺，末了又哭又笑道：

"宝姐姐，到底有今日！"

宝钗紧握着湘云的手，不敢哭花了大妆，只得眯着眼睛忍住。两人拉手坐下来。湘云慢慢道：

"到底还是宝姐姐，最终是你在危难之中替众人照顾宝哥哥。要替老太太、元春姐姐、林姐姐、众位姊妹谢你。"

宝钗是新嫁娘，不能多语。湘云以为宝钗默认，又道：

"你真是情深义重！哪里是义重，是你根本无须如此！我知姐姐定有力挽狂澜之力，只是太委屈你。姐姐，我知道你苦，希望你的苦心有终生好报。"

宝钗轻轻点头。

湘云又道：

"我知道，林林总总，最大的变数是宝玉。若他立身扬名，撑起贾薛两家，则姐姐做的这一切，都有回报。我只希望你们夫妻和合，二人共力拨开迷雾，不枉逝者之义。"

宝钗这才放低声音，悠悠道：

"宝玉本是世间少有之绢，是随意涂抹丢弃，还是让它成为稀世珍品，都在画功造化上。如今乃是成败之大关节，舍我一介女流，换取二族之复兴，也是平常。云儿，还是你明白。"

两人手紧握着不分开。湘云哭得一塌糊涂，宝钗只是忍着。

外面难得来卫若兰这样的正经上台面的客人，薛蟠及狐朋狗友等人早已众星拱月一般。宝玉也不说被他射中过的事，堆着笑敬酒。戏台上锣鼓喧天，门口鞭炮不停，贾家薛家霉了这许久，似要在黑暗里爆开一条光明大道，重拾荣耀。

深夜，客人终于散尽。宝玉回房，宝钗的盖头也在吉时揭去。两人灯影里相见，说不出来的疲累。丫鬟婆子早在前后安排妥当，宝钗卧室在最里，中间隔着莺儿文杏服侍丫头的床榻，宝玉则在外间炕上。虽然在一个大间里，只是帷幔隔开，却是井井有条、泾渭分明。临睡，宝玉进来和宝钗说话，宝钗道：

"宝玉，前途艰难，我俩今日起便要奋起了。不用急，我总在这里的。"

宝玉笑着滴泪，向宝钗作了一揖，道：

"定不负姐姐心意，生死两团圆！"

新婚夜，两人两张床，心思如那夜浓云中月，在黑云中穿行，总是走不出黑暗，最终在遥远处被黑暗吞噬殆尽。

第三日放开请亲朋，来的人比预想的多，许是大家觉得这两家还有些盼头，也是祝福之意，一堆人挤在一处等吃新娘茶，放了赏银在茶碗里，又热闹开戏吃酒不提。

待过了一月，宝钗便请了薛蟠薛蝌贾芸贾琏四位男子，隔着纱帘商议，将所有的生意列出，摊开利弊。薛蟠大咧咧不肯管这些琐碎事务，只要知道家底多少钱，自己可以支领之数，其他一律交宝钗做主，自己仍旧在外面乱忙。贾芸家中有花木生意，原本忙碌，不得专门在薛家供职。因他深知生意内情，又忠心仁厚，便做了薛家生意上的智囊。薛家有事便请他来商议，讨教于他。他自己想起些什么事，也时时肯来，又或帮衬宝钗收集些行情内幕，或罗列些生意规矩给宝钗选用。薛蝌和贾琏是专职在宝钗这里听差的，商议了月例银子每人二十两，外头的事都由他们俩出面。第一条便是请些生面孔的人来，布置暗访所有的生意铺面，领头的便是照顾过宝玉的张材之子张维祖。一边暗访，一边打听市情，汇总了呈报给宝钗。宝钗一一记下各处情况，便商议薛蝌贾芸贾琏等人，一铺一法，厘清策略。如此整理了两月余，一切妥帖了。宝钗便命人请在京外省所有三十五家铺面的人，九月初一日来薛家赴宴。哪家铺面来哪些人，开了单子一一知会。

这些生意原本都是薛家的本钱，且皇商的名头是薛家祖上所有，如今主子呼唤，不敢不来。大家在院子里坐了席，只上茶水茶食，不上酒菜，也不见薛蟠、薛姨妈出来招呼，正在疑惑。内厅向院子的门大开，里面挂着纱帘，帘内端坐着一人。众人正疑惑，薛蝌出来拍了拍手，大家静下来。帘内的宝钗朗声道：

"请诸位掌柜员外安！吾乃紫薇舍人之后薛宝钗。因父亲早故，母亲久病，家兄不惯生意零碎俗务，家里商议了，自今日起，委了我来监理家中生意。各位的房契、租约、本金票据均有家兄与我之印鉴，方可生效，我之名，诸位并不陌生。今日我与各位商议生意大事，原也不算突兀，只是女流之辈，无才无德，各位皆是有学问有见地之人，不见笑女子无见识方好。"

大家早知道薛宝钗之名，聪明美貌，才嫁了人的，今生意大权在她手里，不知道她出来唱哪一出？那薛蟠原本是最糊涂的，数也不识，一切都是容易的，各方家人管事的，都能一手遮天，早已互相串通，成了例了。今一个女儿家，是否有些厉害之处？新官上任三把火，是要叫齐大家来开刀？大家心里一凛，相互对视，又都洗耳恭听。

"今日请大家来，有几件大事要说。头一件的，往日各处有事请示商议，我父兄率性少理，各位无处投奔，问账房，问薛府内管事的，乃至问家人老苍头们。若左右问不着，索性不问，自行裁定或搁置便了。如今有薛二爷琏二爷日日在此，与我一同总理所有生意事务，众位无须再问其他人了，有事只向他二人说话，小事隔日必当回复各位，大事则三日内一同商议。

"各位，往日我母子们在家闲聊，感叹良多！当年家父在世，比现在还多的店铺生意，哪一处不是声誉畅旺，利润滚滚？自我父去世，十年有余，盈利则每况愈下。只拿旧年为例，勉强打和的有十六处，亏蚀一十九处，处处告艰难。我等原是皇商，别人没有的好货物，我们有；别人不能做的生意，我们能；别人拿不到的好价钱，我们唾手可得。我们多数是自家铺面，租金就省，人也都是老人居多，论资格论规矩，都是没的说，别人请都请不来的好伙计，我们都是现成的。如何处处亏损，个个关张？"

宝钗顿了顿，抿一口茶，众人鸦雀无声。

"今日并非要与各位互道艰难，也并非要寻谁的不是。只是生意消蚀，长此下去，大家的饭碗都端不住。也不耽搁大家吃酒，尽快就事论事吧。

"诸位同为我一家生意，有多久未曾见面？互相还认识否？各自在哪个行当上的？生意上是否有互相联络，沟通有无？今日各位坐的席面，南北行药材行的一处，金银当铺一处，粮油的一处，布匹杂货的一处。今日起，大家已经认识的互相加深情谊，不认识的速速认识，各行当上推选一个德高望重者领头，从此大家联络起来。正如当铺行当的张德辉张员外，年高德厚，为人公道妥帖，又极是行家里手，推了他作当铺行当上的领头人，就妥当得很。这并非多此一举，我说个例子给大家听。七月十三日，大京裳从其他布行进了高成色暗万字蓝里绸，共计三百六十两，五两银子一匹。同样的货物，连样板都在我这里，大家可以看看，我们的布匹批发行薛姚记，七月卖出同样的货物，三两九钱银子一匹。若你两家店铺来往密切，自家店做交易，绝不至于中间少了三成的价。金陵同样的货，因是产地，不到三两银子就有，若大批运上来，三两银子卖出去还有利息。诸位看，我们各铺以后是不是要多些联谊，互通有无？"

众人一惊，这闺女是有备而来！宝钗将布匹样板轻轻掷在盘子上，莺儿捧给薛蝌，薛蝌端出来给大家瞧了。宝钗又道：

"我们虽为皇商，毕竟是做买卖，俗语说得好，和气生财。今冷眼看来，我们这些铺面掌柜伙计一千人，不和气者居多。我已在数月内，安排了各色人暗访诸位铺面，伙计态度良好者少，冷脸当大爷者众。伙计们每月领取酬劳，自然需替主家多揽生意，为何不但不热情，反倒赶客？诸位掌柜不知心中是否有数？"

因命薛蝌将所访之况一一宣读了一遍，不仅京中有访，外省各处都访到了，时间地方确凿，伙计态度记载详细。

众人见宝钗这等细致厉害，不免又大吃一惊。

待薛蝌念完，宝钗道：

"这里三次以上伙计态度不好者，予你们一个月时间改正，规矩不好的，立好规矩；人不好，换人；掌柜的管不下来的，也只能换掌柜。必须面目一新，方迎得八方客，不要以为不在京的我勘查不到，我自有办法监察，勿以身试法。典当行舒恒和舒澈两处尤甚，掌柜张天义、吴作铭，常年不在铺中，却是为何？不过是邻街自家又开一处典当生意，只顾打理自家生意，这边的生意只由他做个样子，便有生意，也往自家赶，可是如此？此等事，若我即刻报官，你二人也轻易不得脱身的。如今便不报官，好来好去便罢。你二人今日便会了账房，限期三日，将你二人账目交割清楚，一分一厘不可差池。你们要再做此类生意也罢，离薛家当铺三条街方许你做。你若不依，所有的证据都在这里，这点子手段我家倒还有，定叫你们后悔不及！"

此二人惶悚，忙趴下来磕头，求宝钗放过。一人说马上关掉私开的生意，痛改前非，求予机会。一人也忙说定从此改过。宝钗道：

"多年如此，薛家根基已损，皆因无人理会，纵容了尔等！若今日还

第九十八回　仁薛府招赘贾宝玉　勇金钗重兴丰年雪

由你们的主意,也是管事的无能了!舒恒行的张业,你虽为张掌柜之远侄,却为人正直,从不与他们合流。这店自然交给正经人才放得心!今日起,舒恒交由你掌柜。那吴掌柜,你何必哭穷,你三处宅子排场不小,也不知道你哪里来的本钱!挪用的银两,三日内若不交齐,也没法了,只得叫了江湖上的朋友去你家讨要!若你还想在这里做生意的,只要你依从我的话,大家便好来好去,以后同行还是朋友!"

那二人羞愧,叩头离席去了。

这里宝钗又道:

"各行的出入定价,都有行市。我翻过半年的账,所有的入货至少高于市面二成,有厉害的高一倍不止!这钱进了谁的口袋?若查起来,多少人难保干净!罢了,事已至此,只好既往不咎,从今日起,再高于市价进货的,撤店!"

众人都低头不语。

"生意上,确要和气生财。那迎春南北行,为何年年损耗严重?不过就是和对面的财记斗法,杀敌一千,自损一千二。两家同样的货,互相压价,你低我更低。两边伙计,互为仇敌,有何趣味?一开始不过是王掌柜的和他家结了私怨,便在生意上斗法。王掌柜的都过世几年了,这仇反倒越结越深,甚为奇怪。今日起,南北行交郭氏兄弟统理。王家的人早已意兴阑珊,便都退出去吧。薛二爷,你明日备礼,领人拜会对面财记,解开恩怨,大家正经各自做生意,岂不两全?"

小王掌柜和郭堂头都出来拱手领命。

"所有店铺的租金,都还是按老规矩入账。现如今,东市虽好,南市更旺。大家还按老价格入账。有吃亏的,有得益的。今日起,无论京中外省,全部按市价调整入账。价格我也基本打听在这里,有大的出入,大家尽管和薛二爷说话。

"那晖良米店董掌柜,为难无处诉,委屈你了。这数年来,明明仓大价好,只是不够本钱周转,眼看的生意,做不了一半,硬生生看着别家大赚银子。你又是个老实人,不愿意转介盈利,世人看不到你的好处,伙计们也垂头丧气。实是为难你了。这本钱若是用到适当的地方去,便是用得其所。何尝不是成堆的银子在我们这里!晖良、金陵舒恒、南市千金,你们三家都缺少本钱周转,去拟个开销议计来交予薛二爷,账房那里有的是银子。以后有好生意,只管来找我要银子。薛家别的倒罢,银子是不缺的,只要它用得其所便可。

"今日初会,先说这么多,耽误大家吃酒了。以后有事,由薛二爷和各位说话。大家务必齐心协力,将这一大盘生意做好。到了年底分红,大家都能有上上份的。我家向来仁厚宽待,赏罚分明,必不令大家吃亏。"

说罢,款款站起来,隔着纱帘,影影绰绰向众位施了一礼,便扶着莺儿下去了。

好酒好菜早已在外面伺候着,一见宝钗说完话,一道一道上来。

至此大家方松了一口气。都知道宝钗厉害,以后既有了怕主,又有了一些盼头。生意家,原本利字当头,有了好领头人,可以赚得钱来,也是生意的根本。大家便存了安分之心,改弦更张,重整旗鼓,脚踏实地做起买卖来。此后生意日渐兴旺,只一两个月便上了正道,也不需多言。

第九十九回

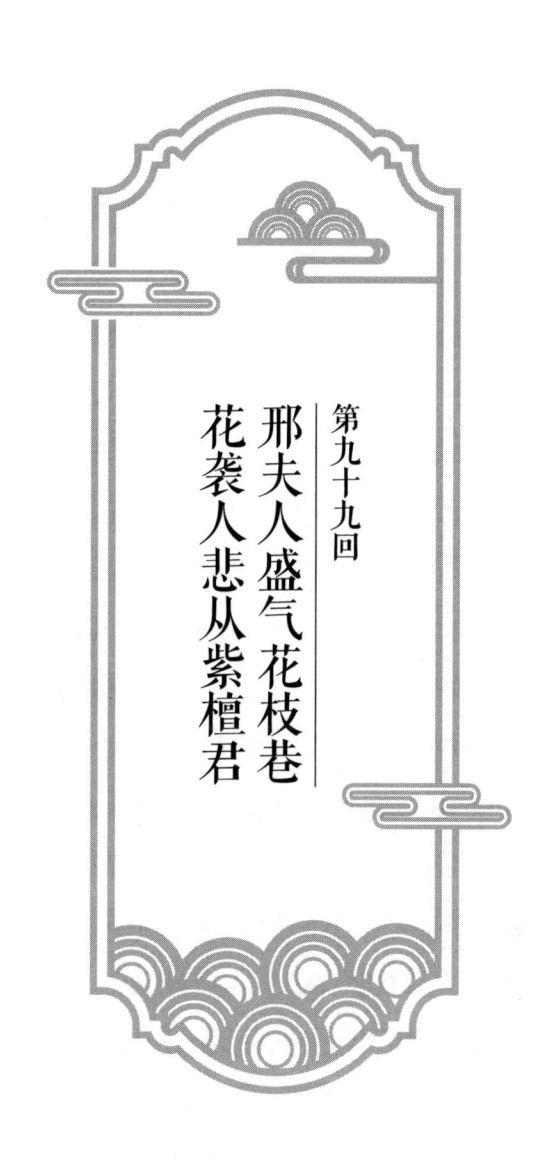

邢夫人盛气花枝巷
花袭人悲从紫檀君

宝钗理事，白天在正厅起坐忙碌，晚上方回房去。宝玉身体已大致复原，日日带领丫头婆子们，细致体贴关照宝钗的衣食起居，十分尽心。宝钗早已将正经学问的书搜罗出来与宝玉，白天宝玉读一篇，晚上二人便谈讲片刻。那宝玉虽不及先时颖慧，却十分听话，记性也还好，短的一日一篇，长的三五日一篇，也都还记得下来。至晚上谈讲，则不甚明了，也不甚有自己的主见，更罔论联系上下前后，各样论述。宝钗日日耐心与他讲解，又知是急不得的，需等待宝玉灵气慢慢回归。只待他逐渐进益，学问见长，作得出文章来，便可延请名师着力攻书了。因见生意日益向好，每月上万银子的进项，宝玉又肯收了过去种种没要紧的胡闹心思，安心读书，一切正如她所盼，便也觉委屈不屈了。

话说宝玉成亲，并不曾将袭人麝月二人带去服侍。当日出狱，袭人麝月皆报的是宝玉的侍妾，方得一同到了小花枝巷的房舍里。宝玉回来后，一直在王夫人的房里搭的小床上挤着，袭人麝月在下人住的厢房里挤在一起，虽也服侍宝玉，隔了数层，又因银钱短少，事事局促，二人也使不上力。年前薛家接走宝玉，并没叫袭人麝月一同去服侍，想必薛家不缺服侍的人。此二人便无得用之处，处境尴尬。只得每日不歇，做些粗活针线。人家不说，自己也知众人嫌的。尤其是袭人，没有名分在这里，真不知如何是好。单是邢夫人赵姨娘的脸色便够看了，又被她们使唤做这做那，袭人麝月也说不得了。

好容易熬到宝玉宝钗成婚，因是入赘，女家为大，更不见有人开口叫她们两个过去。她们哪里想到宝玉宝钗是婚而未婚的，只当实事如此，自己实是被弃用，两人更加不知将来之事，惟有夜夜暗暗哭泣。

宝玉婚宴，大家都被请去，那袭人被挤在角落里，看不见新人。这些繁华热闹，自己沾不上边，连站脚的地方也没有自己的。当然，她只希望宝玉好，宝钗照顾宝玉，自然是好的，至于自己，一个奴才丫头，轻如鸿毛，无人记得，自己能怎样呢？

婚礼回来不久，邢夫人便开始抱怨人口多，饭也吃不上，那些年轻女孩不如学学秋桐，都嫁出去，自己落个终身所在，家里也宽裕些。

王夫人和王熙凤都卧床不能起来，医药饮食也不周，不见好转。邢夫人在家颐指气使，众人也都无法。

一日，大夫又来诊脉，因二人久病，需好药及饮食调养，写了药方，一堆药膳，需得照此而行，方得好转。众人一看，尽是些人参燕窝之类。这若还是当日在府里，倒也不值什么，现如今这等窘迫，当日遭难，大家都只得身上的一身衣服出来，这些时日替换的都是东拼西凑的粗糙衣裳，如今临近过年，都盼着能有新衣裳穿，哪怕差一点的也强于身上的！奈何无钱添置，众人都黑脸无语。今要做这些药膳，还要多次常服，哪有这些闲钱！赵姨娘先就嚷："我不会弄这些，别找我，谁要吃谁来做！"麝月本来就有大半时间在厨房给赵姨娘打下手，赵姨娘坏笑道："不然麝月姑娘来做，或者比我做得还好呢。"

邢夫人冷着脸道：

"大老爷充军苦寒之处，极艰极难，我日日想着去探望，路费无措。尔等不顾别人生死，只要自己方便，还吃这些海参燕窝，心里忍得？"

因叫了贾琏来骂：

"病谁不会？我也天天在床上躺，不也结了！你父亲生死未卜，你们倒都不挂心。你在那边大管事的，不弄点钱来筹措路费探望你父亲，却日日穷巴结，二十两银子够什么的？"

贾琏劝道：

"母亲，薛家刚有点起色，我们需从长计议。宝二奶奶知我家艰难，前些日子不又封了二百两过来？大家将就些，挨过去这些苦时光，以后必定好了。"

"封了二百两，我何曾得了一两！"

"母亲此言差矣。薛家并不是欠我们的。封二百两银子，原是亲戚情分，知我等十余口人在此艰难，弥补救急之意。那医药、柴米油盐，一日三餐，各项开销，哪里不用钱。二百两银子，结往日赊欠之数也不够的。银子都在我手里发放，艰难也只有我知道罢了。待薛家生意大好了，年底算账，有了多余的银子，我们这里就宽裕了。"

"等你到年底，又哪里记得我这个母亲了！家里这么多的女孩子，白留在这里，不但多几个人吃穿用度，人家也没个着落。我的主意，找官媒嫁了倒好，不是打肿脸充胖子的时候，这里也没那么多使唤的地方。"

"这些人都是一起历经劫难过来的人，何曾忍得逐出去？"

"明明年轻女孩子，满是出路，放在这里等老死，你又忍得？我的主意，你明日就请官媒来，三四个女孩子都可以嫁了。"

贾琏不依，那邢夫人发起威风来，满屋嚷道：

"叫你请官媒,那是我抬举你。莫非只有你才请得来?我便没有办法请的?老太太归仙,你母亲我是长房长媳,我说话不算,还有谁说了算?你便不是我生的,我为长,也吩咐得你!"

屋子外的人都来看动静,一问端的,别人还好,袭人先就滚下泪来,麝月忙拉住袭人,平儿丰儿也挽起袭人,走到外面来,一起伤心。邢夫人冷笑道:

"你瞧我说错了没有?还没请媒婆,就自然有对号入座的人!"

又低声悄骂贾琏道:

"可以换得来钱的,你白砸在手里作甚!没主意的种子!"

贾琏无法,只得商议贾政,两三个宝玉的丫头白在这里,一天天大了,不如嫁出去,人家有个着落,也省些用度。贾政也道:

"既然宝玉那边使不着,也不耽误人家的女儿罢。那袭人本来难得的,总是我家没福。"

贾琏听了,只得请了官媒说话。那官媒见了袭人麝月丰儿人品,喜得眉开眼笑,满口只道:

"有有有,多少富贵好人家在我这里求娶。不仅做偏房,便做正室夫人,也是有的。"

又见袭人最出色,年纪也大些,便道:

"看这位姑娘红光满面,气宇非凡,正是鸿运当头之人,你等我老铁嘴婆儿与你带好消息来。"

袭人心如死灰,自己已被弃,命不过如此,嫁出门去,一死了之罢了!便硬起心肠道:

"大娘,花家女儿不与人做妾的!你若有那富贵人家,娶当家奶奶,又拿得来五百两银子作聘礼的,方上得门来。若不,我留在这里做老姑娘也不怕的。"

听得袭人这一口大话，这积年贩人的老媒婆什么没见过？她全不着恼，仍旧是笑眯眯道：

"好姑娘，有志气。这有何难，铁嘴做什么吃的？都在老婆子身上，听信儿吧。"

袭人听在耳里，痛在心中，回到自己房里，倒头痛哭，却也不能哭太久，还有多少活计要做的。

王熙凤听了要卖袭人麝月丰儿的消息，气不打一处来，先是坐在床上，与平儿愤愤谈讲，待贾琏回来，便唤着贾琏道：

"琏二爷，如今咱们不是十分过不去，如何还要卖人？怎么，连我的丰儿也要卖？再卖下去，就该我和平儿了吧？"

贾琏早已不待见熙凤，既不和她同床，也少和她说话，见她居高临下兴师问罪，简直不知高低，便呛道：

"卖的是年轻女孩子，婆娘卖不掉的，你放心罢了。"

凤姐听了，心如刀绞，半晌方回道：

"难为你存心良久。"

贾琏听了，只觉不耐烦，扭头就走。王熙凤哭道：

"我王家的女儿，嫁入你贾家来，不是来沾光的！这些年来一心一计，操心劳苦，不是我说表功的话，样样得体，件件风光，有谁强似我的？大主意，不是我一个人拿！虽也弄些钱，那也不是我一个人使！"

"你还来说这些表功劳的话！别的不说，你单想想现在住的什么地方？正是你作孽之后的幸余之物，想不到吧凤奶奶，如今要在这冤死鬼的屋檐下过日子！"

"这话更不知从何说起，尤二姐在府，我对她如亲姐妹一般。这屋子，还是我封存起来派人看守的。我有何作孽之处？"

"你自己做的事，件件桩桩，你自己清楚。现世现报的，不要连累旁人，我巧姐能不受拖累，顺利回家，就算祖上积德。"

凤姐咬牙道：

"我不过是一时中彀，便事事怨我？"

又怒道：

"今日不与你论么多，只一件，丰儿不能卖，我看是谁的主意敢卖！"

窗外邢夫人接口道：

"我的主意！也不敢吗？"

那邢夫人在窗外听了半天，接口就答。贾琏听了邢夫人在外面，借机见邢夫人，丢下凤姐就出去了。邢夫人犹道：

"也不知你们是哪里来的好日子，还想着丫头婆子们捧凤凰呢？要想有那么大福，得管住自己不犯事，守规矩！"

凤姐低声道：

"站在窗口听壁角，这便是规矩？"

邢夫人听不真，也知道凤姐没好话，仗着自己是婆婆，这里她最大，便又开言道：

"我是劝某人，别天天装病躺在床上当娘娘了。到哪个山头就唱哪个山头的歌！现如今正是用人的时候，不如把当年支使人、讨好人、欺人、瞒人的手段都使出来，一挥手又是万贯家财，大家都享福，那才是好呢。只怕如今算不了别人的账，自己的旧账新账大总账，大家一起来算它一算，才算是好！"

说罢，又向贾琏哼哼数声，又喝丫头们道：

"给我仔细着！"

转身就走。

凤姐气得浑身颤抖，偏丰儿在厨房替凤姐端药端汤水，赵姨娘不待见丰儿，在厨房里叫得天响：

"粥都不够吃，偏在我这里寻这些王母娘娘的仙桃美酒，变出来给你吗？画个符烧给你吗？只怕变出来玉液琼浆，你们不一定有那个命吃的！"

凤姐听了，更气得眼前一黑，晕了过去。平儿等忙来救醒，凤姐心境一片灰暗，病又加了几重，更是起不来床了。

那卖人嫁女的事，自然还是照行的。

不出一月，官媒婆子果然又来了，一进门就向袭人道喜：

"姑娘，就按姑娘的心意，已物色了城外极好的一户人家与你。只青年公子孤身一人带两三家仆人，有房有地，极富贵的。公子生得极好，家事又极简便，上无公婆管束，下无妻妾儿女拖累。过去就是管家大娘子，打灯笼也没处找的好人家，姑娘好福气！我这手头多少女孩儿想嫁去，奈何都比不上姑娘！"

袭人心已死，她岂不知媒婆的嘴，完全信不得的。但这里已无她容身之地，先换点钱，与王夫人王熙凤治病，她们有了钱，宽裕些，于宝玉也有益。想罢，又泪滚如珠。狠命咬牙忍住，对媒婆道：

"别的罢了，银子送上来，再说别话。"

媒婆鬓角的银红绢花笑得乱颤，一叠声道：

"有有有，一文不少。明日他家派女人来相看准了，三茶六礼，五百两银子，少一样，你抽着嘴巴子来问老铁嘴的不是！"

邢夫人等见袭人反为她们争身价银两，都很诧异，但也不曾软了心肠。

几下里商议妥当，第二日，有对方的女人来看，袭人品貌皆佳，哪里有什么挑剔处，一相便准了。三日后便将聘礼送了过来，冬月初一，迎袭人过门。

袭人要嫁了！这才不用她做活，让她安心备嫁妆。袭人只不曾哭瞎了眼睛，身边只有一个麝月安慰。待越来越临近嫁期，想想还是要和宝玉宝钗告别一声的，便回了贾政邢王夫人，请贾琏带话过去，十月十六和麝月过去见宝玉宝钗。

那日宝钗正处置完伙计相打之事，见她二人来了，忙请入房中与宝玉一起坐了。袭人便说明来意，宝玉惊得如雨后蛤蟆，只连声说："怎么会这样！"

宝钗心里也咯噔一声，到底是自己忽略了！当日自己满心委屈，接宝玉，劝他成亲。这成亲，原本是面上的亲，实是为了救宝玉，为了两个家族兴旺，哪有什么夫妻恩情在？哪里是什么婚姻？故此竟忽略了袭人，未曾将她接来。也因不过是面上婚姻，除贴身的两三个丫头婆子外，其他人一概不知，也不想多一个人知道。再者，也不想真正把袭人等接过来，假妻真妾，成了什么体统！只是这些话，如何说得出口？

宝钗忙道：

"袭人姐姐，是我们忽略了。原有不得已的因由在这里，因不便出口，竟不曾说的。还请姐姐原谅我二人！"

袭人只赔笑道：

"何曾有什么原谅的地方。我不过是个买来的丫头，上头安排来服侍二爷而已。今侥幸逃难出来，和大家在此一年多，也是福气。如今那边人多，我白在那里闲着，被嫌弃也是应当的。主子开发我去找自己的终身结果，袭人焉敢不从。"

宝玉滴泪道：

"谁敢嫌弃你了？我不过是在这里用功，不过三四年的光景，必定大家团圆的。如何都去了？都不等我了？"

宝钗也含泪道：

"袭人姐姐，可否还得回转？我与宝玉，在此振兴家业，正是挣命向前之时。你便在这里耐烦一二年，宝玉说得好，到时薛家也兴旺了，宝玉也有了功名，我和姐姐们一同服侍宝玉，为贾家薛家添子添女，延续香火，光耀门楣。现如今姐姐就耐烦在贾家，我们每月送月钱过去，无人敢委屈姐姐。"

麝月叹道：

"聘礼早就下了，只怕大太太早就分得了她的一二百两银子。那边说准了冬月初一，娶正房抬花轿来接，哪里还有什么回转之余。"

那宝玉便大哭起来。宝钗、袭人、麝月、莺儿、秋菱，都哭个不住。袭人哽咽道：

"事已至此，哭亦无益。我一个丫头，好歹死活，都是命罢了。只求宝二爷宝二奶奶，好歹留着麝月。我虽去了，到底麝月丰儿小一两岁，既得了我的身价银子，不急撵她们去罢。流落在外，也不知是如何结果。"

宝钗忙点头，哭道：

"我打发人说去，初二就接麝月过来。丰儿留着伺候凤姐姐。"

袭人知越坐下去，自己越不舍得，只略坐了片刻，便起身告辞而去。那宝玉哪里舍得，拉着不让走。宝钗也进去里面，取了簪环首饰衣服银锭，包好送与袭人。那袭人并无存世之心，便不肯要。众人好歹劝着，麝月帮拿着，方收了。薛姨妈又打发人出来劝宝玉，袭人方洒泪而去了。

谁知袭人冬月初一嫁去城外二十里地的紫檀堡，却是如意郎君，不仅不曾寻死，且是夫妻合和，日子颇为过得。这也不提。

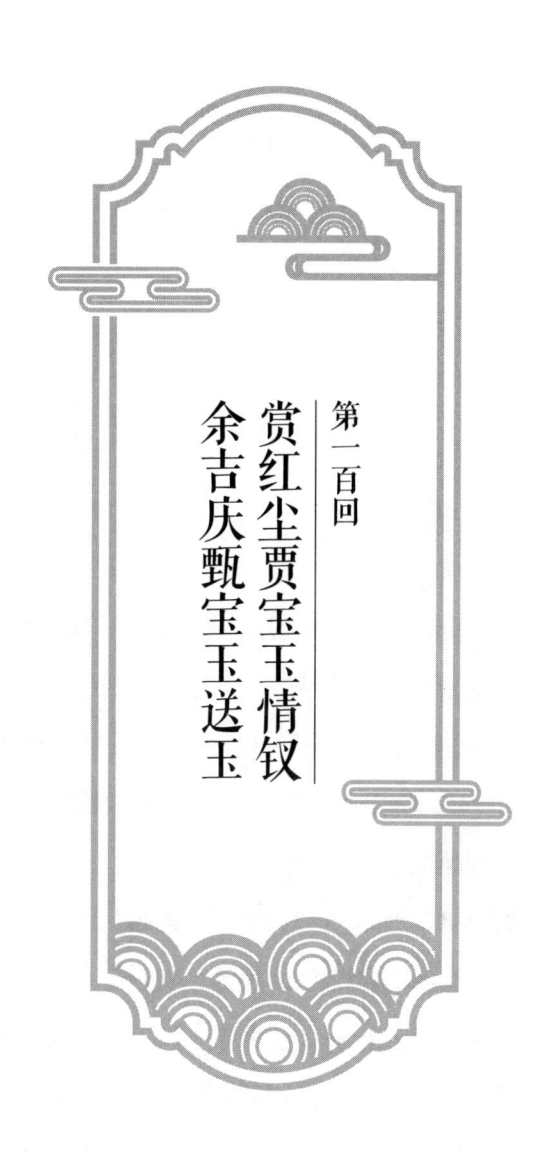

第一百回 赏红尘贾宝玉情钗
余吉庆甄宝玉送玉

年下，大雪纷飞，数日不绝。宝钗忙于各处算账，分年利，送礼送情，薛家人来人往，一派繁忙兴旺景象。算账下来，不到半年的光景，薛家就有两三万银子的进账，可以过一个丰盛年了！宝玉则日日窗前读书，近日贾芸送了几盆极高大极好的梅花来，窗前红梅映雪，清香迎面，正是清雅之斋。有时宝钗会来陪坐，说几句话。有时秋菱会和其他丫头一起进来。那秋菱被金桂逼得连臻儿小丫头也没有了，只能在宝钗房里，算是薛姨妈拨给宝钗使唤的，实则什么也不是，处境低微尴尬。幸宝钗多方庇护，方活出一条性命来。宝玉宝钗成婚后，她因是薛蟠前妇，又要避嫌疑，便自此不单独行动，只跟着丫头们一同服侍宝钗。宝钗在外忙碌，秋菱和其他丫头常进房来，其实也无事可做，秋菱便呆坐，或是翻翻书，算是陪伴宝玉。她在屋内不声不响，益发瘦得可怜，也不作诗，也不多话，时常望着漫天大雪，只觉人生漫长，并无期待。有时莺儿也会进来，在窗前借着光做活，也算是陪着宝玉。若是往日之宝玉，有莺儿温言软语在侧，有秋菱楚楚可怜在旁，定要生出多少事来，各种逗弄体贴不说，明里暗里不知道要怎样出格。只是如今的宝玉，不但失了聪明，也失了情致，他如举业童生一般，只赔着小心咿咿唔唔地读书，惟恐让宝钗担忧分神。只有麝月最懂宝玉脾性，每日定了她贴身服侍宝玉读书。因事事中心皆是宝玉读书，这宝玉宝钗的后院居右，虽有十来人口，却一日里静悄悄的。薛姨妈正房居中，因姨妈久病，脸色虚浮肿胀，双腿无力，身子日益沉重，大雪天更是坐起来也难，服侍的人小心殷勤，也不敢高声。只有居左的薛蟠后院，因薛蟠日日不着家，年下了也不管不顾，且日日支取银子，这边金桂宝蟾在家大吵小闹，讲口斗法，推搡掐扯，十分不安静。那一房的丫头婆子战战兢兢，房门都不敢随意出的。因听得生意红火，自己的用度充裕，全不是前两年的模样，那金桂略安静些，也不再乌眼鸡一般看宝钗了。秋菱躲在宝钗随从丫头婆子群里，金桂也不常看得到，也不便寻到宝钗这边来打，便也平静些。

因贾琏年底有上上份儿的年例银子，又有嫁袭人的银子在手，也宽裕些，小花枝巷里的年也过得去了，各人都添了生活所需。宝钗又命人送了无数东西过去，连王熙凤也时不时扎挣起来行走了，一派迎新气象。

下了三日大雪，又是一派银装素裹的琉璃世界。这日宝钗上午忙完了事，便摆了酒宴在长窗边，与宝玉赏雪。莺儿温茶，麝月烫酒，秋菱在小几上陪坐。宝钗难得心情爽快，长案上摆了真迹，自己摹了一篇《湖洲妙严寺记》，写罢，便觉不好，拉宝玉来写。宝玉手仍微颤，也屏气写了一篇，更不好，两人笑了一回，便坐了，先茶后酒。又谈讲一回当日大观园联句，又说一回宝琴妙玉白雪红梅之绝美。此时雪下得浓密，看久了，事物都似向上升腾。如此美景妙时，正是岁月静好。麝月笑道：

"不如我和莺儿姐姐取些玉米粒来，就在这炭火上爆开，又香又白又吉利，十分有趣。待爆好了，还可以拿来就酒。我们睁睁看它爆花儿，你们三人作诗。玉米花好了，你们的诗也就要有了。"

秋菱笑道：

"爆米花，豆腐花，白雪花，老眼昏花，都不是花，人生意外，大致如此。这本是好题目，我们就作起来吧？"

宝钗笑允了，宝玉抓了抓头，也笑一笑。大家披了斗篷，走到雪当中，当真世界如此洁白无瑕，天地一色，何处染红尘？秋菱只立了片刻，便鼻尖通红，站立不稳，忙咯吱咯吱踩雪往回跑。宝玉宝钗在雪中静立良久，内心一片宁静。麝月在背后高擎大伞，三人似要在雪地里升腾而去。良久，方回房中，莺儿麝月在有盖的大铜盆里爆玉米花，叮叮咚咚，十分有趣。她们三人便要写出咏雪的诗句来。宝钗今日十分高兴，又喝了一杯暖酒，用了点心，便先写出来是：

雪容

素绒新茧向亘原，

容广气博笼山川。

魂洁质本娇无力，

月华江山一片蓝。

宝玉读了，忙忙喝彩。又抓了一回头，写道：

雪仁

萤光照七国，

皑皑灭五烽。

苦寒成霸业，

仁道轮回中。

秋菱也写了出来道：

雪融

轻轻随风卷，

飘零自黯淡。

凛冽心愈洁，

春归化无缘。

大家谈讲一回，自然是宝钗的诗最好。几人都过来贺宝钗。宝钗正高兴，热酒暖心，一一饮了。莺儿又拿了大花篮子来，几人排成一行，抛掷梨形沙包赌胜，自然都有掷不中的时候，一边吃些精美小菜送酒，一边饮了罚杯。宝钗苦闷了一年，终于有了些盼头，心情一松，不想吃多了些，脸红头晕，忙收了杯，已是不胜酒力，软软坐倒。宝玉忙扶着，那宝钗迷迷糊糊，娇弱无力，面似桃花，星目紧闭。几人忙把她扶在榻上卧下，宝玉将她搂在怀里，握着手不放。秋菱莺儿麝月见状都捂着嘴笑了，因也吃了酒，挣扎着收拾了，也在一旁睡下。

夜半，宝钗醒来，见自己在宝玉怀里躺着，忙忙起来，又寻温水喝。麝月原本上夜惯了的，听到响动，忙起来伺候宝钗吃温茶，又端温水与宝钗匀面盥手。宝钗也不惊动其他人，由麝月扶着回里间去了。其他人酒陆续醒些，也都各自回归寝处安歇了，无话。

此后又是过年，各处热闹自不必说。宝玉回去小花枝巷拜贾政王夫人等，也去拜宗祠。众人见他衣着华贵，仆从众多，都侧目而视。宝玉一概无视无闻，也不与人答话，只拜过影，便再不出门。有贾芸等难中友人来便会，余者也不见。

难得有宝琴随夫回京,过来拜年,热闹了几日。因梅家连续外任,总不得在京城常住,姐妹们也难得见面,甚为遗憾。所幸宝琴命运两济,梅家极好,夫婿品貌俱佳,又极和睦的,又有了身孕,各样皆好,不需众人记挂。过了年,梅家又上任去了,又不知几年才得再见面。

过了十五,忽有一人来访宝玉,几经转折,方由贾琏带过来薛家。宝钗隔帘看了来人,自称甄宝玉,年纪和宝玉相若,身形模样极类宝玉,衣着打扮却普通,不是贵公子的装扮,两个老仆相陪,也略显褴褛。那甄宝玉一脸沉静,大方得体,不像寻事的模样。宝钗便安排他们内厅相见,仍不放心,命薛蝌等相陪。

原来这甄家长住江南,原是内府世家,四世显赫,至甄宝玉乃第五代。那甄家原本深得先皇宠信,先皇六下江南,四次由甄家接驾,当中的风光荣耀,自不必说了。那接驾的奢靡耗费,也实在惊人,因四次由甄家总领接驾事务,这淌海水一般的花费,皆由甄家筹措。甄家深知皇上爱惜自家名声,既不想言官置喙,更不愿史家恶评,故各项奢靡过分之举,皆由甄家出面办理,银两花销,也由甄家出面各方筹措,后以甄家孝敬之名,行各项奢靡铺张之能事。先皇既享受到排场受用,又无须过度消耗国库,乃是名利皆不损的风流大快事。只苦了甄家一家,外面好看里面苦,一家之力,如何能承受如此巨大的消耗,先一两次,各方募捐之外,自家凡是可以动用的财力,都用上去,勉强支吾过去了。再有两次,则东拼西凑,窘迫不堪,不仅公账上露出马脚,连自家的财务也难以支撑了。面上的账还好算,大抵不过是寅吃卯粮,债台高筑,毕竟有来有去,皇上自会宽容,寻便则安排肥差与甄家设法弥补,既不紧迫,也还有法可想。那说不出的账目,却是更磨人的,皇上出巡,随行的亲从众多,王公大臣,京官近侍,内外男女,各路人马,因想万岁爷出巡,耗资巨大,那总领之人还不是大赚特赚的？既有好处，那些摸得到的，谁不想分一杯羹？于是圣驾下的宠信之人便都向甄家伸手，这个也要，那个也要，钱也要，东西也要，人也要。甄家一个也得罪不起，谁都要应付，又不可上奏，只得自己担了，不仅筹募之银赔个精光，连家底都赔上了。当中最厉害的，当属太子。那太子品行不端，早已惯常伸手向这些有钱近臣要这要那。甄家早已被太子纳入肥肉一类，每每索要无度，甄家被动和太子来往甚密，早已被视为太子一党，有苦难言。甄家接驾先皇四次，太子更是得了搜刮的机会，不仅借先皇之名各处索要无度，飞扬跋扈，大行特权，还逼迫甄家等各近臣效忠，敬献财宝美女。每次南巡，太子便享受无穷。苦了甄家不仅人才尽损，还被冠以太子一党。后太子被废，即位的新帝却和甄家来往最少，又最忌太子一党，这甄家是出了名的太子麾下之党羽，各样私弊之事皆有耳闻，皇上新登基，大有不满甄家之意。各路臣子一早揣摩出皇上之意，都不替甄家说好话，只挖坑使绊子。加之甄家内斗，互相呈折揭短，皇上心生厌恶，这甄家的日子便不好过了。这一二年，正值皇上清查历年亏空，甄家首当其冲，立即便要赔补账面上明明的历年亏空。这亏空是用在先皇身上的，说不出道不明，也拿不出实实有力的账目证明来，皇上又不体恤实情，又不再予甄家肥差弥补亏空，甄家大窘。又因甄家老一辈才干优长者俱已亡故，加之人丁稀少，新任事者不到两年也早逝故去，再任当家理事之人才既不继，经历又缺，虽竭尽全力，谨小慎微，仍每每应付不来巨大差事，皇上常斥之不成器。后只因一极小的僭越之罪，便被查封了家产，一并回京治罪。

　　甄家和贾府乃是世交，数辈多有来往，两家极亲密的。被查封家财之前，甄家闻得风声不好，忙进京找门路，又带了财物来京转移到亲友家中去。光贾家就寄存了五口大箱子。转年元宵，甄家佳节上被抄家，凄惨苦楚。几经周折，案情跌宕辗转，末了皇上只命甄家赔补所余亏空便罢，余不追究。甄家人为保命，也顾不得了，将各处偷偷转移的资财能挪的皆挪回来赔补。当时贾家也正在查抄中，甄家便呈上一表，云有财物在贾家寄存，求发还一并填补亏空。圣上命甄家理了清单上来，发与礼部核对，对得上则发还甄家。辗转到冬季，五口箱子便发还到甄家在京之所，那是圣上特赐的甄家仅剩的一处院落，十七八间房舍，两拨仆从。甄家所有之人，便在这里安顿，也算未被连根拔起，只甄父枷号追赔亏空，余不及也。甄家得了贾家索回的五口大箱，财物均不少，当面便将值钱之物均如数上缴予押送之吏。清点箱笼时发现多出一个璎珞，上有一玉，大如雀卵，灿若明霞，晶莹剔透，五色花纹缠绕，正是贾宝玉之通灵宝玉。甄家也早听得贾家之事，听得贾宝玉之玉丢失，之后便败事累牍，却再想不到玉竟在自家所存的箱子里！何处想得到来？甄家虽已困顿，却乃世代仕宦名门大家，深明礼义的，见贾家之宝遗落在此，理当立即还回，一来拾物不可瞒昧，二来也望贾家重得家中珍宝，从此运转，谋得重兴。此刻，甄宝玉怀揣通灵宝玉，正等贾宝玉出来相见。

那贾宝玉不知何事，听说有故交来访，宝钗打发人请他出来，便兴兴头头来到内厅。迎面见了甄宝玉，正如照镜一般，便吃了一惊，施礼见过了。甄宝玉自我介绍，那宝玉只觉脑内灵光一闪，仰头一笑，边让座边道：

"也不用说了，年少之时，神游贵府，已在梦里见过了，你是甄兄不是？"

那甄宝玉也微微笑道：

"神往已久，今见贾兄，果是闻名不如见面。今日造访贾兄，原非唐突，有重要东西在这里。"

说罢，从怀内小心翼翼取出一个小包，双手捧与贾宝玉。那贾宝玉不解，接过来打开一看，竟是自己失落已久的通灵宝玉！贾宝玉哎呀一声，如罹雷殛，捧玉的双手止不住颤抖起来，失声长唤一声：

"玉啊！苍天！"

薛蝌忙去扶宝玉，那贾宝玉并不狂躁，只握紧通灵玉，泪落如雨。他勉强别过头去，用袖子拭去眼泪，一边归坐，一边忍泪问道：

"甄兄如何得此宝玉？"

甄宝玉道：

"当日我家危难之时，存箱五口在府上。去年元宵，我家事败，几经转折，回京闲住。因年前发还箱笼，却见兄之玉在箱内。年节完后，我即来拜兄还回。"

那贾宝玉眼含泪光，答道：

"我与兄都遭横祸大劫，人生无常，痛失所有。世上乏回天之术，兄虽送还此宝物，愚弟已无命存身，奈其运何？不知兄将来有何高意？"

甄宝玉沉静答道：

"先救父命，再振家业。此生当不平坦，惟有逢山开路，遇水架桥，粉身碎骨，在所不惜者。何谓清高，何为出世？原本人在世上，为亲人家国生死罢了。自此不复幼时形状，躬身克己，勤谨为人而已。想兄重得灵物，有贤妻内助，必当奋力翱翔，前途不可限量也。"

贾宝玉听在耳内，苦痛涌在心中。转了话锋，千恩万谢了甄宝玉。又道同在京中，约定将来必多往来。贾宝玉又议定登门拜谢之语，薛蝌又取了谢礼之金出来，推让一番，强与甄宝玉老仆拿了，甄宝玉便告辞而去。

薛宝钗见甄宝玉去了，方过来内厅，只一照面，那贾宝玉眼中精光熠熠，唤宝钗道：

"宝姐姐！"

宝钗一凛，往日那宝玉回来了！

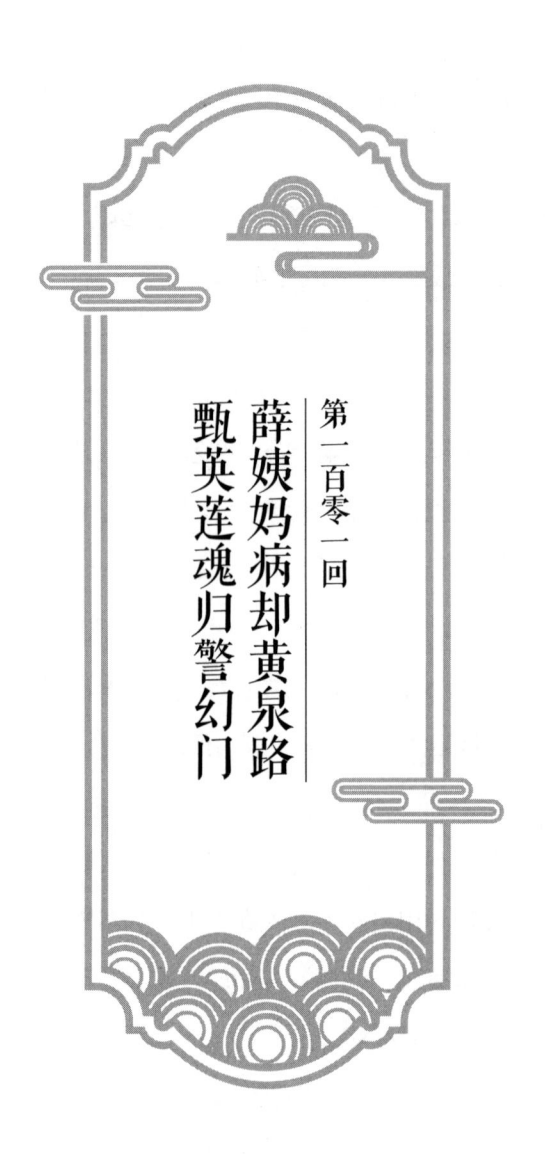

第一百零一回
薛姨妈病却黄泉路
甄英莲魂归警幻门

贾宝玉重获通灵宝玉，如狂风暗夜中的海上点起一座灯塔。一切的一切，不消片刻，他都想起来了！

他似长长一梦醒来，如入烂柯之山，只一醒，世间一切都变了，变成他最不想要的人世。

林黛玉，这个世界上最心爱之人，业已飞升而去。此茫茫天地，他已落单。孤身一人，大可不必再踏足这凄凉人世。

回想送别探春至今，自己是如何活过来的？为何要活过来？为何如今苟且流落？他成了自己不想要的自己，满身尘埃，蝼蚁一般苟且于世，于国于家无望，如今竟然还拖累自己最敬重的宝钗姐姐。罢了！宝玉成亲后，早已不戴项圈等物，便将通灵宝玉放在贴身的荷包里，那是黛玉的针线，抽身出门就走。众人忙拉住问道：

"二爷哪里去？"

宝玉不答，心里只是道：我不留在这里连累人就是了。

顶头见宝钗进来，只得站住，千言万语，不曾说得，只叫了一声：

"宝姐姐！"

仍旧要走。

宝钗见宝玉眼神炯炯，神色坚毅，那正是往日之宝玉！想必是得玉之故。这玉之福祸，仍旧纠缠交织！失玉罹难，被接来薛府之后，宝玉从不提黛玉，哪怕旁人说起，他亦似无知无闻，宝钗已大觉蹊跷反常，今日想来，必是失玉之故。今玉又重逢，宝玉神智回归，黛玉仙逝之悲怨，怕也是难散的。

宝钗心里的担忧翻腾不已，口内忙问道：

"二爷这是要去哪里？"

宝玉向宝钗拱手鞠躬，也不答言，便走出门去。薛蝌等忙跟上去，宝玉已走到街上，众人忙扯住问道：

"二爷，你要去哪里？"

宝玉挣挫不已，只道：

"岂可留害于宝姐姐，让我走了！"

众人一听话头不好，赶紧抱的抱，拉的拉，推进门去。那宝玉被众人撮拥回外厅，宝钗也不避人，立在内门，忧惧满面。待宝玉站到面前，宝钗轻声问他：

"宝玉，哪里去？"

宝玉拱手答道：

"宝姐姐，宝玉一无是处，空心朽木，于世人无益，何苦连累宝姐姐。废物即有废物该行之路，该去之处。"

宝钗正色道：

"如何一无是处？对于贾薛二家而言，你是宝玉，众人的命根子，如何是废物？这世态炎凉，众人皆如蝼蚁微尘，需得你救之于溺。"

"罢了，我何曾有过力挽狂澜之能。我不过侥幸生于富贵之家，寄生数年。如今亲手毁了这富贵荣耀，死不足惜！我有何脸面在这里享受温柔富贵，假装读什么圣贤书，怀什么对姐姐的非分之想！姐姐也当速速驱了邪祟为是。"

宝钗厉声道：

"宝玉！我们是拜堂成了亲的！一女岂能嫁二夫！你想就这么舍我而去？让我终身落空？"

贾宝玉如遭重击，面色悲戚。宝钗又道：

"我岂不知你心里难过，我岂不知你心里有林妹妹，三年五载，十年八年，你自炼心魔，并不会有人催你。之前失玉，你尚且知大局为重，今通灵宝玉傍身，钟灵毓秀之气维护，正好参透生死大关，逃脱小我之悲喜，出于云泥之上，如何也不说，也不试，也不仁，也不义，甩手就走了？"

那宝玉大哭起来，口内说道：

"我对不住姐姐，对不住大家，我……"

宝钗不等他说完，便去拉他的手。宝玉似过电一般，更加羞愧，正又要哭，同喜同贵从里面一起跑过来，上气不接下气道：

"宝二奶奶，宝二爷，快快快进去瞧，老夫人不好了！"

众人一听，又是一惊。宝钗忙拖了宝玉进去瞧，只见薛姨妈口吐黑水，气息微弱，已不能言语。宝钗忙吩咐薛蝌：

"火速请王太医！"

薛蝌忙去了。又吩咐同喜同贵，赶紧安排婆子们进来，替薛姨妈洗澡更衣。又吩咐人，立即去找薛蟠回来。

宝玉见宝钗虽冷静利落，手却在颤，知道此生死离别之时，宝钗心神悲戚，却又只剩自己一人撑住不能倒，孤单无援，凄凉可怜。宝玉心内一凛，心想何必此时抽身？让她悲上再作离痛大难？不如先放下自身之悲怨，慰宝钗现时之悱痛，惟此时自己还能尽微薄之力，护宝钗之柔软。想毕，便神色坚定，直在宝钗身边站定，暗暗扶住她。宝钗知觉，看宝玉一眼，心怀感激。

一时太医急匆匆赶来，一摸脉，薛姨妈已经去了！

众人大悲。幸而已穿戴整齐，装裹停当，即停床举哀。宝钗哭得死去活来，又不可不理事失了体统。幸而宝玉一路搀扶帮衬，她强扎挣着安排丧仪大事。待各方都妥帖了，只是找不到薛蟠。派了所有人满城能找的地方都去到了，薛蟠如消失了一般。宝钗回想最近薛蟠常不在家，银子支得淌水一般，心下警觉起来。不知是遇何难解之事，或被歹人胁迫，或是花天酒地忘形？

求问金桂，那金桂一顿痛骂："不是人的狗杂种，自己的母亲死了，家都不回，撞鬼遭瘟的！"只是乱骂，并不知道一点消息。又骂宝蟾，又想起来了，高声叫骂秋菱：

"秋菱贱货，你个白虎星，扫把星！作死的娼妇！不是你在家闹不和，你大爷会气得天天不着家？老奶奶在世就要卖了你个贱婢，知道你就是一个搅家的祸害，如今奶奶去了，你还有脸活在世上？别被我碰到你个瘟神，老娘定要一把揪死你陪葬！"

众人也不理她，还是找薛蟠。直到第三日，薛蟠方自己回来了，见母亲去世，自己未能送终，哭得翻江倒海。众人都来责备他，有什么重要之事，自己母亲病重，还不在家留守？薛蟠也不说什么，只说在城外朋友处吃酒观景，一时忽略时间，多住了几日，不想和母亲阴阳相隔了！宝钗知薛蟠有故事，等众人散去，方来问他。宝玉此时寸步不离宝钗，一来恐她悲痛身子支撑不住，一来有什么遗漏也背后提点。薛蟠见宝钗来问，去了哪里，如何支了那许多银两，可是遇到难事了？母亲已升天，世上最亲者你我而已，有什么为难都说与我们，一同料理。那薛蟠支吾以对，问急了，只说自己做的是正路事，妹妹不用担心。宝钗益发起疑，便安排人，大爷再出门便跟着。

因居丧，薛蟠不能出门，便在后院宝蟾房里住。那金桂见了薛蟠，痛骂一场，见他不理自己，也不歇自己房内，益发妒嫉气恼。如何宣泄这股无名怒火？金桂想了半日，还是从秋菱入手！秋菱现在算是薛姨妈的丫头，不算薛蟠的房里人，也不算宝钗宝玉的什么人，无依无用的，不如趁乱结果了她！那薛蟠宠过她几年，那宝钗也护她，弄死她，他二人总会难过吧，只要他们难过便好！金桂想了几日，便悄悄叫了在自己娘家当差的姑舅哥嫂进来，嫂子大方在自己房里住几日的，哥哥便寻个空当，藏在花园角落里。

午间，金桂随众人在厅上午祭，锣鼓热闹，又有僧道诵经引导，众人皆在前厅伺候。秋菱因身份尴尬，人多大祭方能尾随宝钗丫鬟队伍出来祭拜，这人少的祭典，秋菱出来被金桂看到，非踢即打的，薛蟠也不阻拦，宝钗宝玉也只能拉秋菱下去。故此午祭，秋菱躲在后厅，焚香暗祷。有粗使的婆子过来和秋菱道：

"二爷二奶奶吩咐了，命你去花园水亭子里坐着，等他们来有话和你说的。"

说完走开了。

秋菱有些疑惑，却也不能不去，只得往花园里走来，顶头遇见金桂的丫头小舍儿，抹着眼泪过来。秋菱本不想惹事，那小舍儿自己向秋菱道：

"姐姐，他们又无故打我！"

秋菱知她跟着金桂，日子可怜，忍不住安慰她一番。小舍儿便问：

"姐姐哪里去？"

秋菱便说去花园。小舍儿便道：

"刚才二爷二奶奶吩咐你去花园里的？我都看到了，你赶紧去吧。"

又把手上的手炉递过去给秋菱道：

"风大花园里冷，姐姐快去，把手炉拿着。我再去拿一个给我们奶奶。"

说罢，硬塞给秋菱，回身回去了。秋菱便不再疑惑，拿着手炉一径往水亭上来。四下静悄悄的，外面厅上钵鼓声正响。秋菱站了一会儿，便坐在水亭栏杆边上等着。冷不防背后有人早躲在水亭僻静处的，悄悄摸过来，用力一推，那秋菱原本得了干血之症，又极怯弱，自家花园里，也不曾防备，只一推就扑通一声跌落冰冷的水中。秋菱慌忙扑腾，又欲呼救，顶头有人用脚踩在她头上，出不了水，秋菱忙用手去抓，那人力气奇大，手便如蚍蜉撼树一般，只有挥舞的份了。秋菱不停呛水，拼命挣扎，奈何众人都在前厅午祭，无人听到，也无人撞破，那人狠命将秋菱踩在水下，可怜她一世命苦，自幼被拐卖，被折磨，被欺侮，最终还是丧在妒妇之手。一缕青烟随风散，半丝荷香归故里。那踩压秋菱入水之人，一脚踩在秋菱头上，一脚踩在后背，直到秋菱完全没了动静，方扶着亭柱起来，全身已湿透。望风的女人忙引导他往夹壁上走，再往外一闪。约莫也无人看到，便从偏门悄悄溜了出去。

午祭未完，众人忽见门口站立一个异样和尚，神似当年送冷香丸药引之僧，边上立着一个道人，似游道多年，污秽憔悴。宝玉宝钗也在厅内间看见，因在法事中，也不好去问来历。那一僧一道也不进门，只在门口侧边默念。一时法事已完，回看那道，已跪在正门，手里作抱婴之状，又哭又笑，空搂着什么，站立起来。宝玉宝钗使人问去，那僧道已转身而去，口内念道：

"金陵生死两茫茫，世路坎坷泪汤汤，今日孽满归去来。甄英莲，汝休惧，父在此，同看顾。送汝归幻境，梦醒达真无。"

僧道边歌边行，声音凄婉决绝，令人毛骨悚然。宝玉宝钗知必有异，宝玉忙赶出去，二人已在两条街之外，一时便寻不到踪迹了。宝玉只得怏怏而回，因悲哀异事太多，只得丢开手，胡乱吃了饭，宝钗在内间，宝玉在外间歇午。

两人均有一梦，秋菱在梦里和他们道别，自己乃金陵甄家之女，因五岁上被拐子拐卖，十三岁卖与薛家，如今父亲在门口来接，从此别去了，不必问因何而去，也不必挂念。

二人猛然惊醒，宝玉爬起来便要去找秋菱，已经有人跑进来回，秋菱在花园池子里溺水而亡。

宝钗忙拉了宝玉出去瞧，秋菱已被打捞出来，本来瘦得一握，被水一灌，竟然粗大起来。宝钗忙止住宝玉道：

"不要看！"

宝玉已经看到了，又惊又恨，大叫：

"香菱姐姐！"

薛蟠薛蝌金桂宝蟾等人也赶了过来，那薛蟠大怒道：

"大冷天，她如何去到这池子边上！淹死在这里！这原本是我房里人，跟着我也未曾享福，如何就这样死了！"

一边大叫蹊跷，便要报官严查，又要传件作验尸。

那金桂宝蟾也假意哭泣道：

"女人的命啊呜呜……"

宝玉恨道：

"好好一个香菱姐姐，被你们作践摧残，连立足之地也没有，乞化一般，跟着我们也就罢了，还不放手，非要置她于死地！她便长久在这里悄悄活着，也就罢了，碍你们什么了！狠毒如此，人心皆是肉长，如何如此泯灭良善！殊不知，人在做，天在看，万事报应不爽！他日阎王与你等算账，方知道厉害！"

薛蟠听说，低下了头，看着秋菱停在薛姨妈旁边的灵柩，大哭不止。那金桂哪里肯依，大喊：

"贾二爷！你要替秋菱出头，我们也自然没话说，一家人，原是都舍不得她死，论理她是你们房里的人，如何处置，原不与我们相干。但你要拉扯我们，便不依你！休要血口喷人，谁谋死了她？有什么人证物证？说这样的话，要担是非的！不是要报官吗？赶紧报，你家死了个丫头，大家瞧着是哪个主子谋的，立马报上去！自己房还是其他房的人谋的，查个明明白白！我看是哪个青天大老爷来断，可还能够像你当年贾家一手遮天，颠倒黑白来？"

宝玉恨道：

"我不说你，你还敢来搭言？平日就是你容不得香菱姐姐，赶得她连容身之地都没有！你当真以为没有王法，治不得你？今日必查个水落石出，若与你有关，必不饶你！"

那金桂就碰头打滚起来，又抓拉薛蟠，哭骂自己嫁的窝囊汉，女人受欺负，声也不敢作。

薛蟠忽然想起自己干的大事业，不可惊动官府，便恨道：

"罢了！是我没福，损失人口。这是流年不利，命犯灾星。也不用扯三拉四了，我认了便罢！"

宝钗道：

"哥哥便认了，我二人也不认。这等不明不白之事，如何不报官？退一万步说，便不让报官，我自有办法查个水落石出，官家不处理的家务事，那就家内来处理。无论查到谁，必当家法处置。押去金陵，祠堂里打一百板子，逐出家门。"

宝钗声量虽不大，却极威严。大家都静了，各自气哼哼走开。

晚间，宝玉向宝钗道：

"我今日莽撞，姐姐竟然不怪，还帮我出头，竟是大感谢你。"

"有何谢处？你我本夫妻同心。这是人神共愤之事，活生生一个人，就这样被谋了不成？谁来谋这如此命苦无害之香菱？除她之外还会有谁？虽则你是急了，却也是真意在这里，正说了我不得出口的话！"

"如今该如何处置？"

"这个不难，只等我细细查访。只是哥哥一听报官就变了颜色，不仅蹊跷，尤觉可怖！真不知他惹了什么难缠之事！需得仔细。"

二人商议一回，各自安歇了，不提。

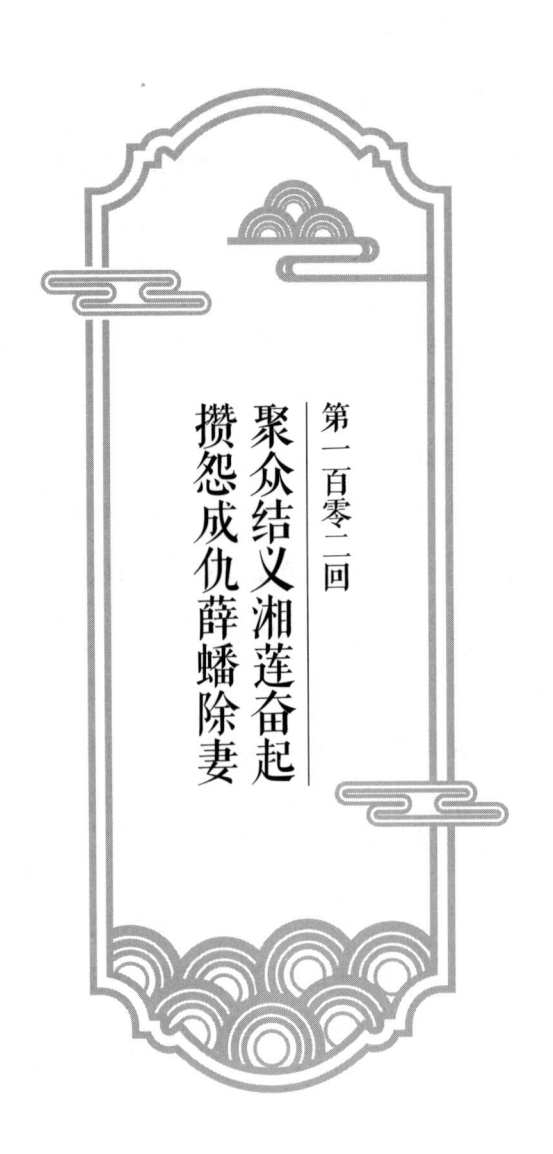

第一百零二回
聚众结义湘莲奋起
攒怨成仇薛蟠除妻

薛蟠居丧在家四十九日，薛家门首，常有人高声叫卖：

"卖山货土产，卖山茶花！"

薛蟠十分留意，一旦有卖花之人来，总要出去片刻。那宝钗叮嘱留意薛蟠行踪之人来回宝钗宝玉，薛蟠确结交卖花之人，但双方谨慎，听不到他们说话。有一次跟踪那卖花之人，竟是一路出城去了。宝钗暗猜不是什么小事了，更加担心起来。

好容易过了薛姨妈服丧期，那薛蟠已是难耐了，便又要出门去，只带了随身的两个小厮。宝钗便派了两个老家人，一路尾随过去。直奔了两天一夜，方到达一处山地，山势陡峭。当中有一隐蔽之峰，半山上一大块平地，千百众在此驻扎，原来是个山寨场。里面旌旗林立，队伍成行，房舍成片，井井有序，千百男子在练武劈杀。正中有一大房舍，乃是聚英堂，正面五把交椅，为首的道士打扮，英气逼人，刚健勇猛，气吞山河，那是柳湘莲。原来当日柳湘莲挥剑出家，得了点化，仗剑天涯，抱世间不平为修行。每行侠仗义，常遇些江湖旧友，或又结识一些江湖好男儿，湘莲一一劝善，点化了众人，莫欺善怕恶，欺侮良民。众人都仰慕湘莲武功高强，道行高深莫测，便延湘莲至一旧山寨。湘莲见此处甚好，终究也要有落脚之处收容众人的，便翻修山场，立了永久之寨，不过是劫富济贫，收容些没有活路之人而已。原不过弟兄朋友不及百人，谁知投奔而来的人越集越多，柳湘莲只得严明纪律，规范队伍，绝不打扰平民，只劫恶霸贪吏。各府各州，开出单子，一两月行动一次，次次得手。江湖上便有了名声，更有人慕名而来。其中有皇宫出来之人曰金镏子，见多识广，深谋远虑，阴险狡诈，武功极高强，为人极豪气的，深得众人拥戴。投奔来不久，他领头做了几票，不仅极其漂亮，且不露痕迹，也少伤人命，大家都高呼他为军师。柳湘莲观察他良久，也极欣赏他的，便任他为寨中二寨主。因名声在外，人已聚集五百余众，二人商议，需先武装起众人，操演起来，日后若被官府知觉，却好抵挡。人涌过来，一时不能做太多票事，需设法筹措钱粮。金镏子又坦诚而言，自己原是贾家元妃身边近侍。元妃当日全宫被灭，自己侥幸得脱，此生再无他念，只要灭吴贵妃报仇。柳湘莲大赞其志，此寨原不过是聚义，若为贾妃报仇，更是替天行道的大义举，则山寨更有了宗魂。又道如此之巧合，贾家二公子宝玉原本为至交，薛家大爷本是结拜兄弟，又说起当日为尤三姐之事出家的缘故。两人交了心窝，原来志向相若，更加亲密起来。柳湘莲便道：

"这装备之费，却倒不难。我想那薛家现家底深厚，不如干脆将义兄薛蟠拉入伙来，共干事业。由他先行垫出器械装备之资，待成事之后，也尽可还他的，就封他五寨主，带账房管理财物。空三四两个寨主位，再在江湖上纳入一二能人，便可成大业了。"

金镏子点头道：

"极是。我们在此起事，一心为贾妃之仇。他们原本是一家的，想必他也义愤填膺，必当助我们成事。"

第一百零二回　聚众结义湘莲奋起　攒怨成仇薛蟠除妻

二人商议已定，柳湘莲择日进城，安排弟兄送书信与薛蟠，自己在一僻静房舍等薛蟠。过不久薛蟠匆匆赶来，见了湘莲，几不曾落泪，忙问：

"兄弟，你这几年哪里去了？你可知我寻得你好苦哇！"

又见湘莲仍是道家装扮，惊讶道：

"你果出家了么？究竟是怎么起的？"

柳湘莲忙招呼薛蟠吃茶，慢慢谈起这几年的际遇。薛蟠听到后来，湘莲落草为寇，吃了一惊。又想起兄弟情分，柳湘莲自不是什么坏人，便又释然，听湘莲说因何落草，有何打算。湘莲便说起山寨之志，便是替贾妃报仇！当日元妃之死，乃吴妃蛊惑，皇上方亲手伤了元妃的命！也是因为元妃倒了，才导致贾家大败，薛家也受牵连。这吴妃之毒，若不报仇，枉为丈夫！

薛蟠听了这番话，果然大为同情，忙问湘莲，有何需要帮忙的？

湘莲道：

"最近新来了一二百人，武器装备无措。我寨小单薄，官兵严谨，这一年只可做几单事，不然就太显眼了。故此钱粮尚无着落。特来邀贤弟做我元平寨五寨主。你原本是我弟兄，义气二字不用说了，最靠得住的，再者你家又是皇商，买些武器装备等事都是容易的。弟若不齿贼道，便当愚兄没说起过，只不外道就好。若弟亦有此宏图大志，便一同手刃妖妃，替天行道！"

那薛蟠哪用考虑，嚷道：

"兄不嫌文龙粗鲁笨拙，特来请我，又为元春姐姐报仇，我有何顾虑，自然惟兄马首是瞻！"

立即和湘莲去了山场，见了众人，行了入寨仪式。那薛蟠自幼未曾做过正事，见此方认为乃正经大事，又从未有人不敬他薛家大少身份，单因义气如此尊重他的，越发受用了。盘桓数日，下山来，支了无数银两，武器物资源源不断运进山去，山场日益壮大。那薛蟠身心都在元平寨上，家里早交了宝钗总理，更又有湘莲授以道德大悟，便连酒色等事也轻放在一边了。

春节过后，山寨已丰足起来，不需薛蟠再出银两，却仍需要薛蟠采买物资，通过当铺等变现一些值钱之物。过了十五，薛蟠便押送物资回山寨。不想走多了几日，回城方知母亲亡故了，连最后一面也不曾见得。薛蟠十分后悔，更恨那吴贵妃。

守丧期满，回到山寨，忽寨中捉住了两个尾随薛蟠之人。薛蟠一看，是自己的两个老家人，便笑了，知道是薛宝钗有所察觉，便叮嘱二人不可说出去实情，并困之于寨中。湘莲等来问缘故，薛蟠便说起家务事情，兄妹情深，又不免道起金桂可恶，不仅搅了一家，近日还伤了秋菱性命。柳湘莲戏言道：

"弟媳如此恶妇，弟若不留，帮你结果她也罢。"

谁知那薛蟠已被烦恼怕了的，毫无情分，竟当了真，想想说道：

"确不中留。结果她倒好，我落得干净，正好做大事。"

湘莲笑道：

"与你取笑的，你还当真了？"

"怎么不真。她气死我母，杀我侍妾，若非我妹伶俐，她早拆了这家。如此恶妇，留她怎的！"

"结果她倒是极容易的，只是弟须三思。"

一连问了薛蟠几日，见他坚如磐石，只得吩咐下去，命几个人换了商人打扮，薛蟠的两个小厮引导，去薛家请金桂宝蟾：

"大爷在城外某大市起了极大的庭院，生意极好，如今各样齐全了，

第一百零二回　聚众结义湘莲奋起　攒怨成仇薛蟠除妻

请奶奶姨娘过去看，若奶奶姨娘喜欢，只管住下，若不喜欢，则消遣些日子便回。"

一顿奉承，花言巧语将她二人哄上轿子，又各自带了丫头跟着。宝玉宝钗见自己派去打探消息之仆未回，大觉不妥，好意阻止。那金桂哪里肯听，且原本是撕破脸的仇家，啐了几口，呼喝众人上轿去了。

出城越走越偏僻，过了农地，到得荒野山地，金桂沿路问小厮，还有多远？又骂小厮，又数落薛蟠。走了一二日，到一极僻静小道悬崖高处，抬宝蟾的轿子往前去了，金桂的轿子放了下来，几个人赶金桂下轿。金桂见不妙，还要乱骂，被一轿夫重物头上一敲，她便眩晕身软，瘫倒在地。这几个人拎起她来，奋力一甩，她便无声无息坠下悬崖，半日方听得闷声一响，摔在谷底。那小舍儿吓得瘫在地上，被一个兄弟背了，一齐回营。

回到大营，宝蟾仍服侍薛蟠，几个丫头给了新进寨的武功高强的寨主。薛蟠索性也不回去，也不放两个老家人回家。不数日，忽又闻得皇上恩准妃嫔省亲，定的日子正是七夕乞巧节，不知真也不真？不知吴贵妃是否在列？便分两路人马打听，一路由金镏子带引，一路则由薛蟠带去。

薛蟠带了两个老家人及小厮一起回薛家，在家之人又惊又喜又惧。喜的是两位老家人离家多日，众人皆担心有事故，却能全身而回，便是一喜。薛蟠多日不归家，现安然而回，也是一喜。惊的是夏金桂等被薛蟠接去，并未同回。惧的是薛蟠行踪诡异，交接不明，可惧可疑。那夏家之陪房等人见薛蟠来家，金桂宝蟾等未回，忙忙报信与夏家。

这边宝玉宝钗见薛蟠归家，忙请入房中说话。薛蟠安排了伙计人等探听消息，便来宝玉宝钗处。宝钗已觉不祥，厉声问薛蟠底细。那薛蟠哪里肯说实话，乱扯一气，破绽百出。逼急了，便说原是城外偶遇柳湘莲，去了湘莲所在之邑，支了银子买了房舍家伙，大家一起同住。因柳湘莲出家了的，不便见诸人。如今金桂宝蟾皆安顿在那里，以后便不常回这边了。宝钗哪里肯信，薛蟠赌咒发誓，不会连累妹妹、妹夫。宝玉宝钗也无法，只得叹息忧郁。宝钗又说已查访明白，秋菱应是金桂姑舅哥嫂所害，于情于理，都应报官。即便无死证，哥哥不愿报官，也要小心金桂为人。薛蟠哼了一声道：

"看她现在还往哪里耍威风去！"

宝钗听这话中有缘故，越发急了，问道：

"你把她怎么样了么？"

薛蟠只说：

"接过去后着实打了她一顿，已经老实了。"

正说着，夏家来人问金桂等如何不见？薛蟠也照之前所说：今日来探家取家伙的，路程遥远，女子不便奔波，这回不曾一起来，待大年大节是必回的。夏家人哪里肯依，定要见金桂等人。薛蟠笑道：

"我取了货物家伙，后日便回，不放心的只跟我去罢。"

那夏家果真留了两个人，便要跟去。薛蟠也不推辞。

至晚间，宝钗宝玉叫那两个跟去的家人来问，那两个家人吃了吓，不敢说实话，只说大爷确和柳爷在一起谋事，境况不错。宝钗忙问坐落地名，做何买卖？二人诌不出来，只说不知细节。宝钗便吩咐后日不许大爷出门，家里的门都关上，少说也要他在家待个一年半载方可。谁知当晚薛蟠探准消息，第二天清晨悄悄出门，便出城去了，宝玉宝钗措手不及。宝钗忙嘱咐各处，大爷支银子暂时不准支，即刻来报。又再三逼问那两个家人，猜得一鳞半爪，惊出冷汗，忙想有何对策，又无计可施，只求不要有大事。

夏家的人见薛蟠悄悄走了，跟不了他去，便去报官。因无头无脑的事，无人理会，也只得罢了。

　　所幸宝钗将生意打理得正蒸蒸日上，照顾得到各方人等。宝玉重获通灵宝玉后，前尘往事，一律想起来了。眼见得薛家危难，薛宝钗各处油煎火熬，便不看往日之情，只看她婚姻前后对宝玉的如此包容关照，便够他贾宝玉终生报答的！于情于理，宝玉皆须暂时放下自身蚀骨之痛苦悲伤，先顾薛宝钗。为让宝钗不操心自己，他也日日读书，只不过偷偷换了学问，只拣上古佛道之籍来读，也不出门逛，也不结交外人，也不与丫鬟调笑，只一心维护宝钗。宝钗偶尔得空，也劝他做正经学问，结交正经朋友，有些不势利的故交，都可走动的。宝玉充耳不闻，只不当面辩驳，闲时闷了，信手写几笔，画一两张，或是打坐入定，闲则去小花枝巷请安贾政王夫人等。

　　小花枝巷的人因薛家之力，已经宽裕了，个人的丫头都添了，赵姨娘也不用亲自下厨了，已请了厨娘，便是当日伺候大观园的柳嫂。柳嫂原本也是家生子，使了钱成了自由身子出来府外自便，听得贾家有起色，请厨娘，便又来当差。只是王夫人的病缠绵不好，那王熙凤气色也差，却日日扶着平儿，又来管家。第一个反感她的当然又是邢夫人，只要是王熙凤的主意，她必不依。哪怕只是菜式口味，王熙凤提出来的，邢夫人必提个另外的要求，厨房左右为难。王熙凤又弄不来钱，又没有什么事可由她施展的，又没有好脸色看，又诸事掣肘，因此处处都是马脚。加上贾琏与她生分如冰，王熙凤大不自在。她想都是自己没钱的缘故，便又想各样主意，四处弄钱。因没有旺儿等人在手边使唤，又已无权无势的，各样都施展不开，只得慢慢找旧门路想发财之道。因和宝玉在案中有不雅之态，凤姐只得避免见到宝玉，便偶尔遇到，也低头而过，一句话也不能说的。这也不在话下。

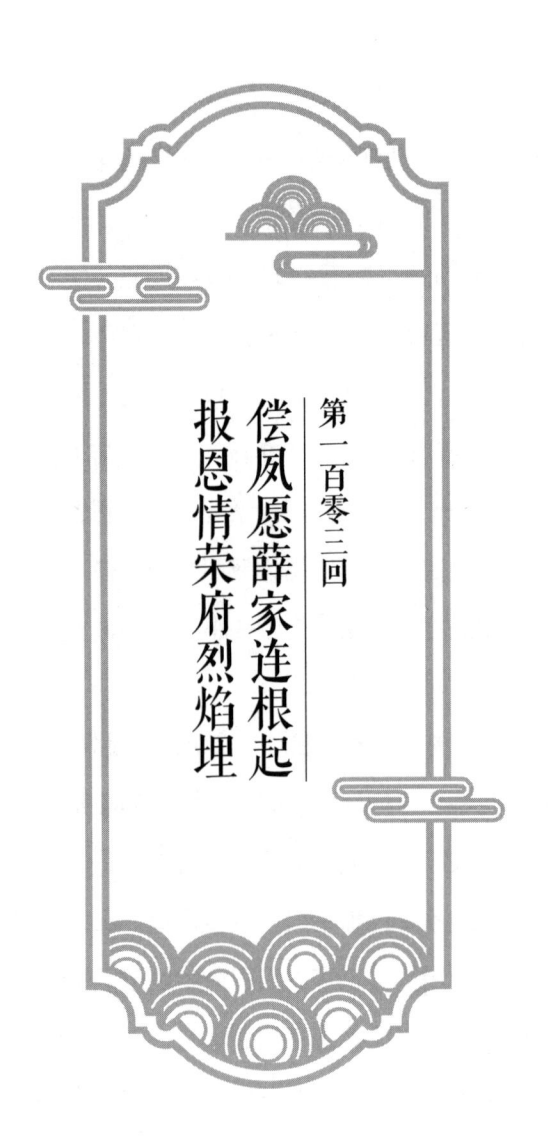

第一百零三回
偿夙愿薛家连根起
报恩情荣府烈焰埋

且说元平寨两拨人马四处打探省亲之事，那吴贵妃原不在其中，后又加在省亲名单里，也费了一番周折方探得明白。一得知吴妃省亲，满寨踊跃。端午后，寨内再不出击，只是厉兵秣马，操演武艺，只待终极一战。

那吴贵妃家世早已不如从前了。第二次省亲，无力再建新的省亲别院，便还是在第一次省亲之时城外起的迎凤馆内再次省亲。元平寨之人探准消息，早将迎凤馆地形坐落前后左右摸得明明白白，连后花园的偏门都绘了位置在图上。又设法打听当日省亲的各项秩序规矩。摸完底细，又在议事厅商议了完全策略，省亲之处防卫何轻何重，如何掩行踪，何处实战，何处可摸进，何时何处寻吴贵妃，何处取财物，何处撤退，如何分散聚拢，都演练得清清楚楚。

七夕前三日，千余勇士兵分数路。一拨扮成农人模样，各拖着柴草车，内藏兵器，潜伏在外围庄子里。一拨扮引车贩浆之小贩，在街巷穿走。剩余的扮成嫁娶队伍，当晚方来吴家迎凤馆。

乞巧归省，自是妇女之专，都在夜晚，故戌正吴贵妃的仪仗方来。因吴妃失宠，所有礼仪护卫都松松垮垮，凑数了事。五城兵备虽也提前屏退闲杂人等，来的却非精兵强将，老弱之众站队吆喝便算走了过场。省亲当晚，仍旧是站在长街打盹，谁敢来侵皇妃？省亲当日，待仪仗经过，除靠近正门的两三行护卫强撑着精神，一到拐角处往外，个个丢了器械，沿街坐下来假寐。

忽有一大帮娶亲的男女，花花绿绿的，红灯高照，径直往这边而来。守卫正要拦，那帮人却停住了，原是男家女家为争礼，一路吵嚷，恰在回避之处群骂不休，又有几众女客吵嚷之际，竟动手互相撕扯起来，男的见状，也抽了轿杠敲着地面，就要打起来。便是如此混乱不堪，那鼓乐手还不停住，自顾自大声吹擂，也实是可笑。

守卫们正瞌睡无聊，忽有热闹看，便全涌过来瞧。那几个女的扯得衣衫凌乱，春光四泄，不管不顾，只顾乱骂，纠缠撕扯不了。一众兵士更得了趣味，瞄着其中三两个年轻漂亮的花白肉身，窥个不住，大笑鼓掌取乐。

谁知趁黑，扮作商贩那一队人马已经摸到了大门上，靠到极近处，奋力一冲，杀了个冷不防，几乎没有受到抵抗，便将大门的军士杀了大半。农人的那一拨前后门涌进去，一番交战，准备不足的家丁守卫不是对手，有些根本来不及叫便被抹了脖子。哪怕叫得出声的，迎凤馆内外吵嚷，也无人听得到。几百众强人一直冲进去，势如虎狼，见人便斩，内围的守卫家丁原本不多，根本没有战斗准备，哪有元平寨的人骁勇高强，毫无抵抗之力，便做了冤死鬼。众人冲进内院，直杀到戏台边上，戏台上的人见不好，喊也喊不出来，吓傻在地。那骁勇之众已掩杀上来，领头的金镏子一把按住吴贵妃，大喝一声：

"奸妃，还我元妃娘娘命来！"

手起刀落，便将那吴贵妃的头颅斩下！

另一众劫了库房，掳了金银细软。众人井井有条，只一盏茶的工夫，便诸事完毕，摸出最西边的偏门，往外就走。有守长街的官兵终于知觉，围住那街上吵嚷那一帮人，又回过来追杀贼人，又往城门口报信增援。那婚庆的人群岂是吃素的，抽出武器，噼啪一顿冲杀，军士一退，女客鼓乐人等便撤出去了。众人有条不紊，边杀边退，趁黑街巷左右转走，便走脱了。

三日后，几路人马在元平寨会齐了，清点人数，死伤不及百众，所得财物三年也享用不完，众人大喜。因事重大，必遭清剿，寨主们又招呼众人，不愿留寨者领取安家费，速速下山！却几乎无人愿走。柳湘莲便命大家益发谨慎，植树遮屋，潜踪灭迹，一年半载不出动，待风声过后，伺机再联络他寨更举大事。因夙愿得偿，众人日日饮酒快活，也不在话下。

且说半夜圣上听得吴贵妃被杀，吴家灭门，真是光天化日，贼盗蜂拥，侵到皇家来了！那吴妃虽已失宠，外人如何得知，杀之犹如自己胡须被拔，颜面不存，这还了得！心下震怒，即命彻查。

刑部连夜封了吴府，一一审问幸存之人。皆曰盗贼凶横，行动敏捷，黑布蒙面，看不清，不知来路。惟有戏台上的净角供道，贼人杀吴贵妃时，口内喊了一句：还我元妃娘娘命来！

这便是惟一线索了。

刑部一听，又牵扯当年贾家之案！一面奏报皇上，一面又将贾家恩准释放之人一一查了一遍，除出家的惜春不知下落外，其他人亦无异常。那惜春听得在外省古庙存身，一个弱尼姑，似无此能耐。

皇上听得关联元妃旧案，命内务府核查当年跟元妃之人。一查，果金镏子漏网在外多年，将身形外貌说与戏子们听，有几分相似，便知或是他起事。皇上不安，命必访到，绝不留活口。

刑部又找出最近几年的劫案，严查销赃之处，又查大宗兵刃买主，摸了一月余，竟皆指向薛家。再访去，果薛家大公子失踪。二小姐之夫正是贾家之案开端的贾宝玉！

　　刑部知此事非同小可，急忙将贾家前案所有人再圈禁起来，又封了薛家所有院落生意财物，将所有瓜葛之人一律收监。因无证据，恐有偏差，只先将薛家所有奴仆严加拷打，若无所得，立即拷问贾宝玉薛宝钗及贾政贾珍贾琏等主子。

　　这些奴仆都受了极端折磨，一个个全被打得遍体鳞伤，还抹盐喷辣椒水，放毒虫叮咬，大热天架火烘烤，日夜不令睡，两日不给水喝，却让他们听水滴滴声。这几十个仆妇，除了一条命还在，魂都磨碎了。那去过元平寨的两个老家人吃不住，只得将自己所知一五一十供了。刑部大喜。即查封了薛家一切财物人口。这命大的贾宝玉，屡涉大案，竟然又是个清白人，不久与薛宝钗一同被无罪释放，没收了所有的财产仆从，不名一文，戴罪听唤。

　　宝玉宝钗蹇促窘顿，从监牢里出来，凄惨仓皇，无处可去，便只得奔去小花枝巷。小花枝巷的人也刚被审了一遍放回来，惊魂未定，见宝玉宝钗狼狈而来，只麝月是贾家之婢，方不被充公，一起放出来了，跟在二人身边。众人又是大惊，打探消息方隐约得知，原来吴贵妃案，是薛蟠柳湘莲所为。薛蟠牵扯甚深，其家财人口一律充公，薛家已败了。

　　众人又悲又急，正跺脚长叹，蒋玉菡来了。这是他第二次来探望贾政王夫人等人。

　　原来袭人嫁人，正是嫁予了蒋玉菡。

　　当日蒋玉菡结交了宝玉等人，在紫檀堡买了房地，原本不欲再唱戏，奈何忠顺王发了威严，又寻了他回去，便又在王府和戏班盘桓了一二年。

蒋玉菡因终日里愁眉不展，便有了风霜之感，不再如当日鲜嫩晶莹，惹人喜爱。正在此时，班中又新出了两个武生，刚成年出来，高大健壮，俊美异常，名师教导出来的，功夫极佳，人也精灵，更得达官贵人喜爱。那忠顺王便以他们是命，哪里还管蒋玉菡了。蒋玉菡早已少做旦角，可有可无，便也不常在班中点卯，将积年所得都放在紫檀堡，又将房舍重新修缮一番，向官媒求娶一妇，立意过几年安静时日。不曾想娶回去的竟然是落难无着的花袭人。那袭人刚去蒋家，也是终日堕泪，也不说话，也不令蒋玉菡近身，几欲寻死。一日，蒋玉菡打扮齐整，欲出门去会紧要旧友。袭人原不理论，偶瞥见彼所系汗巾，分外眼熟，仿佛是当日自己所有之物，便留心一再看去，越看越像。过日，待蒋玉菡换下那汗巾子，袭人寻方便去细细瞧时，果然是自己的针线，心内猛然一震，竟是天凑旧缘？由不得去向蒋玉菡搭话，细问那汗巾子的来历。言语之下，这才互通身份，一个道：你便是那茜香罗旧主人！一个道：你便是那袭人！不禁大为感慨，携手互诉，交首而泣。那袭人过后细想，原来真有这天定缘分之事！这蒋玉菡虽非良籍，然品貌极佳，温和体贴，自己又是什么好的？不过是贾府弃婢，有何尊贵可言？人家花了数百两银子的大价钱，八人大轿抬回来，却抬回来一个苦包，三两个月，好脸色也不曾见着，竟略无怨言，也实是难为他忠厚体贴了。既有这天缘凑巧，只得顺应天命罢了。袭人想到此，这才回转过来，两人便从此夫妻和顺，同心同德。都是过了孤苦低下时日之人，则格外珍惜这平静安逸时日。袭人挂念王夫人王熙凤等人，自己同蒋玉菡回去拜望过一次，第二次便是蒋玉菡一人来问安的，却再想不到遇到宝玉宝钗夫妇狠狠而回。

　　眼见得贾薛两家摇摇欲坠，众人已是哭干了眼泪，只望天长叹，或面面相觑，也想不起话来互相安慰了，天欲绝吾啊！蒋玉菡见来得不是时候，便欲出城去。众人好歹留着，取了蒋玉菡送来之礼做了晚饭，胡乱吃了，围坐吃茶，谈些将来之计。背着这样的罪名，贾薛二府之人，哪有出路？蒋玉菡便邀宝玉宝钗一同去紫檀堡暂住，消遣些时日，等风声静下来再作打算。宝玉谢了他的好意，也不置可否，惟有苦笑而已。

正在谈讲，外面有人大叫：

"了不得，走水了！"

众人忙走出去看去，火光冲天，几处大火，皆是隋将军府，看位置，似都在原来的大观园里。众人忙走跑过去看时，果然是大观园里的火，几处皆烧起来了。

隋将军府里大门洞开，救火的军民进进出出，看热闹的也往里面涌。宝玉等人也跟着进去，起火的位置便是潇湘馆、怡红院、梨香院及最高的大观楼一带。

宝玉等人紧缩着心，跟着围观的人群走，那几处已经烧塌了，大观楼一带正在燃起来，似乎有人在楼上，楼下一群人围着。宝玉也围过去，那楼上确有几人，为首的，却是那年出家的芳官！

原来芳官当日负气出家水月庵，却不知佛门不易，一进门剃度，也不叫念经，也不叫拜佛，直接就被派做了粗活，整日里都做着极辛苦腌臜的差事。那芳官娇惯多年，何曾做过这些粗重活计，本想出家不过是躲入清静之地，吃斋念佛，却不想是这等水深火热，哪里受得住！三五日便生出悔意来。净虚住持和智通师傅看在眼里，暗暗好笑。又过了几日，命一妖尼悄对她道：

"这尼姑庵里都是女人，做不得活，打不得仗，乞化也得不了几个钱吃饭。你猜得如何讨生活？还不是要靠男人！天下的女人，都是要靠男人养活的，走到哪里，那也是一样！你这个好模样儿，何必做那些粗重活计！我们这里有施主是大财主，偶尔来拜菩萨的，只要我们几个把他们伺候好了，咱们庵里那不是无数的使用？吃香喝辣，绫罗绸缎，金银财宝，那不都是容易的？"

芳官吓了一跳，忙问：

"如何伺候？"

那妖尼哧哧笑道：

"女人伺候男人，你说如何伺候？你这样水灵人物，大户人家出来的，还不懂这个？"

芳官如五雷轰顶一般，心目中的清静之地，竟是如此的污秽淫邪！真是天下之黑，原是一般，无论逃到哪里去，都是黑不见底。芳官一阵眩晕。那妖妇又道：

"呃，你可别打错主意，想着逃出去啊，你可是剃度了的，能走去哪里？白天黑夜，这里都有管束，你是走不了的。"

那芳官虽是年少，毕竟是有见识不怕人的。她假意害怕，回身便走，继续做粗活儿。那智通为迫她就范，益发折磨她。芳官一面做活儿，一面暗暗观察，贼尼在内虽是凶横，却是欺善怕恶，对外无论达官贵人，财主乡绅，乃至地痞流氓，都不敢得罪。这水月庵出名的馒头蒸得极好，有一帮乡村不良少年常来要吃，水月庵众人不敢不给，竟是极怕这些人的。领头那个二十来岁，膀大腰圆，一脸蛮横。芳官心想，也只得以暴制暴了，便在那帮不良少年眼皮下故意累极弱极，引得他们注意了自己，便来答言。那芳官原本伶俐，说话知趣讨巧，又见多识广，不仅极美，亦兼有男子豪气，一伙人马上喜欢，便与她来往起来。一旦交往，这干人只觉芳官大对自己的脾胃，立即视之为朋。见芳官日子不好过，他们便在庵内抖出各种威风来与她出头，不许庵里人欺负她。芳官从此便得了安生。

那领头的日日与她说，还了俗与他做妻去吧。那芳官说，师傅推演的，因有天灾，必要修行方得命，短则三年，长则五年，必可躲了灾祸，再说将来之事。为拉拢这些人，又个别唱些精巧曲子与那头领及几个兄弟听，这些人哪里见识过这么好的喉咙曲调，惊为天人，俱越发喜爱芳官，常来庵中护她。那地藏庵的藕官葵官，也因这些少年护持，倒也不曾吃大亏。

不久，贾家大败。芳官等常去城中探听消息，却一日比一日不好。那贾家已易主，往日乐土之大观园，已归他姓了。又听得宝玉遭罪，正在园中服役，芳官便设法跟了师傅进去园中，因已是尼姑身份，自惭形秽，只想远远看看宝玉，谁知宝玉中箭，已经回去了。芳官溜进园去，各处的丫鬟婆子有一半还在，却被奴役欺侮，衣食不周，大非从前。又见紫鹃憔悴脱形，大不忍心，一同哭了林黛玉一场，二人悄悄约定，彼此联络起来。

那芳官见大观园易主，大不服气，想当年在怡红院，何等欢乐，何等尊贵惬意。何人在此主宰命运，令众人流散？无其他抗争之力，惟有烧掉这鹊巢鸠占之地，方可解恨，也可报答当日宝玉呵护之情分。想罢，她便联合了葵官藕官紫鹃等人，要干个大事，日日行动起来。

芳官知这等大事，不舍身成仁，不会有人卖命。她便咬牙将身子抛出去，与了那头领，又与里面孔武有力者暧昧，惹得这一伙人惟芳官是从。芳官便伙同这些人，附近的几处庙宇里偷了香油，一缸一缸积攒起来，运进城去。紫鹃等早在大观园山子石后极僻静处挖了几个大坑，买通可靠并同恨隋府之人，一缸缸油偷偷运进来，埋在那里。

乞巧节，隋家的女人们在园子里玩了两夜，力倦神疲，数日也不来园里。芳官、藕官、葵官打听得机会，趁机溜进园来，混在洒扫的队伍里，将十缸油分放好。趁暴夏数日火燥，择了一日，天黑之后，将香油淋在了各处目标的房子上,一切妥帖了,一齐点火。

这日天气燥热,又有一点风不时飘动。那久未着雨之房舍浸透了油,点火就轰轰燃将起来。一盏茶的工夫,四处火都蹿上了房顶。众人都来救,不知救得了哪一处。

放火的四人见烈焰高照,原不曾想过活命,便来到大观楼上,这里楼高房密,烧得慢,拖一刻是一刻,希望有菩萨显灵,可以见到宝玉等人最后一面。那芳官在楼顶深情款款,徐徐唱道:

梦回莺转,乱煞年光遍,人一立小庭深院。注尽沉烟,抛残绣线,恁今春关情似去年?袅晴丝吹来闲庭院,摇漾春如线。停半晌整花钿,没揣菱花,偷人半面,迤逗的彩云偏。我步香闺怎便把全身现。你道翠生生出落的裙衫儿茜,艳晶晶花簪八宝填。可知我一生儿爱好是天然?恰三春好处无人见,不提防沉鱼落雁鸟惊喧,则怕的羞花闭月花愁颤。

那火在脚下呼呼蹿上来。芳官等已烟熏火燎,那芳官勉强接着唱:

原来姹紫嫣红开遍,似这般都付与断井颓垣,良辰美景奈何天,赏心乐事谁家院。朝飞暮卷,云霞翠轩,雨丝风片,烟波画船,锦屏人忒看的这韶光贱。

看热闹的人围在了大观楼四周,宝玉他们也总算挤了上前,宝玉高呼:

"芳官,芳官!"

那芳官听到了宝玉的声音！菩萨显灵了！总算来了二爷，最后一面了二爷！我的爷！芳官立即泪流满面，大叫道：

"宝二爷！这世界不成世界，人世不成人世！鬼不是鬼，贼不是贼！主子不是主子，奴才不是奴才！这大观园，风景无边；这宁荣二府，气势威严！为何改了他姓？为何逐去我二爷？府不成府，园不是园。二爷啊，我替你烧了它！我替你烧了它！宝二爷，好二爷！多谢二爷恩情，芳官等心愿已了，来世再见面了！"

说完，又含泪高唱：

遍青山啼红了杜鹃，那荼蘼外烟丝醉软，那牡丹虽好它春归怎占的先？闲凝眄，兀生生燕语明如剪，听呖呖莺声溜的圆！

隋府的人已知道放火的人在大观楼上，听说只是几个女尼，心下大怒，取了一排弓箭乱射。围观的人见势头不好，都轰然散去。那芳官早已中箭，拼命唱了最后一二句，面迎熊熊火光，葵官、藕官、紫鹃也不避箭雨，携手而立，齐声大叫：

"不公平的命啊！"

便纵身往楼下火海里一跃而下。

宝玉看到，一声惨哭。那人群正往外拥，又有隋家的人寻宝玉要拿。贾琏贾芸蒋玉菡等忙拉起宝玉，不许他哭，混在人群中往外走。那梨香院已经烧透顶，火势沿游廊正向当日王夫人住的正房那边蔓延开来。有人叫，赖爷爷拆那边的穿山儿呀！有人喊，主子们快挪东边外府去啊，火过不去的！

第一百零四回
柳湘莲舍身成大义
王熙凤知命强英雄

隋将军家熊熊大火，直烧了一夜方救了下来。原先的荣国府大半已毁。

　　隋家大怒，早朝便呈报上去。皇上一听，又是贾家的干系，龙颜变色，即命严办，立即褫夺了贾政俸禄，将贾家祠堂拆毁，所有贾门之人一律不得用，所有干系之人一律严办！又问剿匪之事。兵部忙回，已紧锣密鼓调集数万大军，昨日起五十里外合围元平寨，不出三日，便有好消息。

　　柳湘莲等也料到官兵迟早要来，依着地势险要，人强马壮，行踪隐蔽，原想尚可抵挡一阵，并遣散非死忠死战者。众人皆不满时世，都愿拼死一战。寨主们无法，只得留下众人，严防死守。

　　不想官府已从薛家老家人那里得了消息，集结数万大军，从五十里远处包抄而至。沿途遇到可疑男子，一律拿下，务必一人不走。到达山地，擂鼓呼喝，欲先乱了元平寨军心。

　　元平寨众人见了满山压顶的官军，不免惊惶。几位寨主还稳得住，忙安排布阵，将薛蟠及女眷等安顿在聚义厅后面的大营里，叮嘱他们战事未完万不可出来。众骁勇之士前后左右分开，四下隐蔽起来，寻机会猛冲。

第一百零四回　柳湘莲舍身成大义　王熙凤知命强英雄

官军却先不攻寨，居高临下，架起大炮乱轰，有打不着的，有打得着的，元平寨死伤无数，聚义厅后的大营早已中弹，薛蟠和一众女眷已化为齑粉。众人又恨又急，慌忙找掩体躲起来，钢牙紧咬，决一死战。官军见寨内不见人影，以为炮火全面得手，一步步围上寨来，进得里面，寨中之人三面冲出，勇猛无敌，杀得官军叫苦不迭，死伤成片。官军忙后撤，众人追上去，却陷入了箭阵，射伤百十众。只得又撤回来，双方僵持。又听得炮声一响，数百骑兵冲入，步兵紧接在后，元平寨里面的人不敢冲出来，被各个围住。哪怕你骁勇异常，也难以一敌十，转瞬便死伤大半了。几个寨主和残余数十人退到聚义厅，欲决一死战。官军狡猾，只围不攻。三日三夜，放火烧，放箭射，又吼又叫。这十数人水米不曾沾牙，熬了几天，按捺不住，咬牙冲出去死绝。谁知聚义厅四围地面已被挖空，壕沟又深又宽，冲出来之人皆跌下去，或被杀，或被俘。只有柳湘莲等三两个功夫好的，纵身跃到围军中，斩杀几十人，那些官军皆散开圈子，弓弩齐发，柳湘莲等人中箭而亡。

金镏子重伤被俘，押上京去，便要审他的幕后指使。那金镏子哪有何说，又有与北静王不睦者，来买通金镏子，教他说是北静王主使，便放了他，与他钱财好处。金镏子笑道：

"除非能让我面圣，方许你说的。"

指使之人怕他面圣说出不利的来，忙悄悄结果了他，将他的口供顺手捏造了，又去掀起风浪，这也不表。

隋家痛恨贾家之人，拆除了祠堂，又将所有贾家之旧仆一律遣散，能交得起身价银子的立即赎身出去，实在交不起银子的一律卖掉，有死都不愿意出去的如焦大等忠仆，就在府内当场寻了死，将军府的人也毫不动容。又歪曲皇命，将赖家、吴家、戴家等原来贾家之仆所有产业皆霸占了去，有点小官小衔的也都被扫了下去。也曾去拿贾宝玉，贾宝玉已逃出城去了，虽似与他相关，又无实凭，也不好明去捉拿，也只得暂且撂下来。

因圣命拆毁祠堂，贾珍贾蓉等原在祠堂安身之人无处可去，只得老了脸皮，去小花枝巷里挤。小花枝巷里也是一片凄惨，因已无进项，大家皆无衣食，连之前托人给贾环弄的衙役的差使，也不许用被退了回来，众人正是要饿死之状，又哪容贾珍贾蓉等人。那贾珍等人抱着祖宗神主牌位，赖在门口不走，三两日下来，也只得放进来。最怨的还是赵姨娘，因所有仆妇皆已遣去，她又要上灶。十几人，要粮没粮，要菜没菜，自己日日蓬头垢面，伺候这些人。当日若环哥有差事，她们娘俩出去住，只怕还有活路。因此大为嗟怨。又想贾家落难至此，自己还做个姨娘，被人欺压，如何使得。便偷买了砒霜，做了一碗羹汤，放了砒霜，要趁乱药死王夫人。羹汤做好放在灶上，待凉些端出去给王夫人喝，自己拿了饼去给贾环。谁知邢夫人正经过厨房，看那羹汤在灶上，便大为光火，有好东西，竟做了偷吃！她端起碗来就喝。虽有点奇怪味道，毕竟是肉汤，她便喝了个干净，回房去了。片刻便腹痛起来，大声叫唤，众人都来瞧她，说是喝了灶上的汤，腹痛无比。接着口吐鲜血，大痛片刻，七窍流血便去了。

众人大惊，一一拷问进过厨房之人。赵姨娘抵赖不过，吓得哭着说了一番来龙去脉，众人见人命关天，又是官非，正值贾家风口浪尖之时，惹不得官司的，便只看着贾政不语。正在为难，邢德全听了信带了人闯进来，还未进门就举棒打门打东西，又要打人。进来大闹大叫，要报官，要抵命，要讨说法，要家私依靠。贾家正在风头之上，如何报得官？只得撕罗邢家。拼凑了仅有的八十两银子给邢德全，又当面赶赵姨娘出门。

见贾政当众亲手将赵姨娘推出门去，贾环在一旁大不乐意，十分舍不得母亲，因见这里也没饭吃，便也跟着母亲走出门去！众人要拉劝贾环，那贾环斩钉截铁，怒目相对，母子二人拂袖就走。

母子二人一心笃定赵家不远，定可以安生的。谁知赵家平日不过是依靠赵姨娘哄赚银子哄东西，今投靠而来，哪里是容他们的，不过半月工夫，二人便被轰出门去，无奈只得流落街头。贾环年轻，无人施舍他，又有歹人哄他入伙偷抢，便舍了赵姨娘去了。那赵姨娘一人在街头乞讨，各处流浪，大雪天冻毙荒野，也无人看顾。

贾家之人刚草草安葬邢夫人，贾赦的死讯也到了。原来当日被冲发到苦寒之地，早在大半年前业已去世，已按律就地简陋掩埋。众人听信，也无可奈何，只得又哭一场罢了。

因又临冬，衣食无着，仅余的几人实在无法生活下去，又带累太多人，住在小花枝巷也是众矢之的，常有旧仇旧仆寻上门来聒噪闹事，乃至常有要冲进门来兑命的。几人商议良久，只得卖了花枝巷的房舍盘缠，打算去原来的家庙铁槛寺住。这铁槛寺当日为宁荣二公修建，贾家长年供给的。虽修庙如同施捐，算不得自家产业，却是事实的主人。今贾家虽事败，余众要在庙里存身，料是不难。谁知铁槛寺原来的住持色空已年迈，新住持净空和僧众向贾家众人道：

"今已无府上供给，小庙只靠香火布施，莫想得活的。现如今，早已散去多少庙众，又有几拨贵人来割占庙里的地方，都是说不得的窘境。诸位若要在小庙安生，既无多余地方，也全无生计！拼了赡佑之恩，我等省俭口粮，挤出禅房，便留老爷太太可暂住，长年的衣食供给，也要自行筹划。"

坚决只肯留下贾政王夫人。

众人虽知庙有地亩田产，房舍广大，然僧众已非往日低眉顺眼的乞化之人，作此欺心语，却奈何不得他，还肯留下贾政王夫人，也还没做绝。

实无法处，分了小半卖屋所得与贾政王夫人，便将二人及祖宗牌位留在了铁槛寺。第二年，王夫人久疾不治去世了。贾政无依无靠，无边无着，终究只得在铁槛寺带发修行，无声无息，寂然了此跌宕一生。

贾珍一众见无处安生，也是实在无法，想起当日贾家封地的庄子，到底还有旧主人的威势在，又有庄头还是相识的，地方上也有些故旧势力，或许还有活路，便动身往庄子上讨生活，也无甚准备的，当日便带了尤氏贾蓉许氏往北而去。一路艰难，又不识路，卖屋分得的上路银钱也只得十几两银子，早已盘缠干净，无钱又无处投奔，只得一路往北挨着。谁知越走越冷，他们哪里经历过这等苦寒，衣衫单薄，便冻得动不得。不期那日狂风大雪突至，乃是极寒天气，他四人正在一破庙存身，哪想冰冻如此辣狠！一夜北风呼啸，四人在风雪中抵挡不住，冻僵而去了。

因小花枝巷的房舍是贾琏所有，故卖屋之银由贾琏分派，安顿好贾政王夫人，又分了贾珍一些，又给了贾琮几两银子自行过活。宝玉已托孤一般送出城外蒋家的，无力亦无心找他，或者不找他倒还有活路的，干脆也不惊动了。剩余的几十两银子自己拿了，便带了凤姐平儿在城西赁一小屋住，贾琏便边做些丧葬行当的零碎活计，边商议做个什么小本买卖。平儿便日夜做针线活计，王熙凤也要挣扎着操持家务，又催促贾琏探听王家消息。贾琏已万分不耐凤姐，平日里只和平儿商议家务，话也懒得和凤姐多说，一提王家之事，心内无名怒火便起，两人大吵大闹，也不止一日。凤姐到底不甘，也曾亲自出面，能见不能见的人都找遍了，哪知不仅脸面不好使，还看了无数冷暖，昔日之势力通达，完全没有了效用。凤姐只觉得是自己没想到好办法，再不肯看破，哪知身子诚实，下红又起。虽也医治，不过是塞责而已。

三人正勉强度日，忽又有官差七弯八拐，好容易寻访到贾琏，却是尤二姐之案。那张华逃得命后，日子越发不堪，近日听得贾府大败，便不再怕他们，又来告贾琏讹钱。贾琏住在花枝巷里一两年，找到了尤老娘放在房内张华之父写的退婚文书，一直带着。这时取出来应官，正是时候，拿出文书，张华当场便败了。贾琏当庭问他：

"尤二姐已死多年，为何如此纠缠？当日斗胆告我，只因我外出不在京城。当日若我亲自与你对质，你早死一百回了。今日还有何话说！"

那张华便告饶，说起当年旺儿如何唆使他告状，如何给他钱，之后如何了局的。贾琏听了，心里叹道，这夫妻终究是做不成了，可怜了尤二姐。

官府打了张华三十大板，惩戒他虚告讹诈。贾琏当庭释放回家。

王熙凤一听张华来告，便知不好！他如何还在世间？往日之事必当翻腾起来了！见贾琏应诉回来，气势汹汹似要打。王熙凤脂红粉白，一身光鲜端坐在椅子上，笑道：

"且慢来，你不再是贾府琏爷，少耍威风，如今动手吃官司，可不得轻易脱了！"

贾琏大骂：

"贱泼，这几年都因你在背后使鬼，放高利，摆布人，承揽官司，当众出丑，以致家败人亡，悲惨无着。自己的女儿失散许久，都是你阴狠毒辣的报应！"

"你好？你自己弄死了多少人命，霸占人家多少妻女，赚得多少黑心钱，你自己知道！说什么别人报应，这些都是你自己损阴鸷的报应！"

"我报应？我不会大庭广众下脱衣给男人们看！我报应？我不会唆使外人告自己夫君！容你到今日，已是格外开恩了！"

"这么说，现在是不容我了罢？给我一封休书，我现在就走！"

平儿忙劝：

"都消消气罢！多少艰难的时日都过来了，这会子平静下来，好容易可以自食其力过几天安静日子，又闹什么！爷这一二年来，为家奔波，操碎了心，那不也是为了奶奶？那尤二姐走得早，也是造化低了，不也是多亏当日为她买的房舍，住到如今，又换了救命的钱来？凡事都是有好有坏。奶奶当日便有错处，那也不过是在意二爷你，吃醋罢了。如今事情说开，也没什么大错的，情有可原，大家把这些没要紧的丢开手，安心度日罢！"

贾琏叫道：

"我今日还要放过她，我便是那世上的软蛋乌龟！忍她不是一天两天了，不为别的，便只为尤二姐，今日也要赶她出门！"

凤姐冷笑几声，走进房去，手擎一双红绣鞋出来，往贾琏面前一扔，向平儿笑道：

"心里有了人的汉子，你还真别说，确实容不下别的人。"

贾琏见凤姐扔的竟然是自己私藏的嫣红的鞋，自己已是严收密敛，还是被妒妇知觉，自然也被她窥视出自己对嫣红的私心了！贾琏又羞又恼，大喝一声：

"贱泼无礼！"

凤姐鼻子里冷笑几声，阴阴笑道：

"怪道弃嫌糟糠，原是心里有美人在。难得落难至此，还有心思爱慕姨母。她那日走了，你那心也随她走了罢？"

平儿方知那鞋是嫣红的，见贾琏羞恼，想是真情，心内一凛，五味杂陈，但此紧要之时，还是大局为重，只得强笑着走去，拾起那鞋，笑道：

"奶奶如何拿我的鞋做筏子？"

凤姐看平儿一眼，痛声道：

"痴丫头，人家何尝有心于你？那是床上才穿的裹脚绣花鞋，你何尝穿得下？"

平儿一呆。

贾琏也不接茬，只指着门道：

"滚！"

凤姐仰天笑道：

"当我稀罕你这破落户的门？王家的门，你这无名浪汉怕是再进不去了！"

"休提你那王家，巧姐就是你那好哥哥拐走了！这一二年，王家鬼影都无一个，何曾有你王家一个鬼来帮衬过你？来看你个贱泼一眼的都无有一个！人家只怕晦气，别沾染了去。你拿这些大话来吓小孩，还有点用！"

"有用没用，自有厉害给你看！你睁大狗眼等着！"

平儿两边劝解，又说要卖了自家身子与他们盘缠，只要他二人和气过活便罢。那二人火气翻滚，谁也不听她的。反反复复，越吵越凶，越吵越绝情。吵到决断处，那贾琏冲进去，写得一封休书，念与王熙凤道：

> 长安贾门嫡子琏，今因妻王熙凤犯多罪，令家门横祸，不忍明言。情愿退回本宗，听凭改嫁，并无异言，休书是实！

念完，当面按了手印，掷与王熙凤，大喝一声："滚！"

王熙凤一手攥了，也不收拾东西，立身就走。平儿忙拉住。贾琏喝道：

"让她去。你留在此地，我二人过活，重振家业！"

王熙凤看牢平儿，轻声呵斥道：

"还不走么！"

平儿哭出声来，大喊，何必如此啊，太平日子过不得吗？

贾琏便过来拉平儿，不许她去，王熙凤也挽她的手，二人对扯平儿。那平儿只得蹲在地上，越发大哭起来，还欲以命劝解二人，只见二人绝无回转之意，哭了一会儿，慢慢站起来，扶着王熙凤往外走。贾琏还在后面大叫："平儿，回来！"王熙凤只仰头往前走，平儿低着头，泪水长淌，跟着去了。

留下的贾琏孤身一人，后在西郊为小商贩，虽也再娶，只是无后，尘世辗转三十余载，默默而去。不在话下。

且说平儿寻了车，二人去一客栈容身，无钱亦无去处。平儿忧郁不堪，凤姐却淡然道：

"你休怕，虽京城王府无人，我明日便与你回金陵王府去！"

平儿哭道：

"金陵路远，你我孤身妇人，盘费无措，哪里去得了！"

王熙凤从身上摸出一大块翡翠来，笑道：

"这玉是当日在隋府扫地所得，你拿去当了，足够我二人到金陵的盘费。回到金陵，还愁什么？"

平儿忙接了玉，果然晶莹剔透，乃大值钱之物，心下喜悦，也顾不得抛头露面，就近竟当得二十八两！二人欢欢喜喜，寻了京城往返金陵之车队，拣了一个老实把式，便往金陵而去！

第一百零五回

奉旧主袭人有始终
箴痴顽高士身慷慨

且说当日贾宝玉眼睁睁看着芳官四人投身火海，心下惨痛无比，真欲也投火海，却被贾琏贾芸蒋玉菡三个死命扯住，因怕有人寻他的不是，捂着他的嘴不叫他哭，赶忙趁天黑人多混乱回到小花枝巷里去。众人商议，薛蟠结交匪类，灭吴家一案，宝玉宝钗原本瓜田李下；这隋府被烧，又是说不清的牵连，二人断不可在此停留，须找地方避祸方好。那蒋玉菡道，正巧我家地方宽敞，袭人正日夜挂念众位，不如就去我们那里暂避。虽是荒野地方，必不委屈了二爷二奶奶。众人见事态紧急，也不容多想，忙打点了，贾芸找了相熟的赶车之人，连夜将宝玉宝钗麝月蒋玉菡安顿在他家里，第二日一早出城，所幸未被盘查，一路出城去了。

　　到了紫檀堡，车悄悄赶到蒋家门首，袭人正在门口张望蒋玉菡何时归家，不曾想一众人一齐来了，又惊又喜，也不问因由，只一把拽住，泪落如雨。众人都有满腹泪水，又不敢高声大哭，只抱着头，挽着臂膀，从门口直抽泣进门里去，进去里面，关了门，站着蹲着抱着的，哪里哭得尽？

　　还是蒋玉菡先收泪，一一解劝，众人方慢慢止住。各自大略叙了别后境况。袭人郑重道：

"二爷二奶奶好容易来了这里,正是机缘巧合,再想不到的天大情面。就请在这里安心长住,保管无人来打搅。衣食起居,我等必当尽心竭力服侍,终生无悔。外面的消息,菡兄自当代为打听。二位便在这里安心休养,洗净前尘,既往不提,待这些没要紧的都过去了,咱再抚养后代,重整山河可好?"

宝钗忙携手道:

"难为你了!"

袭人忙引宝钗宝玉进正房安歇。又在外面帮麝月收拾屋子,好贴身伺候。自己和蒋玉菡住到旁边的偏房里去。又亲自下厨,做了精细菜蔬,请了宝玉宝钗出来吃饭,笑道:

"素日里原本就我们三人随便吃些的,自己对付,没请厨娘。今日将就些,我献丑了,好歹胡乱吃些。待明日请了手艺高的人来,细细烹煮,自当可口些。只是山野地方,比不得在城中,没什么好的,二爷二奶奶千万吃些儿!"

他二人坐下来,蒋玉菡、花袭人、麝月、小丫头都在一旁站着伺候。宝玉宝钗哪里肯动筷,必要大家坐下来一起吃方好。推让了半日,蒋玉菡陪坐了,三人吃饭,袭人麝月等服侍。一时饭毕,三人吃茶,这里袭人麝月方领了小丫头吃饭。

饭毕,袭人约定所有人,三个月内,不谈过往之事,不理外界之闻,不许读书,只要大家都将养身子,闷了只在左右看些山野景致,玩些花鸟虫鱼。若谁违了,前庭后院的花,便管浇灌一日。

那宝玉来到紫檀堡后,日睡夜睡,宝钗却日夜睡不着。两人同在一房中,却鲜有可说话的时候。宝钗为打发时日,便同袭人麝月一道日夜做针线。袭人曾帮蒋玉菡做过戏服,十分精巧,他虽不常唱戏了,也极爱袭人手艺，偶尔穿了上台，平添多少彩头！因此戏班子里也尽有找他来寻精巧衣饰的，蒋玉菡当新奇故事说与袭人知道。谁知袭人是有心的，便只管让蒋玉菡接了活计来做。这宝钗、袭人、麝月得了活计，常聚在一道做几件戏服装饰物件，一来打发时间，二来也添些用度。

花自芳夫妇偶尔来探望袭人，见他夫妻收容宝玉夫妇，大觉不妥，悄悄拉着袭人劝道：

"你们糊涂！他们对你有何恩惠？如何把他们留在这里长住？你如何负担得起！且不说银钱的事。他们满身是非，一堆的怪事，你们不怕惹官司，也要担心惹晦气吧？请神容易送神难，我看你们如何收场！"

又拉袭人悄道：

"你贴身服侍宝玉多年，什么事没有？不避嫌躲远也罢了，反要把他们供起来，你夫婿知道，你又是难了的事！"

袭人先还听着，后逼得急了，只道：

"做人呢，要讲良心。人生在世，情义最重。"

花自芳又和蒋玉菡絮叨。蒋玉菡只赔笑听着，也不答言。待花自芳临去，袭人便冷冷叫他不用多来。花自芳拂袖去了，又说与花家其他人听，故花袭人的亲友们和她都少了来往。

宝玉全然百事不理，日日酣睡，越睡胡梦越多。先不过是每每梦见贾母王夫人元春牵着年幼的他的手，在荣国府看春花柳飞，看雨中疾燕，看秋菊冬梅，翻书识字，光阴如酒，正是寸草春晖。梦见秦可卿与他展被铺床，房内对联是"嫩寒锁梦因春冷，芳气袭人是酒香"。梦见香菱斗草，埋葬夫妻蕙。梦见芳官在怡红院唱《赏花时》，妙玉的花笺压在妆台上。梦见芦雪广联句，群艳战湘云。这些梦，不过是一个片段，一张脸，一个笑容过去，醒来会高兴许久。只是从来梦不到林黛玉，偶尔梦到潇湘馆，

第一百零五回　奉旧主袭人有始终　箴痴顽高士身慷慨　269

紫鹃迎上来叫：二爷来了！宝玉在梦里努力要进去，总是在这里便过不去了。

　　一日，忽梦到一团淡淡红色，慢慢才能看清了，那红色是一朵最美的初放的芙蓉。待逐渐可以看得周围景况，满池芙蓉，朵朵都是世上罕有的娇艳清雅之蕊。那池，不知是在哪里，像是大观园，又比大观园更大更齐整万倍，上下左右广阔无垠。再看真些，池上半空里，有深浅三色红裙的一位仙子，祥光护体，彩帛飘舞，只见她时而停驻，时而飞旋，万朵芙蓉向她礼拜，她挥祥云，施甘露，芙蓉越发莹润。细细看去，那仙子正是晴雯！池边的白玉栏杆前立着多少仙姑丽人，原来众人都在这里！都是荷衣翩跹，祥光瑞云相伴。宝冠金服的元春，正携了迎春和可卿的手倚栏观花，脸色祥和喜悦，是不沾红尘之清和。妙玉也益发超脱，手擎法器，助着晴雯，在无垠仙境中播洒着万道霞光。香菱仍在池边独坐，细品芙蓉清香。芳官龄官藕官葵官，正拉着鸳鸯紫鹃金钏，笑笑跳跳玩些什么，跑三两步，又腾云飞起，掠过柳条，飞过梧桐树，与凤凰一同翱翔，与金龙一同嬉戏。穿越天河，直上九天，看不完多少奇景异致。忽见三十三重天外，灵河岸边，三生石旁，林黛玉素衣清带独立，万物之灵围护，万木之精在身边点亮。她一抬眼，日月星光为之闪耀；她一挥手，山川河流随之而浮动；她一凝眸，隽永诗篇在天地间芬芳；她一滴泪，大地震颤河水倒流。她在天外飘荡遨游，双龙随驾，金凤导引，忽觉有人窥视，凛然一回眸，倏地从极远极亮处飞到眼前，仿佛觉察到是宝玉在看视自己，双手围合芙蓉状，伸手轻挥，送出千万颗真泪，恰恰落入宝玉的眼里。

　　宝玉昏睡了数月，方将梦一点一点连续起来，最终做完了整个梦。原来众人都在那无上仙境中，享受着大道正果！宝玉不觉脱去了大半的尘世之忧伤苦痛，只觉清平喜乐，又叹自己不得进入化境，不能和日夜挂牵之人同在乐土永生。如何冲破藩篱，身归乐园？想来想去，恐怕要自己得道方可罢？宝玉暗自忖度，不是在梦中寻那妙境，便是面壁冥思，沉默无语。

薛宝钗看宝玉又如中了魔的一般，数月日夜昏睡，急在心头。一日悄悄填一阕鹊桥仙，在宝玉常面壁处贴了，写道是：

> 星沉夜暗，
> 霞飞日灼，
> 懵懂昏昏交错。
> 睡龙临地动风云，
> 矩龟待潇潇雨濯。
> 雷鸣电闪，
> 谢神香绕，
> 怎奈梦回高壑。
> 千言万谏意蹉跎，
> 但不见黎民落魄！

宝玉见了，先是默诵数遍，转而付诸一笑，默默揭了去，仍旧打坐。

宝钗见宝玉不为所动，流落至此，宝玉既不能悟，亦不能自存，痛定思痛，亦是该规劝之时了。至无人时，宝钗正襟危坐，向宝玉说道：

"宝玉，我们到此，多久了？"

宝玉正心猿意马，思索道义，半日方知宝钗问他，想了想答道：

"总不过三五个月吧。姐姐问它怎的？"

宝钗沉痛道：

"我等流窜至此，倚靠故人度日。日复一日，各人传来的都是坏消息，如今亲人皆失，家业尽毁，这等仓皇流离，你竟不觉有何不妥吗？"

宝玉道：

"我心便是那一坛老酱，不揭封口，臭酸之气便出不来，由它自己沤在那里罢了。离丧变故，已沉重到扛不动了，姐姐也已深受其害，何必一再自揭疮疤，由他去罢了。芸儿虽是好心，也叫他少来，各样人事，反是不知道的好。"

"我一介女流，自不如二爷这么拿得住！贾薛两家世家名门，一二年间，土崩瓦解，人口飘零，只有我三五人在这世间流落，腆居友人之所寄食，如此，便算了么？"

"你我又能如何呢？"宝玉叹了一口气，又笑向宝钗道：

"姐姐哪里知道，但凡这些人，原来都是到了好去处的！姐姐其实不需妄加悲伤。"

凑近身子，把最近的梦境一一说与宝钗知道。又叹道：

"原来她们皆已成了正果，到极乐之地，享无极大道。你我也要修行为善，日日精进，早日与她们相见方好！"

宝钗听了，不仅失望，更觉恐怖，正色道：

"宝玉，你借梦境自我安抚，我不吃惊，也不奇怪！只是梦则是梦，人生还是人生，你怎可将那梦境信以为真！不但信了，沉醉其中，还要当真来修行！现如今，众人亡故，我与你流落在此，生计无着！如何尚可乐不思蜀，置将来于不顾，置亲人于不顾，置两家之荣耀于不顾！这些为你而死之人，皆成枉死鬼！为你倾心谋划之人，皆是痴心妄想！"

"我何尝要哪个为我而死！又何尝要你们如此看顾我？我不过是草莽废人，既不能担兴衰重任，亦不能听从规劝走仕途正道，连自我生计尚且无力自保，你们又何苦把宝押在我这个无用之人身上！不但你们一片痴心付之东流，连我也无法做我贾宝玉自己！"

"事到如今，你还任性妄为？谁不想随性而为无拘无束？只是你要想去，若不肯担这样的责任，谁许你姓贾？谁许你天资过人？你细数你贾家之男，存活者至多三四人，谁有通灵天分，可以将来撑得起这贾门？谁来重振金陵贾家雄风？如若有第二个，我便也不要这终身结果，由你去了。你再看我薛家，可以立门男丁，无非我哥哥薛蟠一人罢了。如今他的名字血淋淋的大字，在那剿匪布告上，剿灭的匪首居五！我薛家已后继无人了！如今两家剩了你一根独苗，你自幼聪明颖慧，有过目不忘之功，倘若将你那聪明悟性用在正途上，定大有可为！时尚学问，只不过是抛门砖罢了，不拿它来害人，有何不可？那仕途经济果真腌臜不堪？我俩的祖宗难道都腌臜了？若不是他们九死一生，苦心经营这仕途经济，有这百年辉煌？不过是这几代人，无一个可以略承祖风的罢了！如今，为妻劝你绳厥祖武，克绍箕裘，实不为过！"

"宝姐姐，又要我读那些书经，撰那些中榜之文？去年不是没读过那些时文八股，回想起来，每每几欲作呕。宝玉原非这世间之物，读不懂这世间之文，写不出这世间之赋。这人世之路，原非宝玉可走的。当初宝玉已自惭形秽，本欲自遣，因见姐姐家难悲苦，便不敢舍了姐姐，作祟至今。那仕途经济，宝玉万万是不能的。"

"宝玉，你已是我夫君，何必还作此小儿状。那些真性情的东西，不是不好，只是现实所迫，未到返璞归真的时候。待你功成名就，那陶冶性情的东西，自然是你我推崇玩味的。世间种种，不过都是俗物。便你尊我为神仙姐姐，我也不过是世间一平凡女子，也不过是襄助男子、相夫教子；何曾如神仙一般，不食烟火，不饮琼浆，不传宗接代，不鹤发鸡皮？我既与你拜堂成亲，真也好，假也好，都是一世的夫妻。何曾有脱俗之人？今你在难中相陪，便已是大丈夫所为。如此今日我俩便可做成真夫妻，只是要你知道，我亦俗人，世间事无不俗也。你可从此洞察此情，不可矫情清高，自误误人了！"

"宝姐姐，不值当也！"

"还叫姐姐？"

宝玉抓着头皮，不好意思笑着。宝钗起身，与袭人做针线去了。当晚，二人果同床共枕，之后便如寻常夫妻，贴身恩爱，宝玉也渐渐收心，不再日日面壁了。

第一百零六回

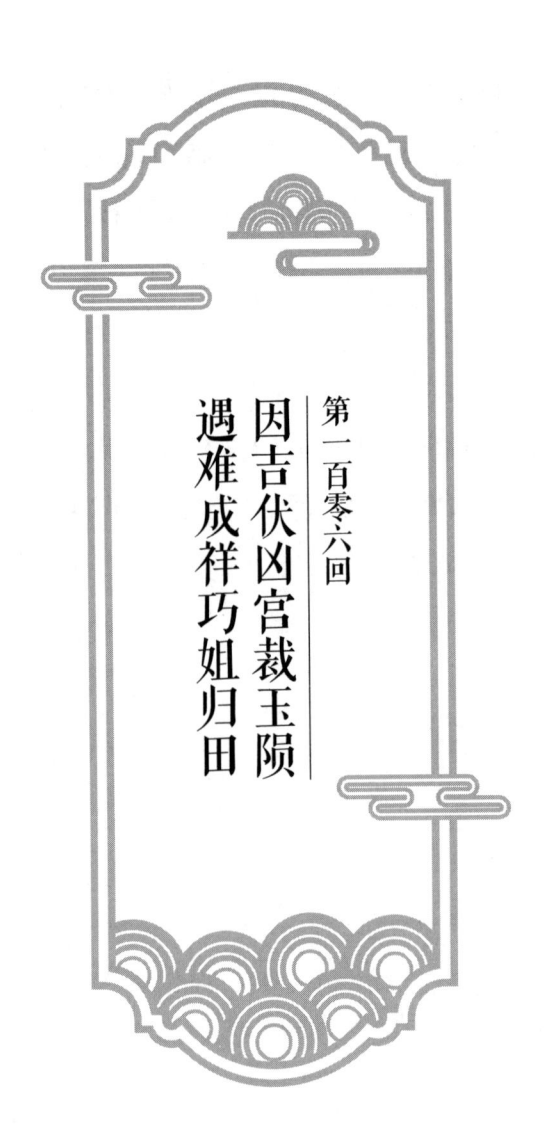

因吉伏凶宫裁玉陨
遇难成祥巧姐归田

且说王熙凤和平儿两人，在每日京城往返金陵去的车队里拣了一辆车坐了，一路往金陵而去。且不说路途辛苦，颠沛流离，那凤姐因有崩漏之症，早已虚弱透了。这一两年的变故，从极高处一路跌落，终于被休，面上她虽还是撑着，在内早已熬煎至大限。她下死力保持最后之尊严，她要逃往金陵，重回王家，再做她呵护备至的千金大小姐，她好好调养一二年，待一切过去，人皆忘怀，又可重新翻江倒海，叱咤风云。故此她虽一路腹疼，一路发冷，一路痛哭，却并没有失却信心，她知道只要到了金陵，一切都会好的，那背信负义的男人，那腐朽崩坍的贾门，那万千宠爱的荣耀尊贵，那无数的金银财宝，都让它去罢。无事不可重来，无物不可重得。她是王熙凤，无所不能，无须忧心。

一路上，蒙蒙胧胧，半睡半醒，王熙凤日夜梦见厉形怖状之索命凄鬼冤魂，有贾瑞，有金哥守备之子，有尤二姐，鲍二家的及各样等等她害死的男女人命，日哭夜嚎，要向她索命！王熙凤要强，不敢说见鬼，日夜恐怖不敢深睡，只和平儿紧紧挤着。本就虚弱得面无人色，更兼眼窝深陷，眼圈黧黑，已是恐怖之相。

多日后，终于奔到王府门首，王熙凤已极度虚弱，头晕恶心，气喘声沙，腰间麻痹，四肢酸软，哪里坐得起来！所幸一路有平儿照顾，方勉强撑到。见得到了，内心一阵欢悦，挣扎半坐起来，命平儿去门首通传。虽老早听说叔父男丁皆去了戍边，娘儿们必都在家的，昔日的姐妹后辈，丫头老婆子们，必当拥到二门来接她。坐的虽然只是寻常骡车，王府门首的马屁精们必当蜂拥而来开了侧门，套车进去，一直拉到内仪门口。想着，凤姐的蚀骨之痛也似轻快许多。

　　殊不知半日也不见平儿回来，凤姐忍不住撩开帘子看，见门口多少军曹持械把守，一个王家的家人也没有，又是当日贾府事败的形象！凤姐心中一凛，忙一骨碌挣扎起来看真些，似曾相识的场面，令人又惊又怕，心内一抽，忙四下张望平儿，影子也没有，左等右盼也不见她回来，急得仰倒，只觉腹内疼痛难忍，忙攥紧了垫坐之被，死命咬牙忍疼，额头上已冒出粒粒汗珠。忽觉车子挪动，王熙凤要问，口里冒苦水，腹痛如刀绞，竟是问不出口来。片刻，车停下来，平儿掀帘子进来了，见凤姐不好，忙问凤姐如何，急忙要请大夫。凤姐拉住平儿，嘴唇无一丝血色，哆嗦着问平儿，如何去了半日？

　　平儿悲声道：

　　"小姐，这里已经不是王府了！适才被盘问了半日，幸亏我还机警，走脱了。"

　　"如何不是王府？我两个从小在此长大，你糊涂了？"

　　王熙凤声气微弱，叱责平儿。平儿忙悄悄道：

　　"小姐，祸事了！打听得大老爷王子腾军策有失，投敌叛国，阵前被斩。同军王家之人，被敌军一网打尽。待平定叛乱，朝廷将王家所有男子一律处决，所有女眷，或死或卖。男女老幼，无一幸免，九族之人，皆

第一百零六回　因吉伏凶宫裁玉陨　遇难成祥巧姐归田　277

有牵连。适才我去门口打探，守军问我系何人？我假装问他，这里可是王府？他便答不是，又问我来历，我便说我乃扬州李家之婢，路过此地，见王府摘了匾额，特来打探一下。守军说，幸亏你不是王家的人，此处现正是办案之所，是的话立即拉进去了！我又敷衍了他们几句，才叫把车赶到这边来。"

王熙凤没听完，只觉泰山压顶，眼见那一大群索命之鬼恶狠狠呼啦啦猛扑过来，一口鲜血噗一声喷出老远。赶车之人赶紧过来查看，见王熙凤两颧绯红，全身颤抖，不禁也害怕起来，大喊："姑娘，你们到了，下车放我去罢！"王熙凤粗声呻吟，全身抽搐，吐血不止，哪里挪得下来。平儿大惊，忙跪求车夫代去找大夫，自己守着王熙凤，大哭大叫。

此时，王熙凤魂魄渐散，只舍不得离身。回首这一世人生，如何就到头了？如何可得再重走一遍人生？她悲苦，她不甘！原是金娇玉贵、鲜花着锦、再不得错的人生，如何只一支暗箭，便一点一点抽去了所有？先是身份、地位、金钱、命根一样的女儿，后竟连生计、栖身之所皆无；那不成器的丈夫，一纸休书，便恩断义绝！奔命到金陵，这是最后一线生机，最后一丝希望，偏这命运，竟将最后一丝光线也抽走了！至此，山穷水尽，再无生机了！为何要如此待我？我不是那卑贱脓包，我是天上有一地上无双最美最能干的王熙凤！只再给机会我重来一次，我定改天换日！熙凤还欲攒精神挣扎，奈何肉身已息。这忧愤黯然之魂，一腔怨愤，直冲牛斗而去！

正是：

　　　　幽魂自雪来，含露金陵开。
　　　　一遭入贾门，光彩照镜台。
　　　　英武自有度，天地我自裁。

　　　　　　　　功过由评说，才女自古哀！

　　守着王熙凤的平儿，见王熙凤满嘴黑血，只有出的气，没有进的气，一时屎尿交流，气息渐微，片刻工夫，竟伸腿去了。平儿知是不好，大悲跪倒。

　　那车夫远远带了大夫奔忙而至，见王熙凤已死，大夫也无须诊脉，那车夫大喊晦气！如何死在我车里了，这车还要不要了！拉住平儿叫赔。那平儿哭得震天，多少人围上来看，临街忽然病死一女人，又有一女仆在一旁哭，又是蹊跷，又是可怜。那平儿哭了半个时辰，方止住泪水，那车夫又来要赔，又要平儿赶紧将尸首挪走。

　　那卖玉之银，路途已盘缠完了，如何葬王熙凤？如何赔那车夫？天色渐晚，平儿又哭了一阵，实在也是无法，只得叫了天屈，当众跪下，愿卖身葬主，赔车钱。众人哗然，也是意料中事，人越围越多，喊喊喳喳，议论不休，又都道可怜。围观者中就有那附近的富商，见那平儿可怜，又极标致，又极温和，又有道义，便命老仆拉她在一边，简单问了来历，似无不妥，便道：

　　"姑娘，你休怕，我主子定会买口好棺木，葬你主子。这车夫！不过是脏了你的被褥坐垫，能值几何。新车厢，我主子那里有的是，便赏你一个来。"

　　说罢，就拉了平儿起来，其他几个仆从便来收拾。

　　众人见如此奇事，更为惊讶，围着不散。那家子把平儿领了回去做妾，这边王熙凤的丧事自按规矩料理，停灵庙中三日，下葬不提。

　　岁月如梭，转眼便是一年过去。平儿在那家子深居简出，只在家做家务做针线，也不多事，也不多话，那家子竟大疼爱她。平儿从不提任何要

第一百零六回　　因吉伏凶宫裁玉陨　　遇难成祥巧姐归田

求，只这日凤姐周年忌日，她欲去拜凤姐，这家子自然许了，派人好生跟着。那平儿在凤姐坟前哭了一场，烧纸祭拜完，便去庙里烧香。山门见一女尼，缁衣蔽旧，手持钵盂，正在乞化。那平儿便生怜悯之意，上前欲结善缘，见那女尼十分年轻面善，细细看去，竟是惜春！平儿忙低声叫道：

"四姑娘！如何流落至此？"

那惜春见是平儿，并无悲喜，口内颂了一句佛号："阿弥陀佛！"将钵盂伸向平儿。平儿忙将自己随身所有的钱都与了她，那惜春只单手施礼，又道一声阿弥陀佛！那平儿欲拉着她，问她在哪里落脚，可挂念贾家之人，可要得些消息？惜春已向其他人化缘去了，再不理会。平儿哪里肯去，站在一旁，等她说话，惜春乞化了一阵，收了钵盂，往方丈里只一转，便不见了踪影。平儿见惜春不欲理会自己，只得罢了。

回去后，左思右想，平儿不放心，又去那庙里找惜春，哪有她的影子。细一打听，她不过是外路的挂搭尼，听说是极远处的一个小庙，只她一人为尼，四处化缘。到此庙挂单数日，昨日已上路去了。平儿听了无法。自此，平儿再也得不到贾家人的消息，也无有人来寻她。她默默在这家子里过活，也无生育，也无争竞，茫茫寞寞静静过了些时日。

也是平儿云淡风轻，再不欲理外界之事，否则稍加打听，贾家的消息在京城极易有的。那是贾兰中了武状元。

当日李纨带了贾兰素云碧月离开贾府，投奔他父亲李守中而去。她因是节妇，得以全身而退，历年所积的家业财物，都任她带出来，约有万金之数。李纨知已是最后的机会，所有的东西都搬了出来，连破布烂衫也不放过。

李守中早年原不过叫李纨在贾府守节，博个好名声，虽不能接回来再嫁，实也是心疼担忧她的，今见贾府大难当前，其女名声无损，反倒国法嘉奖回归，自是最好的结局，又见她带了财物，不需自己负担她生计，越发高兴，便在李家指了一处僻静房舍，母子俩安顿下来。

李婶及李纹、李绮出狱之后，便径直投奔李守中家而来。客居不多日，李纨母子也投奔过来，几人便一起在李府僻静房舍里住下。略住了些时日，因终究不是长久之计，李婶等便仍回金陵原籍去了。后两位女孩儿说婆家，却因在京城沾染过官非，竟为此有许多不如意，也是意外之失，白白耽搁了两个女孩儿的终身之福，实是令人扼腕长叹的。

因惊险侥幸全身而退，母子俩商议，这贾家早已烂透，必走不出这困局，为明哲保身，须从此与贾家断绝来往，不舍钱，不见面，不往来，方可独善其身的。待李婶回籍后，他母子二人深居简出，也不结交杂人。将来的时日必当有出无进，只要节俭度日方可。为将来计，祖业已废，惟有苦读书，一枝独秀，或能成就大业，重振家风。

从此贾兰益发用功。外公李守中本为饱学之士，又曾是国子监祭酒，最喜读书之后生，见外孙天资聪慧，勤奋好学，喜欢非常，日日与贾兰谈讲学问，那贾兰收获巨大，学问日新月异，精进神速，众人都道他只需再磨炼个三年五载，必可大成。

正待大家欢喜之际，贾家再度遭罪，凡是贾家之人，均不得用，贾兰自然也就失去了科第资格。李家之人都大为惋惜。那贾兰望着小小院落的四方天，真想一纵身窜出去这里，重新做个清白无辜的百姓，亦有他自己的一番事业，只可惜这天地辽阔，并无容他贾兰之所。

书既暂停，年轻之人岂可日日安枕。他便勤练武功，骑马射箭，操演不辍。读书纵不再日夜用功，也仍旧手不释卷，闲时还翻看些古籍兵法解闷。

未及一年，准噶尔犯境。我中华大国，竟一再战败，舆论哗然，天子

第一百零六回　因吉伏凶官裁玉陨　遇难成祥巧姐归田　281

动怒，招兵买马，欲集结大批队伍，一举灭了准噶尔。因要选拔军中将才，天子降不世隆恩，重开武举，甄选武状元。这是多年未有之事，江湖上会武功之人都沸腾起来。为不拘一格，天子又特谕，不论出身，只要清白身均可来考，除状元之外，朝廷亦广录一批有志之士。此恩诏一出，各地来京报名比试的何止万人。

贾兰听得选拔武状元，不限出身，便跃跃欲试，忙要去报名。那李纨忧心刀剑无情，行伍危险，不许贾兰去，贾兰急道：

"文既废了，好容易有个武的机会，又不许去。困在家里，如何挣得前程来？母亲何须诸多顾虑，我岂是那瞻前不顾后之人，自然懂得保全自己。待我金榜高中，去挣个前程，重振贾门荣耀，不比那些贾家的软蛋们强？待我轻轻施为，便挣个凤冠霞帔与母亲来可好？"

李纨仍不许。贾兰道：

"我虽极孝顺母亲的，只这前程大事，不可因我母慈软而荒废，且外公舅父所有人都赞同的。如母亲执意阻拦，我也只得违拗母亲一次，私自去考了！"

李纨见阻不了，只得装不知道，由他去了。

甄选武状元，自然是万里挑一的。却先从万里挑千起，先考察气力，骑马，射箭，兵刃。过了这些关，便有资格擂台比武。这些基本关隘，已将大部分想要试试运气的浑水摸鱼之辈淘汰出局，留下的过关武士，不足千人，都是真正的会家子。贾兰自然是一一过关的。到打擂台时，人家皆是五大三粗，黧黑脸，粗野做派，到他则是白面书生，一脸清秀，身形虽也扎壮，到底被看低了。待一交手，那贾兰上去就兑命，对手轻敌，一上来并未尽全力，已经吃亏，待要使狠手，挡不住贾兰泰山压顶，势如破竹，便已输了。故此贾兰一路过关斩将，一阵不失。到前一百名，朝廷均已录用，又考兵法。百人之中，识字者尚且不多，何况论兵法，自然贾兰第一，高中了武状元。一路骑马戴花，游街而回，震动乡里，与有荣焉。李府自是欢喜异常。贾家人口已流散，竟无正经主子来贺。

朝廷将这些勇猛之士集结操演起来，成军后便进发准噶尔。贾兰正参加操演，做了新军统领，春风得意，忽有贾菌来访贾兰。别人可以不见，贾菌乃贾兰同窗，昔日最为相契，比亲兄弟尤甚，忙延入说话。原来贾府倒后，家塾虽不曾被围，然无贾府资助，早支撑不下去，散了。代儒年高，只在家将养。贾菌等一两个知事发愤的，还不曾歇了学业，常去代儒家请教。府院之试，贾菌皆已被取，正落力发奋，亟待扶摇直上。贾兰便商议贾菌，今自身已是武状元，军职在身，身边需一二得力副将。贾菌虽不习武，辅佐武状元，做军师文案，岂不是妙？一同从武出身，立功显名，不更了当？贾菌见贾兰赫赫军装，威武飒爽，自己仍旧是旧衣蔽袄，心里未免一动，思索一回，商议了家人，便在贾兰麾下任了文职。

约莫一年，大军集结，进发准噶尔。贾兰部正在隋将军麾下，以武状元之资，荣任先锋。到达西域，正是青黄不接之时，中华队伍粮草充裕，准噶尔征战数年，已是内部空虚。众人商议了，此时粮草为准噶尔的命脉，若要取胜，惟一之计便是偷他们的粮草大营。贾菌权衡良久，建议贾兰请战偷营。此任务非同小可，从未有人完成过的，众将先是笑他莽撞，不知死活，后细细一想，谁也没有把握的事，反正是出其不意，干脆奇上加奇，索性与贾兰一试，或者他盲拳真能打死老师傅？即便十有八九偷不到，也不算什么大决策失误。

贾兰得了任务后，贾菌又献计，且先不进发，只多使银两，向当地游牧民众打探路途虚实。一开始并不得要领，几经辗转，最后方摸到知情人。紧要关头，贾兰拿出了蜡油冻佛手收买情报。那是当年贾母八十大寿

第一百零六回　因吉伏凶官裁玉陨　遇难成祥巧姐归田　283

时收的贵重礼物，王熙凤曾私留在了自己房内，后贾琏来寻，当着鸳鸯的面奚落凤姐，二人因此背后口角龃龉，几经辗转，王熙凤一赌气，索性送给了李纨。这是贾兰母子离开贾府时带的最值钱的珍宝，贾兰一直随身带着，这紧要关头便派上了用场。那外族先不受金银之谢，不搭理外邦男子，直到见了那蜡油冻佛手，方泪流满面，死死握住不放，任是什么都说与了贾兰知道，只换得中华珍宝方罢。贾兰心内叫一声好险，也是缘法使然，祖宗保佑，总算掌握了破敌之法。

不日，两军大军相接，激烈交战，贾兰却悄悄带了千余精锐，奔袭四天三夜，准确摸到准噶尔后方大营。准噶尔一向轻视汉军，粮草营深在茫茫荒漠，再想不到汉军会如此疾速长途偷营，防卫并不森严。贾兰等冲上前去，杀了守卫人等，烧了粮草，得胜而回。回到大营当日，准噶尔即降。

这是从来没有的漂亮仗，朝廷大悦！班师回朝，皇上亲自嘉奖众人，特意召见隋将军及众将。因见贾兰年少威武，气宇非凡，便多搭话几句，又问贾兰出身。一问得知竟是贾妃之侄，正是皇上当年亲颁节妇恩旨之余脉！当日皇上原不过随口开恩，不想结出如此巨大的善果，何止喜悦，简直喜出望外，真乃善有善报之天佑皇朝！直可当传奇大肆宣扬了！于是龙颜大悦，破例当场封了贾兰为骠骑大将军，又问了贾兰之母近况，随即特封李纨五品诰命，赏了凤冠霞帔。那贾兰前呼后拥荣归故里，帽插金缨，胸悬金印，雄赳赳气昂昂回李府。这万人敬仰的英雄荣耀，喜坏了李纨，乐坏了李守中一家。这孤儿寡母，终有这出头之日也！

朝廷恩准贾兰将军在家休养三个月。其间也有贾环鬼鬼祟祟摸上门来求见，也有贾琏寻过大嫂，贾兰母子自然一律不见的。李纨趁贾兰歇息的工夫，想与他说亲，只是刚有功名，门第未稳，李纨又省俭过度，穷名声在外，一时也未有合适的联姻之家。又恍惚听得门上说，某处勾栏有人来问，有贾门后人之女在此，你们要不要赎回去？李纨哪里肯理。

谁知回京不到三个月，那准噶尔收了夏粮，又起刀兵，烧杀抢掠。贾兰闻朝廷之命，再度出征。贾菌上次已随贾兰有了荫封的，本应又一同出战，奈何母亲娄氏重病垂危，实不可随行的，只得罢了。

谁知隋将军知道贾兰为贾家之后，自己占的是贾府，这当中便有纠葛；又见皇上因其为贾妃后人，沾亲带故，过度器重于此黄口小儿，倘若其屡立大功，假以时日，夺取自己位置，要回昔日府邸，也不是不可能的！因此隋将军便对贾兰生了提防之心。他故意安排贾兰再度偷营，却不叫贾兰亲自探路，只命探子们打探地点线路。得了一些情报后，作了战略规划，便命贾兰出征。贾兰不敢违抗，身边没了贾菌出谋划策，只会一味用硬逞强，带了精锐部从，又去偷营。岂知准噶尔部早有准备，知中华之军必重施故伎，便故意野地里散布军情，却在假军情之地布下了天罗地网，坐等偷营之人送上门来。果然，贾兰中计而来，到达预设的山谷，正值黄昏，夕阳如血。待全部队伍进入山谷里，敌军四面合围而来，一时间狂风卷起残雪，半山腰炮声隆隆，飞矢如蝗，先锋队伍，千余之众，死伤大半。敌军四面冲上来，骑快马，挥长刀，又一顿狂风卷月，只剩百十余众围着贾兰，誓死抵抗。那贾兰知大势已去，敌军想抓他留活口！他哪里肯降，一杆长枪，骑马领头拼死而战，杀开一条血路，眼见就要走脱。敌军见折损巨大，无法留活口了，只得放箭，贾兰部众，一个不留，壮烈牺牲。

消息传到李纨那里，李纨直愣在当地，手中的针线活掉落在地也不自知。多年艰辛，多年希望，头顶忽天崩地裂响亮一声，皆为泡影。这一生，是什么命？她缓缓闭上了眼睛，泪水缓缓流下，身子缓缓倒了下去，

人一寸寸缓缓死去。人曰,伤心至极,心伤而死。痴心一世儿女心,儿女怎得夫君情。鬓白等得儿女好,怎料命短无福分。诗曰:

> 团扇春色娇颜染,
> 阆苑清风携手观。
> 缱绻忽随明月去,
> 娟娟独影夜常寒。

> 终知恪俭泪难干,
> 茹苦含辛盼两安。
> 震地霹雳千景空,
> 美名独善与谁看!

这青春守节之一生,可叹可悲!

且不说贾家惟一嫡孙一支消殒,单说那勾栏带信与李纨,言说有贾家血脉可赎,却不是哄骗她的,正有巧姐在她们手里。

原来当日王仁非要来接巧姐,却不是良善之心。一来贾家正在难中,他要耍一耍舅爷威风。二来王熙凤虽身涉案中,却仍是他赫赫扬扬王家之女,须得提醒贾家,王熙凤有强大的娘家后台在此,绝不得小看为难她!故虽是要横,却还不曾有拐骗巧姐之意。怎知前脚接走巧姐,后脚贾府就被封禁了!王仁得了消息,哎呀一声,真不知如何是好,把巧姐送回去贾府?那就是送死了。留在家里养着?便是供着个祖宗一般,自己请个神压在自己头上!何况一旦追查,自己窝藏罪家之女,也是有错。左思右想,罢了,暂且把巧姐安顿在府外自己的外室之所暂住。将巧姐头上身上的佩戴之物拿了去盘缠，又逼问她是否知道娘亲的藏银之所，可有按银之据？那巧姐年幼，又不知怕人的，刺多扎手，见着王仁便吵闹，跳火海也要回去和家里人在一起。王仁又哄又吓，不胜其烦，如此便过去了两三个月。

谁知就有王子腾为求立功，自己揽事，一力平定南蛮之乱。虽贵为九省都检点，却无法统领地方军队，地方上各求私利，不服调遣，不从军令，故数月平叛只落得个势均力敌，十分窘迫。只得一面上报朝廷授权增援，一面将王家所有在京及金陵男丁家口数百人一并调往平叛之地，以护主为名同抗贼力。王仁知家命难脱，急匆匆安顿妇幼，忽想起巧姐，如何是好？不如还给贾家人吧！便急命人找了当日相与的贾蔷来。贾蔷逃脱在贾府案件之外，手里也还宽裕，正逍遥自在，一听要领巧姐，哪里肯依，只摇手说贾家之事不见头绪，经年累月，自己哪里养得起巧姐？王仁千头万绪的，哪里有工夫辩口，只要甩掉累赘，说急了，怒吼道：

"没能耐的东西，一个如花似玉的大姑娘交给你，千金万金，会不值钱要你养活？"

冲口一出，二人忽然悟到这句话的话外似乎有别的什么意思？仔细一想，大腿一拍，嘿豁一声，豁然开朗！虽只是心照不宣，巧姐之局已定。

王仁只要脱身事外，哪里肯细想，也知道贾府已经一败涂地了的，明欺他们找不到自己的麻烦。便他们有重见天日之日，只说交给贾蔷接回去了就完事了。想毕，也不管好歹，只当场向贾蔷要了二十两银子，权当巧姐这几个月的茶水钱。得了银子，转身便叫巧姐出来，说是贾家人来接的，哄巧姐上车，由贾蔷一溜烟接去了。他多一事不如少一事，忙忙准备三日后长行。巧姐之事由贾蔷去折腾，不在心上。

贾蔷哪会将巧姐砸在自己手里，必要换了钱来逍遥的，便马不停蹄，拉了巧姐往城外走。

原来近日新开的一家勾栏妓馆，曰新月湖，在京西城门边上，前面是杂耍百戏，妓馆却在背后深巷幽静处，若非熟客妓院有专人引领，再找不到的。这里专管收罗美貌幼女，豢养调教后，高价与落霞癖者一宵千金。开苞后，这些女子或被转卖给京城内的其他妓院，或有极出色的几人留在本馆内继续接客，或被达官贵人议价买走。因东主从业多年，行事机密，银钱阔绰，故收罗来的女子皆世间少有之美，极富贵之惜花客因与该东主都是熟络客主，对新月湖也都略知一二。

　　礼部李侍郎奉命办理贾家违礼一案时，一早知道此案大有玄妙的。他一世不贪财，为官谨慎，一接案马上叫手下收买案外熟知两府事务之人，有事便向他们打听内幕。西府找的是贾芹，东府找的便是贾蔷了。两人听唤，如获至宝，自然是知无不言，言无不尽的了。当日为获取更多私利，两人乃至添油加醋，安心使坏，也说不尽。

　　贾蔷和李侍郎从官们混得熟了，自然说起女色。从官们便说起京城西门新月湖，新张便哄骗了侍郎数千银子，不啻就是个销金库。贾蔷便知道了个中的勾当。因无身份地位之人门也不能进的，一众跟班们也不曾进门一望。

　　王仁一声吼，贾蔷便立即想到了新月湖。和王仁交割清楚，便拉了巧姐，一径将车赶往新月湖去。费了一番周折，里面验看了巧姐，给了贾蔷三百五十两银子，将车赶了进去。那贾蔷欢欢喜喜，得了大包银子，将巧姐从此丢开。这巧姐的下落，世间也就是他能知道罢了。谁再来问，死不承认，便无人得知。自己安心快活呀！

　　巧姐被赶进新月湖，只觉不妥，便找贾蔷，又要找舅舅王仁，又口不停说自己的身份家世。新月湖正是见世面的地方，何等奇女子不见？便不在心上，又问了东主，知道贾王数家都有事端，风一吹就会倒下地，实不需惧。这几家大户人家流出来的大家闺秀，正是金枝玉叶之稀品，可好好调教的。众人得了主意，便软硬兼施，逼迫巧姐就范。那巧姐虽刚烈，身逢如此巨变，竟是晕头转向的，被这些老鸨婆子丫鬟日日甜言蜜语哄着，便中了招，误以为她们是好人，留自己在此避难。待官司过去，必得回府的。哪知一日密密细细，便将她卖与江南大盐商。

巧姐抵挡不过，失了身，方知自己入了狼窝，拼死反抗。众人都变了脸色，或打或骂，不给饭吃，逼迫她就范。巧姐终日哭泣，不肯接客，便遭毒打，罚她做粗活。那巧姐被折磨得不成人形，还是不肯就范。老鸨又变了脸色，告诉她贾家案情转机，只要她乖乖的，一年便送她回去。反正已经破了身子，只要清高些，不还就是贵小姐身份？一年里只要她认识三五个贵人就好。巧姐吃软不吃硬的脾气，只得在此栖身。

强死强活一两年后，巧姐出落得新月湖无人可比，老鸨便真的把她藏起来，绝不轻易见人，日日金娇玉贵哄着她，等出大价钱的客人寻了，方献宝一般请出她来，一次便抵百次的收益。

一日，又有某王爷西门外私邸夜宴，需要新鲜花魁作陪，烦了新月湖抬了巧姐和另一二绝色美人来。是夜，自是一番糜烂淫奢，丑态万分。巧姐见众人烂醉，便存了心思。四更天，悄悄起来，各处回廊门户乱摸，可巧城外之私邸，门户不严，正被巧姐摸到后花园极偏的侧门，当晚守夜的人滑脱失守，她摸到门栓，慢慢悄悄开了那矮门，竟侥幸走了出来。

一旦出来，便是墙外旷野。巧姐得了命，也不管山水村落，奔奔跑跑，躲躲藏藏，走了几十里地。她弱女子，不惯走路，天早又黑下来，初冬天寒，她穿着新月湖的单薄衣裳，只裹着一件披风，冷得瑟瑟发抖。见一村庄边上有一处小庙，便摸进去躲风。却是一座岳庙，供着真人大小的岳飞神将之像。巧姐满身泥水污秽，冷得发抖，庙虽无风，她又饿又冻又

第一百零六回　因吉伏凶宫裁玉陨　遇难成祥巧姐归田　289

怕，浑身打战。正不知如何是好，忽见有火石在那敬香之炉台上，又看到庙旁有村庄里的草垛高高堆着。她冷极了的人，也不管如何，扯了几个草把子，打火点着取暖。谁知这干草不经燃，巧姐又扯了一些加上去，到底力气不够，扯不远，风向忽转，猛然一刮，整个草垛都燃起来，把附近的草垛也惹着了。巧姐大惊。早有农户奔走过来，大喝何人，如何放火烧我家柴草，快抓起来！

那火势亮旺起来，一村人都围过来看，那户人家早已抓住巧姐，大声喝骂，又叫要报官。那巧姐哭着哀求，一边哭，一边看向围观的人群，忽失声长唤一声：

"刘姥姥！"

那刘姥姥一家子正围着看热闹，哪曾想放火的人竟然认识自己。刘姥姥唬一跳，忙越众前来，细细辨认，又不大认得，见来人这样打扮，也不似在哪里见过，正疑惑间。巧姐一世人，只在幼年时候见过真正的村妪，那便是刘姥姥了，母亲等人偶尔吓唬她，也提过刘姥姥这个名字，说要把她送到庄子上刘姥姥家去的。她一旦被村人围困，仓皇流离间，福至心灵，请神拜佛一般，勉强试着叫了一声自己惟一知道的村庄人的名字：刘姥姥！谁知天下就有这样的巧事，刘姥姥果真就在那人群里！巧姐见有人应，不管不顾的，死命拽住那村庄老妪的手，一叠声大哭道：

"真的是姥姥么！我是荣国府的巧姐呀！姥姥救我！"

刘姥姥哎哟一声，连忙拉住手。那家子恨道：

"你们认识？那好，这柴草你们帮她赔！"

刘姥姥缓过神来，忙笑道：

"赵老四，这果然是我家的亲戚，这些柴草是孩子取暖失错烧了。俺赔你，赔你！"

又转身悄问巧姐：

"姑娘为何到此？且不要声张，家去再说。"

一众村民灭了火。

刘姥姥知此事绝非寻常，也不多话，拉了巧姐悄悄家去了。

刘姥姥当日最后一次进贾府时，见过王熙凤的，也答应过王熙凤要全力寻找巧姐。只是她一个乡村贫苦老妪，如何有能耐找得到巧姐！虽各处留心，城里城外到处走，并不曾找得到巧姐。再说刘姥姥当日所见之巧姐，不过是一孩童，如今巧姐已成年，相貌早已不同当年，哪怕迎面而遇，怕也并不知道是巧姐呢！认且不能认得，更无从救起。只是刘姥姥这等忠厚仁义之人，既然亲口答应王熙凤的，心里便时常惦念着这样的一件大事，只不过默默焦急，无使力之处罢了！今忽见自称荣国府巧姐的人来，刘姥姥心里陡然一跳，苍天有眼，她真会自己上门来，巧姐啊巧姐，你真是个巧的！既然天作巧叫老婆子再得与你相遇，老婆子自当倾命相助！

一家子连同巧姐静悄悄回到农舍里，刘姥姥便细问巧姐这些年的际遇，说一阵，抱头痛哭一阵。世人皆知贾王两家已败，人口流散，巧姐并无其他可投靠的地方，刘姥姥忙收拾了地方，留下巧姐暂时与青儿为伴，将养些时日，查访可收容巧姐之贾家长辈，再作其他打算。

留下不几日，村里流言便起，说狗儿家里收容了个窑姐儿。狗儿听了，大不乐意，又寻思贾家之人死的死，躲的躲，一个都找不到了，难道要留她在这里一辈子养起来吗？回家便发怒要赶巧姐走。板儿青儿年轻心热之人，见巧姐可怜，坚决不许。刘姥姥和女儿好说歹说，暂且劝住了狗儿。那狗儿虽一时不撵人，却全然没有好脸色，恨进恨出的。刘姥姥愁了数日，思忖良久，也是没有办法之法了，忽然下了决心，一日晚饭后，正色向全家道：

"当年我家无钱过冬，眼见冻死饿死，是巧姐的娘亲接济我们二十两银子，方过得去。后来我们上门答谢，府里一个个惜老怜贫的，竟打发了一二百两银子和无数东西与我们家，我们才置田买地，宽裕到如今。俗话说得好，有恩不报，何以为人？如今我的主意，既然巧姐无处可去，当日她母亲曾托付她给我的，我就做了主了。板儿也是二十来往的人了，也还没有说媳妇，好的瞧不起咱们家，差的咱又不甘心。也是天上掉下来的姻缘，干脆就将巧姐留下来与板儿做媳妇罢！这公侯千金，神仙人品，可便宜了我的憨坨子了。咱们村里知道来历，这外孙媳妇是烤火烤回来的，到底嘴杂是非多，也怕走了风声。索性我们远远搬去我娘家村里去，买田地，置房子，过安静日子！"

又拉巧姐的手，引她到油灯照不到的地方，小声地问：

"大姑娘，委屈你了。不知姑娘可愿意留在我家吃苦？"

巧姐身穿青儿的粗布衣服，伶仃如暴雨中失群之燕，她知道贾家王家都已败了，自己不仅已是无家可归，父母长辈皆寻不到，且自身已是污秽之体，偷逃之身，除却在世间某个隐蔽角落苟且偷生，更有何法？她泪光点点，哽哽咽咽，半晌方嘶哑着声音，小声但坚定答道：

"姥姥做主！"

狗儿听了刘姥姥的主意，事关门风大事，大不乐意的。只是刘姥姥手里还有当日得的一两锭五十两的大元宝，并有一个古董茶杯，当日拿去当铺问过，价值吓死人的。田地家务，也都是赖她所置，家里她说话最响。妻子儿女也都听她的话，自己虽反对，怕是孤掌难鸣，便黑着脸不语，又想着便宜儿媳妇，不用聘礼妆奁，经济上倒也合算，慢慢也就松动了。那青儿听了只是高兴留下巧姐。那板儿二十来往的大小伙，见巧姐花朵一样的人品，性格温和沉静，一生也没见过这样的美貌斯文女子，竟说给自己做老婆，那惊喜是溢于言表的。至于来历身份，以这些时日看去，她的人品行事，绝非风尘轻薄之流，远抵得过命运偏差的错失，因此毫无芥蒂，只叩头称谢。大家商议几日，狗儿赌气几日，权衡了利弊，终究依了刘姥姥的主意。冬去春回，他们便远远搬家，在离长安城极远的农庄里做了自耕自吃的小富农户。巧姐做了板儿的媳妇儿，操持家务，生儿育女，虽是井渍辛劳，到底过了干净日子。只可惜这贾门之后，至贾兰巧姐凋零流落，便是终了之局，世间再无豪门贾家，也再无人问起了。正是：

末世洪流浑浊涌，
韬略济世命天涯。
师从太宰骑从帝，
兰自芳菲气自华。

春到金陵烟似画，
帝王数幸嫡卿家。
萱瑞堂上百花舞，
显赫侯门墨客夸。

百岁梦醒消绚彩，
更迭不继陷流沙。
星散只为风雷骤，
五世英豪化晚霞。

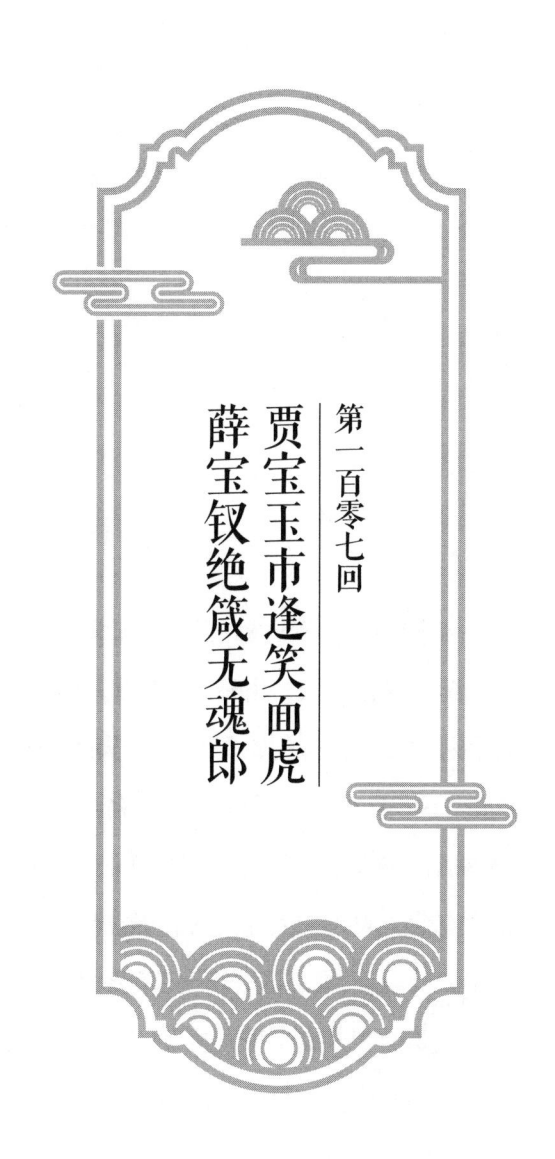

第一百零七回 贾宝玉市逢笑面虎 薛宝钗绝箴无魂郎

宝玉宝钗来紫檀堡，已经一年多了。
　　蒋玉菡和袭人，供奉宝玉宝钗，如刚来那日一样，未曾有变。贾芸夫妇偶尔也会前来探望，贾家的各样消息都由他们带了来：小花枝巷的人已四散，并无一字半句留与宝玉，各自悄悄去了，不知流落何方，宝玉宝钗已是孤家寡人了！蒋花二人更加心痛宝玉宝钗，亦更善待二人。宝钗实觉受之有愧，夫妻二人原无大恩惠在其二人身上，天长日久，二人如此倾囊供奉，何以克当！宝玉却仍无不妥之意。自宝钗与宝玉做了真夫妻，用女子之温柔谦顺，警宝玉之愚顽，望其丢开邪道，重新振作，谁知宝玉仍是日日笔墨游戏，不是回忆之前诗词，便是呆呆出神。书经古文八股，摸之如刺扎。宝钗每每设法规劝，宝玉置若罔闻，虽不反驳，魂飘万里，宝钗心灰不已，但又不可灰心，自己一旦灰心则万劫不复，两府再无希望，此生沉沦于晦暗处偷生，绝非她所愿。
　　这日，宝玉又作了一篇赋，诵读玩味，大为得意。反复诵了数日，连宝钗也注意了，走去看时，却是：

心赋

勉人为善，三教所存之本也。

道家以非常之道，勉其从者向善以修自身，或赋其术，或以长生。因独度其有缘者，世人鲜历其灵，然世人从之者也众。

佛者普度众生，扬本门智慧，谓众生自向善之念处便为入门，谓之悟也。西为东用，流年未灭，推为中华教尊。

儒者夫子之道，劝善乃第一要务者。其尚礼乐之治，行教化之功，理济世经著，佐君王之政。历代斯文正道是也。世间万民遵循之德者也。

余谓万教之始，曰善。夫人性之初，本无善恶，因生一日则有一日之欲，有欲则取，取则各有其法。所当为善，不当为恶。扬其善而抑其恶者，三教之所同。道之源起，佛之传世，儒之所治，皆从善之本原上来。

余之不从于三教，但求于心者，亦为善也。全心体贴，善而待人，亲清远浊，从天地之灵秀，尚世间真挚之情，此为余之善也。由善而知根本，由根本而知天地。洞于根本而弃浮世之表，则为世所见弃，余不悔也，日砌琉璃一砖，月立玲珑宝塔。恒如水滴石穿，滴涓成河，澎湃入海。喜挣脱桎梏，化水成气，散于物外，聚则成云，遨游苍穹，感知五洲，颂长音而吟隽永，得至善而聚气复身，向之余所亲近者。

故吾独有之善，发之心，待之情。非世俗之情理，盖类同之互荫。荫之天然，无邪天真，最可销魂。魂形聚散，物我两忘，喜乐清和，和更为善。感天地于物外，知无常之永生。清贫之奈吾何，嘲谤之吾于无意。岁长命短，生贵死贱，不过尔尔。愿白骨赤地，黑峰暗水，寂寥沦落之地，因善生情，因情而昌明远达，达于世间辽远荒凉之所，得平和之永恒。世间极乐，往复众生。

宝钗细细读了，大逆己意，怒斥道：

"宝玉！你日日沉迷这些道情，飘逸脱俗，自是快活！你亦深知，人生在世，需食果腹，需衣御寒，无人能免，生之第一日起，便消耗世间之物。我等来此打搅蒋兄袭人一两年了，日日向他们取我等之所需，毫无作为，毫无帮助，你真能如此安心？"

"他二人不是外人。"

"你倒也不见外！只是这些闲情诗文，此处也并非你一人方识！你只为自己一人之喜乐，忘众之喜乐，这喜乐如何有趣？我与你在这里打搅了一二年，你可知他们已艰难？"

"我并没有挑拣吃穿，依我当日，这些器皿如何摆得上台？如今有什么就吃什么，各样茶水也都吃了，哪怕艰难，我也无法处。"

"今日你还说那当日的话语！这几年的折磨，真真教训还不够么？龙血凤髓也罢，玉叶金柯也罢，一旦事败家散，则不过是尘垢秕糠。什么锦衣玉食，什么荣尊矜贵，再不须提起。若还有意这功名利禄，荣华富贵，惟当自强，照这世间的规矩，做学问，做人！远的不提，单说你贾家提携的贾雨村，虽是不齿，当日不是孤家寡人一个？怎的他今日高官厚禄，家大业大，贾家反不得此样一人可挽狂澜于既倒者？宝玉你不是贾雨村那般不堪之人，论天分，论人品，论学识，你如何不比他？若非如此，我岂能嫁你？蒋兄早已欲脱离梨园行，因你我在此叨扰之故，又去俯就权贵，混些治家盘费，因新人辈出，他又无心如此，被排挤见弃，已看了多少冷暖，你可知么？我等几个女人，日夜针线，并不足换得柴米之费。我与你每到一处，一处便片甲不留，也算是祸根了。再如此下去，不但世人看轻你我，就连我，也觉此生无趣！"

"我并无稼穑之能，亦不能结交权贵，我便想出些力，奈何无可处之法。我亦非草木，岂能无知？当日锦衣玉食、人中龙凤之优渥，我如何一夜成圣，轻易便舍弃了？由奢入俭最难，论难，无出我之右者。奈何天地翻转，我贾宝玉何曾有过翻江倒海之能？"

"如何便没有翻转之能？我等如何辛苦煎熬，不敢有怨。要的是你走正道，中科第。人人寒窗十载，悬梁刺股，你天分高明，哪怕不曾下死力，也早已有七八分了，只需再用功两三年，必可成就的。只要你再从科第出身，浮出晦暗水面，那往日的世交关系，便都可以重缔。官场上讲究的是花花轿子人抬人，互相关照，你有了出身，又有贾薛两门的根基扶佑，前途不小。那贾门流散之人，也都将向你而来。得道多助，焉有不成事之理？翻转天地，在此一功！"

"上次不是听得说，我贾门罪家之人，概不能用？如何还要我应试。"

"这回不得应试，三年后未必。听芸哥说，大嫂子那边贾兰已经参加武选，连连得胜，国家甄选人才，必当不拘一格，而今不过一时限制罢了！将来倘或兰哥武成，你又文就，正是叔侄双剑合璧，还愁无为国效力之机么？"

"唉，我已百事皆休，总是无力如此，不过各人尽心罢了。"

宝钗见话已如此，亦不曾真正打动宝玉，暗怀悲愤伤感，无可如何，只得含泪走开。

因又是年关，紫檀堡庙会腊月二十三就开了。宝玉先去逛了一趟，后在庙门边上看到有人帮人写春联，又堆了年画在卖。他忽然灵机一动，这笔墨上的功夫，自己也能做的！不如也学他们卖点字画，得些钱帮补生计，宝钗也会高兴些。

如此一想，赶忙回去裁了春联，学人家在麻绳上挂了一行，因想春联俗些好，便最左边大书"物华天宝"，最右边写"人杰地灵"，一串对联挂中间。自己羞于见人，只躲在对联后面。人家的春联，皆是或楷或篆，规整划一，宝玉写的却是极飘逸的草书，乡下人哪里识得，只觉不好看，少人问津。宝玉又画了几幅山水大观园图，又都是水墨写意，乡下人来买年画帖，都要大红大绿的喜庆图，这一片黑污，拿回去添晦气么？故此也没人买。宝钗袭人知道他去卖文，原本要阻止的，二人悄悄商议了，虽失了脸面，但能让他见些外头的世界，得些历练，也是好的，大家便商议定了装不知道。那蒋玉菡年前日日各处串场，虽不能做旦角，也做些其他角色，并做些布景杂务，日日忙碌，也不着家。

　　宝玉出摊半日，渐渐有人来和他说，人家的对联如何写，依你这样是不能贴的，浪费红纸。他老着脸从对联背后转出来，买对联之人对他说：

　　"不如你现写给我，按人家的样式，写我要的吉利话儿罢。"

　　宝玉听罢，这有何难？提笔帮他写就，金勾银画，端端正正，自比乡下人写得好。那人忙喝彩了，付了钱，欢欢喜喜取回。于是都来找他现写，忙了一大早，得了几百钱，欢欢喜喜。

　　宝玉得了趣，便要年前这几日都要写对联。尽有做其他生意的摊档嫌他挤他，把他往角落赶，他也不在意。也尽有人找他现写。无人找，他便仍躲在纸后不见人。

　　这日又有几人在他摊前驻足细看，宝玉躲在纸堆后面，也不出来招呼。忽听得一驻足之人朗声问：

　　"摊主何在？你是贾家什么人？"

　　宝玉深觉奇怪，走出来一看，竟然是贾雨村！

　　原来当日贾家事败，雨村并不受牵连，仍在军机处行走。待贾赦充军，细查其所涉案情，便扯出了石呆子的扇子案件，正巧石呆子见贾家遭难，心怀愤怒之火，拖着残废之身，大着胆子各处告状。一寻一告，两下相遇，

第一百零七回　贾宝玉市逢笑面虎　薛宝钗绝箴无魂郎

正落了实处。贾雨村屡涉各案却不受牵连，这石呆子事件虽小，却是证据确凿之事。加之贾家各事他皆瓜田李下，又有其他更多贪酷之举不可列举，都察院汇总呈报朝廷。不久贾雨村连降三级，任了五品闲职。又因忠顺王亦坏事，雨村左右靠山皆倒，再起艰难，便灰了心，只闲住京城，与夫人娇杏及姬妾子女享受些安逸时光。这日在城外名为体察民情，实则游山玩水，一处处庙会逛去，便来到紫檀堡，谁知见庙会书帖摊上竟有大观园山水，书法乃大家手笔，实则惊讶，便来相问。走出来的竟然是贾宝玉。

那贾宝玉业已成年，不复当日美少年之形容，眉目虽还未大改，但面色青黄，肌肤干涩，神色呆滞，举止畏缩。贾雨村大惊，忙问：

"玉兄，多年不见！如何在此卖文？"

贾宝玉见了雨村，虽原非一路人，却仍是故交，也听得说黛玉病重时他亦有出手帮助，便拱手答礼。他哪里懂得提防险恶虎狼之心，只以善心估量人家，便据实答了近况。

那雨村忙半真半假替宝玉惋惜，又说了一些官场与贾门相关的近况，问了宝玉住址，约定年后来拜访，又予了宝玉五两银子。

宝玉回去后，说与众人听了。大家却都觉不妙。那贾雨村原非善类，多少事由他生起，如今虽降了闲职，却不是好相与的。虽都不出言责怪宝玉，却也烦恼，也只得走着看了。

那雨村却是有想头的。当日隋家西府被烧了个干净，贾宝玉有着千丝万缕的牵连，隋家十分恼火，却因无实据，也不好明目张胆公告抓他，访得他走了，也只得放下。今雨村降黜，深知是自己后台倒塌的缘故。若自己新寻个靠山，便不愁东山又起。一见宝玉在此，他立即便知有用！只将宝玉之下落献于隋家，便又是巴结隋家的敲门砖，一旦来往，以后自有好处的。

过了正月十五，贾雨村果然来访。众人皆有提防之意。因宝玉一片愚钝之心，又请了各人来相见。那贾雨村见了宝钗美貌，名不虚传，表面上不敢正眼看她，按礼打躬，心内却是一叹！

且因贾兰得了军功，又正在隋家麾下，贾雨村便欲看清二者之间是否有甚波谲云诡，再作打算。故上访隋家告密之事，便拖了下去。

宝玉因无法忍受众人日夜关切期待，开始三两日不着家。众人也曾跟他去看在外做些什么，不过是水边坐一日，松林蹲一天，庙里跪半日，田野逛半天。宝钗袭人知他是旧疾复发，满山野祭奠那些故去之人，领头的必是林黛玉。历经磨难后，心内那些苍茫郁郁之气，他一丝也未散开。那永逝之人，留于世间的自是凝固的完美。这些在生之人如何能比！他在山野撮土伏地，燃草为香，情义难绝，那草便燃在宝钗心里，星火燎原。宝钗无尽怅然，觉此一生尽毁，心冷意灰，便默默和宝玉分开就寝。那宝玉虽已察觉，因觉无脸问她，也就默默依宝钗罢了。

谁知不到一月，宝钗忽觉身子有异，悄悄请医诊脉，已有两个月身孕了！

宝钗无声大恸起来。宝玉日日游荡在外，何曾能给后代一些生机？自己父母兄弟皆亡，在世间孤身一人，一介女流，置将来何？置孩儿何？置贾家何？置薛家何？置那些三两年来一一故去的亲人何？宝钗自谓已齐眉举案，尽了所有，却换不来宝玉一丝进取。倘若她原本是贫寒之女，无兴家立族之责，她定当走出去，独自抚养孩子成长。她过去将希望放在宝玉身上，这些希望，一天天无望！饶是铜心铁肺，宝钗也止不住大痛大悲起来。

宝玉归家，见宝钗在床上躺着，怏怏无力，眼角满是泪痕，大非往日可比。宝玉吃一大惊，忙过来看宝钗。那宝钗躺在床上，泪水涟涟，娇软如风摧之花，柔弱如雨中燕雏。一握她的手，柔弱无力，长日劳累，手已不似当日温润。那宝玉心如刀割，柔声问道：

"好姐姐，你这是怎么了？"

宝钗不答，那眼泪越发滴落下来，又急又快。宝玉急得火烧火燎，霎时间也满眼泪水，忙拿绢子帮宝钗拭泪。两人对泣一刻，宝钗哽咽道：

"你何必流泪！我今日之泪，为我薛宝钗自己而流！你之泪，为他人而流，你之泪早已非我之泪，何必相对而泣！"

"姐姐连流泪都嫌恶我？我原非故意惹姐姐伤心的，我从来都不想让姐姐伤心。我何尝不恨自己，不仅不能让你称心如意，反添了这么多苦楚与你。姐姐今日伤心如此，是什么缘故，告诉宝玉知道。若是宝玉有错，必当改过！"

"你何曾真心真意为我改过一丝一毫！我大凡劝你，从不是为我一人私利，不过是为家族，为了你出息！这心已揉碎，也无希望可言。这一生也不过如此。"

说罢，宝钗大哭，那宝玉也痛哭起来，呜呜哭道：

"这人世，竟不堪得很！"

宝钗哭了一会儿，事已至此，也只得坦言了，便努力收泪，平复一刻，向宝玉说道：

"你可知我今日为何伤心？"

宝玉也止了悲声，静待宝钗说完。宝钗又长叹数声，拉了宝玉的手，置于自己腹上，含泪道：

"不久，你可探得到孩儿在母腹中动静。"

宝玉一时不解，片时方大悟过来，头上嗡的一声似重锤砸落，眼冒金星，身如雷击，呆如草糊泥塑，手如火烧一般缩回去。宝钗见了，又是辛酸，又是失望，那心灰如万虫噬啃在心肺一般。半晌方道：

"诧异也罢，无措也罢，孩子便已在腹中了。至此，你还不觉悟么？"

宝玉脸涨得通红，良久方嗫嚅道：

"我已害了姐姐，害了这么多人，如何又有新生命来，我又要害他？罪该万死，罪该万死！这这这，如何是好？"

宝钗厉声道：

"宝玉，如何还执迷不悟！你余生之命，是众多性命换来的，不是你自己一个人的！你怎可挥霍？上到老太太，元春姐姐，生你养你的太太，乃至无亲无故的妙玉，倾其一生的黛玉，视你为手足的凤姐姐，下到赴火场的芳官藕官葵官紫鹃，还有这痴心白头的薛宝钗，眼睁睁这些人为你失去性命，来换你区区一命，你的命不是你自己的，是大家的！如今，又有子女之命在手，你还要游荡蹉跎么！"

宝玉双手捧着头，蹲在地上，困兽一般号哭。宝钗起身，拉他的手道：

"宝玉，我心碎不亚于你！你听为妻劝，为贾家，为薛家，为长辈，为故人，为我，为子女，收了邪心，成就事业，都来得及的！来得及的！为妻信你一定可以！一定可以的！为妻恳求你！为妻给你跪下了！"

宝钗果真跪下来。那宝玉益发号啕大哭起来，跪在宝钗面前，二人碰头痛哭。

袭人麝月一直在外面静听，见二人久跪大哭，惟恐伤身，忙进来劝解。宝钗见她们进来，十分失礼，也就被搀起身来，别处坐着了。那宝玉手捧着头，如痴如傻，哭一阵，又呆一阵，只在内房角落里席地坐着，一夜水米不粘牙，也不说话。众人都知道他在心神交战紧要关头，也由他独处便了。

第一百零八回
山河相忘悬崖撒手
雪落人散大地茫茫

清晨，大雾迷蒙，道旁皆是枯草冻芽，那远行之人，脚步趔趄，踩在寒春冰冷荒凉的黄土路上，就此永不回头去了。

早上，麝月不见宝玉，忙各处寻，哪里有他的影子，忙禀报宝钗，同袭人满屋子找，哪里有在？昨日还如此精诚苦劝，今日又出去游荡，这宝玉还有何救？那宝钗更是痛不欲生，被子盖着脸，瑟瑟痛哭不止。袭人麝月忙来劝解，二奶奶保重贵体，如此伤心对孩子不好，待宝玉回来，我们一同劝他。

往日宝玉出门游荡，不过是一日半日，必当回转。今日午后仍不见他回来，众人有些担忧，便着蒋玉菡周围看看。谁知直到天黑，蒋玉菡四处寻找，一无所获，又转回家来，也不见宝玉回转。众人着急，都茶饭无心，商议明日分头寻去。宝钗愈发烦恼，麝月只得一刻不离身陪伴。

第二日蒋玉菡便唤人一同周边去找，分头寻了个遍，又四处询问，都说不见有这样的人经过。一日下来，又是一无所获。

如此找了七日，仍然一点消息也没有。那宝钗几乎白头，袭人麝月也呆滞起来，知道不妙。若是宝玉寻了短见，便也有异样事情周围传出来的，奈何一丝音信也无。宝钗知宝玉之心，揣度他因世间种种磨难煎熬，承受不起，逃脱走了。如此狠心！连自己未出世的孩子也不见面！心中忧愤，食不下咽，日日以泪洗面，消瘦如黄花，憔悴如老妪，着实可怜。袭人麝月日日宽慰，小心伺候，那宝钗实难支持，卧床不起。

已是仲夏，宝玉离家已经三四个月了！宝钗腹已渐隆，饮食少进，默言寡语。除了勉强挣扎做些活计，门也不迈。对春雨，春雨沥沥，无宝玉之声；对夏风，风声嚯嚯，无宝玉呼唤；对灯，昏灯哑哑，无宝玉之伴；对窗外朗月，月色凉凉，照白茫茫大地，旷野千里，无归人之影。想自己亦花容月貌，品行端庄，为女为妻，尽心竭诚。家世衰败，自己飞蛾扑火，丈夫颓废，自己仿乐羊子妻，哪得有错？岂知世事无常，孤身流落，这凄凉冷落，竟然如此。

宝钗日日黯然神伤，正辗转难安，忽贾雨村又来访。

原来贾雨村打听得贾兰战死，便立即猜测这隋家仇怨贾家之心不改，他献情隋家，必有好处，便又来看宝玉是否确还在此，便好下手。一来，却发现贾宝玉已出走数月了。那贾雨村只觉好险，幸好来了一趟，否则说与隋家，又寻不着，那就拍马屁拍在蹄子上，吃不了兜着走了。

转念一想，也不是白来，那薛宝钗流落在此，朝不保夕，如何结果？不如……嘿嘿嘿，自己收了她！这原本是大家子的仙女，哪里轮得到他贾雨村？如今落难了，何必等那糟透了的黄口小儿贾宝玉？能等来个什么？自己功成名就，金窝请进金凤凰，自然相当！

贾雨村打了这样的主意，便带了仆妇三日两日来紫檀堡，送衣送药，及汤水滋补之物不绝，那一等关心怜爱，竟比自己的家眷尤甚。众人看在眼里，便明白了贾雨村的心思，又气又怕。麝月先就把持不住，愤愤数落，癞蛤蟆老山羊，如何打这没天理的主意。二爷不过出门游历，迟早得归，二奶奶正在安心待产，并非羸弱孺妇，便略有点人性，也不至存这样的心思。袭人虽稍把持得住些，也心急不已，又不好商议宝钗，雨村再来，便不给好脸色看。那雨村见她们已经知觉，心中一笑，既然你们已知觉，一不做二不休，不如开诚布公，大家好行事，便寻个机会闯进宝钗房内，索性向宝钗开言道：

"薛大姑娘，贾宝玉是你从小深知的，虽生得周正，却不学无术，乃禀赋邪谬一流人物，于国于家无益，如何担得起家庭重担？今他出走，乃临阵脱逃，迥非丈夫所为。你何必还以他为夫，痴心妄想，蹉跎耽搁？今雨村已卸了官场重担，生计无忧，正是清闲恬淡人生，若得一懂得雨村之知己，则此生完美。恰逢姑娘在此，孤单无着，冷清孤寂，年轻红颜，如此漫长人生，在此消磨陨落，实是可悲可叹。若姑娘离这广寒冰窟乞化之地，可终生陪伴雨村，则雨村死而无憾。不仅姑娘终生有靠，所生之子，雨村定当视之为己出，珍而重之，老妻娇杏甚贤，家中人口简单，姑娘与孩儿定可安身立命。

"雨村岂是那粗暴狂徒，也饱读圣贤之书，既受教于子，当守礼如君。姑娘当在这里安心生产，也等等看贾宝玉是否得返。待孩儿出世，若他仍未归，则姑娘可当机立断，随雨村搬进城里，否则，母子有何活路？

"老妻娇杏最是大方忍让的，姑娘去了，你二人也不必分大小，并肩而立，一定不会屈尊姑娘！"

宝钗正挣扎着做戏服水袖，平静地锁边，衲花边，绣缠枝莲叶，一概无知无闻。那雨村大着胆子，要上来看宝钗活计，麝月拼死上来隔在二人中间。那雨村微微一笑道：

"造次了！"

又在外面坐了片刻，方回去了。

这里宝钗见自己明被雨村觊觎，欺人如此，又是悲愤，又觉无能，拿着绣花针连连扎自己，麝月忙哭着拉住，已是满手鲜血。袭人也上来忙夺了针，绞了热帕子替宝钗抹拭，又是痛又是悲愤，也哭得了不得。三人抱头，大痛一场。也不知这人生，竟有这无尽无底的深渊磨难，这为人的意趣，真正寡淡得很。

夜深之时，三人商议如何对付贾雨村。宝钗道：

"你二人无须担心，我只不答言，这几个月便无事。我定当在这几个月里想出对策来。其实也不用多虑，不过是命罢了！"

袭人满怀温情地看着宝钗隆起的腹部，轻声道：

"二奶奶谨慎，现在是两个人的性命了。"

宝钗一丝笑容也无，握了握袭人的手。

第二日，宝钗请蒋玉菡偷偷去打听宝琴与湘云下落。过几日，探得湘云夫家官爵尽失，夫君暴毙，举家退居金陵原籍，甚是凄惨。宝琴与梅家外任数年，年底也许回京的。宝钗听了，大替湘云哀伤，乃是伤上又伤，这人世真正无趣味！待孩子生出来，自己了结了吧！若蒋家无力抚育，托他们日后把孩子付宝琴抚养，也不至于无靠罢。想毕，忽然笃定起来，三四个月时间，如何也可以熬的。

蒋玉菡回来又说，贾雨村请权贵吩咐人到两三处共事的戏班说话，命他们需善待蒋玉菡，有丝毫不公对待，需仔细着！这又是贾雨村在施压了，今日可吩咐善待，明日翻脸，则可吩咐不留！无奈，贾雨村又来时，袭人麝月等又只得好好敷衍，宝钗则在里面，雨村要闯，麝月只引他到窗外看看。贾雨村要的是一个完整的宝钗，也就耐着性子等宝钗生产。

十月中，寒风萧索，大雪忽至，十二日起便飘鹅毛大雪，一连几日。十三日，宝钗作动了，忙请了稳婆接生。怎奈宝钗腹痛不止，左右翻滚，只不见孩子出来！那稳婆慌了，怕是难产！又忙请郎中在外面配药催产。喝下药去，更加腹痛，仍然未有生下来的意思，众人都焦急不已。痛到第二日，开始流血，郎中也顾不得，隔着蚊帐搭脉，大惊道，完了完了！孩子应该已是胎死腹中了，现在保大人要紧！赶紧把死胎生出来，参汤救大人！又调药方，又教稳婆救急的法子，折腾到天晚，仍然无用，那宝钗气息微弱下来了。危难之际，宝钗自己想起来，珍藏的冷香丸，乃世间珍稀之物，服用定可保命。只不过现如今这样的命，要来何用？趁她们都没想起它来，就让它永远在这里树底下化为泥土，再莫说世间罕有、济世之功的话，只滋养草木，再不为药，也是干净了。

十五日早上，已是作动的第三日了，宝钗流了大量的血，面如金纸，白唇皲裂。稳婆也放弃了，郎中也摇头。宝钗握着袁人麝月的手，轻声道：

"原本想把……孩儿生……下来，托付你们与宝……琴抚养，他既不肯来……这世上，也……好……少受些苦……罢！"

大家都大哭起来。那宝钗挣扎着最后的气力，向袁人道：

"若……宝玉回……来，告……诉他，我……不怨他！让他在……世……上好好的！"

宝钗说完这几句，已是咬牙挣命了，最后悠悠叫道：

"宝玉，宝玉……爹娘……兄长，我来……了，宝玉，宝玉……"

"宝玉……宝玉……宝玉……宝玉……"

宝玉宝玉叫着，宝钗慢慢闭上双眼，永远地闭上了眼睛。

牡丹真国色，绝顶带露开。
暴雪崩天外，飘零堕尘埃！

第一百零八回　山河相忘悬崖撒手　雪落人散大地茫茫　309

蒋玉菡袭人麝月一齐跪下来，哭得死去。

这贾家最后的一点骨血，就此断送。世间再无金陵贾府，也再无那百年豪宴。万丈红楼，一炷成灰！

贾雨村因这几日有公干，未曾到紫檀堡去，好容易完事，估摸这几日宝钗要生产，忙忙带了仆妇东西赶过去。到得门口，听哀声四起，大觉不妙，忙走了进去，宝钗已在棺材里躺着了！大雪纷飞，贾雨村揭开裹尸被看时，那宝钗在雪中栩栩如生，美丽动人，竟是世间不可再得之容。贾雨村内心不禁大为不舍，也掉下泪来。拜了数拜，转身就走，任身后大雪飘下去，飘下去，厚积在苍穹之下，掩埋这世间精魂，惟有这洁白无瑕，清洁容世之广博，方可慰藉这世间高洁之士。

雨村回城，惊魂不定，眼前时时浮现宝钗仙去之貌。如此数月，中秋，在家中与妻妾儿女们饮宴，半酣之时，眼前浮现的又是宝钗之容，内心伤怀，吟成一阕曰：

凌云莲立雪，
束手怎堪怜。
雪化翻层岭，
捧莲度岁年。
娇莲不胜怯，
凋敝别仙缘。
意志随莲落，
红尘最熬煎。

这一阕，实有不祥之兆。

不久，当年被雨村开发充军去的葫芦庙里的旧门子，在塞外苦寒之地，竟得了战功，不仅压倒了隋将军，还火速成了戍边第一人。这门子如此辛苦亡命，蛰伏数十年，不过也是欲报仇雨村之志所致。他如今在天子面前得志，谁敢小视？他极高明之人，自己也不出手，只轻轻一点，那雨村便倾家荡产，家散人亡，只剩他一家一口，不名一文，指令他去如今早已重建的新葫芦庙里出家，方留他一命。

于是雨村又回到金陵葫芦庙里，削发为僧，日日诵经祷告，虽有怨恨，然年老衰弱之身，真心看破红尘，世间各样游戏，皆是跳不出的尘网圈套，何必看真？海天悠悠，白云苍狗，问世间费心若何，不过是一大梦耳。

他日日随口念诵，不是佛号，却是几句熟语：

  星辉照微雨，晨曦醒大荒。晚钟敲鸦宿，市声湮炎凉。
  为生千般好，幻变万种难。割却烦恼丝，舍得三生怨。
  身如苦青松，心似明月潭。自在无我境，红楼皆幻缘。

附录一

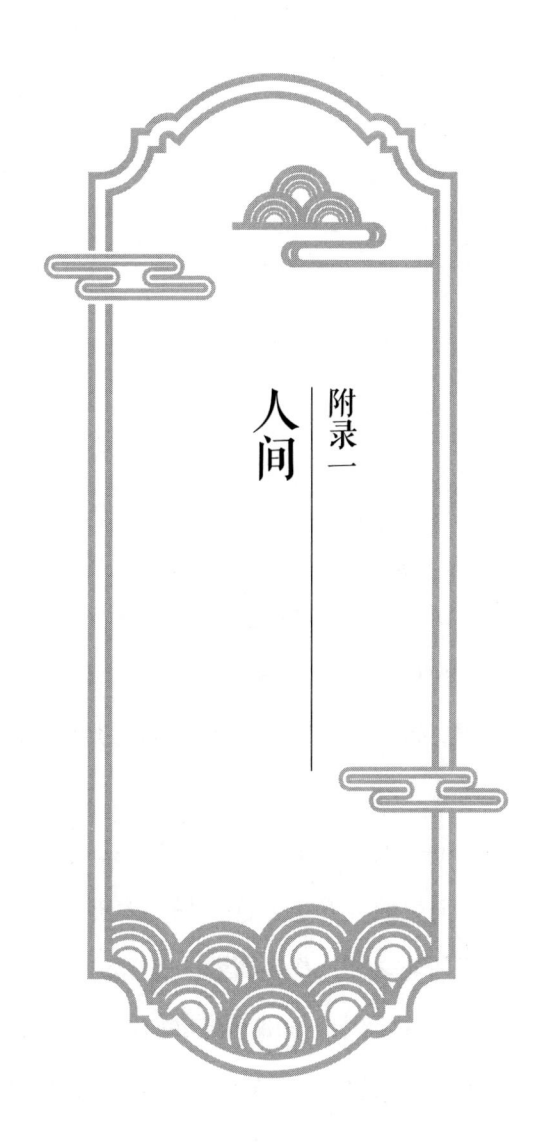

人间

贾宝玉在旷野里独自前行。

数年的磨难，重重打击，他早已无法承受了。他疯狂一般离开了紫檀堡，离开了宝钗，不知道要往哪里去，脑中只有模糊的意念，走罢，走罢。

他一人在荒山野岭里转悠，松树下，野草丛，夜晚就地一滚，狼虫虎豹，便来取宝玉性命吧！松涛滚滚，雷雨阵阵，虎狼绕行，蛇虫不侵，那宝玉所到之处，祥光霭霭，鬼怪不近。有破庙，有荒屋，躲雨安生，雨声如诉，他听到每一滴雨声是林妹妹轻唤：二哥哥，二哥哥。过去的种种，他慢慢不记得了，林妹妹是少有的几个念想之一。

饥饿，他在村野乞食，村童都围定他来看稀奇，一个夏天披烂厚毡的疯子，头发蓬乱，步履趔趄，眼睛空空洞洞似有风吹出来。孩童们大胆用小棍戳他，用小石砸他，他见自己可以被人玩笑，还有点用处，咧嘴笑了，露出白牙，与乌黑的脸对照，倒吓了孩子们一跳。有善心的老妈妈施舍他粥饭酸齑，他脑中还有模糊的意念，自己的命不是自己的，不能死。这一被施舍，又要活下去，不得死了，他不禁流下泪来，冲开了脸上的污垢，围看的人见他有了吃食反而哭了，脸花得可怕，更加取笑起来。

　　当日见过宝玉之人，如当年秦氏出殡时，路过村庄有过一面之缘的二丫头，或是当年茗烟的相知万儿等人，些许还认得出来些儿，见宝玉竟流落到自家之地来，不仅施舍吃食衣物，又问他来历去向，可曾需要帮忙，可要留下歇息几日？可要寻什么人？终究往哪里去？那宝玉如入混沌世界，一概无视无答，自顾去了。

　　一村一店地游荡下去，秋风瑟瑟，满地金黄，宝玉坐在大树下，让落叶掉到头顶，落一叶，自己脑中一切的好与不好，就随它落地，腐烂，化为尘土，从此再不相见。冬雪绵绵，刺骨寒风夜，无可抵挡，宝玉紧围破毡，脑中那些杂草，让它在风雪里冻僵，略一转身，咯吱断裂，每冻得辗转反侧，就当压碎冻僵之草，让它永不再生。春天，林妹妹每犯咳嗽，花不必开，柳不要飞絮，日日微雨便好，每每微雨，妹妹身子爽利，便是诗意世间。夏天，处处举棍抽荷，多少农人喝骂追打，因不喜世间鲜荷叶，妹妹只要枯荷听雨。后来，还是抽荷，慢慢忘记了为什么抽，忘记了自己是谁，忘记了此地何方，忘记了世间所有。眼见之地，皆为外境，身处之时，皆为虚幻。虽还在世间，似已脱离于尘世之外。

　　也不知道多久，总有三五遍寒暑，忽一日宝玉走至一所在，朽败倾颓摇摇欲坠，门上残缺不全的一匾曰：智通寺。那宝玉早已不识字，只是走远了，门口蹲一蹲，或有人出来，乞些吃食。半晌有一花白老僧出来，如百岁老寿星，穿百衲衣，拄一竹杖，颤巍巍的，正要问门首何人。宝玉见有人出来，也便站了起来，欲伸碗乞化。那老僧见了宝玉，忽然大哭起来，拉着宝玉，急切道：

　　"吾九十三岁矣！九十三矣！"

　　那老僧一则急切了，只说得囫囵话，再者见到宝玉，大惊大喜，一时竟说不明白。他的原意是自己已经九十三岁，苦修至此，仍是凡胎朽木，何故你如此年岁，便已是仙体金身？我已垂暮，速提携我修炼，脱尘俗，成大道，我好不容易等到你，我九十三岁了！等不得了！

那宝玉哪里解得来，连话也说不清，又不明事，便呆呆站着。那老僧忙拉他进来，宝玉见有熟薯，也不管怎的，一把抓住就往嘴里送。那老僧看定宝玉，知尘缘可了，内心平和欣悦。待宝玉吃完，便带宝玉看庙后的菜地、薯地、井台，又引他看庙中化来的米粮，又指了地方叫宝玉盥沐，叫他从此便在这里了。宝玉懂也不懂的，老僧交代多遍，他方点点头。老僧又道，自己要去了，只需宝玉送行，大道可成。宝玉哪里懂得，笑着由老僧摆布不了。

晚上，老僧备了斋，两人吃了。老僧留了一封书信，托路人带去，交付本处村庄之里正。自己沐浴更衣，请宝玉在破败禅室内卧了，焚香礼佛，自己静坐入定，无须一两个时辰，只见他歪向一边，已经安然逝去了，自然也是入了无极大道，归于西方极乐世界莲座之下。

第二日村民依信而来，果见老僧已逝，真乃自断生死之活菩萨！忙办了后事。信中又说庙留与来人，必成大果。众人也依了，见宝玉痴呆不知事务，更比老僧痴傻，便也不耐烦，各自去了。

宝玉留在庙内，也不会煮食，也不会耕种，勉强吃了老僧留下的可吃之物，便不知如何处。那日又手拿着碗，在庙内发呆，忽走进来一人，看了宝玉半晌，忽失声叫道：

"二哥哥！"

宝玉听有人说话，抬起头来看，其实也不认得，那人竟是湘云！

原来湘云当日嫁去卫家，极是神仙一般眷侣，虽卫家人口众多，外头看起来甚好，却不知上严下酷，互不和睦，虽极富贵，却极复杂。那湘云心直口快之人，甚不得好，幸亏丈夫卫若兰极为疼爱。不久史家被连根拔起，侯爵被废止，有职者均被罢官，发回原籍金陵。湘云随夫居金陵卫家，若兰不改对湘云的恩爱之情，二人小院诗酒夫妻，舒心惬意，亦是风流时日。岂不知世间就有这大不美之飞祸，一大家子回金陵不久，还未完全安顿妥帖，那若兰忽染暴病，只三五日，便一病去了。湘云哭得死去活来，又能如何？只得孀居。未及三月，卫家女眷上下皆说她是吊梢三白克夫眼眉，正经的吊额白虎丧门星，明讽暗骂，把若兰离世之恨都发泄在她身上。那湘云才来两年，原本无出，史家又倒了，孤苦无依，众人都作践上来，她哪里忍得，越回击，越是遭恨。长辈便命她趁年轻改嫁，湘云死也不肯。正值卫家官司缠身，青黄不接，窘迫不堪，卫家之人恼怒起来，便立意卖掉湘云。

一日，外面传报，有史家之人从京城带信来，有东西交予湘云，在郊外某处悄悄等候，命湘云速往。不容湘云思索，也不用自家车轿，外面的轿子抬了出去，翠缕也不许跟去，只外面两个出门的婆子相伴。半日出了城，相伴的婆子也悄悄回来了，几个轿夫一径把她抬到郊外远处小镇的妓院门首，才放下轿子让她下轿。那湘云见这样地方，方觉不妥，身边无卫家之人，轿夫也是外面的，便着了慌。那老鸨见湘云如此美色，真是天上掉下来的摇钱树，忙招呼人引导湘云。那湘云急向老鸨诉说，自己原史家之女，卫家之媳，怎会送来此地？必有误会！那老鸨笑道：

"我不管你死家活家的，我出了银子买你，你就好好给我在这里赚钱，你只要听话，我疼你，必有你多少好处！"

湘云哪里肯依，被生拖死拽，拉上楼去。老鸨便细细说这里的规矩。湘云大惊大怒，见众人围上来，紧盯紧逼，料难逃脱，把心一横，拔下簪子，挥簪就往自己的脸上一划，血肉模糊，容貌已毁。那老鸨料想不到湘云如此刚烈,大喊晦气,叫男人们来夺。那湘云又连连数划,一张脸已皮开肉绽,不可收拾。只得叫了郎中来治,捆了湘云在下房里,看脸上会不会不留疤痕。待身子好些,又押着她做粗活。

不久湘云脸上渐渐好了,紫红的五六道僵痕,眼斜嘴歪,已经不值钱了。老鸨大怒,如此她的钱就打了水漂不成!便吩咐龟奴打手,可随意糟蹋湘云,她原本是大家小姐,你们都见了她原来多美貌,如今脸虽自毁,身子还好,你们随便玩儿,兴许还给你们生个儿子出来呢!

晚间,那三四个男人果然摸上楼来,要奸淫湘云。那湘云不想自己毁容,却还难保清白!本想做粗活,伺机逃走,再去告那卫家,谁知还是保不住命,罢了!湘云被他们扯扯拉拉,退到窗口,一翻身就跳了下去,便摔背了气。

那些人打着灯笼火把下去看,见摔晕了,也不理她,如此烈性之人,留着何用!把她拖去街角土路上扔下,若她命大,就由她去,若死了,不关妓院的事。

谁知挨了两三个时辰,湘云竟醒了过来。天明之后,有人来围观,又有心善的郎中来看,湘云断了一条腿,给了她几服不要钱的药吃了。湘云挣立起来,虽得了性命,自此瘸了腿,又无脸面再寻访亲友,也不敢去找卫家,如今她被卫家发觉,还不如蝼蚁一般被捏死以灭口?她只得在城外四面游走要饭。她其实心想,不如死了倒好,却又似有什么不了的事,又不曾死。

这日流落乞讨到智通寺门口,偶然一瞥,里面那人似是宝玉!忙进去看时,可不就是宝玉!湘云忙哭叫宝玉,那宝玉似是呆傻,认不出湘云,也不能言语,手里握着碗,讪讪笑着。

湘云大惊,忙满庙找人,除了宝玉,朽庙空无一人。见宝玉似饿,翻出来小米，熬了粥出来，宝玉忙忙吃了，又坐在亮光处发呆。

好容易有人经过，湘云忙打听宝玉来历，人皆不知，只说了老僧之事。湘云见宝玉失智，一人在朽庙，她忽生存世之由，她要照料宝玉！

她乞讨数日，又化了布匹等物，自己裁，自己缝。她的针线原本是少有的精巧，择了初一的日子，把那些活计装扮起来。这朽庙原本无人来拜，少有供奉。这日初一，经过之人忽远远望见庙门金黄绸装饰，智通寺匾额重新书就，书法刚毅洒脱。众人来了兴致，趁是初一，原本要烧香的，便进庙来，一进庙，香也是现成的，拈香到佛前，不仅佛披金装，更见佛前供着一朵极精致的莲花，虽是绣成，却娇艳欲滴，世间真有之莲，也不如它精巧庄重。拈香之人见之，似被佛感召一般，心胸大快，走时都有捐香火钱。湘云便在旁边，见有人捐赠，便送一小香袋，十分精巧。乡下人哪里见过这样的精巧玩意，又都传开了，都来捐个十文二十文，香袋已经送罄了。湘云便笑道，十五请早！还有呢。

得了香火钱，湘云便办了伙食与宝玉，又帮他添件僧衣。那宝玉一切也不在意，只在亮处发呆便是一日。

数月之后，智通寺已今非昔比，人来人往，香火旺盛。逐渐有其他和尚前来，三两年间来了三个，化缘修缮，有了新大门，新大殿，几间小禅房。宝玉便是智通寺的祖师，他也不做什么，只默坐无语。众人都笑他是禅家第一面壁坐功。湘云则充当庙里的净人，负责照顾宝玉起居，并做佛前供养的针线及香客之香包等。如此一庙之众，诸得安生。

光阴荏苒，宝玉湘云二人，在智通寺过了一甲子。其实他们哪里知道，智通寺位于此大山的平阳开阔之处。绕山一转，数里之外，山阴之地，林家扬州的坟地正在此处。未曾葬去苏州祖茔的林黛玉，正长眠于此。冥冥之中，宝玉正在这前山寺庙里，为黛玉守了一甲子的坟！

这日湘云闲来无事，默默计算，明日，贾宝玉将满九十，自己也八十九了，这漫长一生，已是足而又多了！

她去禅房看宝玉，那宝玉须发尽白，湘云脸熟，他些许认得，拉她的手，似有道谢之意。湘云见他似认得自己，十分意外。那宝玉大似清醒，手脚灵便，在自己多年的旧衣内袋里，翻出一褪色旧荷包来，里面就是通灵宝玉。多年来，原来这通灵宝玉从未离开过贾宝玉。他把通灵宝玉衔在嘴里，口内忽然念出文字来，不是他自己所作，也不是当日大观园的诗，不是任何熟悉的语言，古怪无闻，长篇大套。湘云先是惊讶好笑，忽觉得宝玉拉她的手，先还是在禅房念诵，不久，觉两人已腾到半空，宝玉所念之文声震山河，日月无光，星光晦暗，花为之开，树为之摇，山河为之变色。他们俩的身子在蜕变，回到当日在大观园的样子，面容年轻俊美，身着最精美华贵的衣裳，衣带飘飘，祥云缭绕，轻歌曼妙为伴，飞仙引导向前，飞向那极高处，极远处，无极大道之境。

智通寺这日忽然香雾缭绕，仙乐缥缈。众人大惊，似听得有人诵无上妙音，在天地间回荡。一阵香风过后，雾开云散，红日满天。待去禅房看时，祖师与净人盘腿对坐，一同仙去了。

火化祖师遗骸，得血红舍利八十枚，形如泪滴，晶莹如酥。那便是凝结世间恩怨情义之心酸血泪！ 世人方知那贾宝玉乃世间至情之神，历劫教化众生。众人忙将血泪舍利珍重供奉起来，传颂神州，瞻仰至今。

正是：

莹润通透，赤血丹心。铿锵玉质，氤氲宝华。稀世至宝，血泪所化。
三世仙缘，今生俗愿。花败枝残，楼焚人散。人世悲欢，声声长叹。
攒泪成珠，历劫之精。至善至情，至爱至亲。舍利为证，惟情永存。

附录二

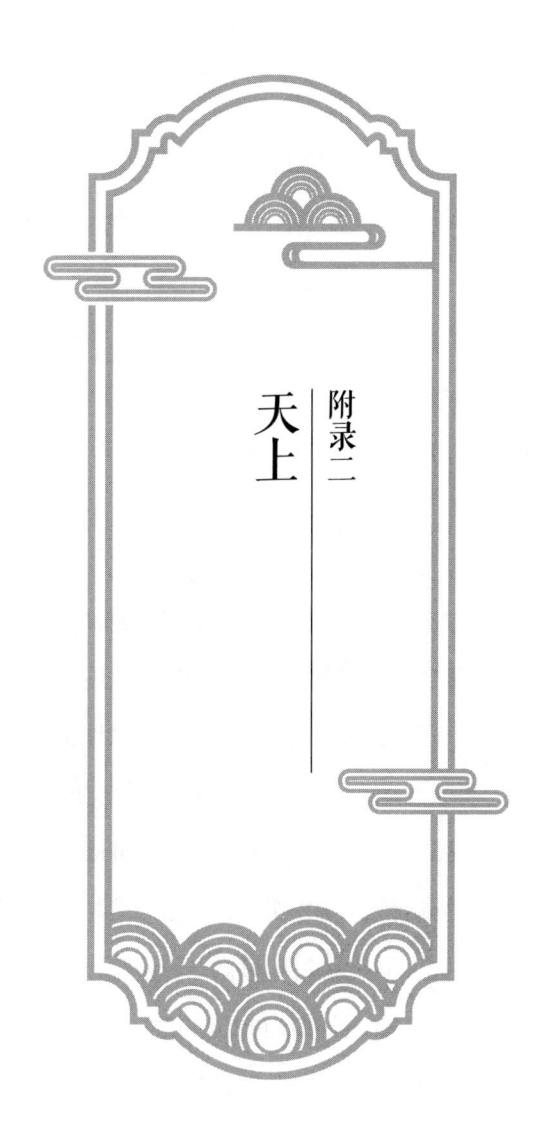

天上

大道所成，太虚幻境，霞光万丈，紫气蒸腾，龙翔凤舞，百鸟争鸣，清泉凛冽，柳暗花明，远山近亭，瑞兽成群，络绎往来，仙子圣人。

　　这日幻境之仙齐聚门首，警幻领众仙在门口齐等神瑛侍者及湘云。一时多少仙姬引着二仙脱了尘网，到达幻境，众仙聚齐。

　　那茫茫大士与渺渺真人亦依时在大荒山无稽崖青埂峰久候。只见那石随着神瑛侍者飞升脱尘，按期而归，虽身上字迹分明，因经历了世间种种磨难，人世无常，悲喜难辨，已再诉无言，不再作声了。二仙安抚了石头一番，又道，将来自有世间之大能有缘者曰曹雪芹，必得空空道人之卷，将你所历幻缘编录撰辑，流芳传世，则你不枉此行了！抚弄一番，那石头归了本质。二仙望天上对警幻笑着拱手，卸了公案之责，又自游历去了。

　　此乃太虚幻境三劫后的大团圆，众仙齐聚。警幻大开筵宴，款待众仙。细数各历幻缘，虽都不留痕迹，到底亲身亲历，多了警醒与知道，也与了世人多少缠绵不尽之例，教诲世人，情乃人世第一要务。人之为人，迥非草木，不入畜类，不过是情字，为亲情、爱情、友情、世情、恩情、同情，世间有情，方为人世。世人切不可因一时之欲，忘记世间情字。人分各等，情理为准，不论贵贱，不分出身。以爱为纲，以情为圣，方为大道人生。

歌舞宴乐之余，警幻大施幻法，将众仙所历三劫之景一一回顾了，又细推了薄命司众历幻者，均落了情劫之终，可歌可泣，可悲可叹，可笑可恨，可喜可贺。今又证正果，考究了去，列此情榜如下：

绛洞花王：

贾宝玉　情不情

薄命司正册：

林黛玉　情情

薛宝钗　情理

贾元春　亲情

贾迎春　苦情

贾探春　离情

贾惜春　绝情

史湘云　友情

妙　玉　神情

王熙凤　情趣

李　纨　遗情

贾巧姐　恩情

秦可卿　恣情

薄命司副册

甄英莲

尤二姐

尤三姐

李　纹

李　绮

邢岫烟

平　儿

金鸳鸯

嫣　红

佩　凤

林红玉

茜　雪

薄命司又副册

晴　雯

袭　人

麝　月

秋　纹

金　钏

玉　钏

紫　鹃

莺　儿

抱　琴

司　棋

侍　书

入　画

薄命司优伶册

芳　官

龄　官

藕　官

葵　官

文　官

宝　官

玉　官

茋　官

蕊　官

茄　官

豆　官

艾　官

薄命司旁册

警幻仙姑

癞头和尚

跛足道人

空空道人

史太君

贾　　敏

林如海

北静王

秦　　钟

柳湘莲

傅秋芳

林四娘

众仙观了，忆劫所历，自又多一份长进，皆合十默诵。

警幻因感众人历劫之苦，劫后之悟，觉此薄命司臻美完结，因大施幻法，改薄命司为多情司，众历劫之仙，各增法力，更增仙职，播世间之情思，扬恩爱之善果。

众人受了恩旨，绕谢三匝。

正此天花乱坠，地涌金莲，众仙平安喜乐之际，俄见万千稀世俊美之众，禀天地间钟灵毓秀之正气，循神瑛侍者闯荡开来的无极大道，也飞升至太虚幻境大门之外的外境仙地。警幻与众仙皆知其一众灵秀清魂在尘世中辗转，虽已不苟于世，却以畸零之体，在尘世间苦等飞升之道。世代煎熬，终得上苍至善之意，拜绛珠，拜神瑛，得薄命司众仙往太虚幻境之径，飞升至女儿至情至善清净无上之所，虽仍需再历幻缘，却已脱离人世苦海。

警幻与众仙见飞升之众越聚越多，俱欣悦笑了，心怀慈善之怀，大施幻法，跨过境去，迎接这世间林林总总各世各代之至真至爱、至纯至善、至仁至智之魂，邀之列入幻境仙班，享受无上极乐。

> 世代辈有清魂出，
>
> 造化开工不相同。
>
> 至情至爱异珍种，
>
> 演就各处红楼梦。

警幻与新旧众仙聚齐，同舒广袖，向人间播洒情爱之甘霖。又新建各司，教化人类以情为本，互爱互佑。仙众各人归各司，又重新历劫，上演各处故事。

借此，众仙祈望人间自此有大爱，清和岁月，天下太平。

惟情永生。

红楼梦至此完。